rororo

Petra Schier, Jahrgang 1978, lebt mit ihrem Mann in einer kleinen Gemeinde in der Eifel. Sie studierte Geschichte und Literatur und arbeitet mittlerweile als freie Lektorin und Autorin. «Tod im Beginenhaus» ist ihr erster Roman.
Mehr Informationen zur Autorin unter
www.petralit.de

Im Rowohlt Taschenbuch Verlag liegen weiter vor: «Mord im Dirnenhaus» (rororo 24329), «Die Stadt der Heiligen» (rororo 24862) und «Verrat im Zunfthaus» (rororo 24649).

Petra Schier

Tod im Beginenhaus

Historischer Roman

Rowohlt Taschenbuch Verlag

7. Auflage Februar 2017

Originalausgabe
Veröffentlicht im Rowohlt Taschenbuch Verlag,
Reinbek bei Hamburg, November 2005

Umschlaggestaltung any.way,
Barbara Hanke / Cordula Schmidt
(Abbildung: J. E. Millais, Das Tal der Stille,
akg images)
Satz New Baskerville PostScript (InDesign)
bei Pinkuin Satz und Datentechnik, Berlin
Druck und Bindung
CPI books GmbH, Leck, Germany
ISBN 978 3 499 23947 2

Für Mama.
Danke, dass du an mich
geglaubt hast.

Denn es ist hier kein Unterschied:
Sie sind allesamt Sünder
und ermangeln des Ruhmes,
den sie bei Gott haben sollten.
Römer 3,23

Prolog

Die Stadt lag in kaltem Zwielicht. Vom Rheinhafen her zog Nebel auf und durchweichte das Herbstlaub, das sich in den Hauseingängen türmte und die Rinnsteine verstopfte. Die leichte Brise, die der Fluss mit sich zu führen pflegte, reichte heute nicht aus, um den Gestank von Exkrementen und Küchenabfällen zu vertreiben.

Ein Mann drängte sich an den Hausfrauen vorbei, die die Stände des Fischmarkts umlagerten und zwischen eingelegten Heringen und frischen Forellen die neuesten Nachrichten austauschten.

Die Kapuze seines braunen Mantels gegen die Kälte hochgeschlagen, strebte er dem anderen Ende des Platzes zu. An seinem Gürtel hing ein verschnürtes Päckchen, das ein hölzernes Kästchen mit Messingscharnieren und einer silbernen Schließe enthielt. Bei jedem Schritt stieß es klackernd gegen seinen Dolch.

Angewidert verzog er beim Anblick der Bettler vor der Kirche Groß St. Martin das Gesicht. Ein Ärgernis, wenn auch ein vom Stadtrat genehmigtes.

Er musste seinen Schritt verlangsamen, um nicht über die am Boden liegenden Krücken einer verkrüppelten Alten zu stolpern.

Abwehrend schlug er nach aufdringlichen Händen, die an seinem Mantel zupften, besann sich dann aber seiner Christenpflicht und warf ein paar schlecht geprägte Münzen aus seiner Manteltasche in die Menge.

Das Gerangel und die Dankesrufe, die er damit auslöste, beachtete er schon nicht mehr. Er bog hinter der Kirche ab und eilte durch eine Seitengasse, in der Hühner im Dreck scharrten und ein paar Kinder in sackartigen Kitteln einander mit eisigem Matsch bewarfen.

Die Kinder starrten ihn an; einer der Jungen warf einen halb verfaulten Kohlstrunk aus dem Rinnstein hinter ihm her, der ihn nur knapp verfehlte. Zu anderer Zeit hätte er ihm dafür eine Tracht Prügel verpasst, doch nun war Wichtigeres zu tun.

Auf dem Alter Markt priesen Marktschreier frische Eier, gerupfte Enten oder teure Gewürze an. Vor der Kotzbank, auf der die Schlachter ihre Abfälle sammelten, drängten sich Mägde und Tagelöhnerfrauen, die Knochen und Innereien zum halben Preis ergattern wollten. Der Henker reparierte unter der Aufsicht der Marktbüttel eine der Eisenfesseln am Kax, dem städtischen Pranger.

Der Mann blieb stehen, um ihm zuzusehen und sich zu sammeln. Die wogenden Menschenmassen mussten einen Bogen um ihn machen, weil er den Durchgang zwischen zwei Marktbuden und dem Schragentisch eines Hökers versperrte.

Als die ersten Unmutsäußerungen und Flüche der Leute zu vernehmen waren, setzte er sich wieder in Bewegung.

Am Westende des Marktes blieb er wieder stehen. Seine Hand tastete nach dem Päckchen am Gürtel und umfasste es. Gleich würde er es loswerden, es endlich loswerden. Er schüttelte es leicht und bildete sich ein, ein leises Rappeln zu hören, obwohl der Inhalt fest in Wachstuch eingeschlagen war.

Ihn würde das Unheil nicht treffen. Wohl aber andere, viele andere womöglich. Aber das war nicht wichtig.

Wichtig war, was es ihm einbringen würde. Ihm und der Stadt.

Bald war das Nötige getan, wenn er das Päckchen überbracht hatte.

Er blickte an den Fassaden der Häuser empor, die den Marktplatz säumten: Wohnhäuser, Schenken, Apotheken. Weiter hinten, in der Judengasse, das Rathaus.

Entschlossen schlug er seine Kapuze zurück, ging mit festen, ausholenden Schritten auf eines der Häuser zu und trat ein.

1

Eigentlich war es wirklich nicht ihre Aufgabe. Mit finsterer Miene gab Adelina ein weiteres winziges Gewicht in die Waagschale. Das Mischen und Abwiegen der Farben für die Maler oblag ihrem Vater; er war der Apotheker. Doch Albert Merten hatte, wie so oft, bis spät in die Nacht an seinen Versuchen mit der Destille gehockt. Deshalb hatte er sich nach dem Mittagessen für ein Schläfchen in seine Kammer zurückgezogen. Vorsichtig schöpfte Adelina eine kleine Menge des Gemischs aus der Messschale, während gleichzeitig ihre Zungenspitze über die Lippen bis in den Mundwinkel wanderte. Mit einer ungeduldigen Bewegung strich sie sich eine Strähne ihres langen schwarzen Haars hinter das Ohr.

Vorne am Fenster lagen die Kräuter, aus denen sie für die Gerbersfrau einen Blutreinigungssud bereiten wollte: Kalmus, Seifenkraut und Augentrost. Nur die Faulbaumrinde fehlte. Das Sammelweib hatte keine mitgebracht.

Erleichtert, dass die Waage endlich das richtige Gewicht anzeigte, füllte Adelina das Farbgemisch in einen Tiegel, den sie sorgsam verschloss.

Dann wandte sie sich ihren Kräutern zu. Eine Teemischung zuzubereiten war weitaus angenehmer, als sich mit den Zutaten für Malerfarben abzuplagen. Sie streifte die kleinen weißen, vertrockneten Blüten des Augentrost von den Stängeln und griff eben nach dem

Seifenkraut, als die Glöckchen an der Ladentür einen Besucher ankündigten.

Der in ein gefälliges blaues Wams gekleidete Mann sah sich neugierig in der Apotheke um. Er überragte Adelina beinahe um Haupteslänge. Sein langer brauner Mantel aus feiner Wolle betonte die breiten Schultern und wies ihn als Gelehrten aus, obwohl er keine Tonsur trug. Krause dunkelbraune Locken ringelten sich bis auf seine Schultern. Den Bart auf der Oberlippe hatte er zu einem dünnen Streifen gestutzt, dessen Enden sich nach unten bogen und knapp unterhalb der Mundwinkel endeten.

Adelina nickte ihm freundlich zu.

«Kann ich Euch behilflich sein, Herr?»

«Ist dies die Apotheke von Albert Merten?» Die Stimme wies einen deutlichen Akzent auf, den sie jedoch nicht gleich zuordnen konnte. «Man sagte mir, Ihr hättet ein Zimmer zu vermieten. Mein Name ist Neklas Burka, vielleicht habt Ihr schon ...»

«Ach, Ihr seid der neue Medicus, von dem Magister Arnoldus erzählt hat?» Adelina musterte den Mann genauer. Für einen Arzt wirkte er ein bisschen jung, aber vielleicht ging er doch schon auf die dreißig zu. «Das Zimmer ist ganz oben unter dem Dach. Ihr müsst aufpassen, die Stiegen sind steil.» Sie führte den Magister in die kleine Dachstube, in der sich ein Bett, eine Truhe und ein Schreibpult mit Stuhl aneinander drängten.

«Es ist nicht sehr groß ...»

«Es ist völlig ausreichend.» Magister Burka legte seinen Umhang auf das Bett und stieß den schmalen Fensterladen auf. Nun konnte er das Treiben auf dem Alter Markt überblicken. «Wie ich hörte, soll die Tochter des

Apothekers außerordentlich gut kochen.» Er wandte sich ihr wieder zu und musterte Adelina.

«Die Verköstigung ist im Mietpreis enthalten», antwortete sie.

«Und den zahle ich an Euren Herrn Vater?»

«Den zahlt Ihr an mich», erwiderte sie knapp. «Wenn Ihr etwas braucht, ich bin im Laden.»

Auf dem Weg nach unten überschlug sie im Kopf rasch ihre Vorräte. Sie würde wohl am nächsten Vormittag einkaufen gehen müssen, wenn nun noch ein weiteres Mannsbild bekocht werden sollte. Das Zimmer unter dem Dach hatte lange leer gestanden, und sie war froh, es wieder vermieten zu können, auch wenn ihr der forsche Herr Magister gleich auf die Nerven gegangen war. Obwohl die Apotheke viele Kunden versorgte, war manchmal das Geld knapp.

Während sie sich wieder um ihre Kräuter kümmerte, bekam sie mit, wie der Medicus zwei große Kisten hereintrug und die Stiegen hinaufwuchtete. Da er ihre Hilfe abgelehnt hatte, kümmerte sie sich nicht weiter darum.

Albert Merten verließ seine Schlafkammer erst, als es fast Zeit für das Abendessen war. Neugierig trat er neben seine Tochter, um einen Blick in den brodelnden Kochtopf zu werfen, der an dem großen Dreifuß hing.

«Was kochst du uns denn Gutes?», wollte er wissen.

«Gemüsesuppe», antwortete Adelina, ohne sich umzudrehen. Sie hackte Kräuter und gab sie in den Suppentopf.

«Ah, schön. Mit gutem Hammelfleisch?»

«Ohne Hammelfleisch, Vater. Es ist Freitag.»

Jetzt drehte sie sich doch um. Ihr Vater fuhr sich verwirrt durch den struppigen grauen Bart und hob die Schultern.

«Tatsächlich? Ich hätte schwören können, es ist erst Donnerstag.»

Sie lächelte.

«Das kommt von den Dämpfen, die du immer einatmest. Du hättest gestern nicht so lange aufbleiben dürfen. Stell dir vor, die Feuerwache hätte das Kerzenlicht gesehen.»

Sie wischte sich die Hände an ihrer Schürze ab und begann, die Zinnteller und -becher auf dem Tisch zu verteilen. «Wir haben übrigens einen neuen Mieter für die Dachkammer. Der neue Medicus, von dem Magister Arnoldus berichtet hat, als er neulich hier war.»

«Magister Neklas Burka.» An den Namen erinnerte sich der Vater. «Das ist gut, dann kommt ja Geld rein. Mir ist gestern nämlich ein Philosophen-Ei zersprungen, und ich muss beim Glasbläser ein neues bestellen.» Er lächelte so breit, dass sich um seine strahlend blauen Augen winzige Fältchen bildeten. Adelina seufzte.

«Vater, das Geld wollte ich sparen, um Stoff für Winterkleider zu kaufen. Vitus ist schon wieder gewachsen; er braucht dringend neue Beinlinge und einen Mantel.»

«Gleichviel, für ein Glas-Ei wird es wohl reichen. Wenn ich keins bekomme, kann ich doch nicht mit meinen Versuchen weitermachen.»

Sie hörten Schritte auf der Treppe, und Augenblicke später betrat der Medicus die warme Küche. Schnüffelnd trat er an den Dreifuß und blickte Adelina über die Schulter.

«Ist es die Suppe, die hier so gut riecht?»

Adelina trat zur Seite und wies auf den Tisch mit den zwei Holzbänken.

«Setzt Euch doch bitte. Ich bin gleich fertig. Vater, das ist Magister Burka, der Medicus.»

Albert nickte dem neuen Untermieter freundlich zu.

«Ich freue mich, einen gelehrten Mann an meiner Tafel begrüßen zu können. Sagt, stimmt es, dass Ihr aus Frankreich kommt?»

Der Medicus nahm dem Apotheker gegenüber Platz.

«Zuletzt war ich in Italien. Frankreich ist schon etwas länger her.»

«Und Euer Akzent ist eindeutig …»

«Flämisch», ergänzte er. «Ich bin in Kortrijk geboren.»

Adelina stellte einen Krug Bier auf den Tisch und nahm den Kochtopf vom Feuer.

«Ich hole nur noch Vitus. Er spielt draußen mit seiner Katze.»

Sie trat durch die Hintertür hinaus in den dämmrigen Garten, den sie liebevoll pflegte und in dem sie nicht nur Obst und Gemüse zog, sondern auch die wichtigsten Würz- und Heilkräuter. An einem Spalier über dem kleinen Hühnerstall rankten duftend späte Kletterrosen. Daneben saß ein etwa vierzehnjähriger Junge im Gras. Er blickte strahlend auf, als er Adelinas gewahr wurde.

«Lina, guck! Fine hat eine Maus gefangen. Ich hab sie aber nicht angefasst, wie du gesagt hast.»

«Das ist gut. Jetzt steh auf, Vitus, es ist schon viel zu kalt, um auf dem Boden zu sitzen. Das Abendessen ist fertig.»

Bereitwillig rappelte sich der Junge auf und trabte auf sie zu. Obwohl er schon die Stimme eines jungen Mannes hatte, war er kaum höher gewachsen als

Adelina. Der Mund stand ihm etwas schief im Gesicht, und irgendetwas in seinem Blick verriet, dass Vitus ein Mensch von schwachem Verstand war. Dennoch ließ sich die Ähnlichkeit mit Adelinas angenehmen, ebenmäßigen Zügen deutlich erkennen. Auch die tiefschwarzen Haare und die blauen Augen verrieten, dass er mit ihr verwandt sein musste. Adelina nahm ihn an der Hand und führte ihn ins Haus.

«Wir haben einen Gast», erklärte sie auf dem Weg. «Es ist ein Medicus, ein gelehrter Herr, der ab heute oben in der Dachkammer wohnt. Also sei nett und benimm dich anständig.» Vitus nickte heftig und schob sich noch vor ihr in die Küche.

«Ich hab Hunger», verkündete er und setzte sich neben seinen Vater, ohne den Gast zu beachten. Adelina verteilte die Suppe. Bevor sie sich setzte, band sie dem Jungen noch rasch ein großes Tuch vor die Brust. Der neugierige Blick des Medicus entging ihr nicht.

Albert sprach ein kurzes Dankgebet, dann begannen sie schweigend zu essen. Das Tuch um Vitus' Hals war eine notwendige Vorsichtsmaßnahme. Der Junge konnte nur ungeschickt mit dem Löffel umgehen und kleckerte sich ein ums andere Mal Suppe über Brust und Bauch. Der Medicus beobachtete ihn interessiert.

«Schmeckt lecker», nuschelte Vitus. «Lina kocht gut.» Beifall heischend sah er den neuen Mitbewohner an. Magister Burka nickte lächelnd.

«Das tut sie in der Tat. Ich bin überrascht, was Ihr aus einer so einfachen Gemüsesuppe gemacht habt. Ist das Majoran?»

«Majoran und Liebstöckel», sagte sie geschmeichelt und grinste.

«Dann hat man mir eindeutig die richtige Adresse

genannt. Ich bin überzeugt, dass ich hier gerne wohnen werde.»

†

Adelina war es gewohnt, sehr früh aufzustehen. Sie liebte die Stille des anbrechenden Tages und genoss die wenigen Augenblicke, in denen sie ungestört war. Auch heute knetete sie schon vor Sonnenaufgang den Teig für ein großes Brot und lauschte dabei dem Knarren der Bodendielen und dem Knistern des Feuers im Ofen. Während sie anschließend den Hirsebrei für das Frühstück kochte, ging sie in Gedanken ihre Pläne für den Tag durch. Das Klappen der Küchentür riss sie jäh aus ihren Überlegungen.

«Nanu, Ihr seid ja schon fleißig.» Der Medicus ließ sich wie selbstverständlich am Tisch nieder. Verärgert über die Störung, zuckte sie nur mit den Schultern.

«Irgendjemand muss schließlich dafür sorgen, dass es etwas zu essen gibt.»

«Da habt Ihr ohne Zweifel Recht. Würdet Ihr mir wohl sagen, wo ich frisches Wasser herbekomme?»

Erst jetzt bemerkte sie, dass er den Krug aus seinem Zimmer mitgebracht hatte. Sie wies auf die Hintertür.

«Im Garten ist eine Zisterne. Trinkt aber nicht davon. Die Abortgrube liegt zu nah.»

Burka nickte, machte jedoch keinerlei Anstalten, sich zu erheben. Er sah Adelina zu, wie sie den Hirsebrei in eine Holzschüssel umfüllte, dabei jedoch einen Rest zurückhielt, den sie mit kleinen Apfelstückchen mischte und mit Dickmilch übergoss. Er hob fragend die Augenbrauen.

«Das ist für Vitus», erklärte sie. «Er will den Brei sonst nicht essen.»

«Er ist ein lieber Junge.»

Adelina runzelte die Stirn.

«Warum sagt Ihr das?»

«Warum sollte ich das nicht sagen?» Der Medicus betrachtete aufmerksam ihr Gesicht, das eine abweisende Miene angenommen hatte.

«Ihr braucht mir nicht zu schmeicheln. Vitus ist seit seiner Geburt so. Er hat den Verstand eines Dreijährigen.»

«Er ist ein lieber Junge», wiederholte der Medicus einfach. «Was ist mit Eurer Mutter?»

«Sie hat seine Geburt nicht überlebt. Und er wäre ihr sicher gefolgt, wenn Vater nicht dafür gesorgt hätte, dass die Hebamme alles für ihn tat, was möglich war.»

Adelina wandte sich ab und säuberte den Kochtopf von den Hirseresten. Magister Burka griff nach seinem Krug und machte sich auf den Weg zur Zisterne.

Das Haus des Apothekers Merten lag direkt am Alter Markt. Kurz nach Tagesanbruch konnte Adelina schon zuschauen, wie die ersten Marktbuden geöffnet wurden und die Bauern und Kaufleute ihre Waren ausbreiteten.

Sie zog rasch ihren Mantel über und griff nach dem großen Weidenkorb. Je früher sie ihre Einkäufe erledigte, desto schneller konnte sie sich ihren anderen Aufgaben widmen. Neklas Burka verließ mit ihr zusammen das Haus. Wie er ihr erklärte, wollte er sich auf den Weg zur Universität machen. Magister Arnoldus, ebenfalls ein Medicus, der hauptsächlich die Scholaren betreute, habe ihn zu sich gebeten.

Als die Marktglocke den neuen Verkaufstag einläutete, stand Adelina bereits an einem der Fleischstände und suchte sich zwei große Hühner aus, die geschlachtet, aber noch nicht gerupft waren. Speck, verschiedene Gewürze und noch einige andere Zutaten wanderten in ihren geräumigen Korb, noch bevor das Gedränge auf dem Marktplatz begann. Sie brachte ihre Einkäufe nach Hause und ging gleich darauf wieder los. Diesmal schlug sie den Weg in Richtung Dombaustelle ein. Eselskarren mit Bauholz versperrten die Straße. Wie jedermann in Köln wusste, verfolgte Erzbischof Friedrich von Saarwerden das ehrgeizige Ziel, das mächtige Bauwerk noch zu seinen Lebzeiten zu vollenden. Als sie die Baustelle endlich passiert hatte, bog sie in Richtung St. Gereon ab und dann noch einmal beim Blidenhaus, in dem die städtischen Waffen aufbewahrt wurden. Mägde und Hausfrauen mit Kannen und Eimern eilten über die Straßen zu den Brunnen, und mehrmals musste Adelina den Sänften vornehmer Bürger ausweichen. An einem umzäunten Gebäude mit hohen schmalen Fenstern blieb sie schließlich stehen und klopfte an das schwere Eichentor. In der Sichtluke erschien ein rundes Frauengesicht; gleich darauf wurde die Pforte geöffnet.

«Guten Morgen, Schwester Agathe.» Lächelnd nickte Adelina der beleibten Frau mit dem freundlichen Mondgesicht zu. «Ist Irmingard im Haus? Sie wollte mir eine Bestellung über verschiedene Arzneien geben.»

«Schwester Irmingard ist in der Kapelle. Heute Nacht ist eine alte Bettlerin gestorben, und Pfarrer Simeon hat angeordnet, sie soll auf dem Spitalsfriedhof beerdigt werden. Schwester Irmingard kümmert sich darum, dass die Frau ein Leichentuch bekommt.»

«Nun gut, dann werde ich einstweilen im Hospital vorbeischauen. Ein bisschen Hilfe ist dort sicher willkommen.»

Adelina sah kurz an dem weiß getünchten Gebäude

empor und trat dann durch die Eingangstür in das von den Beginen unterhaltene Hospital. Im Gegensatz zu den Klosterspitälern war es ihr hier möglich, den frommen Frauen auszuhelfen, ohne selbst einem Orden beitreten zu müssen. Die Beginen lebten zwar in einer tugendhaften und durch Gebet und Arbeit geregelten Gemeinschaft; sie hatten jedoch kein Gelübde abgelegt. Sie trugen alle die einheitliche graue Beginentracht, bestehend aus einem einfachen Kleid und einer züchtigen Haube mit Gebende, um zu zeigen, dass sie keusch und bescheiden lebten, denn dies war eine der Auflagen, die die Kirche ihnen machte.

Ein schmaler Gang führte zu einem Saal mit unzähligen einfachen Strohbetten, von denen etwa die Hälfte belegt war. Es roch beißend nach den frischen Kräutern, die den Fußboden bedeckten, und nach der Seife, die in einem der Nebenräume gesiedet wurde.

Ein hölzerner Wandschirm trennte den Raum in der Mitte. Dahinter befand sich die Frauenabteilung. Dorthin wollte sie. Sie schob sich durch die schmalen Gänge zwischen den Strohschütten und nickte hier und da einem bekannten Gesicht zu. Hinter dem Wandschirm verteilten zwei Pflegerinnen gerade Haferbrei an die, die nicht im Speiseraum essen konnten, weil sie zu schwach waren oder nicht laufen konnten. Adelina nahm sich eine der Holzschalen und einen Löffel und trat an das Bett eines kleinen blassen Mädchens, dem das feine blonde Haar wirr um das spitze Gesichtchen hing.

«Vincentia, wie schön, dich zu sehen», begrüßte Adelina die Kleine, die indes nicht reagierte, sondern nur mit großen Augen ins Leere starrte. «Ich habe dir Frühstück mitgebracht. Ich hoffe, du hast Hunger.» Adelina sprach einfach weiter, obwohl sie nicht sicher war, ob das Mädchen sie überhaupt wahrnahm. «Erinnerst du dich an mich? Ich heiße Adelina.» Der leere Blick richtete sich auf die junge Frau, und plötzlich flackerte Erkennen in den Kinderaugen auf.

«Ich kenne dich. Du hast meinen Brei mitgebracht.» Das zarte Stimmchen war kaum zu hören, und die Augen wanderten zu der Holzschüssel. Doch das Gesicht der Kleinen blieb seltsam ausdruckslos. Adelina hockte sich lächelnd auf den Rand der Strohschütte und reichte dem Mädchen den Haferbrei. Langsam und präzise begann Vincentia, sich Löffel für Löffel in den Mund zu schieben. Adelina sah ihr schweigend dabei zu. Sie fragte sich insgeheim, was mit dem Mädchen sein mochte. Vincentia war erst acht Jahre alt. Ihre Eltern hatten sie ins Hospital gebracht, weil sie das Mädchen für närrisch hielten und nicht genug Zeit und Geld hatten, sich um sie zu kümmern.

«Guten Morgen, Adelina.» Eine schlanke Frau mittleren Alters, unter deren adretter Haube auf der Stirn nur ein schmaler Streifen goldblonden Haars hervorlugte, trat hinter den Wandschirm. Ihre lange, gerade Nase ließ sie ungemein vornehm wirken. «Die kleine Vincentia hat eine unruhige Nacht hinter sich. Dreimal ist sie schreiend aufgewacht, nicht wahr?» Das Mädchen schien sie nicht wahrzunehmen. Adelina erhob sich.

«Ihr seid sicher wegen der Arznei-Bestellung hier?», sagte die Schwester und lächelte huldvoll. «Ich habe Euch alles aufgeschrieben. Es wäre schön, wenn Euer Vater sich damit beeilen würde. Unsere Vorräte sind schon stark zur Neige gegangen.»

«Ich werde Euch die Arzneien gleich morgen bringen.»

«Gut.» Irmingard nickte und reichte Adelina ein Wachstäfelchen. Dann entfernte sie sich mit einer kurzen Entschuldigung. Anscheinend hatte die Leiterin des Hospitals noch viel zu tun, denn an anderen Tagen nahm sie sich immer Zeit für einen kurzen Plausch.

Adelina drehte sich wieder zu dem kleinen Mädchen um, nahm ihm die leere Schüssel aus den Händen und strich ihm noch einmal kurz über den Kopf. Dann ging sie weiter. An einem der Fenster saß eine junge Frau in einem für diese Umgebung ungemein vornehm wirkenden grünen Samtkleid und elegant hochgesteckten roten Locken unter einer bestickten Seidenhaube. Sie winkte Adelina fröhlich zu und entblößte dabei zwei Reihen makelloser weißer Zähne.

«Adelina, wie schön, das Ihr heute hier seid», rief sie, und ihre Augen blitzten dabei fast übermütig. «Erzählt mir, was in der Stadt vor sich geht.»

«Reinhild, warum seid Ihr denn nicht im Speiseraum? Seid Ihr etwa krank?» Adelina schenkte der jungen Frau ein herzliches Lächeln.

«Nein, krank nicht, aber ich fühle mich nicht wohl. Heute Nacht ist mir im Traum wieder der Dämon erschienen, der mir mein Kindlein geraubt hat. Ihr könnt Euch nicht vorstellen, wie sehr ich mich geängstigt habe!»

«Das tut mir Leid. War Euer Gemahl gestern zu Besuch?»

«Woher wisst Ihr das? Ja, er war da, und er war überaus freundlich und besorgt. Er hofft, dass es mir bald besser geht, und will es noch einmal mit einem Exorzisten versuchen. Aber das ist ja schon einmal fehlgeschlagen.» Reinhilds Stimme klang, als sei sie darüber nicht unbedingt traurig. «Aber nun erzählt endlich!»

«Ich muss Euch enttäuschen, Reinhild. Derzeit gibt es nicht viele spannende Neuigkeiten. Die Augustiner haben angefangen, ihr Kloster umzubauen. Der Erzbischof ist in der Stadt, aber nur für wenige Tage.»

«Ist das alles? Wie schade. Ich hatte gehofft, es gäbe ein paar erbauliche Geschichten über Hexen oder Geister.»

«Reinhild! So solltet Ihr nicht sprechen. Wir können froh sein, dass es einmal so ruhig in der Stadt ist. Aber ich verspreche Euch, dass ich die Ohren offen halte und Euch bei meinem nächsten Besuch alles erzähle.»

«Dann müsst Ihr schon gehen? Das ist schade. Gehabt Euch wohl!» Reinhild hob zum Abschied die Hand. Adelina verließ den großen Saal und traf vor der Tür wieder auf Irmingard.

«Hat Reinhild in der Nacht wieder einen Anfall gehabt?» Irmingard nickte und runzelte dazu besorgt die Stirn.

«Gestern war ihr Gemahl hier und wollte sehen, wie es ihr geht. Und prompt hatte sie wieder diesen Traum. Wisst Ihr, fast glaube ich, sie will gar nicht zu ihm zurück.»

«Aber er ist doch so besorgt um sie», wunderte Adelina sich. «Natürlich ist er viel älter als sie, aber ich hatte den Eindruck, dass er sie wirklich sehr lieb hat.»

«Tja, wer weiß.» Irmingard zuckte mit den Schultern. «Ihr bringt also morgen die Arzneien?»

«Das werde ich, keine Sorge. Und dann sehe ich mir auch Benedikts Bein an. Die Umschläge haben doch ein bisschen geholfen, oder?»

«Ja, das haben sie. Ich danke Euch, dass Ihr Euch darum kümmert. Der Bader wollte das Bein schon abnehmen, aber Benedikt mag davon nichts hören.»

«Das ist auch nicht nötig. Vielleicht kann ich den neuen Medicus dazu bringen, dass er sich das Bein einmal anschaut.»

«Den neuen Medicus? Woher kennt Ihr den denn schon wieder?»

«Er hat unsere Dachstube gemietet», erklärte Adelina. «Vielleicht hat er ja Zeit.»

«Aber er darf nicht zu teuer sein. Benedikt ist kein reicher Mann.»

«Das weiß ich doch. Wir kriegen das schon hin.»

Adelina verabschiedete sich und machte sich auf den Heimweg.

Ihr Vater stand im Verkaufsraum der Apotheke und unterhielt sich mit einem Kunden. Als er Adelina sah, deutete er auf die Tür zum hinteren Raum. Dort hockte Vitus auf einem kleinen Hocker und schniefte in seinen Ärmel. Adelina trat schnell zu ihm und fasste ihn an der Schulter: «Was ist geschehen, Vitus? Weshalb weinst du?»

Der Junge schaute mit verquollenen Augen zu ihr auf und schlang impulsiv seine Arme um ihre Hüfte. «Ich will nicht, dass sie Fine wehtun!»

«Wer will Fine wehtun?» Adeline blickte sich nach der schwarzweißen Katze um. Fine saß friedlich unter dem Regal und putzte sich.

«Die Jungen von nebenan! Sie sagen, dass sie sie holen kommen und totmachen und ihr das Fell über die Ohren ziehen.» Vitus war kaum zu verstehen, weil er sein Gesicht an Adelinas Bauch drückte. Sie streichelte ihm besänftigend über den Kopf.

«Niemand wird Fine totmachen. Das waren Herrn Keppelers Lehrbuben. Du weißt doch, wie ungezogen die sind. Sind sie etwa wieder über den Zaun geklettert?

Ich werde gleich hinübergehen und mich bei Keppeler beschweren.»

«Aber sie dürfen Fine nichts tun», flehte der Junge und schluchzte wieder. Adelina seufzte und löste vorsichtig seine Arme von ihrem Leib.

«Deiner Katze wird nichts passieren, versprochen. Weißt du was, du darfst sie heute Nacht mit in deine Kammer nehmen. Da ist sie dann ganz sicher. Und nun hör auf zu weinen.»

Vitus' Augen bekamen einen hoffnungsvollen Schimmer.

«Ich darf sie in meine Kammer nehmen?»

«Das habe ich doch gesagt. Aber nur ausnahmsweise.» Sie lächelte aufmunternd und sah erleichtert zu, wie ihr Bruder die Katze liebevoll auf den Arm nahm und streichelte. Fine schloss die Augen und ließ ein behagliches Schnurren hören.

Adelina schüttelte den Kopf und ging zurück zu ihrem Vater, der inzwischen allein in der Apotheke stand und den Verkaufstresen abwischte.

«Konntest du Vitus beruhigen? Ich wusste nicht, was ich tun sollte. Er kam aus dem Garten herein und hat ganz fürchterlich geheult. Was ist denn passiert?»

«Keppelers Lehrbuben haben ihn gehänselt. Vater, wir müssen den Zaun im Garten unbedingt reparieren. Die Bengels sind schon wieder herübergeklettert! Auf jeden Fall gehe ich jetzt erst mal zu Keppeler und werde mich beschweren.»

Albert Merten nickte betrübt.

«Der arme Junge ist so hilflos. Soll ich nicht lieber selbst mit dem Kaufmann reden?»

Adelina schüttelte den Kopf und wies auf das Fenster.

«Da kommt Kundschaft. Ich bin gleich wieder hier.» Sie strich ihren Mantel glatt und ging hinüber zum Nachbarhaus. Auf ihr Klopfen öffnete der Hausherr persönlich. Er war eine imposante Erscheinung mit enormem Bauchumfang, gewaltigen Hängebacken und kleinen Schweinsäuglein, die sie neugierig musterten.

«Nanu, Jungfer Adelina, was führt Euch hierher? Hat meine Gemahlin Kräuter oder Arzneien bestellt?»

«Nein, Herr Keppeler. Ich wollte zu Euch. Eure Lehrbuben sind schon wieder über den Zaun in unseren Garten geklettert und haben Vitus gehänselt. Sie haben ihm Angst gemacht und gedroht, seiner Katze etwas anzutun.»

«Das tut mir Leid.» Keppeler zog ein bedauerndes Gesicht. «Ich werde mir die Lausejungen gleich einmal vorknöpfen.»

«Das will ich hoffen.» Adelina reagierte nicht auf das entschuldigende Lächeln, das der Kaufmann ihr nun zuwarf. «Es stört mich schon lange, wie Eure Lehrbuben immer wieder auf meinem Bruder herumhacken. Er mag vielleicht keinen Verstand besitzen, aber das gibt noch niemandem das Recht, ihn schlecht zu behandeln!»

Keppelers Gesicht wurde ernst.

«Ich bitte Euch, Adelina, beruhigt Euch. Ich habe gesagt, ich werde die Übeltäter zur Verantwortung ziehen, und das habe ich auch so gemeint. Ich weiß, wie sehr Ihr an dem Jungen hängt und dass Ihr nichts auf ihn kommen lasst. Das ist sehr löblich. Kann ich sonst noch etwas für Euch tun?»

«Sorgt nur dafür, dass die Jungen unserem Garten fernbleiben», sagte Adelina, nickte dem Kaufmann zu und machte auf dem Absatz kehrt. Auf dem kurzen Weg zurück zur Apotheke rieb sie sich die Stirn. Vielleicht würde Keppeler mit seinen Lehrbuben reden. Bestimmt sogar, das glaubte sie ihm. Doch sie wusste auch, dass er es für Zeitverschwendung hielt, sich länger als einen Augenblick um die Probleme eines Simpels zu scheren. Still und nachdenklich ging sie in das hintere Zimmer und holte ein kleines Holzkästchen und mehrere Beutel mit getrockneten Kräutern und anderen Zutaten aus den Regalen. Ihr Vater hatte wieder einmal vergessen, die Vorräte aufzufüllen. Und um die Bestellung für das Hospital kümmerte sie sich lieber auch selbst.

Sie öffnete das Holzkästchen und gab etwas von dem körnigen Inhalt in einen Mörser.

«Ich hoffe, Ihr wollt das heute Abend nicht in unser Essen mischen!»

Adelinas Kopf fuhr mit einem Ruck in die Höhe. Vor ihr stand der Medicus und grinste. Sein Blick war an dem Schild hängen geblieben, das an dem Kästchen befestigt war. «Was um alles in der Welt macht Ihr da?»

«Ich pulverisiere Arsenik. Die Frau des Goldschmieds hat Rattengift bestellt.»

«Ist das nicht die Aufgabe Eures Vaters?»

«Seid Ihr durch den Laden hereingekommen?» Adelinas Stimme klang gereizt. «Dann habt Ihr meinen Vater doch sicher getroffen, nicht wahr? Was hat er gerade gemacht?»

Magister Burka runzelte überrascht die Stirn.

«Er hat die Regale abgestaubt.»

«Und dabei vergessen, was er noch zu tun hat», ergänzte Adelina. «Wahrscheinlich ist er in Gedanken wieder in seinem Laboratorium.»

«Laboratorium?» Der Medicus hob die Brauen, doch Adelina ging nicht weiter darauf ein. Was hatte es einen

Fremden zu interessieren, dass ihr Vater mehr seinen verrückten Träumen nachhing, als sich um seine Apotheke zu kümmern?

«Dann habt Ihr also bei Eurem Vater gelernt?»

«Ich bin ihm schon immer zur Hand gegangen.» Sie mischte das Arsenik mit einer Hand voll Weizenkörner und füllte das Ganze in einen kleinen Beutel. «Vieles habe ich aus seinen Büchern gelernt.»

«Ihr könnt lesen?»

«Ja, stellt Euch das einmal vor.» Sie warf Burka einen spöttischen Blick zu und begann, die Kräuter für das Hospital zu sortieren. Der Medicus lächelte.

«Verzeiht, ich wollte Euch nicht beleidigen. Ich bewundere nur Eure Vielseitigkeit. Magister Arnoldus lässt Euch Grüße ausrichten. Er will morgen hierher kommen und sich seine Medizin gegen die Gicht abholen.»

«Ihr habt ihm eine Medizin verordnet?» Adelina hob den Kopf und sah ihm erbost ins Gesicht.

«Das ist mein Beruf», erwiderte er, aber sie schüttelte nun aufgebracht den Kopf.

«Magister Arnoldus braucht keine Medizin, solange er sich beim Essen mäßigt und regelmäßig den Sud trinkt, den ich ihm gemischt habe.»

Der Medicus verzog amüsiert das Gesicht und lehnte sich gegen den Tisch.

«Welche Kräuter enthält denn dieser Sud?»

Adelina funkelte ihn an.

«Rosmarin, Hirtentäschl und Schlüsselblumen.»

Burka nickte anerkennend.

«Sehr schön. Die Arznei, die ich ihm verordnet habe, enthält ebendiese Zutaten und außerdem noch ein wenig Katzenschwanz und Hauhechel, aber nur, wenn Ihr welchen da habt.»

«Ihr behandelt Eure Patienten mit Kräutern?» Adelina ließ die Kirschbaumrinde fallen, die sie gerade hatte zerkleinern wollen, und starrte den Magister verblüfft an.

«Ist daran etwas Ungewöhnliches?» Burka blinzelte fröhlich.

«Die meisten Ärzte, die ich kenne, unterhalten sich lieber über die Farbe und Beschaffenheit von Urin. Und die Arzneien, die wir für die Herren bereiten müssen, enthalten so gut wie immer ausschließlich irgendwelche Metalle und seltene Pulver.»

Burka lachte.

«Natürlich, denn diese Ingredienzien sind ja auch ausgesprochen teuer, nicht wahr? Meiner Meinung nach ist aber der menschliche Körper kein Schmelztiegel, deshalb versuche ich die metallhaltigen Substanzen zu meiden. Bisher mit einigem Erfolg, wie ich meine.»

Adelina entspannte sich wieder und beugte sich erneut über ihre Kirschrinde.

«Hättet Ihr wohl morgen Zeit, Euch das Bein eines jungen Mannes anzusehen?»

«Warum nicht? Wenn Ihr mir sagt, wer der junge Mann ist und um welches Gebrechen es sich handelt.»

«Der Mann heißt Benedikt. Er ist im Beginenhospital, weil sein Bein gelähmt ist. In letzter Zeit hat er häufig Schmerzen, doch ich konnte noch nicht herausfinden, was der Grund dafür ist.»

Der Medicus nickte nachdenklich und lächelte ihr dann wieder zu.

«Es wird mir eine Freude sein, Euch zu begleiten.»

†

«Verratet Ihr mir, wo sich das Hospital befindet?» Magister Burka, heute wieder in seinen langen Mantel gekleidet, der ihn als Medicus auswies, folgte Adelina durch eine Gasse, die vom nächtlichen Regen schlammig glänzte.

«Im Kirchspiel von St. Gereon. Es ist das Beginenhospital in der Nähe des Blidenhauses.»

«Das ist ein weiter Weg.»

«Man gewöhnt sich daran.» Adelina zuckte mit den Schultern.

«Dann seid Ihr also oft dort?» Burka wechselte den Korb mit den Arzneien von der rechten Hand in die linke, um einer Frau mit einem Karren voll Gemüse Platz zu machen.

«Wir müssen zuerst Schwester Irmingard aufsuchen. Sie wartet schon auf die Kräuter. Danach führe ich Euch zu Benedikt.»

Schwester Agathe brachte die beiden zu Irmingards Schreibstube. Die Leiterin des Hospitals überprüfte gerade Papiere, die aussahen wie Inventarlisten. Sichtlich erfreut begrüßte sie die Besucher und nahm den Korb entgegen.

«Vielen Dank, Adelina, dass Ihr uns die Bestellung so rasch bringt. Bitte übermittelt auch Eurem Vater meinen Dank. Der Apotheker, der uns früher beliefert hat, brauchte immer viel länger, bis er alles beisammenhatte!»

Adelina nickte und lächelte verbindlich.

«Ich werde es ihm ausrichten. Und nun möchte ich gern Magister Burka zu Benedikt führen. Ist er schon aus dem Speiseraum zurück?»

Irmingard schüttelte betrübt den Kopf.

«Er war heute Morgen nicht in der Lage aufzustehen.

Schon seit heute Nacht klagt er über starke Schmerzen. Noch nicht einmal der Schlafmohn hat viel bewirkt.»

Sie ging voran und führte die beiden Besucher in den großen Saal. Der Medicus sah sich neugierig um. Benedikts Schlafstatt lag direkt neben einem der hohen, mit Decken abgedichteten Fenster.

«Adelina!» Benedikt strahlte, als er die junge Frau erkannte. «Bringt Ihr mir neue Umschläge? Mein Bein ist wieder schlimmer geworden. Konnte die halbe Nacht kein Auge zutun!»

«Das tut mir Leid. Ich habe Magister Burka mitgebracht. Er ist ein Medicus und will sich Euer Bein ansehen.»

«Ein Medicus?» Der junge Mann fuhr sich durch das zerzauste blonde Haar und musterte den Fremden. «Ich habe aber nicht viel Geld, um ihn zu bezahlen.»

«Nun mal sachte.» Neklas Burka lächelte ihm zu und beugte sich über das kranke Bein. «Noch habe ich nichts getan, was Euch auch nur einen Heller kosten würde. Ich schaue mir die Sache an, und dann entscheiden wir zusammen, ob Ihr Euch eine Behandlung leisten könnt.» Er tastete vorsichtig das Knie und das Schienbein ab und runzelte die Stirn. «Ist das Bein schon lange gelähmt?»

«Schon immer. Ich bin damit geboren worden», erklärte Benedikt. Der Medicus hob den Fuß des Patienten ein wenig an. Im gleichen Moment schrie Benedikt vor Schmerz auf.

«Verzeiht, das muss leider sein. Ihr spürt also, wenn ich Euch berühre?»

Benedikt nickte. Er war ganz blass geworden. «Ich kann das Bein nur nicht bewegen.»

«Seltsam», Burka tastete noch einmal. «Seid Ihr in letzter Zeit vielleicht gestürzt?»

Der junge Mann überlegte eine Weile, dann nickte er wieder.

«Vor ein paar Wochen bin ich auf der Straße ausgerutscht. Das war, als es so schlimm geregnet hat.»

«Und dabei scheint Ihr Euch das Schienbein gebrochen zu haben. Hier.» Er tippte leicht auf eine Stelle am Bein. «Ich kann genau spüren, wo der Bruch wieder zusammengewachsen ist. Leider nicht ganz gerade, deshalb habt Ihr auch noch immer Schmerzen. Die werden aber wahrscheinlich irgendwann vergehen.»

«Merkwürdig, dass der Bader das nicht festgestellt hat», meinte Adelina.

«Ach, der hat mich doch gar nicht richtig untersucht.» Benedikt machte eine wegwerfende Handbewegung. «Der meinte wohl, ich sei der Mühe nicht wert.»

Adelina schüttelte empört den Kopf, doch Burka ging nicht weiter darauf ein, sondern befand: «So wie ich es sehe, sind die Umschläge, die Adelina Euch gemacht hat, genau das Richtige, bis alles wieder verheilt ist. Mehr kann ich da auch nicht tun. Allerdings solltet Ihr nicht an diesem zugigen Fenster schlafen. Das könnte Eure Schmerzen verschlimmern. Immerhin ist es nachts schon recht kalt.»

«Ich gehe nicht vom Fenster weg!» Benedikt wurde noch blasser und klammerte sich entsetzt an seine Decke. «Sagt ihm, dass ich nicht hier weggehe!»

«Ihr braucht nicht hier wegzugehen. Natürlich behaltet Ihr Euren Fensterplatz.» Irmingard legte dem aufgeregten Mann eine Hand auf die Schulter und redete beruhigend auf ihn ein.

Adelina wandte sich ab und ging in Richtung Wandschirm. Burka folgte ihr auf dem Fuße.

«Was hatte das denn zu bedeuten?»

«Benedikt ist als Kind von seiner Mutter in einem kleinen Kellerraum ohne Fenster eingesperrt worden, weil er diese Behinderung hatte», flüsterte sie zurück. «Er kann keine Dunkelheit vertragen und bringt es nicht fertig, woanders als unter dem Fenster zu schlafen.» Sie trat hinter den Wandschirm und steuerte zielstrebig auf die kleine Vincentia zu. Das Mädchen saß auf seinem Bett und drehte ohne Unterlass ein Strohpüppchen in den Händen.

«Na, Vincentia, wie geht es dir heute?» Adelina strich ihr übers Haar, doch die Kleine reagierte nicht. Die Puppe drehte sich weiter. «Hast du schon gegessen? Sieh mal, ich habe dir etwas mitgebracht. Ein Kleid für dein Püppchen.» Sie holte ein Puppenkleid unter ihrem Mantel hervor, das sie aus Stoffresten zusammengenäht hatte, und legte es vor Vincentia hin. Die Kleine schien es nicht zu beachten. Adelina betrachtete sie noch eine Weile, dann wandte sie sich zum Gehen. Plötzlich griff das Mädchen nach dem Kleid und presste es an die Brust. Dabei wiegte sie sich vor und zurück.

«Schönes Kleid», sagte sie. Das Püppchen war einen Augenblick zur Ruhe gekommen.

Adelina sah sich nach Reinhild um, doch die schien sich noch im Speiseraum aufzuhalten. Deshalb machte sie sich wieder auf den Weg nach draußen. Der Medicus begleitete sie schweigend.

«Das ist kein normales Hospital», sagte er, als sie wieder auf der Straße standen. Ein leichter Nieselregen hatte eingesetzt. Adelina zog den Kopf ein und marschierte los. Burka, der wesentlich längere Beine hatte, hielt jedoch leicht mit ihr Schritt. «Ich habe mich umgesehen. Die meisten Patienten, die dort untergebracht sind, sind nicht richtig im Kopf.»

«Das kommt ganz auf den Standpunkt an.»

«Mag sein.» Der Medicus sah sie von der Seite an. «In den meisten Städten werden solche Menschen in Türme oder Gefängnisse gesteckt.»

«Das weiß ich.» Adelina blieb stehen und strich sich eine feuchte Haarsträhne aus dem Gesicht. «Seit die Beginen das Hospital gebaut haben, brauchen wir den Narrenturm nicht mehr. Sie kümmern sich gut um die Kranken. Im Turm würden sie nur angekettet oder eingesperrt. Die alte Grande Dame Brigitta und Schwester Irmingard haben vor dem Stadtrat darum gekämpft, dass die Geisteskranken ins Hospital gebracht wurden. Dort werden sie wenigstens gut behandelt.» Sie stapfte weiter.

«Nicht viele Menschen denken so.» Hinter ihnen wurde Hufgetrappel laut. Jemand stieß einen Warnruf aus. Burka nahm Adelinas Hand und zog sie in einen Hauseingang. Polternd rollte ein mit Weinfässern beladenes Fuhrwerk an ihnen vorbei.

«Ich denke jedenfalls so.» Adelina schüttelte seinen Arm ab und marschierte entschlossen weiter. Den Rest des Weges schwiegen sie.

Gleich nach der Wiederkehr ins Apothekerhaus zog der Medicus sich in seine Kammer zurück. Albert Merten hatte in der Apotheke alle Hände voll zu tun. Adelina half ihrem Vater die Kunden bedienen, danach bereitete sie das Mittagessen und setzte Wasser auf. Am Nachmittag wollte sie Vitus baden. Der Junge half ihr, den großen Bottich in die Stube zu tragen, und sah ihr aufgeregt dabei zu, wie sie den großen Hinterladeofen von der Küche aus anheizte. Vitus liebte es zu baden. Am liebsten hätte er seine Katze ebenfalls gewaschen, doch beim Anblick des Wassers war Fine mit einem großen Satz auf eines der Regale gesprungen und versteckte sich dort hinter einem bauchigen Krug. Adelina schrubbte ihrem Bruder den Rücken und wusch ihm die Haare mit der Seife, die sie selbst gesiedet hatte. Begeistert planschte Vitus in dem warmen Wasser und verspritzte es überall auf dem Boden. Als es Adelina schließlich gelungen war, ihren Bruder abzutrocknen und wieder anzuziehen, war dieser so erschöpft, dass er auf der Bank neben dem Ofen einschlief. Sie trug das Wasser Eimer für Eimer hinaus in die Abortgrube und wischte den Boden der Stube. Danach war es schon wieder Zeit, das Abendessen vorzubereiten. Sie buk süßes Brot und briet die dicken Grützwürste, die ihrem Vater so gut schmeckten.

Wieder war der Medicus voll des Lobes für ihre Kochkünste. Er nahm sich zweimal einen Nachschlag.

«Ihr werdet platzen, wenn Ihr noch mehr esst», meinte sie und beobachtete, wie er genüsslich auf den letzten Bissen herumkaute.

«Ihr macht es einem schwer, Maß zu halten.» Anerkennend klopfte er sich auf den Bauch und lehnte sich zurück. «Wo habt Ihr nur so gut Kochen gelernt?»

«Sie hat es sich selbst beigebracht, nicht wahr, Mädchen?» Albert freute sich sichtlich über das Lob für seine Tochter und tätschelte ihr die Hand. «Sie hat sich wunderbar um uns gekümmert, nachdem ihre liebe Mutter so früh von uns gegangen ist.» Sein Blick wurde wehmütig. «Viel zu früh. Aber wir haben uns durchgeschlagen. Adelina ist ein tapferes Mädchen. Und sie sieht ihrer Mutter so ähnlich! Das gleiche hübsche Gesicht und die gleichen wundervollen schwarzen Haare.» Albert traten Tränen in die Augenwinkel. «Ihre Mutter war eine Schönheit, das war sie. Und Lina ist es ebenfalls. Nicht wahr, Herr Medicus?»

«Vater», Adelina spürte, wie ihr die Röte ins Gesicht schoss. «Ich glaube nicht, dass der Herr Magister sich dafür interessiert.»

«Ach was», Albert lächelte versonnen, dann beugte er sich zum Medicus vor. «Wie gefällt es Euch in Köln? Habt Ihr Euch bereits eingelebt?»

«Es ist eine prächtige Stadt.» Burka ließ sich von Adelina Bier in seinen Becher nachschenken und nahm einen Schluck.

«Und an Patienten wird es Euch bestimmt nicht mangeln», fügte Albert hinzu. «Die Stadt wächst täglich. Aber sagt an, was hat Euch denn überhaupt nach Köln geführt? Ihr sagtet doch, dass Ihr aus Frankreich kommt.»

«Italien», verbesserte der Magister. «Gewisse Umstände haben mich gezwungen, das Land zu verlassen.» Er schwieg einen Augenblick, dann lächelte er. «Eure Tochter erzählte mir, dass Ihr ein eigenes Laboratorium besitzt?»

Albert Merten nickte eifrig. «In der Tat, so ist es.»

«Wenn es Euch nichts ausmacht, würde ich es mir gern einmal ansehen.»

Adelina warf dem Magister einen warnenden Blick zu, doch der schien das nicht zu bemerken. Ihr Vater redete bereits begeistert auf ihn ein und beschrieb ihm das Experiment, das er gerade durchführte, um ein weißes Pulver zu gewinnen, das ihn dem Geheimnis der Transmutation wieder einen Schritt näher bringen würde. Adelina verdrehte die Augen. Neklas Burka ließ sich jedoch bereitwillig von ihrem Vater in das kleine Kellergewölbe führen, in dem dieser sein Laboratorium untergebracht hatte.

Adelina stützte den Kopf in die Hände und seufzte. Das hatte ihr gerade noch gefehlt. Zwei vom gleichen

Schlag. Sie schloss die Augen. Nie würde sie begreifen, was erwachsene Männer dazu trieb, sich stundenlang in ein muffiges Zimmer einzuschließen, Metalle zu schmelzen, Pulver zu mischen und Experimente durchzuführen, bei denen ihnen nicht selten die Zutaten mit lautem Getöse um die Ohren flogen. Und das alles, um das Geheimnis zu lüften, wie man aus niederen Metallen Gold herstellte! Dabei hatten sich an der Goldmacherei schon viel Klügere vergeblich versucht. Adelina öffnete die Augen wieder und sah ihren Bruder vor sich, der gedankenverloren seinen Zeigefinger durch eine Bierlache auf dem Tisch zog.

«Komm, Vitus. Ich bringe dich ins Bett.»

«Erzählst du mir wieder eine Geschichte?»

«Ich erzähle dir auch eine Geschichte.» Ergeben ging sie hinter dem Jungen her den schmalen Gang entlang, von dem aus die Türen zu den Schlafkammern abzweigten. Zwischen ihren Beinen schlängelte sich die Katze hindurch und schoss auf das Bett zu.

«Sollen wir Fine nicht lieber hinauslassen?» Sie streckte die Hände nach der Katze aus, doch Vitus stieß sie zurück.

«Sie soll hier bleiben!», rief er aufgebracht. «Ich will nicht, dass sie rausgeht, weil die anderen sie doch totmachen wollen.»

«Vitus, die Buben werden ihr nichts tun. Sie haben dich nur gehänselt. Fine kann doch nicht ewig bei dir im Bett schlafen.»

«Tu sie nicht raus!» Vitus fing an zu weinen und legte schützend seine Arme um die Katze, die schnurrend ihr Köpfchen an seiner Brust rieb. Adelina holte tief Luft, seufzte dann schwer und setzte sich neben ihren Bruder.

«Also gut, in Gottes Namen, dann bleibt sie eben hier.»

Vitus' Tränen versiegten so schnell, wie sie gekommen waren. Er zog sich bis aufs Hemd aus und kuschelte sich unter seine Decke. Fine hielt er weiterhin schützend nah bei sich.

«Was für eine Geschichte möchtest du denn gern hören?»

«Eine von dem Drachen», kam es prompt. Sie überlegte einen Augenblick, dann begann sie mit der gewünschten Geschichte. Sie war noch nicht bei der Hälfte angelangt, da verkündeten die tiefen Atemzüge, dass Vitus eingeschlafen war. Fine hatte sich an seinem Bauch zusammengerollt und blinzelte träge. Einen Augenblick lang saß Adelina noch nachdenklich am Bett ihres Bruders. Dann griff sie sich das Licht und schlüpfte auf Zehenspitzen aus der Kammer.

2

Eine milchige Sonne durchdrang den Frühnebel, doch die Luft war schon herbstlich kalt und dämpfte den Gestank, der sonst aus den Rinnsteinen aufstieg.

Adelina war einmal mehr auf dem Weg zum Beginenhospital. Dabei überlegte sie, ob Reinhild sich für die neuesten Nachrichten aus dem Stadtrat interessieren würde. Der Ratsherr van der Schuren war am Vortag in die Apotheke gekommen und hatte die Hustenarznei für seine Frau geholt und Adelina von den wichtigsten Neuigkeiten über Beschlüsse des Rates berichtet.

Schwester Agathe empfing sie mit sorgenvollem Gesicht.

«Jungfer Adelina! Gut, dass Ihr kommt. Schwester Irmingard wollte schon nach Euch oder dem Medicus schicken lassen!»

«Ist etwas mit Benedikts Bein?» Adelina folgte der Frau zum Eingang.

«Nein. Aber der alte Balthasar, Ihr wisst schon, der hat seit heute Nacht eine schlimme Krankheit. Wir fürchten um sein Leben!»

«Balthasar? Ist das nicht der weißhaarige Alte, der sich manchmal nicht erinnern kann, wie er heißt?»

«Genau.» Die Pförtnerin blieb im Eingang stehen und wies aufgeregt in Richtung Krankensaal. «Schwester Irmingard und Schwester Heidrun kümmern sich um ihn.»

Adelina öffnete die Tür zum Saal und fuhr erschrocken zurück. Balthasar würgte und wand sich in Krämpfen. Gurgelnd schrie er seinen Schmerz heraus. Die beiden Pflegerinnen bemühten sich nach Kräften, ihn zu besänftigen und zu verhindern, dass er aus dem Bett fiel. Mit wenigen Schritten war Adelina am Bett und packte Balthasars Arme, um ihn ruhig zu stellen. Verzweifelt versuchte er sich aus ihrem Griff zu befreien, sodass die zwei Beginen noch eine weitere Pflegerin herbeiriefen.

«Balthasar!» Adelina versuchte seine Schreie mit ihrer Stimme zu übertönen. «Liegt doch still, damit ich Euch helfen kann!»

Sein flackernder Blick streifte Adelina, und für einen Moment hielt er inne. «Wer seid Ihr? Was wollt Ihr?» Seine Worte klangen undeutlich. Speichel rann aus seinem Mundwinkel. Sie legte ihm eine Hand auf die Stirn.

«Ich bin's, Adelina. Ich möchte Euch helfen. Aber dazu müsst Ihr mir sagen, wo es Euch wehtut.»

Der Mann wand sich erneut.

«Wo? Überall! Ich bin vom Teufel besessen! Ich kann meine Beine nicht mehr spüren! Es zerreißt mich!» Er keuchte und sank in sein Kissen zurück.

«Eure Beine?» Sie tastete seine Waden ab, doch er schien nichts zu spüren.

«Was kann das nur sein?»

Ratlos blickte Irmingard auf Balthasar nieder. «Vor einigen Stunden fing er, an über Krämpfe zu klagen, und seither ist es immer schlimmer geworden. Ich wollte schon nach Euch schicken lassen.»

«Hat er etwas Verdorbenes gegessen?»

«Nicht dass ich wüsste. Gestern Abend gab es Haferpfannkuchen, und die anderen sind nicht krank geworden.»

Plötzlich röchelte der alte Mann, bäumte sich auf und erbrach sich in einem Schwall auf den Boden. Adelina sprang zur Seite. Hustend und würgend versuchte er sich auf seinem Lager zu drehen. Aber es schien, als ob er seine Arme nicht mehr richtig bewegen könnte.

«Helft mir!» Balthasar rang nach Atem, seine Augen irrten flehend von einer zur anderen. Schwester Heidrun, eine junge Begine mit zahlreichen verblassten Pockennarben auf Gesicht und Hals, stolperte erschrocken los, um Tücher und Wasser zu holen. Irmingard beugte sich trotz des erbärmlichen Gestanks über den Kranken und streichelte ihm über die Wangen.

«Wir versuchen ja, Euch zu helfen, keine Angst!»

Doch der alte Mann verstand sie nicht mehr. Mit weit aufgerissenen Augen starrte er zur Decke und holte keuchend Luft, dann zuckte sein Leib noch einmal heftig. Im nächsten Moment brach sein Blick, und er sank in sich zusammen.

Adelina hielt ihre Hand vor seinen halb offenen Mund. Sie spürte keinen Atemhauch mehr. Sie sah die Leiterin des Hospitals an. Irmingard beugte sich über Balthasar und horchte an seiner Brust. Dann richtete sie sich wieder auf und bekreuzigte sich.

Für einen Moment sah es so aus, als wollte sie sich abwenden. Doch dann rief sie nach den Pflegerinnen, die den Toten waschen und in ein Leichentuch einnähen sollten. Eine der Frauen schickte sie zu Vater Simeon. Heidrun kam mit einem großen Eimer Wasser angelaufen und wischte das Erbrochene vom Boden auf. Adelina trat einen Schritt zur Seite, um ihr Platz zu machen. Der Gestank zerrte an ihrem Magen, und sie musste sich zusammenreißen, um der aufsteigenden Übelkeit nicht nachzugeben. Trotzdem warf sie einen Blick auf das, was die Pflegerin da aufwischte. Es war ein gelblich weißer Brei, eindeutig die Überreste der Haferpfannkuchen. Adelina wandte sich ab und ging zur Tür. Irmingard folgte ihr. Sie war sehr blass.

«Wartet, Adelina. Es tut mir Leid. Ich hätte Euch holen sollen. Vielleicht hätte auch der Medicus etwas tun können.»

«Ich weiß es nicht. Ich glaube nicht, dass wir dem armen Mann hätten helfen können. Diese Krankheit war schon zu weit fortgeschritten.»

«Vielleicht habt Ihr Recht.» Irmingard senkte die Stimme. «Würdet Ihr trotz dieses Vorfalls wohl noch einen Augenblick bleiben und Euch meinen Neffen ansehen? Er hat sich schlimm erkältet.» Adelina nickte und wollte sich zur Saaltür umdrehen, doch die Begine fasste sie am Arm.

«Er ist nicht dort drinnen.» Verlegen führte sie die junge Frau ein Stück den Gang hinunter zu einer Treppe, die in den oberen Stock führte. «Wir mussten ihn nach oben in ein abgesondertes Zimmer bringen. Er hat gestern wieder so einen Anfall bekommen und um sich geschlagen.» Gemeinsam stiegen sie die Stufen hinauf und betraten dann einen kleinen Raum, dessen Fenster vergittert und mit einer geflochtenen Matte gegen die Zugluft abgedichtet war. Auf einer dicken Strohmatratze lag ein schmächtiger, blasser Junge mit aufgedunsenem Gesicht. Seine Hände und Füße waren an grob zurechtgezimmerten Pfosten festgebunden, die die Matratze einrahmten und wohl ein Bettgestell darstellen sollten. Entsetzt starrte Adelina auf den gefesselten Jungen, der etwa in Vitus' Alter war. Als er die beiden Frauen erkannte, zerrte er wild an seinen Fesseln.

«Adrian.» Irmingards Stimme war sanft und liebevoll.

«Du brauchst dich nicht zu fürchten. Adelina kennst du doch, nicht wahr? Sie hat dir immer Süßigkeiten mitgebracht, weißt du nicht mehr?» Die Bemühungen des Jungen, sich von den Stricken zu befreien, ließen nach, und er begann schief zu grinsen.

«Adelina komm.» Seine Worte waren verzerrt und kaum zu verstehen. «Adrian krank.»

«Ich weiß. Deine Tante hat mir schon gesagt, dass du dich erkältet hast. Warst wohl zu viel draußen bei dem schlechten Wetter.» Adrians Grinsen wurde noch breiter und schiefer, und er nickte heftig. Er lallte etwas Unverständliches, dabei kiekste seine Stimme unkontrolliert.

«Könntet Ihr ihn wohl losbinden, damit ich ihn untersuchen kann?»

Irmingard verzog das Gesicht.

«Lieber nicht. Wir sind nicht sicher, ob der Anfall ganz vorbei ist.»

Adelina untersuchte den Hals des Jungen und horchte an seiner Brust.

«Er hat leichtes Fieber und wird einen ordentlichen Bellhusten bekommen», erklärte sie, und Irmingard nickte. «Ihr solltet ihm einen starken Sud aus Ingwer und Minze bereiten. Warme Umschläge um die Brust helfen auch.»

«Ingwer ist teuer.»

«Es ist aber eins der besten Mittel, um den Schleim in der Brust zu lösen», erwiderte Adelina und strich Adrian über die Wange. Sie fand es schrecklich, dass er wie ein Tier angebunden werden musste. Einen seiner Anfälle hatte sie noch nie miterlebt, aber sie wusste, es geschah sowohl zu seinem als auch zum Schutz der anderen Patienten. Doch der Junge schien sich beruhigt zu haben.

«Ich werde Euch die Zutaten für den Sud noch heute bringen.»

«Das ist sehr freundlich von Euch.» Irmingard lächelte ihr dankbar zu. «Aber nun entschuldigt mich. Ich muss mich um das Begräbnis des armen Balthasar kümmern.»

Adelina ging hinter ihr die Treppe hinunter und trat dann noch einmal in den Krankensaal. Den Leichnam hatten die Pflegerinnen bereits fortgeschafft. Sie ging hinter den Wandschirm, wo sie von Reinhild freudig begrüßt wurde.

«Habt Ihr heute endlich ein paar Neuigkeiten für mich?»

Adelina hob die Schultern. «Ich weiß nicht, ob die Nachrichten, die ich habe, nach Eurem Geschmack sind. In der Stadt ist es dieser Tage wirklich ziemlich ruhig. Neulich haben sie die Tochter eines Kürschners aus der Hahnengasse auf den Kax am Alter Markt gestellt und ausgepeitscht, weil sie Unzucht getrieben haben soll. Ansonsten gibt es nichts Besonderes zu berichten.» Adelina zuckte mit den Schultern. Da fiel ihr noch etwas ein: «Ein Ratsherr, der Kunde in unserer Apotheke ist, hat erzählt, dass es ein neues Gesetz gibt. Die Ratsherren dürfen demnach ab sofort nicht mehr das Schöffenamt bekleiden.»

«Aha.» Reinhild runzelte die Stirn. «Und wozu soll das gut sein?»

«Wahrscheinlich, damit die Schöffen nicht mehr über ihre eigenen Vergehen richten können.»

«Oder damit die Schöffen nicht mehr gewahr werden, was im Stadtrat vor sich geht.» Kopfschüttelnd lehnte sich Reinhild in ihren Kissen zurück. «Habt Ihr noch mehr solche Nachrichten?»

«Tja, wie man's nimmt.» Adelina senkte vertraulich die Stimme. «Heinrich von Stave soll in der Stadt gesichtet worden sein.»

«Dieser schreckliche Kerl! Aber er ist doch seit letztem Jahr verbannt, weil er das Gerücht um den Angriff auf das Deutzer Kloster in die Welt gesetzt hat!»

«Es geht das Gerücht, dass er sich mit seinem Neffen verbünden und eine Fehde gegen die Stadt führen will.»

«Das wird er nicht wagen.»

«Er hat noch immer eine Menge Anhänger unter den Adligen.»

Reinhild schüttelte sich.

«Also wirklich, mir wäre eine schöne Geistergeschichte lieber gewesen. Es geht auf Allerheiligen zu. Habt Ihr nichts dergleichen zu erzählen?»

Adelina hätte fast gelacht über das begierige Gesicht der Frau.

«Nein, habe ich nicht. Aber habt Ihr nicht an Euren eigenen Dämonen genug zu tragen?»

«Zuletzt haben sie sich ganz ruhig verhalten», sagte Reinhild und kicherte vergnügt. «Vielleicht, weil mein Herr Gemahl die Stadt in Geschäften verlassen hat. Immer, wenn er mich besucht, werden sie so aufbrausend.» Sie zwinkerte viel sagend. Adelina nickte unbestimmt und verabschiedete sich eilends. Dann flüchtete sie ins Freie. Sie ging gern ins Hospital. Doch manchmal, wenn sie zu lange in Gesellschaft dieser Menschen war, bekam sie Angst, ebenfalls überzuschnappen.

†

«Euch macht doch etwas zu schaffen?»

Der Medicus war soeben von einem Stadtrundgang zurückgekommen und hatte sich auf der Bank in der Küche niedergelassen. Adelina knetete verbissen einen schweren Brotteig. Kleine Schweißperlen hatten sich auf ihrer Stirn gebildet, nicht nur wegen der Anstrengung, sondern auch, weil sie den Ofen kräftig angeheizt hatte.

«Was sollte mir zu schaffen machen?»

«Ihr seht aus, als wolltet Ihr diesen Teig windelweich prügeln.» Burka beugte sich ein wenig vor und zwinkerte ihr zu. «Hat Euch jemand geärgert?»

«Seid Ihr immer so naseweis oder nur bei mir?» Sie hob den Teig an und ließ ihn heftig auf die Tischplatte klatschen.

«Ich erfahre gern etwas über die Menschen in meiner Umgebung.»

«Aber über Euch selbst redet Ihr erstaunlich wenig. Vielleicht macht das Eure Fragen so unangenehm.» Rasch formte sie eine Kugel aus dem Teig und legte sie in eine Schüssel, die sie mit einem groben Leinentuch abdeckte. Dann machte sie sich daran, die Tischplatte zu reinigen. Der Magister beobachtete belustigt jede ihrer Bewegungen.

«Wenn Ihr etwas über mich erfahren wollt, hättet Ihr mich fragen können.» Sie ging nicht darauf ein. «Also gut, ich erzähle Euch etwas über mich, und Ihr sagt mir dafür, weshalb Ihr den Brotteig so misshandelt habt.»

«Ich habe ihn nicht misshandelt. Man muss einen Brotteig kneten, damit er aufgeht.» Beinahe hätte sie lächeln müssen, doch ihr war nicht nach Lächeln zumute. «Ein alter Mann ist heute im Hospital gestorben.»

«Habt Ihr ihn gut gekannt?»

«Nein, eigentlich nicht. Er war verwirrt und wusste manchmal seinen eigenen Namen nicht.»

«Und weshalb macht Euch sein Tod dann so betroffen?» Burka lehnte sich gegen die Wand und streckte die Beine unter dem Tisch aus. Adelina zuckte mit den Schultern.

«Ich habe mit angesehen, wie er starb. Er war furchtbar krank, und es war ...», sie hielt inne, «erschreckend.»

«Der Tod ist meistens erschreckend, vor allem, wenn er plötzlich eintritt», erwiderte er. «Tut mir Leid, dass Ihr einen schlimmen Tag hattet.»

«Keinen schlimmen Tag, nur ein schlimmes Erlebnis.» Sie stellte einen Krug Bier und einen Becher vor den Medicus hin. «Ihr schuldet mir noch eine Geschichte.»

«In der Tat. Was möchtet Ihr denn hören? Wie Ihr bereits wisst, wurde ich in Kortrijk geboren. Mein Vater war Tuchhändler, mein älterer Bruder ist Tuchhändler, meine beiden Schwestern sind mit Tuchhändlern verheiratet.»

«Und warum seid Ihr kein Tuchhändler geworden? Flämisches Tuch ist doch gutes Geld wert.»

«Ich bin eben aus der Art geschlagen.» Er schmunzelte. «Ich konnte nie besonders gut rechnen, wisst Ihr. Damit habe ich Vater fast um den Verstand gebracht. Schließlich hat er aufgegeben und mich auf eine Lateinschule geschickt. Und als ich mich dort besser angestellt habe, durfte ich zur Universität. Erst war ich in Paris, doch dann bin ich nach Salerno gegangen. Dort gibt es ein paar der besten Doctores der Medizin. Leider ist Vater kurz nach meinem Examen gestorben.»

«Und was ist mit Eurer Mutter?»

«Sie lebt mit dem Rest der Familie in Kortrijk.»

«Warum seid Ihr nicht dorthin zurückgegangen? Ein Medicus findet doch überall sein Auskommen, oder nicht?»

«Kann schon sein. Doch ich wollte erst sehen, was die Welt zu bieten hat. Und dabei habe ich festgestellt, dass es weit schönere Orte gibt als Kortrijk.»

«Und ist Köln schöner als Kortrijk?»

Burka lächelte wieder.

«Es sind die Menschen, die die Schönheit eines Ortes ausmachen.»

†

Durch die Ritzen der Fensterläden drang weißes kaltes Mondlicht. Adelina konnte nicht einschlafen. Aus dem Laboratorium ihres Vaters tönte Zischen und Scheppern, und wenn sie angestrengt lauschte, konnte sie die Stimmen der beiden Männer hören. Stundenlang half der Magister nun schon Albert bei seinen Experimenten. Stöhnend zog Adelina sich die Decke über den Kopf. Sie konnte diese besessene, alles verdrängende Suche nach dem Geheimnis der Geheimnisse einfach nicht verstehen. Ihr Vater war darüber sonderbar geworden, und es verstand sich von selbst, dass daran die giftigen Dämpfe schuld waren, die er immerzu einatmete. Das einzig Gute, das er bisher in seinem Kellerraum hergestellt hatte, war das Aqua Ardens. Albert Merten behauptete, man könne es trinken, doch es brannte furchtbar im Mund. Irgendwann hatte sie jedoch herausgefunden, dass man damit hervorragend sauber machen konnte. Die Apparatur im Keller war auch nicht ganz ungefährlich. Ihr Vater gab vor, Weingeist herzustellen, den er seinen Arzneien zusetzte, doch seine anderen Experimente wurden von den Leuten zuweilen misstrauisch betrachtet. Glücklicherweise war dergleichen in Köln nicht verboten, solange es sich nicht um schwarze Künste handelte. Und davon war der Apotheker weit entfernt, denn er war ein gottesfürchtiger Mann. Adelina wünschte sich nur, dass er seinen Verstand ein wenig mehr auf die wirkliche Welt richten würde. Seufzend kroch sie aus dem Bett, wickelte sich in ihren schweren Hausmantel und schlich in die Küche. Sie füllte etwas Milch in einen Topf und erwärmte sie über der Restglut der Feuerstelle. Dann mischte sie einen Löffel Honig darunter und goss das Ganze in ihren Trinkbecher. Still setzte sie sich auf die Bank und blickte in das kleine Talglicht, welches die einzige Lichtquelle im Raum darstellte. Wieder hörte sie Stimmen von unten, dann die schweren Schritte ihres Vaters auf der Treppe. Er ging in seine Kammer. Wenig später klappte unten die Tür, und sie vernahm die Schritte des Magisters auf der Stiege. Vor der Küchentür blieb er stehen, und schließlich trat er ein.

«Haben wir Euch geweckt?»

«Wer sonst? Habt Ihr unten alle Kerzen gelöscht? Ich will keinen Ärger mit der Feuerwache.»

Er nickte. Sie trank ihre Honigmilch in langsamen Schlucken.

«Es ist kalt», stellte er mit Blick auf ihre nackten Füße fest. «Ihr solltet wieder zu Bett gehen, sonst erkältet Ihr Euch.»

«Und Ihr solltet aufpassen, dass die Dämpfe dort unten Euch nicht auch noch die Sinne vernebeln.» Sie stand auf, drückte dem Medicus ihren noch halb vollen Becher in die Hand und schob sich an ihm vorbei zur Tür ihrer Kammer. Dort drehte sie sich noch einmal um. «Und seht zu, dass Ihr nicht noch mehr von diesen Glasgefäßen kaputtmacht.»

«Ich werde das Glas-Ei bezahlen», erklärte Burka sofort.

«Natürlich werdet Ihr das.» Gereizt drehte sie sich um und zog die Tür hinter sich zu.

3

Mit Vitus an der Hand und einem großen Korb am anderen Arm marschierte Adelina über den Marktplatz in Richtung Südstadt. Dort, in der Nähe des Blaubachs und des Gerberviertels, waren die Schuhmacher ansässig. Trotz des blauen Himmels war es eisig kalt. In der sternenklaren Nacht hatte es den ersten Frost gegeben. Vitus brauchte dringend neue Stiefel für den Winter, ebenso wie ihr Vater. Und auch Adelinas eigene Schuhe sahen jämmerlich aus. Ihr Bruder strahlte über den Ausflug und kickte fröhlich einen Stein vor sich her über die holprige Gasse. Adelina ermahnte ihn ein ums andere Mal, nicht zu nah an den Blaubach heranzugehen, der seinen Namen von den Abfällen der Färber hatte, die hier ansässig waren. Das Wasser war tatsächlich blau, und es stank nach den Gerbstoffen, die ebenfalls hineingeleitet wurden.

Eine kleine Gruppe Mägde, die sich plaudernd um einen Brunnen versammelt hatte, gaffte ihnen neugierig nach. Die Handwerker, die die Kirche St. Marien renovierten, schnalzten laut vernehmlich und tippten sich an die Stirn. Vitus winkte ihnen zu, und sie schüttelten sich vor Lachen aus. Entschlossen, die Männer nicht zu beachten, zerrte sie ihren Bruder weiter in die Schuhmachergasse.

Es dauerte eine halbe Stunde, bis der stämmige Geselle es geschafft hatte, Vitus' Füße auszumessen und das geeignete Leder und Futter für die Schuhe auszusuchen. Der Junge zappelte herum und wollte wieder auf die Straße. Adelina gab dem genervten Mann noch die Maße für die Stiefel ihres Vaters und zeigte ihm dann ihre eigenen Winterschuhe. Stirnrunzelnd schüttelte der Geselle den Kopf.

«Wollt Ihr wirklich, dass wir diese traurigen Dinger noch einmal reparieren? Das wird so teuer wie ein neues Paar. Und das wäre dann wenigstens besser gefüttert. Ihr solltet es Euch überlegen. Wenn Ihr drei neue Paare bestellt, lässt der Meister bestimmt mit sich reden und geht mit dem Preis herunter.»

Seufzend blickte sie auf ihre alten Schuhe und überschlug im Geiste den Inhalt ihrer Geldbörse. Dieses grässliche Philosophen-Ei von neulich hatte ein ziemliches Loch in ihre Haushaltskasse gerissen. Nur gut, dass der Medicus wenigstens das Glas bezahlt hatte, das ihm gestern zersprungen war.

«Also gut, dann macht mir eben auch ein neues Paar Schuhe.» Sie setzte sich auf einen der Hocker und ließ den Gesellen Maß an ihren Füßen nehmen.

«Möchtet Ihr sie mit Wolle ausgestopft haben oder ein richtiges Futter aus Schaffell?», fragte er.

Sie seufzte ob der hohen Kosten, die auf sie zukamen.

«Wenn es schon ein neues Paar sein muss, dann soll es auch eine Weile halten. Macht ein ordentliches Futter hinein.»

«Stiefel vielleicht? Die halten noch wärmer.»

«Nein. Knöchelhoch reicht völlig. Wann kann ich sie abholen?»

«In drei Tagen», der Schustergeselle hielt ihr zuvorkommend die Tür auf. «Gehabt Euch wohl, Jungfer Merten.»

Um den gehässigen Handwerkern aus dem Weg zu gehen, wandte sie sich in Richtung Neumarkt. Als Vitus merkte, dass der Spaziergang noch etwas länger werden würde, hopste er noch fröhlicher über die Rinnsteine. Sie hielt ihn nicht davon ab, denn zum Glück war der meiste Dreck noch immer fest gefroren.

Aus alter Gewohnheit hielt sie auf das Blidenhaus zu. Zwar hatte sie nicht vorgehabt, zum Hospital zu gehen, doch da sie nun schon einmal auf dem Weg war, konnte sie auch kurz dort vorbeischauen.

Je näher sie kam, desto deutlicher vernahm sie laute Schreie. Erschrocken fasste sie Vitus am Handgelenk und eilte auf die Pforte zu. Der Lärm kam aus dem oberen Stockwerk, dort, wo Irmingards Neffe untergebracht war. Die schrillen Schreie des Jungen hallten über die Straße. Es klang, als würde er furchtbare Qualen erleiden. Heftig pochte Adelina an die Tür, und sofort öffnete sich das Sichtfenster.

«Schwester Agathe, was geht dort oben vor? Warum schreit Adrian so schrecklich?»

«Ach, liebe Jungfer Adelina, er schreit schon seit der Morgenmahlzeit. Schwester Irmingard dachte erst, es sei wieder einer seiner Anfälle, doch jetzt sieht es so aus, als habe er die gleiche Krankheit wie der alte Balthasar.»

«Die gleiche Krankheit?» Adelina schaute bestürzt zu dem Fenster empor. «Ist sonst noch jemand krank geworden? Vielleicht sollte ich den Medicus holen?»

Die Pförtnerin hob verzagt die Schultern. Adelina schob Vitus durch die Pforte und schloss sie hinter sich.

«Würdet Ihr wohl so freundlich sein und auf meinen Bruder Acht geben? Ich möchte zu Adrian hinaufgehen.»

«Natürlich. Komm, mein Junge, ich bringe dich in den Speisesaal. Vielleicht finden wir noch einen süßen Wecken für dich.»

«Ich mag süße Wecken!», rief Vitus begeistert. «Lina backt gute.»

«Die aus unserer Backstube werden dir bestimmt auch schmecken.» Die Pförtnerin nickte ihr noch einmal zu und nahm den Jungen dann mit sich.

Adelina wandte sich eilig in die andere Richtung und betrat das Hospitalsgebäude. Sie war schon fast auf dem oberen Treppenabsatz, als sie aus dem Krankenzimmer Weinen vernahm. Adrian hatte zu schreien aufgehört. Mit großen Schritten nahm sie die restlichen Stufen und rannte auf den Raum zu. In der Tür wäre sie beinahe mit einer der Pflegerinnen zusammengestoßen.

«Wartet!» Die Frau fasste sie am Arm. «Ihr könnt da nicht hinein.»

Doch Adelina hatte sich bereits an ihr vorbeigeschoben und starrte nun entgeistert auf den blau angelaufenen Leichnam des Jungen. Seine Hände waren wie am Vortag an die Pfosten gefesselt; die Stricke hatten sich tief in das Fleisch eingeschnitten. Adrians Mund stand weit offen, als würde er noch immer schreien. An seinem Kinn glänzte ein Fleck von dem, was er kurz vor seinem Tode noch erbrochen hatte.

Seine Tante Irmingard kniete schluchzend vor der Matratze. Sie löste seine Fuß- und Handfesseln und drückte dann den leblosen Körper an sich. Ein junges Mädchen war dabei, den Boden vor der Schlafstatt aufzuwischen. Ihre Beginentracht wirkte viel zu groß, und sie hatte die Ärmel mehrfach umgekrempelt.

Adelina trat vorsichtig neben die weinende Frau und zog sie von dem Toten fort.

«Adelina, o nein!» Irmingard wischte sich mit dem Ärmel ihres Kleides über die Augen. «Es ist schrecklich! Mein armer Adrian. Was soll ich nur tun?»

«Kommt erst einmal mit und erzählt mir, was geschehen ist.»

Zögernd folgte die Begine Adelina auf den Gang hinaus.

«Es war wie bei Balthasar. Er wurde ganz plötzlich krank, nach der Morgenmahlzeit. O Gott, er hat sich so gequält, und ich konnte ihm nicht helfen.»

«Ist sonst noch jemand krank geworden?»

«Nicht dass ich wüsste. Nein.»

«Und hat er gegessen, was alle gegessen haben?»

«Natürlich, warum fragt Ihr das?» Irmingard hob die Brauen.

Adelina rieb sich nachdenklich das Kinn.

«Weil es dann ausgeschlossen ist, dass das Essen verdorben war. Dann muss er die gleiche Krankheit gehabt haben wie der alte Mann.»

«Krankheit? Ihr meint, sie breitet sich womöglich aus?» Die Leiterin des Hospitals wurde blass. Dann senkte sie die Stimme. «Der Gedanke ist mir natürlich auch schon gekommen. Aber das darf nicht sein. Für eine Seuche sind wir hier nicht eingerichtet. Wir haben zu wenig Platz und nicht genug Mittel, um ausreichend Arzneien zu kaufen.»

«Ihr solltet dennoch darauf achten, alle, die über Unwohlsein klagen, in einen anderen Raum zu bringen. Vielleicht ist es aber auch gar nicht ansteckend.»

«Ich will es hoffen.» Irmingard atmete tief durch. «Ich lasse jetzt Vater Simeon holen und die Leichenwäsche vorbereiten. Warum musste es ausgerechnet Adrian sein?» Mit hängenden Schultern ging sie davon.

Adelina sah ihr mit einem seltsamen Gefühl hinterher.

Auf dem Weg zur Treppe wurde sie von dem Mädchen mit dem Putzeimer überholt. Auf der Treppe fiel ihr Blick unwillkürlich in den Eimer, in dem es klumpig gelblich schwappte. Der Geruch stieg ihr widerlich in die Nase, doch ihr Blick wurde wie magisch von dem Eimer angezogen. Sie starrte auf die unappetitliche Brühe, bis das Mädchen um eine Ecke bog.

Vitus hatte es sich im Speisesaal der Beginen gut gehen lassen. Adelina musste ihm gut zureden, damit er wieder mit ihr nach draußen kam. Auf dem gesamten Heimweg plapperte er auf sie ein, doch sie gab ihm kaum Antwort. In Gedanken sah sie noch immer Adrians verzerrtes Gesicht mit dem klaffenden Mund vor sich.

†

«Würdet Ihr mir helfen?» Der Medicus stand mit griesgrämigem Gesicht in der Küche und schaute Adelina über die Schulter. Sie war gerade dabei, den großen Kochtopf mit Sand zu scheuern. Unwillig hob sie den Kopf.

«Bei was helfen?»

«Ich benötige einige Dinge aus der Apotheke.»

«Geht zu Vater. Ich habe zu tun.» Adelina wandte sich wieder ihrem Topf zu. Sie hatte keine Lust auf Plaudereien. Burka verschränkte die Arme vor der Brust.

«Euer Vater hat die Ladentür abgeschlossen und sich in seiner Kammer eingesperrt. Er sagt, er müsse schlafen. Ich konnte ihn nicht dazu bewegen, mir die Arzneien zu mischen.»

«Das wundert mich nicht. Ihr habt gestern Abend

viel zu lange im Laboratorium gehockt. Vater verträgt das lange Aufbleiben nicht.» Verbissen scheuerte sie weiter den Sand über die Topfwände. Knurrend packte der Medicus sie am Arm und drehte sie zu sich um.

«Wäret Ihr jetzt wohl so freundlich, mir die Arzneien zuzubereiten? Es ist wichtig; ich muss sie noch heute zu meiner Patientin bringen.»

Adelina starrte ihn sekundenlang schweigend an, dann riss sie sich los und ging zur Tür.

«Verratet Ihr mir, wem oder was ich Eure schlechte Laune zu verdanken habe?» Sie betrat die Apotheke und lehnte sich mit dem Rücken gegen den Tresen.

«Die Eure scheint mir auch nicht viel besser.» Burka schloss die Tür hinter sich und blieb mitten im Raum stehen.

Adelina zuckte mit den Schultern. «Wie man in den Wald hineinruft …» Sie hielt kurz inne. «Im Hospital gab es noch einen Toten. Ein Junge in Vitus' Alter.»

Der Medicus hob die Brauen. «Die gleiche Krankheit?»

Sie nickte. Stirnrunzelnd schlenderte er zu einem der Regale und betrachtete die aufgereihten Dosen. «Vielleicht solltet Ihr Euch nicht so oft im Hospital herumtreiben.»

«Und warum nicht?»

Er drehte sich wieder um.

«Weil Ihr Schaden nehmen könntet.»

«Macht Euch nicht lächerlich. Ich habe meine Gründe, dort zu helfen.»

«Mag sein. Fangt Ihr nun bitte mit den Arzneien an? Ich benötige gemahlenen Kalmus und eine Kräutermischung gegen Halsentzündung. Habt Ihr Salbeiblätter und Kamille?»

«Natürlich.» Sie öffnete verschiedene kleine Kästchen und entnahm ihnen die gewünschten Kräuter. «Ihr solltet noch Eibisch dazugeben», sagte sie. «Bockshornklee hilft auch sehr gut, doch um diese Jahreszeit gibt es keinen mehr.»

«Danke danke, ich weiß ja nun schon, dass Ihr Euch auskennt.» Der Magister sah ihr beim Mischen der Kräuter zu. «Magister Arnoldus will seine Stellung an der Universität abgeben. Er sagt, er sei zu alt, um sich täglich um eine Horde aufmüpfiger Scholaren zu kümmern. Er hat mich gefragt, ob ich sein Nachfolger werden will.»

«Und das erzürnt Euch so?» Adelina verschnürte das Säckchen mit dem Kalmus und legte es neben den Beutel mit der Halsmedizin.

«Ich bin kein Mitglied der Fakultät.» Burka nahm die beiden Kräuterpäckchen und ging zur Tür. Adelina folgte ihm.

«Der Papst hat für die Magister Pfründen vorgesehen. Wenn Arnoldus für Euch vorspricht, könnt Ihr sicher Mitglied der Fakultät werden.»

«Nein, das kann ich nicht», fuhr er sie an. Überrascht hob sie die Brauen. Mit finsterem Blick stapfte der Medicus die Stiege hinauf. Nur wenig später hörte Adelina, wie er wieder herunterkam und ohne Abschiedsgruß das Haus verließ.

Sie erledigte ihre häuslichen Arbeiten, brachte Vitus dazu, sich zu einem Nachmittagsschläfchen hinzulegen, und ging dann in ihre Kammer, um sich umzuziehen. In ihren abgetragenen Wollmantel gehüllt, trat sie schließlich auf die Straße. Sie war froh um die Haube aus festem Leinen, denn ein eisiger Wind wehte und trieb trockenes Laub durch die Gassen und über den Alter Markt, das sich unter dem Querbalken des Kax verfing, an dem heute einmal kein Unglücklicher die Schmähungen seiner Mitmenschen erdulden musste. Eine Meise hockte auf einer der Eisenfesseln und zwitscherte unmelodisch. Viele Händler hatten zeltartige Schutzdächer über ihren Verkaufstischen aufgespannt. Das Stimmengewirr der Käufer und die Rufe der Marktschreier verfolgten Adelina ein ganzes Stück, bis sie schließlich in eine andere Straße abbog. Sie wollte zur Universität und dort mit dem alten Medicus sprechen.

Magister Arnoldus freute sich sichtlich, sie zu sehen. Er war ein untersetzter Mann mit deutlichem Bauchansatz und zerfurchtem, freundlichem Gesicht. Ein grauer Haarkranz war ihm geblieben, sodass er sich keine Tonsur mehr zu scheren brauchte.

«Adelina, Mädchen, wie schön, Euch einmal wieder zu sehen! Wie ich hörte, wohnt der neue Medicus jetzt bei Euch? Ich hoffe, er weiß Eure Kochkünste zu schätzen!»

«Er stopft sich das Maul, als gäbe es morgen nichts mehr.» Adelina setzte sich auf den Wink des alten Mannes zu ihm an den klobigen Tisch, der ihm als Schreibpult diente. Er lachte rau.

«Das kann ich mir vorstellen. So ein junger Mann verträgt einiges. Konnte ich auch, damals ... Aber Ihr habt mir ja sämtliche Freuden verboten. Und diesem Grünschnabel fällt nichts Besseres ein, als Euch beizupflichten. Nur wegen dem bisschen Gicht. Als könnte ich das nicht selbst behandeln.»

«Redet Ihr auch so, wenn Ihr mal wieder vor Schmerzen das Bett hüten müsst?» Adelina lächelte ihm zu. «Ihr solltet Euch nicht beschweren. Es geht Euch doch sichtlich besser. Aber deswegen bin ich gar nicht hier. Ich bin gekommen, weil ich Euren Rat brauche.»

«Meinen Rat braucht Ihr? Um was handelt es sich denn?» Aufmerksam richtete sich der alte Medicus auf. Nervös zupfte Adelina an der Schleife ihrer Haube.

«Eigentlich ist es eher ein Buch, das ich brauche. Ihr besitzt doch ein Werk über die verschiedenen Krankheiten des Leibes und ihre Ursachen, nicht wahr?»

«Aber ja, das Buch ist äußerst wertvoll. Wollt Ihr es Euch ausleihen? Es ist natürlich auf Latein.»

«Ich weiß. Mein Latein ist zwar nicht besonders gut, aber ich möchte nur etwas nachschlagen. Und vielleicht kann mir Vater ja dabei helfen.»

«Ich könnte Euch auch helfen.»

«Das ist sehr freundlich von Euch, aber ich weiß selbst noch nicht genau, was ich suche, und ich möchte Euch nicht so lange aufhalten. Es handelt sich um … eine ungewöhnliche Krankheit.»

«Dieser Tage gibt es viele ungewöhnliche Krankheiten.» Magister Arnoldus erhob sich schwerfällig und ging zu einer eisenbeschlagenen Truhe. Nach einigem Wühlen zog er ein in Kalbsleder gebundenes Buch hervor und reichte es ihr. «Ich weiß, dass Ihr mit meinem Schatz behutsam umgehen werdet. Bringt es mir zurück, sobald Ihr fündig geworden seid.»

«Das werde ich.» Adelina schob sich den schweren Folianten unter den Mantel und verabschiedete sich.

Ein eisiger Nieselregen hatte eingesetzt. Als Adelina zu Hause ankam, war ihr Mantel ganz klamm, sodass sie ihn zum Trocknen neben den Ofen hängen musste.

Nach dem Abendessen räumte sie die Küche sorgfältig auf und holte sich dann die gute Öllampe aus ihrer Kammer. Ihr Vater hatte sich ausnahmsweise allein in sein Laboratorium zurückgezogen. Neklas Burka war, noch immer griesgrämig, in seinem Zimmer verschwunden. Vorsichtig klappte Adelina das Buch auf und blätterte es langsam durch. Dabei musste sie feststellen, dass ihr Latein nicht nur schlecht, sondern gänzlich eingerostet war. Mühsam buchstabierte sie sich durch den Text auf der Suche nach der Antwort auf eine Frage, die sie nicht einmal recht zu stellen vermochte.

Über ihr knarrten die Deckenbalken. Der Medicus schien ein unruhiger Geist zu sein. Den Geräuschen nach lief er in seiner Kammer auf und ab.

Vom Marktplatz her drang das Grölen von Betrunkenen und dann das Getrappel von Pferdehufen. Harsche Rufe wurden laut. Die Stadtwache hatte die Saufbrüder aufgegriffen.

Adelina rieb sich die Augen. Das Lesen in der fremden Sprache strengte sie an. Unschlüssig blätterte sie ein paar Seiten weiter, bis sie auf eine Textstelle stieß, bei der sie aufmerkte. Minutenlang starrte sie auf die Seite, während ihre Lippen sich stumm bewegten. Schließlich klappte sie das Buch wieder zu. Ihr war kalt geworden, obwohl der Ofen eine wohlige Wärme ausstrahlte. Schaudernd rieb sie sich über die Arme, auf denen sich eine Gänsehaut gebildet hatte. Es konnte nicht sein! Wer hätte denn einen Grund ...? Vielleicht konnte ihr der Medicus weiterhelfen. Sie klemmte sich das schwere Buch unter den Arm und stieg hinauf zur Dachkammer.

Burka hatte aufgehört, in der Kammer herumzulaufen. Wahrscheinlich hatte er ihre Schritte auf der Stiege gehört. Adelina klopfte leise an die Tür und trat ein. Der Medicus lehnte am Fenster und sah ihr entgegen. Ihr Blick wanderte kurz im Raum umher. Sein Bett war nicht gemacht, auf dem Schreibpult stand eine Kiste mit Kleidungsstücken. Die große Kleidertruhe war offen und mit Büchern voll gestopft. Dazwischen lagen mehrere mit Wachs verstöpselte Phiolen aus teurem Glas, die augenscheinlich Arzneien enthielten. Dass er sie so nachlässig aufbewahrte! Nur der Gelehrtenmantel hing ordentlich an einem Haken neben der Tür.

Sie räusperte sich.

«Kennt Ihr Euch mit Vergiftungen aus?»

«Wie kommt Ihr um diese Zeit auf solch eine Frage?»

«Weil», sie legte das Buch auf der Tischkante ab, «ich glaube, dass die beiden Toten im Hospital vergiftet worden sein könnten.»

«Das glaubt Ihr also.» Burka stieß sich vom Fensterrahmen ab und warf einen Blick auf den Buchdeckel. «Ihr könnt das lesen?»

«Ich glaube, dass die beiden etwas Giftiges gegessen haben.»

«Das ist ein schwer wiegender Verdacht. Was veranlasst Euch zu der Vermutung?»

«Beide hatten Krämpfe bis zum Erbrechen und Lähmungserscheinungen, die sich von den Beinen her über den Körper ausgebreitet haben, bis das Herz stehen geblieben ist. Und beide waren bis zum Schluss bei klarem Bewusstsein.»

Die Miene des Medicus wurde ernst.

«Wollt Ihr etwa andeuten …?»

«Schierling ist ein Gift, das Krämpfe und Lähmungen hervorruft.»

«Und wie soll wohl dieses Kraut den zwei Geisteskranken ins Essen gelangt sein?»

Adelina verschränkte die Arme vor der Brust.

«Ich habe keine Ahnung. Vielleicht haben sie versehentlich draußen etwas davon gegessen. Oder aber jemand hat es ihnen absichtlich ins Essen gemischt. Die Samenkapseln des Schierlings sind klein und unscheinbar. In Grütze oder Gerstenbrei würden sie nicht auffallen.»

«Schierling im Gerstenbrei?» Der Magister schüttelte den Kopf. «Ich gebe Euch einen Rat: Quält Euch nicht mit derartigen Mutmaßungen.»

«Aber warum denn? Wenn tatsächlich jemand Schierlingssamen ins Essen gemischt hat, muss man doch etwas unternehmen! Ich werde das herausfinden.» Entrüstet griff sie wieder nach dem Buch und wollte gehen, doch Burka hielt sie am Arm fest.

«Nichts werdet Ihr. Das sind doch alles haltlose Vermutungen!»

Wütend riss sie sich los.

«Und wenn es wieder passiert?» Sie raffte ihren Rock und trat auf die Treppe. Erst, als sie unten angekommen war, hörte sie das Klappen der Kammertür oben.

†

Schon am frühen Morgen stand sie in der Apotheke und füllte die leeren Medizinbehälter auf. Auf ihren Vater konnte sie sich ja nicht verlassen. Vor allem die Kräutermischungen gegen Erkältung mussten immer vorrätig sein, gerade um diese Jahreszeit. In einem der Regale fand sie ein Stück Papier mit einer Liste von Malerfarben. Entgeistert überflog sie die Bestellung. Sie war von Jakob Grunert, einem Meister der Maler- und Färberzunft. Hatte ihr Vater etwa …?

Eilig lief sie zu Alberts Kammer und trat ein, ohne zu klopfen. Ihr Vater hatte sich unter einem Berg Decken vergraben und schnarchte. Ungeduldig rüttelte sie an seiner Schulter, bis er erwachte und sie erstaunt anblinzelte.

«Vater, was ist das hier für eine Bestellung? Meister Grunert war doch schon vor drei oder vier Tagen bei uns. Hast du ihm die Farben ausgeliefert?»

«Farben für Grunert? Lass sehen.» Albert nahm den Zettel und studierte ihn mit zusammengekniffenen Augen. «Wo hast du diese Liste her?»

«Sie lag in einem der Regale.» Adelina seufzte. «Vater, so kann es nicht weitergehen. Du vergisst Bestellungen, du füllst die Arzneibehälter nicht auf ... Wann bist du vergangene Nacht zu Bett gegangen?»

«Es ist ziemlich spät geworden, du hast ja Recht. Aber Lina, ich bin dem Geheimnis des roten Pulvers ein gutes Stück näher gekommen! Stell dir nur vor, wenn ich es finde, brauchen wir unsere Apotheke nicht mehr. Dann können wir uns ein schönes Leben machen ohne harte Arbeit. Ich kaufe dir ein Kleid aus Goldbrokat!»

Adelina stemmte die Hände in die Hüften.

«Vater, ich will kein Kleid aus Goldbrokat. Ich wünschte ... ach», sie schüttelte den Kopf und wandte sich ab. «Ich mache uns jetzt Frühstück.»

In der Küche lehnte sie sich an den steinernen Ausguss und schloss die Augen. Wie sollte sie ihrem Vater nur verständlich machen, dass er sein Geschäft gefährdete? Wenn er seine Kunden vergraulte, würden sie bald auf der Straße sitzen. Immerhin gab es in Köln noch mehr Apotheker. Die meisten hatten ihre Geschäfte ebenfalls am Alter Markt. Doch Adelina hatte nicht vor, ihre Kunden kampflos an die anderen zu verlieren. Dennoch war sie es satt, sich um alles kümmern zu müssen. Sie presste ihre Lider fest zusammen, trotzdem rannen ein paar Tränen über ihre Wangen. Rasch wischte sie sie fort, doch es war schon zu spät. Der harte Kloß in ihrer Kehle ließ sich nicht hinunterschlucken. Sie schluchzte unterdrückt und spürte, fast mit Erleichterung, wie weitere Tränen über ihr Gesicht rannen. Hinter ihr klappte die Tür.

«Adelina, Ihr solltet besser nach Vitus sehen. Seine Tür steht offen, und er hat sein Wams verkehrt herum ...» Als der Medicus ihr Gesicht sah, verstummte er. Dann drehte er sich auf dem Absatz um und murmelte: «Ich kümmere mich darum.»

Schniefend wischte sie mit dem Ärmel ihres Kleides über die Wangen und ihre Nase. Sie atmete ein paar Mal tief durch, um sich zu beruhigen, dann holte sie das Brot vom Vortag und ein Fässchen mit Pflaumenkompott hervor.

Als Vitus in die Küche gestürmt kam, hatte sie bereits die Zinnteller auf den Tisch gestellt und Apfelmost in einen großen Krug gefüllt. Der Medicus setzte sich schweigend auf seinen Platz. Als Albert schließlich gut gelaunt die Küche betrat, verteilte sie stumm dicke Brotscheiben auf die Teller.

«Ich würde mir gern noch einmal das Bein dieses Benedikt ansehen», sagte Burka beiläufig. «Würdet Ihr mich begleiten, Adelina?»

Sie hob den Kopf und blickte in sein ausdrucksloses Gesicht.

«Wenn Ihr es wünscht.»

Auch auf dem Weg zum Hospital brach der Medicus sein Schweigen nicht. Adelina war es recht. Unter dem Arm trug sie ein verschnürtes Paket mit der Bestellung des Malermeisters Grunert. In Gedanken legte sie sich zurecht, wie sie dem Mann die lange Wartezeit erklären wollte.

Die Pförtnerin empfing sie einmal mehr mit besorgter Miene.

«Ihr wollt zu Benedikt? Dann geht gleich ins Haus. Ich weiß nicht, wie lange Ihr bleiben dürft. Es gab schon wieder einen Todesfall heute früh, und Schwester Irmingard wird vermutlich das Hospital für Besucher schließen müssen. Ein paar Gesandte des Stadtrats sind im Augenblick bei ihr.»

«Schon wieder ein Toter?» Adelina konnte ihr Entsetzen nicht verbergen. «Und vom Stadtrat haben sie jemanden geschickt?» Die Pförtnerin nickte traurig.

«Sie haben Wind davon bekommen, dass bei uns eine sonderbare Krankheit ausgebrochen sein soll, und wollen sehen, ob für die Bürger eine Gefahr besteht.»

«Du liebe Zeit.» Adelina hastete zum Gebäudeeingang, der Magister immer einen Schritt hinter ihr. Die Tür des Krankensaals stand weit offen. Drinnen standen ein paar Pflegerinnen beisammen und tuschelten mit betretenen Gesichtern. Schwester Irmingard kam gerade hinter dem Wandschirm hervor. Als sie Adelina und den Medicus erblickte, winkte sie sie rasch zu sich. Ihr Gesicht war blass, und unter ihren Augen zeichneten sich dunkle Schatten ab.

«Es ist einfach unfassbar», begann sie ohne ein Wort der Begrüßung. «Reinhild ist heute Morgen von uns gegangen.»

«Reinhild?» Adelina schlug erschrocken die Hände vor den Mund. «Das darf nicht wahr sein! Sie war doch …? Hatte sie die gleiche Krankheit wie Adrian und Balthasar?» Ihre Kehle schnürte sich schmerzhaft zusammen.

«Leider ja.» Irmingard legte ihr mitfühlend eine Hand auf den Arm. «Ich weiß, dass Ihr Reinhild gemocht habt. Sie war so ein liebenswerter Mensch. Aber nun haben wir ein Problem. Diese Krankheit breitet sich tatsächlich aus. Ich werde das Hospital für Besucher schließen müssen. Der Stadtrat hat eine Abordnung von Bütteln geschickt, und die Männer bestehen darauf.»

«Wann wird Reinhild beerdigt?» Adelinas Stimme zitterte.

«Sobald alles vorbereitet ist. Wir haben sie in der Kapelle aufgebahrt, nachdem dieser Medicus von der Universität bei ihr war.»

«Magister Arnoldus?» Burka, der bisher alles schweigend aufgenommen hatte, schob sich nun neben Adelina. «Hat er sie untersucht?»

«O nein, sie war ja schon tot, als er kam.» Irmingard wandte sich ihm zu und musterte ihn mit befremdeter Miene. «Er musste doch eine Todesurkunde schreiben für Reinhilds Gemahl. Er ist ein sehr wohlhabender Mann aus einer vornehmen Familie.»

Neklas Burka machte ein enttäuschtes Gesicht.

«Nun ja, dann sollten wir vielleicht jetzt nach Benedikt sehen.»

«Da habt Ihr aber Pech», erwiderte Irmingard mit Bedauern in der Stimme. «Benedikt ist heute Morgen ausgegangen. Das macht er oft. Wahrscheinlich wandert er in der Stadt umher, oder er ist zum Markt gegangen.»

«Mit dem kranken Bein?», wunderte sich Burka, doch die Leiterin des Hospitals zuckte nur mit den Schultern.

«Er sagte, die Wunde sei schon viel besser und er wolle nicht tagelang untätig herumliegen. Wir können ihn ja schlecht einsperren.» Sie tätschelte Adelina noch einmal mitfühlend den Arm und verabschiedete sich dann.

Burka schob Adelina auf den Gang hinaus, damit sie den Pflegerinnen nicht im Weg standen. Immer noch benommen von der bösen Überraschung, ließ sie sich schließlich von dem Medicus überreden, nach Hause zu gehen.

4

Reinhilds Beerdigung war eine Enttäuschung. Ihr Gemahl hatte sie auf den Friedhof von St. Marien beisetzen lassen, wo sich die Familiengruft befand, doch außer ihm, seinen vier kleinen Kindern und einer alten Dienstmagd war niemand zum Begräbnis erschienen, und es sah aus, als sei er selbst auch nur aus Pflichtgefühl gekommen.

Er war zwar ganz in Schwarz gekleidet, das seine schlanke, drahtige Gestalt hager wirken ließ, doch sein sauber rasiertes Gesicht verriet keinerlei Gefühlsregung. Steif stand er am Rand des Grabes und lauschte der Rede des Pfarrers. Nur die Kinder weinten alle herzzerreißend.

Adelina wartete im Hintergrund, bis sie allein auf dem Friedhof war. Dann legte sie ein paar mit Bändern geschmückte Tannenzweige nieder.

«Ihr hättet Blumen verdient», murmelte sie und kämpfte mit den Tränen. «Aber um diese Jahreszeit gibt es keine mehr. Und ich habe auch keine spannende Geschichte für Euch. Oder doch? Ich glaube nämlich, dass man Euch vergiftet hat. Und Balthasar und Adrian ebenfalls. Wie findet Ihr das?» Sie schniefte und wischte sich mit dem Mantelärmel über die Augen. «Das ist fast so gut wie eine Hexengeschichte, nicht wahr?»

†

Bei ihrer Rückkehr fand Adelina das Haus in hellem Aufruhr vor. Vitus saß auf einem Hocker in der Apotheke und brüllte wie von Sinnen. Ihr Vater stand hilflos daneben und versuchte, ihn zu beruhigen und gleichzeitig eine Platzwunde am Kopf des Jungen zu versorgen. Zwei alte Frauen warteten am Verkaufstresen und unterhielten sich leise und mit säuerlicher Miene. Adelina fragte die beiden nach ihren Wünschen; eine Arznei gegen Gliederreißen sollte es sein. Bevor die zwei alten Frauen die Apotheke verließen, konnte sie noch hören, wie eine von ihnen flüsterte: «So ein Wechselbalg gehört in den Narrenturm. Eine Schande, dass sie ihn frei herumlaufen lassen!»

Adelina verschloss die Tür hinter ihnen und drehte sich zu ihrem heulenden Bruder um.

«Was ist denn nun wieder passiert? Vitus, hör auf zu weinen, du bist doch ein großer Junge.» Trotz ihrer Gereiztheit bemühte sie sich um einen ruhigen Ton. Sie wusste, dass Geschrei bei Vitus gar nichts nützte.

«Es waren wieder Keppelers Lehrbuben», antwortete Albert anstelle des Jungen, der sich langsam beruhigte, als Adelina seine Hand nahm. «Sie sind über den Zaun geklettert und haben Steine geworfen.»

«Die wollten Fine totmachen!» Vitus heulte erneut los.

«Er hat die Katze beschützt und ist von einem Stein getroffen worden.» Albert strich seinem Sohn unbeholfen über den Rücken.

«Wo ist die Katze?» Adelina sah sich um und erblickte Fine auf dem obersten Regalbrett, wo sie verstört auf den schreienden Jungen herabschaute. «Ich gehe jetzt zu Keppeler hinüber und mache einen Riesenärger. So kann das nicht weitergehen.»

«Warte, Lina! Das brauchst du nicht. Magister Burka war so freundlich und hat das schon erledigt. Keppeler hat sich bereits entschuldigt und versprochen, die Buben zu bestrafen.»

«Das verspricht er jedes Mal», brummte Adelina finster. «Warum Burka? Wo ist er?»

«Ich glaube, er ist hinausgegangen.»

Adelina fand den Medicus im Garten. Er hatte einen Hammer und eine der Zaunlatten in der Hand. Sie starrte ihn an.

«Was tut Ihr da?»

«Ich repariere Euren Zaun», erklärte er, als sei es das Normalste der Welt. «Aber wenn wir ihn so niedrig lassen, wird er die Jungen kaum abhalten. Morgen besorge ich zusätzliches Holz.»

Hinter Adelinas Schläfen begann es zu pochen.

«Wie kommt Ihr dazu, Euch in meine Angelegenheiten einzumischen? Der Zaun ist mein Problem und Keppeler ebenfalls. Ihr hättet nicht zu ihm zu gehen brauchen. Ich bin bisher noch immer mit ihm fertig geworden.»

«Ihr wart aber nicht hier. Und Euer Vater hatte alle Hände voll mit Vitus zu tun. Da ich nicht wusste, wann Ihr zurückkommt, dachte ich, es sei besser, wenn ich gleich mit dem Kaufmann rede.»

«Dachtet Ihr.»

«Jawohl. Ich konnte ja nicht ahnen, dass Ihr so erpicht darauf seid, ihn selbst zur Rede zu stellen.»

«Vitus ist mein Bruder. Ich bin verantwortlich für ihn.» Sie verschränkte die Arme vor der Brust und funkelte ihn erbost an.

«Findet Ihr es verwerflich, einmal Hilfe anzunehmen?»

Sie schnaubte und wollte sich abwenden.

«Wenn Ihr meint, dass ich mich dafür bedanke …»

«Ich will keinen Dank.» Nun wurde auch sein Tonfall schärfer. Er warf die Zaunlatte auf den Boden und trat auf sie zu. Sie wich zurück, und ihre Augen weiteten sich.

Da lächelte er plötzlich wieder und griff erneut nach dem Holzstück. «Ich habe die Sache in Eurem Sinne geregelt. Ihr braucht nicht mehr darüber nachzudenken.»

Seelenruhig begann er, die Zaunlatte festzunageln. Eine Weile sah sie ihm schweigend dabei zu.

«Zäune reparieren könnt Ihr also auch?»

«Wenn man in einer fremden Stadt lebt und studiert, geht einem ab und an das Geld aus.» Er hob den Kopf. «Manche Bauleute sind freundlich genug, einen ungelernten Handlanger einzustellen, selbst wenn er ein Scholar ist.» Er prüfte noch einmal, ob die Latten alle festsaßen, dann stand er auf. «Wie war die Beerdigung?»

«Traurig.» Adelina ging voran ins Haus. «Jetzt verstehe ich auch, weshalb Reinhild nicht zu ihrem Gemahl zurückwollte. Er hat nicht einmal so getan, als sei er betroffen. Dabei hat er im Hospital immer den besorgten Gatten gespielt.»

«Vielleicht hat er sich bereits eine neue Frau ausgesucht.»

«Nur die Kinder haben geweint. Und niemand, *niemand* schert sich darum, woran Reinhild gestorben ist.»

«Keine Seelenmessen?» Der Medicus betrat hinter ihr die Küche und setzte sich an den Tisch. Adelina hob die Schultern.

«Zwei, drei vielleicht. So viele, wie es die Schicklichkeit erfordert.»

«Also kein unglücklicher Witwer. Und Reinhild war in einem Hospital für Verrückte.»

«Sie war nicht verrückt!» Adelina zerrte die große Pfanne aus dem Regal und knallte sie auf den Dreifuß über der Feuerstelle. «Sie hatte ihr erstes Kind verloren, und seitdem wurde sie von Träumen und Visionen heimgesucht, in denen ihr ein Dämon erschienen ist.»

«Also war sie besessen?» Burka schürzte die Lippen. «Auf Dauer sehr unbequem für einen reichen Kaufmann.»

«Wollt Ihr damit sagen, er könnte sie selbst …?» Adelina starrte ihn entsetzt an.

«So etwas soll schon vorgekommen sein.»

Sie schüttelte vehement den Kopf.

«Er war aber nicht im Hospital. Und die Beginen würden sich zu so etwas niemals hergeben.»

«Einer der anderen Patienten?»

«Nein!» Sie warf ihm einen bösen Blick zu und schürte das Feuer.

«Dann handelt es sich womöglich doch um eine Krankheit.»

«Solch eine Krankheit gibt es nicht. Jemand hat ihnen Schierling gegeben.»

«Und wer soll das getan haben? Ihr habt doch soeben alle möglichen Verdächtigen von der Liste gestrichen», erwiderte Burka. «Und abgesehen davon sehe ich weit und breit keinen Grund dafür, ein paar arme verwirrte Seelen auf solch grausame Weise zu meucheln.»

«Sie sind aber doch vergiftet worden», beharrte Adelina. Sie gab Schmalz in die Pfanne und sah zu, wie es sich zischend verflüssigte. «Und ich werde herausfinden, wer es war.»

«Das werdet Ihr nicht.» Der Medicus stand auf und trat hinter sie.

«Natürlich werde ich das!»

Burka fasste sie an der Schulter und drehte sie zu sich herum. Sein Gesicht war nun ebenso finster wie seine Stimme.

«Das werdet Ihr nicht. Ihr lasst die Finger davon.»

Adelina wurde ganz steif unter dem schmerzhaften Griff seiner Hand.

«Nehmt Eure Finger da weg. Ich muss kochen.»

«Nun gut.» Er ließ sie los und verzog sich wieder an den Tisch. «Trotzdem lasst Ihr die Sache ruhen.»

«Das kann ich nicht.»

«Es ist zu gefährlich.»

Sie drehte sich um und legte den Kopf auf die Seite.

«Warum sollte es? Ich dachte, Ihr glaubt nicht an Mord.»

†

Adelina war froh um ihre neuen, dick gefütterten Schuhe, als sie vor dem Tor des Hospitals auf Einlass wartete. Der Schlamm auf den Straßen war steinhart gefroren. Ein eisiger Sturmwind blies Laub und Unrat durch die Gassen. Die Luft roch nach Schnee. Sie zog die Ränder ihrer Haube fester ums Gesicht und drückte sich in die Nische neben der Pforte. Das Hospital war inzwischen für Besucher geschlossen, doch sie brachte wie immer die Kräuter und Arzneien, und die Pförtnerin war so freundlich, sie anzumelden.

Nach einer endlos scheinenden Wartezeit kam Irmingard selbst und begrüßte sie.

«Kommt herein, Adelina, ich freue mich, Euch zu sehen. Leider könnt Ihr nicht in den Krankensaal hinauf. Habt Ihr die bestellte Medizin dabei? Das ist schön. Wisst Ihr, wir haben gerade den Bader hier. Er soll alle Patienten zur Ader lassen.»

«Der Bader?» Adelina schüttelte den Kopf. «Warum lasst Ihr nicht den Medicus kommen?»

«Ach, meine Liebe, das wäre viel zu teuer. Die Grande Dame hat angeordnet, dass wir sparen müssen. Außerdem soll so wenig Aufhebens wie möglich gemacht werden wegen dieser Krankheit.»

«Ist denn noch jemand befallen worden?» Erschrocken blickte Adelina an der Fassade des Hospitals empor. Doch Irmingard schüttelte den Kopf und führte sie in einen Seitentrakt, in dem sich ihr Schreibzimmer befand.

«Glücklicherweise nicht. Aber wir müssen vorsichtig sein. Wir wissen noch immer nicht, was es ist, und es darf sich keinesfalls ausbreiten.»

Die beiden Frauen betraten das durch einen Kamin gut geheizte Schreibzimmer und setzten sich ans Feuer.

«Ich muss Euch etwas sagen», begann Adelina. Sie lockerte ihre Haube ein wenig. «Ich glaube eigentlich nicht, dass es eine Krankheit ist.»

«Keine Krankheit?» Die Leiterin des Hospitals hob irritiert die Brauen. «Aber was kann es denn sonst sein? Das Essen war doch völlig in Ordnung!»

«Vielleicht nicht ganz. Ich glaube, dass sie etwas Giftiges gegessen haben. Die Symptome lassen darauf schließen.»

Irmingard richtete sich abrupt auf und starrte sie an. «Unsere Patienten essen fast täglich Haferbrei oder

Haferpfannkuchen. Da gibt es nichts Giftiges. Wie sollten sie wohl daran gelangt sein?»

Adelina hielt dem Blick stand.

«Ich habe darüber nachgelesen. Die Krämpfe und Lähmungen sind typische Anzeichen für eine Vergiftung durch Schierling.»

«Schierling?» Irmingard runzelte die Stirn. «So etwas wächst in unserem Garten nicht. Wie also sollte etwas davon ins Essen unserer Patienten gelangt sein? Und warum nur bei diesen drei?» Adelina schwieg, und Irmingard zog entrüstet die Brauen zusammen. «Wollt Ihr etwa sagen, jemand habe ihnen den Schierling absichtlich gegeben?» Sie schüttelte energisch den Kopf. «Wer sollte so etwas denn tun? Und warum? Balthasar hatte doch niemandem etwas getan und Reinhild und mein armer Adrian auch nicht. Mein armer Adrian ...», sie blickte zum Fenster hinaus und dann wieder zu Adelina. «Das ist völlig unmöglich.»

Dann seufzte sie und legte Adelina eine Hand auf den Arm. «Ich finde es schön, dass Ihr so besorgt seid, und ich weiß, dass Ihr mit Reinhild befreundet wart. Ihr Tod hat uns alle betroffen gemacht. Aber sie wurde nicht vergiftet! Und mein Neffe ebenfalls nicht. Ich habe sein Essen selbst hinaufgebracht.»

«Jemand könnte vorher ...», begann Adelina, doch Irmingard schnitt ihr das Wort ab.

«Schwester Bertrande vielleicht, die für unsere Patienten kocht? Sie ist fünfzehn Jahre alt! Ihr habt Euch da in etwas verrannt, Adelina. Auch wenn wir die Krankheit nicht kennen ... Aber seid versichert, dass ich alles mir Mögliche tun werde, um zu verhindern, dass sie sich weiter verbreitet. Und nun muss ich Euch leider bitten zu gehen. Meine Pflichten rufen.» Sie geleitete Adelina bis zur Pforte. «Macht Euch keine Sorgen. Ich weiß ja, warum Ihr unserem Hospital so verbunden seid. Es ehrt Euch, dass Ihr so viel Zeit hier verbringt.» Irmingard lächelte herzlich, dann schloss sich die Tür des Beginenhauses, und Adelina stand allein auf der Straße …

Statt nach Hause zu gehen, machte sie sich auf den langen Weg quer durch die Stadt bis zur Straße, die zur Hohen Pforte führte. Dort hatte Reinhild gewohnt. Georg Reese, ihr Gemahl, besaß eines der schönsten und größten Häuser des Viertels. Es hatte eine frisch gekalkte Fassade, und die oberen beiden Stockwerke besaßen sogar Glasfensterscheiben. Ein hässlicher Wasserspeier mit gebogenem Hals und Schlangenfratze empfing die Besucher neben dem Eingang. Unschlüssig blieb Adelina auf der gegenüberliegenden Straßenseite stehen. Der Kaufmann würde nicht erfreut sein, sie zu sehen. Wenn sie begann, ihm unangenehme Fragen zu stellen, wäre sie mit Sicherheit im Handumdrehen wieder draußen. Die Warnung des Medicus klang ihr in den Ohren: «Lasst die Finger davon.»

Für einen Augenblick überkam sie ein seltsamer Gedanke. Hatte er einen Grund, sie zu warnen? Als Medicus kannte er die Wirkweise des Schierlings sehr genau. Sie schüttelte den Kopf. Er konnte mit den Todesfällen nichts zu tun haben. Schließlich war er gerade erst in die Stadt gekommen. Dennoch, ein merkwürdig flaues Gefühl blieb.

In dem Moment öffnete sich die Haustür, und ein gebeugtes altes Weib trat auf die Straße, die Magd, die auf Reinhilds Beerdigung gewesen war. Sie schleppte einen Arm voll schmutzigem Stroh und warf es an den

Straßenrand. Anscheinend wurde gerade die Eingangshalle gereinigt. Adelina straffte die Schultern und ging auf die Alte zu.

«Verzeih, gute Frau, kann ich dich wohl kurz sprechen? Mein Name ist Adelina Merten.»

Die Magd hob erstaunt den Kopf.

«Mein Herr ist nicht im Hause.»

«Das ist in Ordnung, ich möchte zu dir.»

Argwöhnisch trat die Alte einen Schritt näher.

«Ich habe Euch schon mal gesehen. Ihr wart auf der Beerdigung meiner lieben Herrin, Gott hab sie selig.» Sie bekreuzigte sich flüchtig. «Was wollt Ihr von mir?»

«Ich möchte dich etwas fragen. Kannst du dir vorstellen, dass dein Herr ..., ich meine, war Reinhild glücklich?»

«Glücklich?» Verwundert kratzte sich die Magd am Kinn. «Warum wollt Ihr das wissen?» Sie seufzte, und ihr Blick wanderte in die Ferne. Dann blickte sie Adelina wieder an, diesmal eher abschätzend als argwöhnisch. Schließlich schien sie sich zu etwas durchgerungen zu haben. «Das gute Kind war gerade sechzehn, als sie mit meinem Herrn verheiratet worden ist. Er ist mehr als doppelt so alt gewesen bei der Hochzeit. Sie hatte ein gutes Leben, wenn Ihr das meint. Viele Kleider, gutes Essen. Und Herr Reese hat sie immer freundlich behandelt. Wisst Ihr, ihm ist schon die erste Frau am Fieber gestorben, und er hatte vier kleine Kinder, die es zu versorgen galt. Er ist oft auf Reisen, also hat er wieder geheiratet.» Die Magd senkte vertraulich die Stimme. «Alle haben gedacht, das Mädchen wäre viel zu jung, um mit dem großen Haushalt und den Kindern fertig zu werden. Aber sie hat schnell gelernt und sich viel Mühe gegeben. Sie war eine gute Herrin.» Hastig wischte sie sich über die Augen. Adelina nickte und verzog nachdenklich das Gesicht.

«Dein Herr wirkte bei der Beerdigung nicht sonderlich traurig.»

«Oh, da täuscht Ihr Euch aber. Er war sehr betroffen und hat tagelang mit niemandem gesprochen. Aber er zeigt so etwas niemals vor fremden Menschen.» Sie sah sich vorsichtig um, ob sie auch niemand beim Tratschen erwischte, und sprach dann hastig und im Flüsterton weiter.

«Wahrscheinlich glaubt er, das schadet seinem Geschäft. Er musste doch schon um seinen Ruf kämpfen, weil Frau Reinhild so lange in diesem Hospital war. Die Arme konnte nicht über den Tod ihres ersten Kindes hinwegkommen. Aber für meinen Herrn war das gar nicht gut. Die Leute haben hinter seinem Rücken über ihn gelacht, und er hat immer versucht, es so hinzustellen, als sei sie von einem Dämon besessen.»

«Wurde sie nicht sogar einmal exorziert?»

Die Magd schnaubte und winkte ab.

«Das war vielleicht ein Spektakel. Sogar ein Legat des Erzbischofs war anwesend. Aber genützt hat es nichts. Hätte ich auch gleich sagen können. Gegen ein gebrochenes Herz kann auch so ein frommer Mann nichts ausrichten. Aber was geht Euch das alles an?» Plötzlich schien die Alte sich zu schämen, dass sie die Familiengeheimnisse ihres Herrn ausgeplaudert hatte.

Adelina lächelte begütigend.

«Ich habe Reinhild aus dem Hospital gekannt. Dorthin bringe ich regelmäßig Arzneien. Mein Vater ist Apotheker am Alter Markt», fügte sie rasch hinzu, als die Magd die Brauen zusammenzog. «Ich habe deine Herrin gern gemocht.»

«Jeder hat sie gern gemocht.»

«Wo ist Herr Reese jetzt?»

«Da fragt Ihr mich zu viel. Er hat uns Mägde angewiesen, den großen Saal zu reinigen und neues Stroh auszulegen. Der Koch muss ein großes Mahl für heute Abend bereiten. Es werden viele Gäste erwartet.»

«Dann will ich dich nicht weiter aufhalten. Sei bedankt, dass du mit mir gesprochen hast.»

Die Alte nickte unsicher und schlurfte zur Tür zurück. Adelina rief ihr hinterher: «Wie ist dein Name?»

«Walburga. Und nun gehabt Euch wohl.» Augenblicke später klappte die Tür hinter der alten Frau zu.

Wahrscheinlich würde Walburga ihrem Herrn von der neugierigen Frau erzählen, die sich nach ihm erkundigt hatte. Dennoch war die Geschwätzigkeit der Alten ein Glücksfall gewesen.

†

Bei ihrer Rückkehr war es ruhig im Haus. Albert saß auf einem Schemel in der leeren Apotheke und döste vor sich hin. In der Küche spielte Vitus mit seiner Katze. Er hielt ihr ein kleines Knäuel Wolle vor die Nase, und sie versuchte, es zu fangen, als sei es eine Maus. Mit solcherlei Spielen konnten sich die beiden stundenlang beschäftigen. Der Medicus war ausgegangen. Erfreut über die ungewohnte Ruhe im Haus, machte Adelina sich daran, das Essen vorzubereiten. Der Wind rüttelte an den Fensterrahmen, und sie beeilte sich, die Läden zu schließen und Lichter anzuzünden.

«Baust du uns eine Höhle?»

Sie drehte sich um. Vitus hatte das Wollknäuel fortgeworfen und die Katze auf den Arm genommen. Adelina erwiderte sein breites Lächeln.

«Du hast Recht, man fühlt sich wie in einer warmen Höhle. Hoffentlich fegt der Sturm keine Schindeln vom Dach.»

«Macht nichts. Neklas kann sie heil machen. Er kann alles heil machen, hat er gesagt.» Er nickte heftig, um seinen Worten Nachdruck zu verleihen. Adelina hob die Brauen.

«Du meinst den Medicus? Du musst ihn Magister Burka nennen.»

«Muss ich nicht. Er hat gesagt, ich kann Neklas zu ihm sagen, weil das feinfacher ist.»

«Fein...? Einfacher, meinst du? Das mag sein, aber ich finde es ungehörig.»

«Was ist unhörig?» Vitus stand umständlich vom Boden auf, ohne die Katze dabei loszulassen. Adelina zuckte mit den Schultern.

«Ist nicht so wichtig. Hat er gesagt, wann er zurückkommt? Das Essen ist gleich fertig.» Doch diesmal schüttelte der Junge nur den Kopf. «Also gut, dann geh Vater holen, er sitzt in der Apotheke.» Sie trug die aufgewärmte Grütze zum Tisch und schnitt das letzte Brot in dicke Scheiben. Morgen würde sie backen müssen. Als die Küchentür klappte, drehte sie sich um und sah ihrem Vater lächelnd entgegen. «Hast du die Ladentür verschlossen? Ich glaube nicht, dass heute noch Kunden kommen. Der Sturm wird immer stärker.»

Albert nickte und ließ sich ächzend am Tisch nieder.

«Ist der Magister nicht da? Wird wohl Krankenbesuche machen. Um diese Jahreszeit ist alle Welt krank. Ich habe heute Morgen die Vorratsdosen aufgefüllt. Wir müssen neues Auripigment und Alaun besorgen. Vor Weihnachten kommen die Maler und brauchen Nachschub.»

«Ich kümmere mich morgen darum.»

«Magister Arnoldus ist hier gewesen, während du unterwegs warst. Er wollte wissen, ob du mit dem Buch zurechtkommst. Was für ein Buch meint er denn?»

«Seine Aufzeichnungen über Krankheiten und deren Ursachen. Ich habe dir doch von der Krankheit erzählt, die im Beginenhospital ausgebrochen ist.»

Albert runzelte besorgt die Stirn. «Du solltest dich nicht zu oft dort herumtreiben, Lina. Stell dir vor, du wirst ebenfalls krank. Was sollten wir dann tun?»

Adelina senkte bekümmert den Kopf, hob ihn aber sogleich wieder.

«Vater, ich glaube eben gerade nicht, dass es nur eine Krankheit ist. Deshalb habe ich mir auch das Buch von Magister Arnoldus geliehen. Ich glaube, die Leute haben ein giftiges Kraut gegessen.»

«Ein giftiges Kraut? Wie kommst du denn darauf?»

«Sie hatten alle die gleichen Anzeichen wie bei einer Vergiftung durch Schierling», erklärte sie mit fester Stimme.

«Schierling?» Albert ließ den hölzernen Löffel mit einem dumpfen Schlag auf den Tisch fallen. «Lina, weißt du, was du da behauptest? Wie sollten wohl ein paar arme Seelen in einem Narrenhaus an Schierling gelangen?»

«Jemand könnte es ihnen ins Essen gemischt haben.»

Der Vater schüttelte vehement den Kopf, als sie noch etwas hinzufügen wollte.

«Ich habe dich immer für ein vernünftiges Mädchen gehalten. Und ich habe auch nichts dagegen, wenn du deine Zeit in diesem Beginenhaus zubringst, wenn ich es auch nicht verstehe. Aber solche Hirngespinste kann ich nicht gutheißen.» Seine Stimme war lauter geworden und er bekam rote Flecken auf den Wangen.

«Es sind keine Hirngespinste», widersprach Adelina verärgert. «Wenn du gesehen hättest ...»

«Wenn ich was gesehen hätte? Dass meine Tochter sich mit Leuten abgibt, die von einer gefährlichen Krankheit befallen sind? Und wenn sie nun tatsächlich vergiftet wurden, solltest du dich dann nicht erst recht von dort fern halten?»

Als hätte er mit diesem Ausbruch alle Kraft verbraucht, sank Albert in sich zusammen und starrte betrübt auf die Tischplatte. «Schierling!» Er rieb sich die Stirn. «Ich mache mir wirklich Sorgen um dich. Du hättest heiraten sollen.» Adelina hob ruckartig den Kopf.

«Was meinst du damit?»

«Das, was ich gesagt habe», antwortete der Vater müde. «Ich hätte dafür Sorge tragen sollen, dass du einen guten Mann heiratest. Aber nachdem dich dieser Hundsfott so schändlich hat sitzen lassen, dachte ich, du bräuchtest Zeit, um darüber hinwegzukommen. Dabei gab es genug ehrenwerte Männer, die dich gern genommen hätten. Die gibt es noch immer.» Er blickte Adelina hoffnungsvoll in die Augen, doch sie wehrte erschrocken ab.

«Auf keinen Fall werde ich heiraten, Vater. Verlang das nicht von mir!»

«Aber es wäre besser für dich, mein Kind.» Resigniert zuckte er mit den Schultern. «Ich verstehe dich nicht. Versprich mir wenigstens, dich von diesem Hospital fern zu halten, solange dort eine Seuche umgeht, oder was es auch sein mag. Ich würde sonst umkommen vor Sorge.»

Adelina ging nicht darauf ein, sondern schöpfte

ihrem Vater noch eine zweite Portion Grütze auf den Teller. Vitus hielt ihr seinen Teller ebenfalls hin. Ihm schien die Auseinandersetzung nichts ausgemacht zu haben. Wahrscheinlich hatte er sie auch gar nicht verstanden. Ein plötzliches Knarren an der Küchentür ließ Adelina aufhorchen. Im nächsten Augenblick schob sich der Medicus herein. Sein Mantel war tropfnass, und auch aus den Haaren rann ihm das Wasser in den Kragen.

«Es regnet», sagte er überflüssigerweise. «Die Haustür war nicht verschlossen. Ich habe den Riegel vorgelegt.» Er zog den Mantel aus, und Adelina beeilte sich, ihn ihm abzunehmen und in der Nähe des Herdes aufzuhängen. Dabei funkelte sie ihn argwöhnisch an.

«Wie lange seid Ihr schon hier?», zischte sie erbost. Burka sah ihr unbeeindruckt dabei zu, wie sie ihm einen Teller hinstellte und seinen Becher mit Bier füllte.

«Lange genug, um Eurem Vater zuzustimmen», raunte er. «Ihr solltet Euch vom Hospital fern halten.»

Das flaue Gefühl war plötzlich wieder da, aber sie ignorierte es und schöpfte Grütze auf seinen Teller. Während er aß, konnte sie jedoch nicht umhin, ihn heimlich zu beobachten. Dabei stellte sie allerdings nur fest, dass sich seine dunklen Locken noch viel anziehender ringelten, wenn sie nass waren. Verärgert über sich selbst, ging sie an diesem Abend früh zu Bett.

5

Mehrere Tage lang gelang es Adelina, dem Medicus aus dem Weg zu gehen. Er selbst tat nichts, um ihre Verärgerung darüber zu mildern, dass er sie belauscht hatte. Er verließ das Haus morgens sehr zeitig und kehrte abends gerade so spät zurück, dass er das Abendessen nicht verpasste. Danach zog er sich in seine Kammer zurück oder leistete Albert in dessen Laboratorium Gesellschaft.

Das Wetter schlug derweil immer wüstere Kapriolen. Tagsüber regnete es in Strömen, und nachts gefroren die nassen Straßen und Gassen zu gefährlichen Rutschbahnen. Die Kaufleute und Händler auf dem Alter Markt beschwerten sich täglich über den vereisten Untergrund, der die Bürger davon abhielt, ihre Einkäufe zu tätigen. Schließlich veranlasste der Stadtrat, dass alle Marktplätze mit Asche und Sand bestreut wurden.

Adelina blieb die meiste Zeit im Haus, half ihrem Vater in der Apotheke und beschäftigte sich ansonsten damit, alle Räume zu putzen, da das Weihnachtsfest nicht mehr fern war. Ihre Gedanken drehten sich jedoch weiterhin um ihren Verdacht. Sie zerbrach sich den Kopf darüber, wie sie an Beweise käme.

Als sie doch einmal das Haus verließ, um Salben an einen Bader auszuliefern, beschloss sie spontan, auf dem Rückweg erneut zum Friedhof von St. Marien zu gehen. In Gedanken versunken, bahnte sie sich den Weg zwischen den steinhart gefrorenen Grabhügeln.

Sie wich in großem Bogen zwei Totengräbern aus, die unter Flüchen mit Spitzhacken und Schaufeln versuchten, ein neues Grab auszuheben. Dabei bemerkte sie zu spät den Mann, der still und versunken an Reinhilds Grab stand. Als er ihre Schritte hörte, drehte er sich um und blinzelte überrascht. Dann schien er sie zu erkennen. Ungehalten wandte er sich wieder dem Grab zu.

«Was sucht Ihr hier?»

«Reinhild war meine Freundin», erklärte Adelina unumwunden. Zwar war es ihr unangenehm, mit Reinhilds Witwer ausgerechnet auf dem Friedhof zusammenzutreffen, doch ihre Neugier überwog.

«Eure Freundin war sie? Das sollte mich freuen.» Die Stimme des Mannes troff vor Sarkasmus. «Was mich weniger freut, ist die Tatsache, dass Ihr mein Gesinde hinter meinem Rücken aushorcht. Welche Art Freundschaftsdienst habt Ihr Euch davon versprochen?»

«Ich wollte wissen, wie Reinhild gelebt hat.»

«Wie sie gelebt hat?» Das Echo klang gereizt.

«Sie wollte nicht zu Euch zurück.» Adelina trat an das Grab heran, kniete sich hin und fegte ein paar welke Blätter fort, die sich zwischen den Steinen der Umrandung verfangen hatten. Sie spürte die sprachlosen Blicke des Kaufmanns auf sich ruhen. Rasch erhob sie sich wieder. «Sie war fast ein ganzes Jahr im Hospital und schien sich dort wohl zu fühlen. Weshalb hätte sie dort bleiben wollen, wenn es ihr bei Euch gut ging?»

«Was bildet Ihr Euch eigentlich ein, unverschämtes Weib?», brüllte der Kaufmann los. Die Totengräber blickten verwundert zu ihnen herüber. «Verprügeln sollte man Euch für Euer loses Mundwerk!» Fast sah es so aus, als wolle er diese Gedanken in die Tat umsetzen, doch dann fasste er sich, wandte sich um und stapfte wutschnaubend davon. Nach wenigen Schritten blieb er plötzlich stehen und fuhr zu ihr herum.

«Was wollt Ihr von mir? Reinhild ist tot. Wozu also das Ganze?» Als sie nicht gleich antwortete, kam er wieder näher. «Nehmt Euch in Acht, Jungfer Merten», sagte er leise. «Haltet Euch aus meinen Angelegenheiten heraus! Sollte ich erfahren, dass Ihr Eure verdrehten Phantasien in der Stadt herumtratscht, wird es Euch noch Leid tun.» Damit wandte er sich endgültig von ihr ab und verließ den Friedhof mit großen Schritten.

Adelina blickte auf den Grabhügel hinunter. Er wirkte kahl, doch das taten alle Gräber um diese Jahreszeit. Sie fröstelte; feiner Nieselregen hatte eingesetzt. Der Winter war zu launenhaft. Mit eingezogenen Schultern machte sie sich auf den Weg nach Hause.

†

«Habt Ihr diesen Husten schon lange?» Adelina horchte der älteren Frau, die vor ihr stand, mit einem Hörrohr den Brustkorb ab und richtete sich dann mit besorgtem Gesicht wieder auf. «Ihr hättet schon viel früher zu mir kommen müssen.»

«Ich weiß, aber wann hat man schon Zeit?», erwiderte die Frau mit schuldbewusstem Blick. «Mein Gemahl hatte in letzter Zeit so viele Gäste, um die ich mich kümmern musste. Ein Ratsherr soll sich und sein Haus immer im besten Licht zeigen. Gerade dieser Tage bedarf er meiner Unterstützung. Stellt Euch vor, man hat Heinrich von Stave in der Stadt gesehen, obwohl er verbannt wurde! Mein Gemahl sagt, Stave steckt bestimmt wieder mit seinem Neffen unter einer Decke. Irgendetwas planen sie, und das kann für die Stadt sehr unangenehm werden.»

«Sein Neffe?» Adelina sah zu, wie die Frau ihr Kleid zurechtzupfte, und geleitete sie dann aus ihrer Schlafkammer hinüber in die Apotheke. «Meint Ihr Hilger Quattermart?»

«Wen sonst? Ein unangenehmer Mensch. Und mein Gemahl sagt, er sei gefährlich, seit ihm der Kaiser den Freistuhl auf dem Osterwerth fortgenommen hat. Hilger hat sich lange darum bemüht, Freigraf zu werden. Damit hätte er die Möglichkeit gehabt, Hauptmann und Oberster der Stadt zu werden. Aber was erzähle ich Euch da? Ihr seid jung und interessiert Euch gewiss nicht für irgendwelche Streitigkeiten um die Herrschaft in der Stadt. Könnt Ihr mir eine Medizin gegen den Husten geben?»

«Ich bereite Euch einen Tee aus Huflattich, Ehrenpreis und zerstoßenen Alantwurzeln. Davon müsst Ihr morgens und abends einen Becher voll trinken. Wenn Ihr Honig habt, tut etwas davon hinein. Das nimmt die Bitterkeit.» Adelina ging zu einem der Regale und nahm eine hölzerne Dose herunter. Mit geübten Händen füllte sie die erforderliche Menge an Kräutern in ein Leinenbeutelchen und verschnürte es sorgfältig. «Das macht drei Kölner Pfennige. Ihr nehmt den Tee eine Woche lang, dann kommt Ihr bitte wieder her, damit ich Euch noch einmal untersuchen kann, Frau Loschardt. Wenn der Husten dann nicht besser geworden ist, solltet Ihr den Medicus aufsuchen. Magister Burka gilt als ein fähiger Mann.»

«Liebe Adelina, Ihr meint es sicherlich gut.» Die Frau des Ratsherrn lächelte ihr mütterlich zu. «Doch ich glaube nicht, dass mein Gemahl erlauben wird, wegen eines kleinen Hustens den Medicus holen zu lassen. Und bisher haben Eure Tees und Aufgüsse ja auch immer geholfen, warum nicht auch diesmal? Ich wünsche Euch alles Gute, mein liebes Kind.»

Erst nachdem Adelina die Tür hinter der Kundin geschlossen hatte, sah sie, dass der Medicus um die Ecke an der Wand lehnte.

«Ihr bewegt Euch ziemlich leise», sagte sie mit missbilligendem Unterton.

«Es freut mich, dass Ihr mich für einen fähigen Arzt haltet. Das war die Frau des Ratsherrn Losschardt, nicht wahr? Was fehlt ihr?»

«Ich bin mir nicht sicher, aber der Husten sitzt tief, und in der Lunge höre ich Geräusche.»

«Schwindsucht?»

«Wahrscheinlich. Ihr Gemahl ist ein altes Ekel und zu geizig, sie richtig behandeln zu lassen.»

«Sie hat Euch nicht alles erzählt.» Burka verschränkte die Arme vor der Brust. «Es heißt, Heinrich von Stave und Hilger Quattermart planten einen Aufstand. Der Stadtrat ist gespalten. Hilger will seinen Freistuhl zurück.»

«Ihr habt schon wieder gelauscht.» Adelina runzelte die Stirn, doch der Medicus verzog keine Miene.

«Und Ihr habt eine Krankenuntersuchung gemacht, obwohl das in einer Apotheke nicht gestattet ist.» Er lächelte. «Ihr habt laut genug gesprochen, und Eure Tür stand einen Spalt offen. Der Stadtrat verhandelt in Kürze übrigens über eine Verfügung gegen die Beginen. Wenn noch mehr Todesfälle auftreten sollten, müssen sie das Hospital wahrscheinlich ganz schließen. Nach der letzten Pestilenz will niemand mehr ein Risiko eingehen.»

«Woher wisst Ihr das?»

Burka zuckte mit den Schultern.

«Ein Medicus kommt viel herum.»

«Das Hospital darf nicht geschlossen werden!» Die plötzliche Verzweiflung in Adelinas Stimme ließ Burka aufhorchen. Ihre Miene verzog sich gequält. «Es ist der einzige Ort ...» Sie verstummte und schlug die Hände vors Gesicht, aber als sie seine Hand an ihrer Schulter spürte, machte sie einen Schritt zurück und sah ihn fast feindselig an. «Ich kann das nicht zulassen. Es ist keine Krankheit. Jemand hat diesen Menschen Schierling gegeben! Ich weiß nicht, wer und warum, aber es ist so!»

«Adelina.» Burkas Stimme verriet Besorgnis. «Glaubt Ihr nicht, dass Ihr Euch da in etwas hineinsteigert? Mag sein, dass die Anzeichen dieser Krankheit einer Vergiftung ähneln, aber Krankheiten zeigen sich auf vielerlei Arten. Wer soll denn den armen Leuten Schierling oder Ähnliches eingegeben haben?» Er schwieg einen Augenblick, und sie spürte seinen Blick so intensiv auf sich ruhen, dass sie wütend ihr Gesicht abwandte. «Ist es wegen Vitus?»

Nur zögernd kam ihre Antwort.

«Wenn Vater einmal nicht mehr da ist und mir etwas passiert, ist er ganz allein auf der Welt. Er kann sich nicht selbst versorgen. Und Verwandte, die ihn aufnehmen könnten, haben wir auch keine. Die Menschen verachten ihn, weil er nicht so ist wie sie. Jemand muss sich um ihn kümmern. Bei den Beginen hätte er es gut. Ich will nicht, dass man ihn in einen Turm sperrt und ankettet wie ein wildes Tier!» Sie blickte ihn an. «Wart Ihr schon einmal in einem Narrenturm?»

«Ich war schon einmal in einem Narrenturm, ja. Und ich weiß besser, als Ihr denkt, wie es dort zugeht. Ein Hospital wie das der Beginen habe ich zuvor noch nirgendwo gesehen. Ich verstehe Euch gut. Aber gegen einen Beschluss des Stadtrats werdet Ihr nichts ausrichten können. Allerdings kann es ja auch sein, dass niemand im Hospital mehr von der Krankheit befallen wird, dann wird es auch nicht geschlossen.»

«Glaubt Ihr denn, dass niemand mehr sterben wird?» Als er nicht antwortete, schüttelte sie verzagt den Kopf. «Und wo soll Vitus dann hin?»

«Adelina, bisher seid Ihr am Leben und jung. Und Euer Vater ist auch noch da. Meint Ihr nicht, dass Ihr noch Zeit habt, darüber zu entscheiden?» Er sah sich um. «Wo ist Euer Vater überhaupt?»

«Er ist zum Zunfthaus Himmelreich gegangen. Der Kaufmannszunft gehören ja auch die Apotheker an. Es heißt, es gäbe nach Weihnachten wieder einen Lehrbuben für uns.»

«Das ist eigentlich eine gute Nachricht. Ihr klingt aber nicht sehr erfreut.»

«Das bin ich auch nicht. Aus vielerlei Gründen.» Draußen begannen die Glocken von St. Martin zu läuten. Auch von ferneren Kirchen wehten Glockenschläge heran, vereinigten sich und verkündeten gemeinsam das Ende eines arbeitsreichen Tages. Adelina ging zur Ladentür und verschloss sie sorgfältig, schob jedoch vorerst nicht den Riegel vor, damit ihr Vater später noch hereinkonnte.

Magister Burka folgte ihr in die Küche und sah ihr dabei zu, wie sie den großen Ofen mit Holz bestückte und auch auf das Kochfeuer in paar Scheite auflegte. Vitus, der auf der Ofenbank geschlafen hatte, erwachte, streckte sich laut gähnend und rieb sich die Augen.

«Wo ist Fine?», wollte er wissen und spähte unter die Bank und hinter den Holzstapel. Adelina klopfte sich die Hände ab.

«Ich habe sie vorhin nach draußen gelassen.»

«Warum?» Der Junge sprang auf. «Sie soll nicht raus, wenn die anderen sie totmachen wollen!» Seine Stimme überschlug sich, und er wäre hinausgestürmt, hätte Adelina ihn nicht am Ärmel erwischt.

«Vitus, die Katze wollte hinaus. Katzen müssen draußen rumlaufen. Sie kommt doch wieder zurück, wenn sie Hunger hat.»

«Ich will nicht, dass sie draußen ist, wenn die anderen sie totmachen wollen», wiederholte er stur und begann dann zu weinen. Je mehr er sich aus dem Griff seiner Schwester zu befreien versuchte, desto eiserner hielt sie ihn fest. «Ich will gucken, wo sie ist!», brüllte er und schlug schluchzend um sich. Nur mit großer Mühe gelang es Adelina, seine Handgelenke zu packen und aneinander zu pressen.

«Vitus, hör auf!» Sie konnte kaum sein Schreien übertönen. «Es ist schon dunkel. Du kannst jetzt nicht nach ihr suchen. Fine kommt von allein wieder nach Hause. Das tut sie doch immer. Setz dich an den Tisch!»

«Die anderen wollen sie aber totmachen.» Er zuckte nun unkontrolliert, doch seine Gegenwehr ließ ein wenig nach, sodass Adelina ihn zum Tisch schieben konnte. Der Medicus war bei dem plötzlichen Ausbruch des Jungen erschrocken aufgesprungen, um Adelina zu helfen, doch ein abweisender Blick von ihr hielt ihn zurück.

Vitus sank leise wimmernd auf seinen Platz. Adelina holte ein Tuch, das sie mit Wasser benetzte, um ihm das tränenverschmierte Gesicht abzuwischen.

«Komm schon, Vitus», sagte sie beschwichtigend und strich ihm über die zerzausten schwarzen Haare. «Beruhige dich. Keppelers Lehrbuben können Fine gar nichts tun. Er ist doch mit ihnen zum Hafen gegangen.» Dass der Kaufmann um diese Zeit sicher längst wieder zurück war, verschwieg sie tunlichst. «Du wirst sehen, sie kommt bald wieder und will eine Schale Milch haben. Und du bleibst jetzt ruhig hier sitzen, damit ich das Abendessen richten kann.»

Vitus nickte schniefend, und sie wandte sich dem Kochfeuer zu. Magister Burka räusperte sich, und als Adelina über die Schulter zu ihm hinsah, zog er gerade ein kleines Päckchen unter der Bank hervor und legte es vor den verstörten Jungen hin. Neugierig griff Vitus danach, und im Handumdrehen hatte er es aufgerissen; es enthielt ein paar geschnitzte Spielfigürchen. Der Medicus lächelte Adelina zu. Dann wandte er sich an den Jungen.

«Möchtest du wissen, was man damit machen kann?»

†

Zwei Stunden später brachte Adelina ihren Bruder in seine Kammer. Albert war noch nicht vom Zunfthaus zurück, und als sie sich wieder an den Küchentisch setzte, versuchte sie sich ihre Sorge nicht anmerken zu lassen.

«Er wird noch in eine Schänke gegangen sein», meinte der Medicus, dem nicht entgangen war, wie sie beim kleinsten Geräusch unruhig aufhorchte. Sie nickte stumm. Vielleicht hatte er Recht. Doch um diese Stunde wurden Leute, die noch auf der Straße herumliefen, von der Stadtwache aufgegriffen.

Das Holz im Ofen knackte, und von draußen drang das Heulen und Sausen des Windes herein. Die Temperatur fiel wieder; vielleicht würde es schneien. Eine Zeit lang schwiegen sie einander an, dann begann Burka beiläufig die Spielfiguren zusammenzuschieben, die noch auf dem Tisch verteilt lagen.

«Verratet Ihr es mir?»

Sie hob verwundert den Kopf.

«Wer war dieser Hundsfott, von dem Euer Vater neulich sprach?»

Adelinas Augen verengten sich zu Schlitzen. Dann stand sie abrupt auf und ging zum Ofen, um neue Scheite aufzulegen. Burka schwieg, und sie spürte, dass er jede ihrer Bewegungen beobachtete. Wütend biss sie die Zähne zusammen. Plötzlich wurden Geräusche vor dem Haus laut, die nicht vom Wind kamen. Augenblicke später klopfte es heftig. Erschrocken ließ Adelina das Holz fallen und eilte zur Tür. Noch bevor sie öffnen konnte, hörte sie die aufgebrachte Stimme ihres Vaters, der sich mit schwerer Zunge beschwerte, dass man ihn ganz zu Unrecht festgenommen hatte. Vor der Tür stand einer der Stadtwächter, ein vierschrötiger Mann mit schiefer Nase, die eindeutig schon mehr als einmal gebrochen gewesen war. Als er die junge Frau erblickte, setzte er eine gewichtige Miene auf.

«Ist dies das Haus des Apothekers Merten?»

Dämlicher Ochse, dachte sie. Du weißt doch genau, dass es das ist. Sie nickte, woraufhin der Mann seinen Kumpanen ein Zeichen gab. Albert wurde zur Tür geschoben.

«Wir haben ihn vor dem *Goldenen Hähnchen* aufgegriffen. Es sah aus, als habe er sich verlaufen», erklärte der Wachmann barsch. Albert schnaubte zornig.

«Verlaufen, ha! Ich lebe schon länger hier, als Ihr auf der Welt seid. Nicht mal in Ruhe nach Hause gehen kann man heutzutage!» Er hatte offenbar wirklich um einiges zu viel getrunken. Rasch zog Adelina ihn am Arm ins Haus.

«Ich danke Euch, dass Ihr Euch seiner angenommen habt», erklärte sie dem Wachmann förmlich.

«Dafür sind wir ja da», brummte er und ließ seinen Blick wohlwollend über ihren Körper wandern. Sie hörte Schritte hinter sich und wusste, dass der Medicus sich um Albert kümmerte. Auf dem Gesicht des Wächters erschien ein anzügliches Grinsen. «Gehabt Euch wohl. Ihr habt ja nun genug zu schaffen. Mit Eurem Vater», setzte er noch rasch hinzu. Die anderen Wächter standen feixend hinter ihm. «Seht zu, dass Ihr bald alle Lichter löscht.» Sie marschierten davon. Adelina schlug die Tür zu und verriegelte sie sorgfältig. Dann folgte sie dem Magister, der Albert bereits bei den Schultern genommen und zu seiner Schlafkammer geschoben hatte. Sie half ihm, sich niederzulegen.

«Was wolltest du denn im *Goldenen Hähnchen,* Vater? Das ist ja am Neumarkt!»

«Was für ein Hähnchen?» Albert blinzelte verwundert. «Ich war auf dem Heimweg. Diese Nichtnutze, auspeitschen sollte man sie lassen!» Er sank auf sein Kissen, und Adelina stopfte die Decke um ihn herum fest.

«Was ist denn nun mit dem Lehrjungen?», fragte sie. Doch ein rasselndes Schnarchen verriet ihr, dass ihr Vater bereits eingeschlafen war. Seufzend nahm sie das Talglicht und schloss die Kammertür hinter sich und dem Medicus.

«Hat er sich schon öfter verlaufen?»

Adelina antwortete nicht. Sie ging zurück in die Küche und nahm sich noch einen Becher Bier, bevor sie sich an den Tisch setzte. Burka ließ sich ihr gegenüber nieder.

Das Knistern des Ofenfeuers mischte sich mit dem Heulen des Windes im Kamin. Irgendwo in der Nachbarschaft knallte ein Fensterladen.

«Nun?»

«Was wollt Ihr hören?» Adelina nahm eine der kleinen Holzfiguren in die Hand und drehte sie zwischen den Fingern.

«Wie wäre es mit einer Geschichte?»

Sie nickte, ohne ihn anzusehen.

«Rudolf ist ein Neffe unseres Nachbarn Keppeler und war für einige Zeit bei ihm, um zu lernen. Mitten im Sommer bekam er eine schlimme Erkältung und holte sich bei Vater eine Medizin.»

Sie blickte auf und sah in Burkas aufmerksames Gesicht. Plötzlich konnte sie nicht mehr weitersprechen. Schamröte schoss ihr in die Wangen, dass sie ganz heiß wurden; sie presste die Lippen zusammen.

Er wartete, doch als sie nichts mehr sagte, schob er das Gesicht ein wenig vor, dass er aussah wie ein neugieriges Eichhörnchen.

«Ich vermute, er sah Euch und begann, um Euch zu werben. Mit Erfolg.» In seiner Stimme klang etwas mit, das Adelina nicht zu deuten wusste. Und das sie verärgerte. Aber nun konnte sie auch gleich die ganze Geschichte erzählen …

«Es sah nach einer vernünftigen Verbindung aus. Mit Vater wurde er schnell einig.»

«Und mit Euch ebenfalls.»

«Das Aufgebot war bestellt, ich nähte bereits an meinem Hochzeitskleid. Keppeler schickte ihn oft auf Handelsfahrten rheinaufwärts. Von seiner letzten Fahrt kam Rudolf jedoch nur zurück, um mir zu sagen, dass er die Verlobung lösen müsse. Er habe die Tochter eines Handelsherrn kennen gelernt und erkannt, dass er nur sie lieben könne.» Sie verzog verächtlich den Mund. «Der Brautvater war einer der reichsten Männer von Straßburg. Kein Wunder, dass da die Liebe ausbrach. Den

Stoff für mein Brautkleid habe ich dann verschenkt. Keppeler war die Sache so peinlich, dass er meinem Vater persönlich das Kranzgeld bezahlt hat, das einer verlassenen Braut zusteht, und obendrein noch den Erzbischof, dass er das Verlöbnis vor Gott für nichtig erklärte. Trotzdem gab es natürlich einen großen Aufruhr.»

Skandal wäre wohl das treffendere Wort, dachte sie und stellte mit einem lauten Klacken das Figürchen auf den Tisch zurück. «Nun, wie gefällt Euch die Geschichte?»

«Ich hatte mehr erwartet», antwortete Burka schlicht. «Mit Sicherheit gibt es eine ganze Reihe Männer, die Euch trotz alledem mit Kusshand zur Frau nehmen würden.»

«Mag sein», sagte sie spröde und stand auf. Alles würde sie ihm nicht verraten. Es war auch so schon demütigend genug. Dieses Gefühl hatte sie beinahe vergessen gehabt. Außerdem durfte sie sich nicht in Gefahr bringen. Als er nun ebenfalls aufstand und sich anschickte, in seine Kammer hinaufzusteigen, löschte sie das Licht in der Küche und trug ihr kleines Talglicht hinüber in ihr eigenes Zimmerchen. Doch sie konnte nicht einschlafen. Sie lauschte dem Sturm und den Geräuschen, die von oben kamen. Der Medicus schien wieder einmal in seiner Kammer auf und ab zu gehen. Eine Bodendiele der Dachkammer knarrte besonders laut; es klang wie ein Ächzen.

Im Laufe der Nacht legte sich der Sturm, und als Adelina am Morgen die Fensterläden öffnete, war die Welt um sie herum von einem dicken weißen Teppich verhüllt. Schneeflocken schwebten zu Boden und bildeten einen Vorhang, der sie kaum bis zum Ende ihres Gartens sehen ließ. Schaudernd klappte sie die Läden wieder zu und beeilte sich, etwas Warmes anzuziehen.

Vitus war außer sich vor Freude über die weiße Pracht. Sie erlaubte ihm schließlich, eine Weile hinauszugehen, und musste lächeln über die Fröhlichkeit, mit der er im Garten herumtollte. Als sie die Tür schließen wollte, kam Fine wie ein nasser Pfeil hereingeschossen und wischte zwischen ihren Beinen hindurch in die Küche.

Adelina war kaum später aufgestanden als sonst, doch der Medicus hatte das Haus bereits verlassen. Zwei Äpfel fehlten im Obstkorb. Also bereitete sie das Frühstück nur für drei Personen. Vorsorglich braute sie noch einen Tee aus verschiedenen Kräutern, die allesamt gegen Kopfschmerz und Übelkeit wirkten. Nach dem gestrigen Abend würde es ihrem Vater bestimmt nicht gut gehen.

Am Mittag wollte sie in Richtung Eigelsteintor gehen. In diesem Teil der Stadt wohnten nur wenige Menschen, und es gab neben den Feldern der Kappesbauern große Flächen mit verwilderten Wiesen und Bäumen, vor allem Tannenbäumen. Sie hoffte, dort ein paar schöne Zweige für ihren Weihnachtsschmuck zu finden; wenn nicht, würde sie vor die Stadtmauern gehen müssen. Gleichzeitig ärgerte sie sich, dass sie nicht schon früher dazu gekommen war. Zwar hatte es zu schneien aufgehört, doch die nasse weiße Decke, die alles verhüllte, machte es schwer voranzukommen.

Die Gassen und Wege waren fast menschenleer. Bei solchem Wetter schien das Leben in Köln einzuschlafen, doch war das nur ein oberflächlicher Eindruck. Auch wenn alle in die Häuser verbannt waren, gingen die Geschäfte der Kaufleute weiter, mühten sich die Handwerker um ihre Arbeit, und sogar die Hübschlerinnen in den Frauenhäusern lugten stets durch einen Spalt ihrer

Türen und Fenster, um sich keinen Vorbeikommenden entgehen zu lassen.

Adelina stapfte auf eine Gruppe krüppeliger kleiner Tannen zu, stellte ihren Weidenkorb auf einem schneebedeckten Schutthaufen ab und begann, die Äste der Bäume zu schütteln, um sie von der weißen Last zu befreien. Während sie unterdrückt fluchend einzelne Zweige mit ihrem kleinen, leider viel zu stumpfen Messerchen abschnitt, nahm sie sich vor, endlich einmal wieder den Messerschleifer kommen zu lassen. Nachdem sie ihren Korb gefüllt hatte, pflückte sie noch mehrere Hände voll großer Tannenzapfen. Sie überlegte sich, wie sie sie auf eine Schnur auffädeln und als Girlande über dem Ofenabzug anbringen würde, als sie ein Knirschen hörte. Rasch blickte sie sich um, doch außer ein paar verwachsenen Sträuchern war weit und breit nichts zu sehen. Sie warf einen Blick zum Himmel hinauf. Tief hängende graue Wolken dräuten über der Stadt. Adelina spürte die ersten kalten Schneeflocken auf ihrem Gesicht. Wind kam auf und steigerte sich rasch zu einem hohlen Pfeifen. Sie zog ihre Haube fester um den Kopf, nahm den Korb und marschierte los. Dabei bemühte sie sich, in den Fußstapfen zu bleiben, die sie selbst auf dem Hinweg hinterlassen hatte. Das Vorankommen war dennoch eine Qual. Der völlig durchnässte Saum ihres Kleides schleifte durch den Schnee, und sie verfing sich immer wieder mit den Schuhen in den Unterröcken. Ärgerlich versuchte sie die Röcke mit der freien Hand so weit anzuheben, dass sie leichter gehen konnte. Dabei fiel ihr plötzlich auf, dass neben und zwischen ihren eigenen Fußspuren noch ein weiteres, größeres Paar Abdrücke zu erkennen war. Die Spur bog an einer Hecke schräg nach rechts ab. Sie folgte der Spur mit den Augen und sah, dass sie in einem Bogen hinter die Baumgruppe führte, an der sie eben erst Zweige gesammelt hatte. War ihr jemand gefolgt? Doch noch ehe dieser Gedanke in ihrem Kopf zur Befürchtung werden konnte, hörte sie etwas hinter sich. Im nächsten Moment presste sich eine Hand auf ihren Mund. Sie wurde grob gepackt und vornüber in den Schnee gedrückt.

6

Adelina versuchte nach Luft zu schnappen und gleichzeitig zu schreien, doch die Hand des Angreifers auf ihrem Gesicht hielt sie von beidem ab.

«Gib dir keine Mühe!» Die Stimme klang dumpf und undeutlich. «Glaubst du, dich hört einer? Wer ist denn sonst noch so blöd, bei dem Dreckwetter hier durchs Gemüse zu rennen.» Es folgte ein Lachen, allerdings kein freundliches. Der Angreifer packte sie bei den Schultern und riss sie herum, sodass sie auf dem Rücken zu liegen kam. Entsetzt starrte sie in ein bis zu den Augen von einem grauen Schal verhülltes Gesicht. Die Augen hinter der Maske waren zu Schlitzen verengt. «Du bist ein verdammt neugieriges Ding. Aber zu viel Neugier kann ungesund sein. Richtig schmerzhaft kann das weden.» Sein Blick wanderte über ihren Körper, und dann packte er mit seiner großen behaarten Hand unvermittelt dorthin, wo er unter dem dicken Mantel ihre Brust vermutete. Adelinas Augen weiteten sich vor Entsetzen und Schmerz, und wieder wollte sie schreien, doch aus ihrer Kehle drang nur ein verzweifeltes Röcheln. Der Mann grunzte amüsiert und riss an ihrem Mantel, bis eine der Tasseln absprang. Seine Hand fuhr in die Öffnung und rieb roh über ihren Leib. Adelina glaubte, an ihrer Angst ersticken zu müssen. Der Mann schob fahrig ihre Röcke hoch. Sie schloss die Augen und presste die Lippen so fest aufeinander, wie sie nur konnte. «Jetzt bist du nicht mehr so neugierig, wie? Jetzt ahnst du, was dir blüht, wenn du weiter schnüffelst.» Mit einem Ruck ließ er von ihr ab. Er drehte sie wieder auf den Bauch, presste ihr Gesicht in den Schnee und sagte gleichmütig: «Denk drüber nach.»

Das Gesicht im Schnee, hörte sie, wie er sich mit stampfenden Schritten entfernte.

Dann war nur noch das Tropfen des tauenden Schnees von den Ästen zu hören. Gekrümmt blieb Adelina liegen. Noch immer spürte sie die Stellen, an denen die Hand des Mannes gewesen war. Würgende Übelkeit stieg in ihr auf. Was, wenn er noch einmal wiederkam? Doch sie konnte sich nicht rühren.

Erst als die Kälte auf ihrem Gesicht unerträglich wurde und sie spürte, wie ihre Arme und Beine taub wurden, rappelte sie sich hoch. Ihr Mantel war durchnässt, ebenso ihr Kleid. Der Weidenkorb lag neben ihr im Schnee; ein paar Tannenzapfen waren herausgekullert. Mit klammen Fingern sammelte sie sie wieder ein und fand auch ihre Tassel, die sie ebenfalls in den Korb stopfte. Dann ging sie los und war fast dankbar, dass der Schneefall sich noch verstärkte. So traf sie nur auf wenige Menschen, die der humpelnden Gestalt mit den ungeordneten Röcken neugierig hinterherblickten.

Vor der Apotheke angekommen, stellte sie fest, dass die Tür verschlossen war. Ihr Vater hatte davon gesprochen, mit Vitus zum Hafen zu gehen, um Alaun und Ingwer zu kaufen und dem Jungen die Schiffe zu zeigen. Sie suchte in den Falten ihres Kleides nach ihrem Hausschlüssel, konnte ihn jedoch nicht finden. Was, wenn nun der Medicus ebenfalls noch außer Haus war? Mit letzter Kraft hämmerte sie gegen die Tür, doch nichts rührte sich. In ihrer Kehle bildete sich ein schmerzhafter Kloß. Kraftlos sank sie gegen die Tür, doch dann hörte sie das Tappen von Schritten, und der große Riegel wurde quietschend zurückgezogen.

«Du liebe Zeit!» Burka griff ihr umstandslos unter die Arme, zog sie hoch und brachte sie in die Küche. «Zieht sofort das nasse Zeug aus.»

Adelina nickte benommen und schleppte sich weiter in ihre Kammer. Dort schälte sie sich das Kleid vom Körper und zog ein trockenes Wollunterhemd über, das ihr bis zu den Waden reichte. Dann stieg sie in ihr dunkelgrünes Übergewand. Sie sammelte die nassen Sachen vom Boden auf und trug sie zurück in die Küche, um sie aufzuhängen.

«Ich habe heißen Kräuterwein aufgesetzt», erklärte der Medicus. «Ihr werdet eine Erkältung bekommen.»

Es war ihr zu anstrengend, ihm zu antworten. Sie wartete geduldig, bis er einen Becher Wein vor sie hinstellte. Die Kräuter, die er hineingemischt hatte, waren stark. Sie schmeckte Minze, Wacholder und …

«Schafgarbe?» Sie sah Burka überrascht an und nippte nochmals an der dampfenden Flüssigkeit.

«Ihr habt genug davon getrocknet. Wenn Ingwer da gewesen wäre, hätte ich auch davon noch etwas hineingetan.» Er lächelte sie an, und aus unerfindlichen Gründen meinte sie, Erleichterung in seinen Augen lesen zu können. Sie senkte den Blick wieder auf ihren Becher. Der heiße Wein verfehlte seine Wirkung nicht. Langsam strömte wieder Leben in ihre abgestorbenen Glieder.

«Ich glaube, Reese hat nichts mit den Toten im Hospital zu tun», murmelte sie, um sich von ihrem Erlebnis abzulenken. Als sie diesmal hochsah, war wieder Besorgnis in sein Gesicht zurückgekehrt. «Er hat etwas zu verbergen», sie schluckte hart. «Aber es muss etwas anderes sein. Er hat Reinhild lieb gehabt.»

«Das beweist noch nicht …»

«Er war doch allein an ihrem Grab. Er hat sie lieb gehabt», wiederholte sie stur und hielt sich an diesem Gedanken fest, damit sie nicht an den Überfall denken musste.

«Wollt Ihr mir nicht erzählen, was passiert ist?»

Adelina stand auf und holte den Korb mit den Zweigen.

«Ich muss noch das Haus schmücken, solange Vitus mir nicht im Weg ist. Danke für den Wein.» Als sie den Korbinhalt schweigend auf dem Küchentisch ausbreitete, erhob sich Burka und ging zur Tür. Dort drehte er sich noch einmal um, und ohne hinzusehen, wusste Adelina, dass er zornig war. Einige Augenblicke später hörte sie die Tür klappen und seine Schritte auf der Stiege. Sie blickte auf die Zweige auf dem Tisch, und plötzlich wurde ihr schlecht. Hastig drehte sie sich um, riss die Küchentür auf und rannte zum Hinterausgang hinaus in den Garten. An der Mauer neben der Abortgrube erbrach sie sich heftig. Sie hustete und würgte, bis nichts mehr aus ihr herauskommen wollte. Tränen liefen ihr in Strömen übers Gesicht. Fahrig riss sie einige Schritte neben sich ein Büschel Sauerampfer aus, der seine Blätter aus der Schneedecke herausstreckte, und wischte sich damit über den Mund. Dann wankte sie ins Haus zurück. An der Tür zu ihrer Kammer blieb sie stehen und versuchte, sich zu beruhigen, doch die Tränen wollten nicht aufhören zu fließen. Alles an ihr fühlte sich kalt und unrein an. So hatte sie sich schon einmal in ihrem Leben gefühlt. Mit einem unterdrückten Schluchzen stürzte sie in ihre Kammer, warf sich auf das Bett und wurde von einem Weinkrampf geschüttelt.

Es dauerte lange, bis sie so weit war, aufzustehen und sich der Welt und dem Weihnachtsschmuck in der Küche zu stellen.

†

Der Sonntag war für Adelina normalerweise ein willkommener Tag. Nach der Messe bereitete sie ihrer Familie ein gutes Mahl, und danach konnte sie gewöhnlich ein paar Stunden für sich selbst erübrigen. Doch diesmal war sie nicht einmal in der Lage, einen kurzen Spaziergang zu machen. Die Erkältung fesselte sie ans Haus. Hustend und schniefend verkroch sie sich nach dem Kirchgang in ihrer Kammer. Sie hörte Vitus maulen, weil es nur Brot und Äpfel gab. Albert schimpfte mit ihm, jedoch mehr aus Besorgnis um seine Tochter als aus Zorn. Adelina war selten krank, und falls doch, wurde rasch deutlich, dass allein sie es war, die den Haushalt im Griff hatte. Vitus quengelte unbeirrt weiter, und Adelina zog sich die Decke über den Kopf. Bestimmt zerkrümelte er seinen Kanten Brot jetzt, anstatt ihn zu essen. Er war stur, das lag in der Familie. Wieder hörte sie die ungehaltene Stimme ihres Vaters und dann die besänftigende des Medicus. Wann war er nach Hause gekommen? Nach der Kirche hatte sie ihn aus den Augen verloren. Sie hustete und streckte den Kopf wieder unter der Decke hervor. Burka schlug gerade vor, etwas Essbares aus der Garküche zu holen. Sie seufzte dankbar. Vielleicht bekam sie dann endlich ein bisschen Ruhe.

An Schlaf war freilich nicht zu denken, obwohl das Grübeln ihr Kopfschmerzen verursachte. Doch die Gedanken ließen sich nicht abstellen. Seit Tagen gab es keinen Todesfall mehr im Hospital, jedenfalls hatte sie nichts dergleichen gehört. Allerdings war sie auch schon ungewöhnlich lange nicht mehr dort gewesen, jetzt, wo man sie nicht mehr einließ. War es möglich, dass Irmingard und die Grande Dame es verschweigen würden, wenn noch jemand starb, um so das Hospital vor der Schließung zu retten? Die Grande Dame Brigitta, Oberste der Beginenhöfe in Köln, hatte zwar große Macht, doch ein solches Vorgehen konnte sie gewiss nicht verantworten. Die Kirche hatte ein wachsames Auge auf die Beginen, die ja keinem Orden unterstanden und schon oft mit scheelem Blick ketzerischer Umtriebe verdächtigt worden waren. Doch der Stadtrat hielt, anders als in anderen Städten, seine schützende Hand über diese Gemeinschaft frommer Frauen, denn im Gegensatz zu den Klöstern verlangten die Beginen nicht das Armutsgelübde. Viele der Frauen waren vermögend und kamen aus mächtigen Familien. Deshalb sahen sie es zwar als ihr Recht an, sich in alle Belange der Stadt einzumischen, die mit ihrem Besitz zu tun hatten, aber der Rat duldete es, waren die Beginen doch in vielen gewerblichen Bereichen tätig, die der Stadt und dem Handel zugute kamen. Sie woben ein feines Leinen, das weit über die Stadtgrenzen hinaus gerühmt wurde, ebenso wie ihre Schneidereien, und die Goldweber hatten sich schon oft bei der Zunft über die Konkurrenz beschwert.

Ein Niesanfall riss Adelina aus ihren Gedankengängen. Ärgerlich wischte sie ihre Nase am Ärmel ab und drehte sich auf den Rücken. An der Zimmerdecke krabbelte eine kleine Spinne, wohl auf der Suche nach einem geeigneten Platz für ihr Netz. Adelina folgte ihr mit den Augen bis hinüber in die Ecke über der Tür.

Ihr Kopf fühlte sich heiß an. Hoffentlich bekam sie kein allzu hohes Fieber.

Anscheinend war sie doch für einige Zeit eingenickt, denn sie schreckte hoch, als auf dem Gang Stimmen laut wurden. Burka war zurück und brachte das versprochene Essen mit. Den Geräuschen nach zu urteilen, war Vitus der Erste, der sich darauf stürzte. Wenig später hörte sie erneut jemanden das Haus betreten. Adelina seufzte und hielt sich den Kopf. Es schien unmöglich, heute zur Ruhe zu kommen. Trotzdem lauschte sie. Eine der Stimmen gehörte Magister Arnoldus. Kam er wegen des Kräuterbuchs? Das hatte sie ganz vergessen. Nein, er wollte mit Neklas Burka sprechen, wegen der frei werdenden Stelle an der Universität.

«Kommt doch erst einmal herein», hörte sie den jungen Medicus sagen. «Wir haben gerade gegessen. Vielleicht möchtet Ihr auch ein Stück von der Wachtelpastete?»

Wachtelpastete! Adelina hustete empört. Etwas Teureres hatte er nicht auftreiben können? Offenbar war Burka wohlhabender, als sie gedacht hatte. Wachtelpastete! Im Winter! Magister Arnoldus nahm das Angebot dankend an.

Offenbar hatten sie die Küchentür offen gelassen, denn Adelina konnte auch dem weiteren Gespräch ohne Mühe folgen.

«Ihr seid nun schon einige Zeit in der Stadt.» Magister Arnoldus klang fast wie ein Bittsteller. «Ihr seid ein guter Medicus, und ich weiß, dass Euch auch schon anderenorts Lehrstühle angeboten worden sind. Die Universität hat sich über Euch erkundigt.»

«Ach ja?» Das kam spöttisch. Adelina hob verwundert die Brauen.

«Natürlich.» Arnoldus ließ sich nicht beirren. «Ihr vertretet die Kräuterlehre, wie sie schon Hildegard von Bingen und ihre Schüler anwandten. Darüber kann man gewiss streiten, doch Euer Erfolg spricht für sich.» Einen Moment war es still, dann fuhr der Magister fort: «Ich werde langsam zu alt für meinen Posten. Die Universität braucht einen jungen Medicus, dem es nicht so schnell zu viel wird, Vorlesungen zu halten und sich um eine Horde halbwüchsiger Scholaren zu kümmern. Unsere Fakultät wächst ständig, sowohl in Größe als auch Ansehen. Ihr wäret eine Bereicherung, Neklas.»

«Das glaube ich nicht.»

«Papst Bonifaz hat erst im vergangenen Jahr die Pfründen für die Doctores bestätigt. Ihr hättet schon in vier Jahren Anspruch auf das Euch zustehende Geld! Wenn Euch das zu lange dauert, könntet Ihr sogar beantragen, dass Ihr sofort etwas bekommt. Der Betrag wäre erst einmal geringer, versteht sich, aber …»

«Nein.» Burka klang ungeduldig. «Euer Angebot ist sehr freundlich, doch ich werde es nicht annehmen.»

«Aber bedenkt doch …» Magister Arnoldus war ratlos. Adelina ebenfalls.

«Ich will Euch nicht beleidigen», fuhr Burka fort. In seiner Stimme schwang Überdruss mit. «Es gibt noch andere Magistri in Köln, die sich für den Posten eignen. Wählt den besten von ihnen.»

«Das ist doch nicht zu fassen.» Nun wurde Arnoldus ärgerlich. «Ein solches Angebot bekommt man nicht jeden Tag. Denkt wenigstens noch einmal darüber nach!»

«Die Antwort bleibt nein.» Burkas Tonfall war nun schneidend. «Ich habe meine Gründe.»

«Was für Gründe könnten …»

«Und nun muss ich Euch wirklich bitten, das Thema fallen zu lassen.»

Arnoldus' Antwort konnte Adelina nicht verstehen, weil nun lautstark eine Bank verrückt wurde. Der alte Medicus verabschiedete sich verstimmt. Burka blieb gleich bleibend höflich, als er ihn zur Tür begleitete.

Adelina rutschte in ihrem Bett hin und her. Langsam wurde ihr kalt, trotz der schweren Wolldecke. Schüttelfrost, dachte sie. Warum hatte er den Posten an der Universität noch nicht einmal in Betracht ziehen wollen? Konnte einem gelehrten Mann wie ihm etwas Besseres geboten werden?

†

«Ihr geht sofort wieder zurück ins Bett!»

«Ich brauche einen Tee.» Adelinas Stimme hallte hohl in ihrem Schädel wider. «Irgendwo sind die Dosen mit Pfefferminze und Kamille.»

«Irgendwo?» Burka betrachtete sie mit besorgt zusammengekniffenen Augen. «Es geht Euch noch schlechter, als ich dachte. Legt Euch hin. Ich bereite Euch den Aufguss.»

«Ich kann auf keinen Fall noch länger liegen bleiben.» Sie wehrte sich, als der Medicus sie wieder in ihr Zimmer zurückschieben wollte. «Mein Rückgrat fühlt sich an wie Mus.»

«Es ist zu kalt hier.»

«Ich setze mich ganz nah an den Ofen, seht Ihr?» Adelina hockte sich auf die Ofenbank und wickelte den schweren Hausmantel noch enger um sich. Burka schüttelte den Kopf und zog eine Holzdose aus dem Regal. Während er den Kräutersud aufsetzte, schwiegen sie sich an. Die Erkältung hielt sie nun schon den dritten

Tag im Haus gefangen. Langsam wurde sie verrückt. Sie sehnte sich nach ihrem gewohnten Tagesablauf, und sie wäre gern noch einmal ins Hospital gegangen.

Burka goss den Sud in einen Becher und gab zwei großzügige Löffel Honig mit hinein, bevor er ihn ihr reichte. Dankbar nippte sie daran. Wie gut er sich inzwischen in ihrem Haushalt auskannte!

«Wie kommt es, dass Ihr um diese Tageszeit nicht arbeitet?»

«Habt Ihr schon mal einen Blick nach draußen geworfen? Nein, nein, bleibt, wo Ihr seid!» Burka drückte sie zurück auf die Bank. «Am Fenster ist es viel zu zugig für Euch.» Er ging zum Tisch und lehnte sich dagegen. «Es hat eben erst aufgehört zu schneien. Euer Vater ist mit Vitus noch einmal zum Zunfthaus gegangen, obwohl ich ihm abgeraten habe. Die Straßen sind vereist und glatt. Eine Kranke im Haus dürfte genügen. Aber er wollte nicht hören.» Er hielt kurz inne und lächelte dann. «Immerhin seid Ihr nun meine Patientin, nicht wahr? Obwohl Ihr nicht auf meinen Rat hören wollt.»

«Es geht mir schon besser.» Das stimmte sogar. Der Kräuteraufguss belebte sie, und das Fieber schien allmählich zu sinken. «Am Sonntag war Magister Arnoldus hier. Warum habt Ihr ihn fortgeschickt?»

Einen Augenblick lang sah es so aus, als wolle Burka einfach den Raum verlassen. Er stieß sich vom Tisch ab und ging auf die Tür zu, doch auf halbem Weg drehte er sich wieder zu ihr um.

«Es scheint, als habet diesmal Ihr mich belauscht.» Adelina stellte den leeren Becher neben sich und faltete die Hände im Schoß. Sie konnte ein Lächeln nicht unterdrücken.

«Mir ist nichts anderes übrig geblieben. Wenn Euer

Gespräch nicht für fremde Ohren bestimmt war, hättet Ihr die Küchentür schließen müssen. Dieses Haus trägt den Schall bis in die hintersten Winkel.»

«Tut es das?»

«Wie Fanfarenstöße. Warum habt Ihr den Posten an der Universität abgelehnt? Die Fakultät ist noch keine zehn Jahre alt, aber es kommen immer mehr Scholaren hierher. Der Papst hält seine schützende Hand über uns.»

«Der Papst.» Burka schnaubte. «Ich kann den Posten nicht annehmen.»

«Warum nicht?»

Wieder entstand eine Pause. Burka sah sie lange nachdenklich an, bevor er ihr antwortete.

«Ich kann nicht. Es wäre schön, wenn Ihr es dabei bewenden ließet.»

«Wisst Ihr, was mein übelster Charakterzug ist?»

«Eure spitze Zunge?»

Adelina schüttelte grinsend den Kopf.

«Meine Neugier. Ich habe immer gedacht, für einen Gelehrten müsse es nichts Schöneres geben, als die Gelegenheit, sein Wissen mit anderen zu teilen. Korrigiert mich, wenn ich das falsch sehe.»

«Ihr habt vollkommen Recht.»

«Und trotzdem weist Ihr die Möglichkeit zurück, genau das zu tun. Ihr hättet ein gutes Auskommen. Einen gesicherten Lebensunterhalt. Manch einer würde dafür morden.»

«Wie Recht Ihr auch damit habt.» Ein sarkastisches Lächeln verzog seine Lippen. «Es gibt aber auch andere Wege, sein Auskommen zu haben und ein nützliches Leben zu führen.»

«Aber keinen so angesehenen und sicheren.»

Der Medicus seufzte.

«Ihr gebt keine Ruhe, ja?»

Adelina sah nur aufmerksam zu ihm auf.

«Also gut. Aber macht Euch darauf gefasst, dass Euch nicht gefallen wird, was ich Euch erzähle.» Er blickte an die Decke. «Möglicherweise wird unsere Bekanntschaft in dem Moment enden, in dem Ihr alles wisst. Es ist wie mein Schatten. Ich werde es nicht los. Es wäre nur ...»

«Was?»

«Dass ich in Italien gelebt habe, bevor ich nach Köln kam, wisst Ihr ja schon.»

«Salerno.»

«Ich habe dort studiert und später gearbeitet. Die italienischen Städte sind wahre Goldgruben für Ärzte. Alle Tage werden dort Menschen umgebracht, müsst Ihr wissen. Italien wimmelt von Giftmischern und Meuchelmördern. Außerdem ist es dort viel wärmer als hierzulande. Die Menschen erkranken an der Pest, an Pocken oder Durchfallkrankheiten ...»

«Wie schrecklich!» Adelina rückte noch ein Stückchen näher an den Ofen heran.

«Jedenfalls lebte ich dort sehr gut, für einige Jahre. Aber wisst Ihr, was mich immer gequält hat?» Er ließ sich neben ihr auf die Bank sinken. «Ich wurde zu Patienten gerufen, die Schmerzen hatten und so schwer krank waren, dass ich ihnen nicht helfen konnte. Ich konnte ihnen nicht helfen, weil ich nicht wusste, was ihnen fehlte. Viele Menschen sterben, weil wir Ärzte nicht wissen, woher ihre Krankheiten kommen.»

«Das ist Gottes Wille», meinte Adelina und hätte beinahe seine Hand ergriffen. Doch er verschränkte die Arme vor der Brust und starrte sie aufgebracht an.

«Gottes Wille ist es auch, dass Ärzte heilen, oder?»

Er atmete tief durch, dann sprach er gelassener weiter: «Ich habe mich nie mit Gottes Willen zufrieden gegeben, sondern weiter studiert, mit gelehrten Männern gesprochen … Habt Ihr schon einmal von Avicenna gehört? Ein maurischer Medicus, der vor fast dreihundert Jahren gelebt hat. Er hat vieles gewusst, das heute in Vergessenheit geraten ist. Glücklicherweise gibt es in manchen Universitäten Abschriften seiner Erkenntnisse.» Wieder hielt er inne. «Es war im Sommer vor zwei Jahren, als einer meiner Patienten mich zu sich rufen ließ. Er klagte über schlimme Leibschmerzen, aber keine meiner Arzneien half ihm, es wurde nur schlimmer. Am Ende konnte ich nur noch den Priester holen lassen.»

«Der Mann ist gestorben?» Adelina stand auf und holte sich den Krug mit dem nur noch lauwarmen Kräutersud vom Tisch.

«Setzt Euch wieder an den Ofen. Wenn Ihr etwas wollt, sagt es.» Burka maß sie mit strengen Blicken, also setzte sie sich wieder auf ihren Platz.

«Der Mann?»

«Starb noch am selben Tag. Er hatte keine Angehörigen, also bot ich mich an, für seine Beerdigung zu sorgen. Ich wartete, bis der Priester gegangen war, dann ließ ich einen Wagen kommen und den Leichnam in mein Haus bringen.»

«In Euer Haus?»

«Ich musste herausfinden, was den Mann um sein Leben gebracht hatte.» Burka starrte zu Boden. «Also habe ich die Leiche seziert.»

«Ihr habt …?» Adelina riss die Augen auf.

«… ihn aufgeschnitten, ja.»

«Du liebe Zeit. Ihr habt einfach einen Leichnam

seziert, obwohl Ihr wusstet, dass es verboten ist? Die Kirche …»

«Es ist nicht überall rundheraus verboten. Aber Ihr habt es erraten. Die Kirche bekam davon Wind. Einer meiner Knechte lief zum Erzbischof. Er hatte wohl Angst um sein Seelenheil in einem Haus wie meinem.»

«Ihr hattet Knechte?» Adelina verzog das Gesicht, kaum dass ihr die Frage herausgerutscht war. Was tat das schließlich zur Sache? Er war ein … ja, was eigentlich?

«Die Schergen des Erzbischofs standen vor meiner Tür, noch bevor ich den armen Mann beerdigen lassen konnte. Sie sperrten mich in den Turm. Mehrere Wochen verbrachte ich zwischen Meuchelmördern und Wahnsinnigen. Natürlich verhörten sie mich, das müssen sie tun. Wenn man sich einsichtig zeigt, belassen sie es beim ersten Grad der Befragung.» Adelina schauderte.

«Sie haben Euch laufen lassen?»

«Sie haben sich meine Gründe angehört, wieder und wieder. Dann wollten sie mich als Ketzer verurteilen.»

Adelina fuhr von ihrem Sitzplatz hoch und riss dabei den halb vollen Becher zu Boden.

«Ihr sitzt hier und erzählt mir, dass Ihr ein verurteilter Ketzer seid?» Verstört wandte sie sich ab. «Ketzer werden verbrannt. Ihr seid noch am Leben.»

«Ich hatte mächtige Freunde. Daher bekam ich die Chance, zu widerrufen und das Land zu verlassen. Als Medicus darf ich arbeiten, aber der Papst persönlich hat verfügt, ich dürfe auf Lebenszeit an keiner Schule oder Universität lehren. Nicht einmal die freien Künste.»

Adelina drehte sich wieder zu ihm um. «Und niemand weiß davon?»

«Seid versichert, sobald ich versuche, eine Stelle

anzunehmen, wird es bekannt. Der Papst bestätigt die Pfründen der Magistri und Doctores. Und der Erzbischof hat mich durch einen seiner Legaten in der Stadt begrüßen lassen.»

Lange sah Adelina ihn schweigend an. Dann bückte sie sich nach dem Becher, der unter die Bank gekullert war, und stellte ihn zurück auf den Tisch. Der Medicus beobachtete, wie sie den feuchten Fleck aufwischte und den Lappen zum Trocknen aufhängte.

Sie nieste heftig und wischte sich unwirsch mit dem Ärmel über die Nase.

«Ihr habt Euch unter falschen Voraussetzungen hier eingemietet.»

«Werft Ihr mich hinaus?»

Adelina ging zur Tür, als hätte sie die Frage nicht gehört. Im Gang dahinter war es kalt. Sie drehte sich noch einmal zu ihm um.

«Habt Ihr herausgefunden, an was der Mann gestorben ist?»

«Nicht wirklich. Er hatte eine schlimme Entzündung in den Därmen. Vielleicht war es …» Er brach ab, und um seine Mundwinkel zuckte es. «Ich werde die Miete immer pünktlich zahlen.»

Adelina zog die Küchentür entschlossen hinter sich zu und schleppte sich in ihre Kammer. Dort ließ sie sich stöhnend auf ihr Bett fallen und zog sich die Decke über den Kopf. Ihre Hände waren eiskalt geworden. Sie legte sie an ihre glühenden Wangen.

Sie hatte einem Ketzer Unterschlupf gewährt! Für ehrenhaft hatte sie ihn gehalten und sogar begonnen, ihn zu mögen. Es war besser, wenn sie sich von ihm fern hielt, soweit das möglich war.

Aber ging das? Sie brauchte ihn, wenn sie beweisen

wollte, dass Reinhild, Adrian und Balthasar vergiftet worden waren. Wer sonst hatte denn ihren Verdacht auch nur in Erwägung gezogen? Mit wem sonst konnte sie darüber reden?

Der Verdacht.

Sobald sie wieder gesund war, musste sie noch einmal ins Hospital gehen. Oder besser noch, mit der Grande Dame Brigitta sprechen. Aber das wiederum ging erst nach den Weihnachtsfeiertagen.

Ein lautes Poltern vor ihrer Tür verriet, dass Vitus und ihr Vater zurück waren. Der Junge rannte in seine Kammer und wieder zurück in die Küche und machte dabei Lärm wie zwölf Stadtsoldaten. Hinter Adelinas Schläfen begann es wieder zu pochen. Der Medicus rief Vitus zur Ruhe, und als das nichts nützte, versprach er, ihm ein neues Spiel mit den Holzfigürchen zu zeigen. Schlagartig war es still in der Küche.

Adelina seufzte. Vitus verstand von Spielfigürchen nicht mehr, als dass sie hübsch bunt waren. Aber sie war dem Medicus dankbar für die Stille.

7

Es dauerte noch ein paar Tage, bis Adelina sich so weit erholt hatte, dass sie ihre Pflichten im Haushalt wieder aufnehmen konnte. Zunächst einmal füllte sie die leeren Vorratsdosen und -kisten mit frischer Ware vom Markt auf. Alle waren froh, da es nun endlich wieder ihr gutes Brot und frisch gekochte Mahlzeiten gab.

Während Adelina das Zepter im Haushalt wieder an sich nahm, überlegte sie, ob es wirklich sinnvoll wäre, das Hospital aufzusuchen.

Die Entscheidung wurde ihr aber abgenommen, denn ein blasses Mädchen, das noch nicht lange im Beginenhof lebte und dessen Kleid aussah, als habe es dieses von einer wesentlich größeren und korpulenteren Begine geerbt, klopfte nur wenige Tage vor Weihnachten an ihre Tür. Die Kleine übergab Adelina ein Wachstäfelchen, auf dem eine größere Bestellung über Erkältungsarzneien aufgelistet war.

«Ihr seid stur», brummte Burka, der mit grimmiger Miene zuschaute, wie sie die Arzneien mischte und einpackte. Adelina blickte kurz von ihrer Arbeit auf und sah ihm gleichmütig ins Gesicht. Das schien ihn noch mehr zu ärgern. «Ich vermute, Ihr wollt noch einmal im Wespennest herumstochern?»

«Ich bringe Irmingard die bestellte Medizin.»

«Und steckt Eure Nase in jeden Winkel.»

«Wollt Ihr mitkommen?» Adelina bemühte sich, ihre

Stimme nicht allzu unterkühlt klingen zu lassen. Es gelang ihr nicht. Burka zog verärgert die Stirn kraus.

«Unglückseligerweise habe ich just am anderen Ende der Stadt zu tun.»

«Schade.» Sie zwang sich zu einem Lächeln. «Ihr hättet sonst einen Blick auf Benedikts Bein werfen können.»

Der Medicus ging nicht darauf ein, sondern drehte sich um und verließ grußlos die Apotheke. Durch das Fenster beobachtete Adelina, wie er eine Mütze unter seinem Mantel hervorholte und sich über den Kopf zog, dass seine lockigen Haare lustig unter dem Rand abstanden. Dann legte sie die ordentlich verschnürten Kräuterpäckchen in einen Korb. Es wäre ihr lieber gewesen, wenn er sie begleitet hätte. Nicht nur, weil sie zum ersten Mal seit dem Überfall wieder ein weiteres Stück durch die Stadt gehen musste. Er kannte sich mit Giftmischern aus, hatte er das nicht selbst gesagt?

Sie weckte ihren Vater, der auf der Küchenbank ein Schläfchen hielt, und schickte ihn in den Laden. Das einzig Gute an dem Wetter war ja, dass recht oft Kunden kamen. Dann hängte sie sich den Korb an den Arm und machte sich auf den Weg.

†

Irmingard sah blass und überanstrengt aus. Um ihren Mund hatten sich tiefe Sorgenfalten eingegraben, und sie schien dünner geworden zu sein. Dennoch lächelte sie herzlich, als sie Adelina an der Pforte begrüßte.

«Wie schön, dass Ihr so rasch gekommen seid. Uns sind nämlich sämtliche Kräuter ausgegangen. Das Wetter tut den Leuten nicht gut.»

Adelina nickte besorgt.

«Aber Schlimmeres als Erkältungen gab es nicht?»

«Glücklicherweise nicht.» Irmingard ging voran und deutete auf einen Karren mit schmutzigem Stroh, der neben dem Hauseingang stand. «Wir haben heute früh alle Böden gefegt und mit Essig ausgewischt. Magister Burka hat uns dazu geraten, als er kürzlich hier war. Er meinte, dass sich in dem Stroh auch Krankheiten einnisten können.»

«Das ist gut möglich.» Adelina trat hinter der Hospitalsvorsteherin in den Krankensaal und sah sich um. Die meisten Betten waren belegt. Die Pflegerinnen hatten Kohlebecken im Raum aufgestellt, die ein wenig Wärme verströmten. An den Wänden waren in regelmäßigen Abständen Halterungen mit kleinen Lämpchen befestigt worden, die stark nach Tran rochen. Dennoch herrschte in dem großen Saal ein Zwielicht, das die Augen ermüdete.

Der Medicus war also noch einmal hier gewesen. Warum hatte er ihr das verschwiegen? Adelina spürte wieder dieses flaue Gefühl in sich. Mit aller Macht versuchte sie es zu verdrängen. Es war nicht gut, derart misstrauisch zu sein. Oder etwa doch?

Irmingard hatte unterdessen eine der Pflegerinnen zu sich gerufen und übergab ihr den Korb mit den Kräutern. Dann wandte sie sich wieder an Adelina.

«Wenn Ihr einen Augenblick warten wollt, hole ich Euch gleich Euer Geld.»

«Natürlich. Ich sehe so lange nach Vincentia. Es geht ihr doch gut?»

«Sie hat ein bisschen Magenweh, aber ansonsten scheint sie sich ganz wohl zu fühlen.» Irmingard verließ den Raum, und Adelina ging um den Wandschirm herum. Das kleine Mädchen saß mit überkreuzten Beinen auf dem Boden und spielte selbstvergessen mit der Puppe. Adelina ging neben ihr in die Hocke.

«Guten Tag, Vincentia. Kennst du mich noch?»

«Adelina», sagte das Mädchen mit monotoner Stimme. «Hast du ein Kleid mitgebracht?»

Adelina blickte auf die Puppe und lächelte.

«Heute leider nicht. Aber wenn du möchtest, nähe ich dir noch eins. Du darfst aber nicht auf dem kalten Boden sitzen. Davon kann man krank werden.» Sie nahm die Kleine am Arm, um sie zum Aufstehen zu bewegen. Vincentia ließ es mit sich geschehen und krabbelte brav auf das Bett.

«Ich habe gehört, du hast Magenschmerzen?»

Das Mädchen hob den Kopf und sah Adelina plötzlich mit merkwürdig klarem Blick in die Augen.

«Der Frühstücksbrei war nicht gut. Ich hab ihn ausgespuckt.»

«Tatsächlich? Warum hat er dir denn nicht geschmeckt? Sonst magst du ihn doch auch.»

«Der Brei war nicht gut», wiederholte das Mädchen, dann wurde ihr Blick wieder trübe. Plötzlich weiteten sich ihre Augen, und ihre Hände fuhren in die Luft.

«Da! Große Tiere! Tiere!», schrie sie und deutete wild um sich. Adelina erschrak und versuchte, die kleinen Hände festzuhalten.

«Vincentia, was ist denn mit dir? Beruhige dich, da sind keine Tiere.»

Doch das Mädchen schrie immer lauter, den Blick starr auf eines der Fenster gerichtet. Die gegen die Winterkälte über den Rahmen gespannte Decke hatte sich an einer Ecke gelöst und flatterte in der Zugluft.

«Tiere, Tiere!», brüllte sie. Zwei junge Beginen kamen herbeigerannt und bemühten sich ebenfalls, das zappelnde Mädchen zu beruhigen. Adelina hielt noch immer Vincentias Hände umfasst; sie waren eiskalt. Wenn sie losließe, würde die Kleine mit Sicherheit wild um sich schlagen. Vincentia spuckte und wand sich unter den Griffen der Pflegerinnen. Dann wurde sie plötzlich ganz ruhig und sackte in sich zusammen. Adelinas Herz schlug heftig gegen ihre Rippen.

«Du liebe Zeit, hatte sie einen Anfall?» Hinter ihnen wurden Schritte laut. Irmingard kam herbei und beugte sich über die kleine Patientin.

«Sie hat behauptet, Tiere zu sehen, und wollte um sich schlagen», erklärte eine der Beginen. Adelina meinte sich zu erinnern, dass ihr Name Heidrun war. «So etwas hat sie noch nie gemacht.»

Mit besorgter Miene strich Irmingard dem Mädchen über das schweißnasse Haar.

«Sie scheint sich wieder beruhigt zu haben. Ihr müsst sie besser im Auge behalten», sagte sie streng. Die beiden Pflegerinnen nickten betreten und machten sich wieder an ihre Arbeit. Irmingard zuckte mit den Schultern.

«Es tut mir Leid. Man kann nie sicher sein, wie sie auf Besuch reagiert.»

«Das weiß ich doch. Ihr braucht Euch nicht zu entschuldigen.» Adelina nahm die Münzen, die Irmingard ihr reichte, und steckte sie in ihre Gürteltasche. «Ich wünschte nur, man könnte ihr helfen.» Sie blickte auf das Mädchen hinab, das sich auf seinem Bett zusammengerollt hatte und sämtliche Finger der linken Hand in den Mund gesteckt hatte. «Wenn ihre Magenbeschwerden schlimmer werden, lasst es mich wissen. Wir haben eine gute Kräutermischung gegen Bauchweh.»

«Das werde ich. Aber ich glaube, es ist nichts Schlimmes. Soll ich Euch zum Tor begleiten?»

«Das ist nicht nötig. Ihr habt sicher eine Menge Arbeit.» Adelina beugte sich noch einmal zu Vincentia hinunter und strich ihr eine wirre Haarsträhne aus dem Gesicht. «Bis bald. Ich bringe dir dann ein neues Kleid für deine Puppe mit.»

Als sie schon auf halbem Weg zum Wandschirm war, hörte sie Vincentia rufen.

«Adelina!»

Sie drehte sich um und sah die großen dunklen Augen in dem totenblassen Gesicht.

«Adelina, es kribbelt. Ein schönes Puppenkleid!»

Adelina lächelte ihr noch einmal zu und verließ dann verwirrt den Raum.

†

«Warum habt Ihr mir verschwiegen, dass Ihr noch einmal im Hospital wart?», empfing sie den Medicus, als dieser am späten Nachmittag die Küche betrat. Schweigend zog er seinen Mantel aus. Adelina nahm ihm das Kleidungsstück aus den Händen und hängte es vor dem Ofen auf. «Nun?»

«Was, nun?» Burka setzte sich und faltete die Hände auf der Tischplatte. «Ihr schient in letzter Zeit nicht in der Stimmung, mit mir zu reden.»

«Wundert Euch das?»

«Ich habe mich im Hospital umgesehen und mich um Benedikt gekümmert. Ein gut geführtes Haus. Haben sie inzwischen das Stroh von den Böden entfernen lassen?»

«Es gab keine Toten mehr.» Adelina lehnte sich an die Tischkante. «Aber ich fürchte, es ist noch lange nicht vorbei.»

Der Medicus runzelte die Stirn.

«Es? Ihr verrennt Euch da in etwas. Und selbst wenn Ihr Recht hättet, könntet Ihr nichts beweisen.»

Adelina horchte auf. «Ihr räumt also ein, dass mein Verdacht richtig ist?»

«Dass er richtig sein könnte. Adelina, ich habe gehört, der Stadtrat versuche, das Hospital schließen zu lassen. Das Gebäude soll an die Stadt zurückgegeben werden.»

«Das wird die Grande Dame nicht zulassen.» Langsam ließ sich Adelina auf die Sitzbank sinken. «Sie hat jahrelang darum gekämpft, das Hospital zu erhalten. Der Beginenhof hat das Haus samt Grundstück gekauft.»

«Gepachtet», verbesserte der Medicus. Adelina starrte ihn überrascht an. Er nickte. «Ich war heute bei Werner Overstolz und habe mich erkundigt.»

«Ihr wart bei dem Ratsherrn und habt ihn über das Hospital ausgefragt?» Hin und her gerissen zwischen Verblüffung und Ärger, schüttelte Adelina den Kopf. Burka lächelte.

«Es ist nicht so verwunderlich, wie Ihr glaubt, dass ein Medicus sich für die Hospitäler der Stadt interessiert. Overstolz meinte, es sei nur noch eine Frage der Zeit, bis das Narrenhaus – so hat er es genannt, schaut mich nicht so an –, bis das Narrenhaus wieder an die Stadt zurückfällt. Wusstet Ihr, dass die Grande Dame Brigitta sehr krank ist?»

«Sie hat schwache Knochen und kann kaum mehr laufen», bestätigte Adelina.

«Ganz recht. Außerdem scheint sie Probleme mit dem Atmen zu haben. Eine Art Keuchhusten wohl.» Burka rieb die Fingerspitzen aneinander. «Also kann es sein, dass sie bald abdankt oder stirbt. Eine neue Grande Dame würde sich vielleicht überreden lassen, das Hospital aufzugeben.»

«Nein», Adelina schüttelte entschieden den Kopf. «Nach Brigitta wäre Irmingard die nächste Anwärterin auf diesen Posten. Und die würde noch entschlossener um das Hospital kämpfen als ihre Vorgängerin.»

«Möglicherweise.» Burkas Miene umwölkte sich. «Und das ist der Grund, weshalb ich nicht mehr ausschließen kann, dass Ihr Recht habt. Mit Irmingard als neuer Grande Dame käme der Rat vom Regen in die Traufe.» Er schwieg und senkte den Blick auf die Tischplatte. «Es sei denn ...»

«Es sei denn, es gäbe einen triftigen Grund, das Hospital zu schließen», beendete Adelina den Gedankengang. «Und was wäre ein besserer Grund als eine gefährliche Krankheit?»

†

Am folgenden Morgen machten sich Adelina und der Medicus auf den Weg zum Haupthaus der Kölner Beginen am Eigelstein.

«Sie wird uns nicht empfangen», unkte Adelina. «So kurz vor Weihnachten hat sie andere Verpflichtungen.»

«Hofft, dass es nicht so ist», antwortete der Medicus leise. «Sollte unser Verdacht begründet sein, muss sie so rasch wie möglich darüber informiert werden.»

«Irmingard hat ihr wahrscheinlich schon davon erzählt.»

«Vielleicht auch nicht.» Der Medicus blieb vor dem geöffneten Eingangstor des Hofes stehen. Im Innenhof sahen sie Mägde in einem großen Zuber Wäsche einweichen. Keine schöne Arbeit bei diesem Wetter, dachte Adelina. Eine große hagere Frau mit eisgrauem Haar kam aus dem gemauerten Zimmerchen neben der Pforte, begrüßte sie und fragte sie nach ihren Namen.

«Wir wollen zur Grande Dame», erklärte Burka knapp, nachdem er sich und Adelina vorgestellt hatte. «Ist sie da?»

Die Pförtnerin musterte wohlwollend die Gestalt im vornehmen Gelehrtenmantel.

«Ich werde nachfragen, ob sie Zeit hat.» Sie raffte ihren dunklen Rock, um ihn vor dem Matsch im Innenhof zu schützen, und tippelte auf das Haupthaus zu.

Sie mussten lange warten. Ein böiger Wind fegte durch den Hof und wirbelte ihnen ein paar vereinzelte Regentropfen ins Gesicht. Adelina bewegte ihre Zehen in den teuren neuen Schuhen. Ihr war kalt.

Als die Pförtnerin endlich mit der Nachricht kam, dass die Grande Dame bitten lasse, musste Adelina bereits ein Zähneklappern unterdrücken. Erleichtert folgte sie dem Medicus ins Haus. Drinnen wartete eine andere Begine auf sie und führte sie durch schmale, wegen der mit Decken verhängten Fenster finstere Gänge und über eine Treppe hinauf zum Zimmer der Grande Dame.

Brigitta war eine kleine, etwas rundliche alte Frau, die trotz ihrer Knochenkrankheit kerzengrade auf ihrem Stuhl saß. Die vielen Falten und Fältchen um Mund und Augen zeugten davon, dass die Grande Dame ihr Leben lang gern gelacht hatte. Auch jetzt lächelte sie und sah den beiden Besuchern mit strahlend blauen Augen erwartungsvoll entgegen. Adelina lächelte unwillkürlich zurück. Brigitta war in ihrer Jugend einmal wunderschön gewesen, daran bestand kein Zweifel.

«Was kann ich für Euch tun?», fragte die Grande Dame nach der förmlichen Begrüßung. Ihre Stimme war dunkel und wohltönend. Nur die Heiserkeit, hervorgerufen durch ihren chronischen Husten, bildete einen leichten Missklang.

«Wir kommen wegen des Hospitals», erklärte Adelina und trat einen Schritt an das kleine Schreibpult heran. Brigitta beugte sich auf ihrem gepolsterten Stuhl vor und sah sie abwartend an. «Es gab doch diese drei Todesfälle kürzlich.»

«Ihr meint die armen Seelen, die von dieser seltsamen Krankheit hingerafft worden sind?»

«Ebendiese. Ich ...» Sie warf Burka einen kurzen Blick zu. «Wir müssen Euch etwas sagen.»

Die Grande Dame betrachtete sie aufmerksam.

«Dann tut es.»

Adelina nickte, wusste jedoch nicht, wie sie anfangen sollte.

«Es ist nicht so einfach. Diese Todesfälle ...»

«Ja?»

«Diese Todesfälle sind höchst ungewöhnlich.»

Die Grande Dame lehnte sich wieder zurück.

«Das weiß ich. Vorher gab es bei uns noch niemals Ähnliches.» Sie kniff die Augen zusammen. «Worauf wollt Ihr hinaus?»

Adelina gab sich einen Ruck.

«Wir fürchten, dass der Tod durch ein Gift hervorgerufen wurde.»

Die Grande Dame schwieg. Das Lächeln war von ihren Lippen verschwunden. Mühsam stemmte sie sich an ihrem Pult hoch und reckte ihren Rücken.

«Ein Gift, sagt Ihr?» Sie griff nach ihrem geschnitzten Gehstock. «Wie kommt Ihr darauf?»

Sie hält es nicht für unmöglich, dachte Adelina erleichtert.

«Die Anzeichen dieser Krankheit ähneln denen einer Vergiftung durch Schierling.»

«Ihr kennt Euch aus?»

«Ihr Vater ist Apotheker», übernahm Magister Burka das Wort. «Und ihrer Beschreibung nach halte auch ich es für möglich, dass eine Vergiftung vorlag.»

«Nach ihrer Beschreibung?» Brigitta hob die Augenbrauen.

«Ich war dabei, als Balthasar starb», erläuterte Adelina. «Und Schwester Irmingard sagte, dass Adrian und Reinhild auf die gleiche Weise gestorben sind.»

«Irmingard hat nicht erwähnt, dass an den Todesfällen etwas Ungewöhnliches gewesen sei, abgesehen davon, dass ihr die Krankheit unbekannt war.»

«Sie hielt meinen Verdacht für unbegründet.»

Brigitta begann im Zimmer umherzuwandern.

«Und trotzdem kommt Ihr damit zu mir? Warum?» Sie unterdrückte ein Husten.

Der Medicus räusperte sich. «Wir haben erfahren, dass der Rat das Hospital aufgrund dieser Krankheit zu schließen versucht.» Brigitta blieb stehen. Er nickte. «Es ist kein Geheimnis. Wie ich hörte, hat der Beginenhof das Gebäude samt Grundstück von der Stadt gepachtet.»

«Das ist nicht ungewöhnlich», seufzte die Grande Dame. «Dass wir das Hospital eröffneten, hielten auch die Ratsherren für eine gute Idee, damals.»

«Jetzt nicht mehr?» Adelina trat neben Brigitta und half ihr, sich wieder zu setzen.

«Die Ratsherren, die uns damals das Hospital genehmigten, sitzen heute nur noch im weiten Rat. Manche haben sich ganz aus der Stadtregierung zurückgezogen. Als Hilger Quattermart den Freistuhl auf dem Osterwerth bekommen hat, spaltete sich der enge Rat. Einige Männer, die Hilger nicht in den Kram passten, wurden aus ihren Ämtern gedrängt.»

«Aber Hilger Quattermart hat den Freistuhl doch längst wieder abgeben müssen», warf Adelina ein. Brigitta hob die Schultern.

«Leider haben wir aber inzwischen trotzdem unsere Befürworter im Rat fast gänzlich verloren. Der jetzige enge Rat kämpft schon länger darum, das Hospital wieder zu schließen und die Kranken in den Turm zu sperren. Nun, da es die schlechten Nachrichten über gehäufte Todesfälle gibt, glauben sie Druck auf uns ausüben zu können.»

«Seht Ihr, das ist der Punkt», sagte Burka grimmig. «Sie üben Druck auf Euch aus. Der Rat will das Grundstück zurück, mit allen Mitteln.»

«Mit allen …» Brigittas Gesicht verriet Bestürzung. «Ihr meint, das Gift wurde den Leuten absichtlich gegeben? Wollt Ihr dem Rat unterstellen, dass er Menschen vergiftet und es so aussehen lässt, als handele es sich um eine gefährliche Krankheit, nur damit er das Grundstück zurückbekommt? Um Himmels willen!» Die alte Frau wurde von einem lang anhaltenden Hustenanfall geschüttelt. «Mag sein, dass es im Rat Männer gibt, denen ein Menschenleben wenig gilt. Aber was kann an dem Grundstück wohl so wichtig sein, dass es Tote rechtfertigt?»

«Das wäre die nächste Frage.» Burka zuckte mit den Achseln. «Aber Ihr müsst zugeben, dass die Stadt nun am längeren Hebel sitzt. Ihr seid nicht gesund, und der Kampf gegen den übermächtigen Stadtrat dürfte Euch viel abfordern. Vielleicht spekulieren sie darauf.»

«Ich werde nicht nachgeben», sagte die Grande Dame, Eisen in der Stimme. «Uns sind Grundstück und Haus zur freien Nutzung zugesichert worden. Es gibt Verträge. Wenn ich zuließe, dass sie gebrochen werden, würde ich alle Kölner Beginenhöfe den Wölfen zum Fraß vorwerfen!» Sie atmete tief durch und fuhr dann ruhig fort: «Eine Vergiftung könnt Ihr nicht nachweisen, nicht wahr?»

«Nein, können wir nicht.» Adelina schob ihre Hände in die weiten Ärmel ihres Kleides.

«Es könnte sich also auch um etwas anderes handeln?»

Adelina hob die Schultern.

«Die Möglichkeit besteht natürlich. Aber sie ist sehr gering. Wie gesagt, die Symptome …»

«Dann müssen wir abwarten, was als Nächstes geschieht», schnitt Brigitta ihr das Wort freundlich lächelnd ab. «Ich danke Euch für Euren Besuch und werde über das Gesagte nachdenken.»

†

«Eine bemerkenswerte Frau», sagte Burka auf dem Heimweg.

Adelina nickte.

«Sie wusste bereits von meinem Verdacht, sonst wäre sie überraschter gewesen. Und sie hat ihn nicht direkt von sich gewiesen.»

«Sie hat Euch nicht geglaubt», widersprach er. «Ihr geht es darum, die Interessen der gesamten Beginenhöfe zu wahren. Das Hospital ist nur Mittel zum Zweck.»

Adelina blieb mitten auf der verschlammten Straße stehen und starrte den Medicus verärgert an, doch er verzog keine Miene. «Ich sage, wie es ist. Wahrscheinlich sind ihre Gegner noch mächtiger, als wir ahnen. Gibt sie das Hospital her, könnte das eine Lawine von weiteren Vertragsanfechtungen nach sich ziehen. Und nicht einmal der Erzbischof würde hinter ihr stehen.»

Adelina setzte zu einer hitzigen Erwiderung an, als der Medicus sie plötzlich am Arm fasste und mitten auf der Dombaustelle zum Stehenbleiben zwang. Er wies mit dem Kinn in Richtung Mühlengasse. Verwundert folgte sie seinem Blick.

Die schmale Gasse war von einem Menschenauflauf verstopft. Hausfrauen in Schürzen, Knechte und Mägde mit Karren und Eimern, Handwerker, die in ihren farbenprächtigen Zunftgewändern bunte Farbtupfer in der graubraunen Menschenmenge bildeten. Alle schienen in Richtung Alter Markt zu streben. Der Medicus tat es ihnen nach, und Adelina folgte ihm. Als sie näher kamen, hörten sie lautes Schimpfen und unflätige Flüche und sahen, wie sich die Menschen anstießen und schubsten, um schneller voranzukommen.

«Was ist da los?», fragte Adelina und beschleunigte ihren Schritt. Burka griff jedoch wieder ihren Arm und drängte sie hinüber zur Laurenzgasse, die direkt zum Laurenzplatz führte. Ärgerlich versuchte sie ihn abzuschütteln, doch er schob sie unerbittlich weiter.

«Was soll das?»

Kaum hatte sie die Worte ausgesprochen, hörte sie aus der Mühlengasse lautes Hufgeklapper und erste erschreckte Schreie. Ein Trupp bewaffneter Stadtsoldaten preschte auf die Menschenmenge zu und bahnte sich, teils mit lauten Rufen, teils mit Schlägen und Tritten brutal einen Weg durch die aufgebrachten Menschen. Hier und da geriet jemand unter die Hufe der nervösen Pferde und wurde niedergetrampelt. Die Ersten hatten sich bereits umgedreht und flüchteten in Richtung Laurenzgasse.

«Du liebe Zeit, bewegt Euch!» Burka stieß Adelina an, und sie eilte hinter ihm her bis zum Laurenzplatz.

Auch hier standen Stadtsoldaten, jedoch schienen sie sich mehr für das Anwesen auf der anderen Seite des Platzes zu interessieren als für den Pöbel. «Sie haben Hilger Quattermarts Haus, den Hof zur Stesse, umstellt», murmelte der Medicus und blickte sich um. Die ersten Flüchtenden aus der Mühlengasse hatten den Laurenzplatz erreicht.

Burka packte ein vorbeieilendes spindeldürres Mädchen an der Schulter und hielt es auf. «Warte, Kleine!» Sie schrie auf, mehr aus Schreck als aus Angst vor dem fremden Mann. Als sie Adelina neben ihm entdeckte, wurde sie gleich wieder ruhig. Burka lächelte sie freundlich an. «Was war da los in der Mühlengasse? Warum sind die Soldaten gekommen?» Das Mädchen sah sich um und erblickte die Berittenen am Hof zur Stesse. Sie zeigte mit dem Finger auf die Männer. «Sie bewachen ihn, Hilger mein ich. Jemand hat gesagt, der alte Stave ist wieder in der Stadt und ist am Hafen oder beim Alter Markt gesehen worden. Aber der Stave ist doch verbannt, und wir ... die Leute wollten hin und ...» Sie zuckte mit den Schultern. «Na ja, wenn sie ihn kriegen, richten sie ihn vielleicht hin, und das wollten eben alle sehen.»

«Du auch?» Der Medicus musterte die kleine Lumpengestalt. In ihrem viel zu kurzen, rußverdreckten Kleid sah sie aus wie ein Köhlerkind; auch Gesicht und die Hände waren schwarz. Schuhe besaß sie nicht. Ihre Füße waren mit Lumpen umwickelt, die sie mit Schnüren an den Waden festgebunden hatte, und die rotblonden, zu Zöpfen geflochtenen Haare hatte sie ebenfalls mit alten Tuchfetzen umwickelt, was bei der Kälte immer noch besser war, als sie offen zu tragen.

«Ich wollte nur sehen, ob ein paar Reiche dabei sind.

Ich brauch Arbeit, und die reichen Hausfrauen haben manchmal was zu tun. Vor Weihnachten müssen viele Stuben gekehrt und Öfen und Rauchfänge geputzt werden.»

«Und das machst du? Rauchfänge putzen?», mischte Adelina sich ein und griff in ihren Ärmel, in dessen Innentasche ihre Geldbörse steckte. Das Mädchen nickte gleichmütig. «Man muss schließlich was essen. Aber die Soldaten haben alle auseinander getrieben. Schätze, jetzt kann ich nur sehen, ob von den Zertrampelten noch einer lebt, dem ich helfen kann, bis zum nächsten Baderchirurgen zu kommen.»

«Hier», Adelina drückte ihr einen Pfennig in die Hand. «Falls du kein Glück haben solltest.»

Das Mädchen sah sie überrascht an und stopfte das Geldstück in ihren Ärmel.

«Danke.» Sie blickte zwischen dem Medicus und Adelina hin und her, unsicher, ob noch etwas von ihr erwartet wurde. Dann wandte sie sich um und rannte davon.

Burka sah ihr grinsend nach.

«Das war unvernünftig von Euch.»

Adelina hob erstaunt die Brauen. Sein Grinsen wurde noch breiter.

«Die Kleine wird sich dahinten verstecken und beobachten, wohin Ihr geht. Jede Wette, dass sie morgen vor Eurer Tür steht und Euch anbettelt.»

«Sie hatte nicht einmal Schuhe.»

«Viele Menschen besitzen keine Schuhe, wisst Ihr.»

Er machte sich lustig. Gereizt, weil sie das Gefühl hatte, sich rechtfertigen zu müssen, wandte sie sich ab und ging zur nächsten Quergasse, die zum Alter Markt führte. Der Medicus blieb dicht an ihrer Seite.

«Unvernünftig», wiederholte er, jetzt mit einem Lächeln in der Stimme. «Ich könnte auch sagen: großherzig.»

«Ach ja?»

«Das ist eine christliche Tugend.» Galant half er ihr um ein großes Schlammloch herum.

«Gerade habt Ihr noch gesagt, ich sei unvernünftig.» Wieder wallte Ärger in ihr auf. Konnte er sie nicht in Frieden lassen?

«Großherzigkeit ist eben manchmal unvernünftig.» Burkas Miene wurde ernst. «Ganz besonders bei Euch.»

Schweigend gingen sie über den Marktplatz und blieben schließlich vor dem Apothekeneingang stehen. Die Tür war nur angelehnt. Drinnen standen mehrere Kunden bei Albert und gestikulierten aufgeregt. Der Magister lächelte wieder.

«Anscheinend wartet Arbeit auf Euch.» Er wandte sich in Richtung Markt. «Ich habe noch ein paar Besuche zu machen.»

Sie nickte und griff nach dem Türknauf.

«Adelina? Ich finde es jedenfalls schön, dass Ihr so großherzig seid.»

Mit weit ausholenden Schritten ging er davon. Ein Windstoß fuhr ihn von der Seite an und zerzauste seine Locken. Adelina zwang sich, ihm nicht länger nachzusehen. Sie setzte ein zuvorkommendes Lächeln auf und betrat die Apotheke. Dabei war in ihrem Inneren unvermittelt ein Sturm ausgebrochen, dem sie kaum Einhalt gebieten konnte.

8

Die Kunden am Tresen redeten wild durcheinander. Adelina drängte sich bis zum Ladentisch vor, hinter dem Albert seelenruhig Arzneien abpackte. Dem Disput um sie herum konnte sie entnehmen, dass man tatsächlich Heinrich von Stave in der Stadt gesehen hatte. Der Rat hatte ihn im Jahr zuvor mit dem ewigen Stadtbann belegt, nachdem er behauptet hatte, Erzbischof Friedrich wolle das Deutzer Kloster angreifen. Die Stadt hatte daraufhin das Kloster wehrhaft befestigen lassen. Der Angriff war ausgeblieben, und Heinrich wurde beschuldigt, das Gerücht über den bischöflichen Angriff ausgestreut zu haben, um seinem Neffen Hilger zu helfen. Hilger hatte dem König von Böhmen nämlich zugesagt, das Deutzer Kloster zu einem verteidigungsfähigen Schloss auszubauen und einen Zoll dorthin zu legen. Dies hätte Hilger zusammen mit dem Freistuhl auf dem Osterwerth nicht nur zum Freigrafen, sondern faktisch zum Obersten über die Stadt gemacht.

Und nun war Heinrich also wieder in der Stadt. Adelina seufzte innerlich. Das konnte eine erneute Fehde bedeuten. Dabei war es in der letzten Zeit endlich einmal ruhig geblieben in Köln. Sollten sich die Straßen nun wieder mit herumschweifenden Soldaten füllen, dass man sich als Frau nicht mehr allein hinauswagen konnte?

«Hängen sollte man ihn», keifte eine ältere Frau in

Witwentracht, als sie sich an den Verkaufstisch vorgedrängt hatte. «Rädern und vierteilen! Habt Ihr Ringelblumensalbe da?»

«Natürlich, Frau Orthwang.» Adelina lächelte begütigend, doch die Frau achtete nicht darauf, sondern ereiferte sich immer heftiger.

«Ist doch so, wenn er jetzt wieder in der Stadt ist, heckt er bestimmt etwas aus. Und wenn es den vornehmen Geschlechtern der Stadt in den Kram passt und sie wieder einen Krieg anfangen, schickt der Rat unsere Männer und Söhne zur Verteidigung! Was kostet die Salbe?»

«Einen halben Kölner Pfennig», antwortete Adelina. Die Frau drückte ihr das Geld in die Hand und verließ schimpfend den Laden. Als sich Adelina einem nicht minder erregten Baderchirurgen zuwandte, der sein Geschäft nur eine Querstraße entfernt hatte, vernahm sie plötzlich ein lautes Poltern, dem das Klirren von zerspringendem Glas folgte. Adelina zuckte zusammen. Das war in der Küche, dachte sie. Im nächsten Moment hörte sie ein leises Jaulen, das sich zu einem lang gezogenen Heulen steigerte. Vitus!

«Entschuldigt mich bitte.» Adelina drängte sich an ihrem Vater vorbei und stürzte aus der Apotheke. Sie fand ihren Bruder auf dem Küchenboden. Er hockte zwischen dem umgekippten Regal, aus dem das Essgeschirr und mehrere Töpfe herausgekullert waren, und den Überresten der beiden großen neuen Glasphiolen, die ihr Vater, wohl in Gedanken, dort abgelegt hatte. Brüllend streckte Vitus einen Finger, aus dem ein Rinnsal Blut quoll, Adelina entgegen. Rasch zog sie ihn auf die Füße und umfasste die blutende Hand.

«Ist ja schon gut, Vitus.» Verärgert sah sie sich nach

einem sauberen Tuch um, fand keines und schob ihren Bruder aus dem Raum in ihre Kammer.

«Ich wollte sie doch heil machen!», heulte er. Dicke Tränen rannen über sein Gesicht. «Meine Hand tut so weh.»

«Ich weiß.» Endlich hatte Adelina ein Tuch gefunden und wischte das Blut vorsichtig weg. «Sieh mal, es ist ja nur ein ganz kleiner Schnitt, Vitus. Den brauchen wir nicht einmal zu verbinden.» Als sie seine Hand in das frische, eiskalte Wasser in ihrer Waschschüssel tauchte, zuckte er kurz, hielt dann aber still. «Na bitte, kein Grund zum Weinen.» Sie streichelte ihm beruhigend über die Wange. Er schluchzte noch einmal und bekam einen Schluckauf.

«Ich will aber einen Verband, weil das wehtut», klagte er, noch immer weinerlich. Adelina lächelte erleichtert, weil der Schreck überwunden schien, und holte ein Stück weißes Leinen aus der Lade unter ihrem Bett. Sie schnitt einen Streifen davon ab und wickelte ihn um den verwundeten Finger.

«Besser so?» Vitus nickte und schniefte. «Gut, dann erzähl mit jetzt, was du angestellt hast. Warum ist das Regal umgefallen?» Sie schob Vitus zurück in die Küche und besah sich das Chaos, das er angerichtet hatte.

«Ich wollt den Topf haben für Schnee zu sammeln, aber er war ganz oben, und da bin ich nicht drangekommen. Mit dem Hocker ging's aber doch.»

«Nur, dass das Regal ganz wackelig an der Wand stand, und als du dich festgehalten hast, ist es umgefallen», ergänzte sie und fuhr sich mit den Fingern durch die Haarsträhnen, die sich aus ihren Haarbändern gelöst hatten. «Dabei ist der Schnee doch schon fast wieder weg.»

«Aber nicht am Schuppen im Garten. Da ist an der Wand noch ganz viel», widersprach Vitus und bückte sich nach dem Topf. «Darf ich jetzt raus?»

Seufzend schob Adelina die Glasscherben mit dem Fuß zur Seite. Da war ein kleines Vermögen zu Bruch gegangen.

«Zuerst hilfst du mir, das Regal wieder aufzustellen.»

«Was ist denn hier geschehen?», rief Albert und schlug die Hände über dem Kopf zusammen. Mit wenigen Blicken erfasste er die Unordnung und den Verband um Vitus' Finger und setzte zu einem Donnerwetter an. Dann sah er die Glasscherben und wurde blass. «Oh, heiliger Vater, meine Phiolen. Sie sind zerbrochen!»

«Das ist leider nicht mehr zu ändern, Vater.» Mit einem besänftigenden Lächeln trat Adelina neben ihren Vater und legte ihm eine Hand auf den Arm. «Du hättest sie schon längst nach unten bringen müssen. Vitus ist nun einmal ungeschickt, und er …»

«Vitus hat sie kaputtgemacht?» Albert blickte starr auf seinen Sohn, der sich mit dem Topf auf die Ofenbank gesetzt hatte und in ein gemurmeltes Selbstgespräch vertieft war. «Adelina, du musst besser auf ihn aufpassen. Weißt du, was die Glasbläser für eine große Phiole verlangen?»

«Vater», plötzlich hatte sie das Gefühl, selbst losheulen zu müssen. «Bitte geh wieder hinüber in die Apotheke. Bestimmt kommen noch Kunden; die solltest du nicht warten lassen.»

Albert warf noch einen letzten schmerzerfüllten Blick auf die Scherben, dann nickte er und verließ mit hängenden Schultern den Raum.

Mit Vitus' Hilfe richtete Adelina das Regal wieder auf, dann scheuchte sie ihren Bruder ebenfalls hinaus.

Sie fegte die Glasüberreste zusammen, räumte das Geschirr wieder an seinen Platz und begann, ihre Dosen und Schachteln mit den Vorräten zu sichten und neu zu ordnen. Auch die Lade mit den sauberen Tüchern füllte sie neu auf. Während sie ein Stück Leinen in gleichmäßige Streifen schnitt, rannen ihr ohne Unterlass Tränen über die Wangen.

Sie blickte auf, als ihr Vater wieder die Küche betrat. Finster sah er ihr dabei zu, wie sie die Leinenstreifen forträumte und sich die Tränen abwischte. Dann sagte er: «Du musst besser auf ihn aufpassen. Du weißt so gut wie ich, dass er ständig Unsinn anstellt. Er ist eben ein Simpel, ist dir das nicht klar?»

«Vater!» Entsetzt schlug Adelina die Hand vor den Mund. «Wie kannst du so etwas sagen?»

«Es ist doch die Wahrheit», grollte er und verschränkte die Arme vor der Brust. «Und vielleicht hätten wir nicht so lange die Augen davor verschließen dürfen. Hast du eine Ahnung, was hinter seinem, hinter unserem Rücken über ihn und über uns geredet wird? Hast du eine Ahnung, was ich mir eben von den Kunden anhören musste?»

«Natürlich weiß ich das.» Adelinas Hände wurden kalt, und sie spürte, wie die gleiche unangenehme Kälte auch vom Rest ihres Körpers Besitz ergriff. Sie starrte ihrem Vater wütend ins Gesicht. «Er ist ein Simpel. Großer Gott, ich habe ihn aufgezogen!» Mit jedem Wort wurde ihre Stimme lauter. «Ich habe mich um ihn gekümmert, als Mutter gestorben ist. Ich habe mich um den Haushalt gekümmert, ich habe mich um dich gekümmert. Wie kannst du mit einem Mal so über ihn reden?»

«Ich sage nur, wie es ist.» Albert bekam rote Flecken auf den Wangen. Er war es nicht gewohnt zu streiten, schon gar nicht mit seiner Tochter. Adelina sah, dass es ihm bereits Leid tat, überhaupt etwas gesagt zu haben. Doch sie konnte nicht so einfach darüber hinweggehen.

«Er ist dein Sohn. Er braucht dich. Liebst du ihn denn nicht?»

«Kind, Lina», er legte ihr eine Hand auf die Schulter, doch sie schüttelte sie ab. Traurig blickte er zu Boden. «Natürlich liebe ich ihn. Er ist doch ... mein Junge.» Plötzlich hob er den Kopf wieder, und seine Augen wirkten ungewöhnlich streng. «Dennoch musst du ihn besser im Auge behalten.»

«Ich kann nicht überall sein, Vater.»

«Vielleicht solltest du dich weniger in der Stadt und in diesem Beginenhaus herumtreiben. Dann hättest du auch mehr Zeit, dich um deinen Bruder zu kümmern. Du tätest ohnehin gut daran, dich künftig mehr deinen Hausfrauenpflichten zu widmen. Ludolf Beichgard hat nach dir gefragt.»

«Beichgard? Der Weinhändler? Was hat –» Adelina brauchte einen Moment, um den Themenwechsel zu begreifen. Albert deutete auf die Ofenbank, und benommen setzte sie sich.

«Ich denke, er ist an einer Heirat ernsthaft interessiert. Ich habe vor, ihn für einen der kommenden Sonntage zu uns einzuladen.»

«Vater!» Der Zorn, den Adelina eben noch verspürt hatte, verflog. An seine Stelle trat erst Schreck, dann ungläubige Angst. «Ich werde nicht heiraten.»

«O doch, das wirst du. Ich habe schon viel zu lange gewartet. Und Ludolf ist ein guter Mann. Er würde sicher auch gestatten, dass du dich weiter um Vitus kümmerst, wenn du ihn demütig darum bittest.»

«Wenn ich ihn … Was?»

Albert nickte nachdrücklich und lächelte plötzlich, als gefiele ihm der Gedanke immer besser. «Ihr Frauen seid im Bitten doch gut, nicht wahr?» Die roten Flecken verschwanden von seinem Gesicht. «Heute Abend ist Sitzung im Zunfthaus. Ich werde mich gleich auf den Weg machen.» Als sei nichts geschehen, drehte er sich um, holte seinen Mantel aus der Kammer und machte sich auf den Weg. Adelina blieb wie vom Donner gerührt auf der Ofenbank sitzen. So hatte sie ihren Vater noch nie erlebt. Er wollte, dass sie zu Hause blieb. Das sagte er beinahe täglich, doch sie hatte ihn bisher immer beruhigen können, wenn sie ausging. Schließlich hielt sie sich fast immer bei den Beginen im Hospital auf. Dort war sie in anständiger Gesellschaft. Aber nun wollte er sie verheiraten. Sie schlug die Hände vors Gesicht und atmete zitternd ein und aus. Das würde sie auf gar keinen Fall! Weder Ludolf Beichgard noch sonst irgendeinen Mann. Niemals.

«Niemals», murmelte sie und schrak hoch, als sie Schritte und das Knarren der Küchentür vernahm.

«Was wird niemals sein?» Neklas Burka schälte sich aus seinem Mantel und warf ihn achtlos auf den Küchentisch. Adelina antwortete nicht. Sie wandte den Kopf ab und presste die Lippen so fest zusammen, wie sie nur konnte. Keinesfalls würde sie vor ihm anfangen zu weinen. Leider hatte der Medicus scharfe Augen. «Was ist denn geschehen?»

Die Besorgnis in seiner Stimme und das wachsame Glitzern seiner dunklen Augen waren zu viel. Die ersten Tränen rannen ihr bereits über die Wangen. Rasch sprang sie auf und wollte aus der Küche fliehen. Doch Burka hielt sie am Arm fest. Sie riss sich los, aber im nächsten Moment packte er sie bei den Schultern und drehte sie zu sich um. Entsetzt wich sie zurück. Nur das nicht!

«Komm, komm.» Er zog sie in seine Arme.

Nur nicht vor einem Mann weinen, schoss es ihr durch den Kopf. Du darfst dich nicht so erniedrigen. Schluchzend presste sie ihr Gesicht an seine Schulter. Warum fühlte sich seine Nähe nur so ungeheuer tröstlich an?

«Schon gut. Ist ja schon gut.» Beruhigend streichelte er über ihr Haar, und sie klammerte sich an ihn. Sein Wams roch nach der Seife, mit der sie es kürzlich gewaschen hatte, und ein ganz klein wenig metallisch, wohl durch die Dämpfe, die ständig aus den Versuchen im Laboratorium aufstiegen.

Als sie langsam wieder ruhiger wurde, drückte er sie auf die Bank zurück und ließ sich neben ihr nieder. «Und nun», er lächelte sie aufmunternd an, «erzählt mir, wer Euch etwas getan hat.»

Verlegen wischte sie sich über die Augen.

«Es ist nichts.»

«Ihr weint Euch die Seele aus dem Leib und sagt, es ist nichts?» Er schüttelte den Kopf, und sein Lächeln vertiefte sich. Sie betrachtete eingehend ihre Hände.

«Es betrifft Euch nicht.»

«Ach nein?»

Einen langen Augenblick herrschte Schweigen, dann stand er abrupt auf. Adelina hob den Kopf und sah zu, wie er zum Tisch ging und seinen Mantel nahm. Das Lächeln war verschwunden. Mit wenigen Schritten war er an der Tür.

«Magister Burka?» Hatte sie ihn verletzt? Womit? Er blieb stehen und sah sie aus seinen beinahe schwarzen

Augen an. «Es ist eine Sache zwischen meinem Vater und mir. Ihr könnt nichts dagegen tun.» Aber gehen durfte er jetzt auch nicht. Vielleicht war es gut, wenn sie mit ihm über ihren Kummer redete? Bisher hatte sie nie jemanden gehabt, der sich dafür interessiert hätte. Sie stand auf und nahm den Weinkrug und zwei Becher aus dem Regal. «Möchtet Ihr etwas trinken?»

Erleichtert sah sie, wie sich seine Gesichtszüge wieder entspannten, gleichzeitig ärgerte sie sich, dass sie darüber erleichtert war. Er setzte sich an den Tisch, und sie ließ sich ihm gegenüber nieder. «Vater will, dass ich heirate.»

«Tatsächlich?»

«Ich werde aber nicht heiraten.»

«Wegen Rudolf?»

Ihr Lächeln geriet zu einer schmerzlichen Grimasse. «Wegen Rudolf und … wegen allem.» Umständlich goss sie Wein in die Becher, obwohl sie wusste, dass sie keinen Tropfen würde schlucken können.

«Eine Hochzeit zu vermeiden dürfte Euch nicht schwer fallen.»

Sie hob erstaunt den Kopf, und er zwinkerte ihr zu. «Ich meine, mit Eurem vorlauten Mundwerk.»

«Vorlaut?»

«Natürlich. Ist Euch nicht bewusst, dass Ihr einfach immer das letzte Wort haben müsst? Mit dieser Angewohnheit wird es ein Leichtes sein, Euch die Männer vom Leibe zu halten.»

«Ich sage nur, was ich denke.»

«Eben.» Er hob den Becher an die Lippen und trank ihn in einem Zuge aus.

«Lina!» Die Küchentür flog auf, und Vitus platzte strahlend herein. In der Hand hielt er den Topf, den er voll schmutzigen Schnees geschaufelt hatte. Fine flitzte zwischen seinen Beinen hindurch in den warmen Raum, sprang auf den Spülstein und begann ihr feuchtes Fell zu putzen. «Lina, guck. Ganz viel Schnee. Ich hab Hunger. Machst du mir was zu essen?»

«Natürlich.» Sie lächelte ihrem Bruder liebevoll zu. «Bald gibt es Abendessen. Nimm so lange einen Apfel.» Während sie die große Pfanne auf den Dreifuß hob, setzte sich Vitus zu Magister Burka an den Tisch und griff mit beiden Händen in den Obstkorb.

†

«Ihr solltet eine Magd einstellen», befand der Medicus nach dem Abendessen, als Adelina Pfanne und Essgeschirr reinigte. Sie warf ihm einen kurzen Blick zu. «Versteht mich nicht falsch, Ihr seid eine tüchtige Hausfrau.» Mit einer ausholenden Geste wies er auf die saubere und gemütliche Küche. «Aber selbst Bauern nehmen sich zuweilen jemanden, der ihnen bei der Arbeit hilft.»

«Ich komme gut allein zurecht.» Sie wollte es nicht, aber ihre Stimme nahm wieder einen bitteren Klang an.

«Natürlich.» Er seufzte ungeduldig. «Aber schon allein Euer Bruder würde eine Magd rechtfertigen.»

«Weiß ich.» Sie wuchtete die Pfanne auf den Spülstein und goss Wasser darüber. «Ich will aber keine Magd mehr im Haus.»

«Also hattet Ihr schon einmal Gesinde?»

«Wir hatten Mägde.»

«Was ist aus ihnen geworden?»

Adelina wischte die Pfanne trocken und hievte sie ins Regal. Dann drehte sie sich langsam zu Burka um und funkelte ihn herausfordernd an.

«Sie haben Vitus schlecht behandelt.»

«Verspottet?»

«Verspottet, geschlagen, vernachlässigt, was Ihr wollt. Kinder wie Vitus haben es überall schwer. Keiner will sie haben. Nach Mutters Tod hat seine Amme sogar angeboten, ihn unauffällig fortzuschaffen.»

Burka runzelte die Stirn und strich sich über das Kinn, das er zwar am Morgen rasiert hatte, auf dem sich jedoch bereits wieder dunkle Schatten zeigten.

«Ich verstehe, dass Ihr unter diesen Umständen nicht gut auf neues Gesinde zu sprechen seid. Trotzdem bin ich überzeugt, dass Ihr es mit einer Magd leichter hättet.»

Nachdenklich streifte sein Blick ihre kleinen, aber kräftigen Hände, und plötzlich hellte sich seine Miene auf. «Würdet Ihr eine Magd einstellen, wenn ich Euch verspreche, dass sie keinen Ärger machen wird?»

«Wie wollt Ihr das wissen?» Adelina hob argwöhnisch die Augenbrauen. Grinsend zuckte er mit den Schultern.

«Sagen wir, ich habe da eine Idee.» Er hielt inne, weil von der Straße her gedämpftes Hufgetrappel und laute Rufe hereindrangen.

«Die Stadtwache dreht ihre Runde.» Besorgt stand Adelina auf und ging zum Fenster, ließ die Läden jedoch verschlossen. Sie lauschte kurz dem Knirschen der Pferdehufe vor dem Haus und wandte sich wieder um. «Es scheint wieder zu schneien, und Vater ist noch nicht vom Zunfthaus zurück.» Fröstelnd rieb sie sich über die Arme. «Früher ist er nie so lange ausgegangen.»

«Möchtet Ihr, dass ich mich nach ihm umschaue?»

Ohne auf ihre Antwort zu warten, stand er auf und warf sich seinen Mantel über.

«Es wird kalt sein», meinte Adelina und lächelte dankbar. Burka nickte und schlug die Kapuze hoch, die er sonst nur selten benutzte. Sie begleitete ihn zur Tür.

«Bis zum Zunfthaus ist es nicht weit. Geht zum Laurenzplatz und von dort in Richtung Schildergasse.»

«Ich weiß. Macht Euch keine Sorgen.» Der Medicus trat nach draußen. Es schneite nicht sehr heftig, doch auf dem Boden hatte sich schon eine ansehnliche Schneedecke gebildet. Er drehte sich noch einmal zu ihr um und hob die Hand, dann stapfte er quer über den Marktplatz. Adelina sah ihm einen Augenblick nach, aber es wurde ihr rasch kalt, und sie schloss sie Tür wieder.

Eine Zeit lang wartete sie in der Küche, bald hielt sie es jedoch nicht mehr aus, untätig herumzusitzen. Mit einer Tranlampe machte sie sich auf einen Rundgang durch das Haus. Das Holz knarrte laut in der Stille, als sie die Treppe ins obere Stockwerk betrat. Oben gab es drei Zimmer. Das größte, das ein Fenster zum Marktplatz besaß, war einmal der Schlafraum ihrer Eltern gewesen. Ihre Mutter war dort drinnen gestorben. Gleich nach der Beerdigung hatte Albert das große Bett hinausschaffen und verbrennen lassen. Seither standen nur noch ein paar Truhen mit alten Kleidern und ein altes Spinnrad darin. Adelina säuberte den Raum mit schöner Regelmäßigkeit, aber ihr Vater wollte nicht, dass er genutzt wurde. Prüfend ließ sie den Blick über die fest verschlossenen Fensterläden wandern, dann über den Boden. Mäusekot. Vielleicht sollte sie in der Nachbarschaft fragen, ob jemand junge Katzen hatte, denn Fine hatte seltsamerweise bisher noch nie Junge bekommen.

Die beiden anderen Kammern waren wesentlich kleiner und nur mit schmalen Fensterchen versehen, die auf den Garten hinausgingen. Es waren Gesindekammern, und sie standen ebenfalls schon seit Jahren leer. In beiden gab es jeweils ein Bett, eine große Lade mit Deckel und einen Hocker. Alles war ordentlich sauber. Doch auch hier lag Mäusekot in den Ecken. Adelina runzelte die Stirn. Ganz bestimmt würde sie sich ein, zwei weitere Katzen besorgen.

Am Fuß der Stiege zur Dachkammer blieb sie unschlüssig stehen. Der Medicus mochte es vielleicht nicht, wenn sie in seiner Kammer nach dem Rechten sah. Eine Weile lauschte sie dem aufkommenden Wind, der um das Haus pfiff, dann hörte sie ein lautes Ratschen und einen Knall. Sie machte einen Schritt die Stiege hinauf. Da wieder: Ratsch, peng. Das war der Fensterladen. Burka schien ihn nicht richtig festgestellt zu haben. Entschlossen nahm sie die restlichen Stufen und stieß die Tür auf. Erneut krachte der Laden gegen die Hauswand. Der Wind drückte einen Schwall dicker Schneeflocken herein. Mit wenigen Schritten war sie am Fenster, zog den Laden in den Rahmen zurück und befestigte ihn mit den Haken. Sie sah sich um. Das Zimmerchen sah noch genauso unordentlich aus wie bei ihrem letzten Besuch. Diesmal lagen jedoch auch auf dem zerwühlten Bett ein paar dünne Bücher. Adelina nahm eines in die Hand und schlug es auf. Es schienen Gedichte zu sein, jedenfalls waren die Texte in Versform geschrieben, allerdings in einer Sprache, die sie nicht lesen konnte. Französisch vielleicht oder Italienisch. Sorgsam legte sie das Büchlein zurück. Der Medicus las also fremdländische Poesie. In ihrer Magengrube rumorte es. Rasch ging sie zur Tür. Es juckte sie in den Fingern, den Raum aufzuräumen und ein wenig wohnlicher zu machen.

Doch er hatte sie nicht darum gebeten, also schloss sie die Tür hinter sich und stieg wieder nach unten.

Ich sollte mich wieder in die Küche setzen, dort ist es wenigstens geheizt, dachte sie fröstelnd. Wo Burka nur blieb? Ob er ihren Vater im Zunfthaus nicht angetroffen hatte? Wo konnte Albert denn nur schon wieder stecken? Es war nicht gut, so spät abends noch draußen zu sein.

Leise ging sie zu Vitus' Kammer und lugte hinein. Ihr Bruder hatte sich gleich nach dem Essen in sein warmes Bett verkrochen. Sie hatte ihm einen in saubere Lumpen gehüllten, angewärmten Ziegelstein an die Füße gelegt, und nun lag er zusammengerollt unter seiner Decke vergraben und schnarchte leise. Fine saß neben seinem Kopf und blinzelte sie an. Adelina lehnte die Tür nur an, falls Fine sich doch noch dazu entschließen sollte, den Mäusen im oberen Geschoss den Garaus zu machen.

Sie setzte sich wieder in die Küche und lauschte dem Knacken der Holzscheite im Ofen. Warum nur war ihr Vater so außer sich geraten? Noch nie hatte er sich derart abfällig über sein Kind geäußert. Und dann die Idee, sie mit Ludolf Beichgard zu verkuppeln! Schaudernd rieb sie sich über die Arme. Sie musste wieder an den Mann denken, der sie beim Eigelsteintor überfallen hatte. Seine gierigen Hände auf ihrem Leib, das Gewicht seines Körpers. Sie presste die Handflächen auf ihre Augen, bis sie bunte Kringel sah. Nicht mehr daran denken, befahl sie sich. Die bunten Kringel verwandelten sich in gelbe und rote Punkte. Nicht mehr daran denken. Plötzlich hörte sie lautes Grölen und schiefes Gesinge. Sie ließ die Hände sinken und lauschte. Eine Gruppe betrunkener Knechte oder Tagelöhner. Vielleicht sollte sie einen Krug Wein aufsetzen, damit sich Burka und ihr

Vater aufwärmen konnten, wenn sie heimkamen. Unbeweglich blieb sie sitzen und starrte auf die Tischplatte. Sie würde nicht heiraten. Sie könnte es, sicher könnte sie es. Wie alle Frauen könnte sie für irgendeinen Mann sorgen, Kinder bekommen. Kinder. Bitter verzog sie das Gesicht. Das war der Haken. Sie würde große Schande über einen möglichen Ehemann bringen, wenn ihr Geheimnis herauskam. Sie wollte nicht enden wie die Frauen, die von ihren enttäuschten oder beleidigten Ehemännern missachtet und geschlagen wurden. Es gab Frauen, die waren schon wegen weniger arger Vergehen bei lebendigem Leibe begraben worden.

Lieber wollte sie ihre kleine Mitgift nehmen und … ja was? Den Schleier nehmen? Ob die Nonnen sie überhaupt haben wollten? Ob sie es hinter Klostermauern aushalten würde? Und was war mit Vitus? Den konnte sie nicht allein lassen. Die Beginen, die würden sie beide aufnehmen. Der Beginenhof wäre eine Möglichkeit, auch für Vitus. Aber nicht, solange ihr Vater noch lebte, ausgeschlossen. Auch er brauchte sie. Aber er wollte sie verheiraten. Die Gedanken begannen sich in ihrem Kopf zu drehen, und schon wieder traten ihr Tränen in die Augen. Der Wind heulte immer lauter um die Hausecken und rüttelte an allem, was nicht fest verankert war. In der Nachbarschaft schepperte ein Eimer oder eine Milchkanne über den Boden. Es pochte an der Haustür. Sie sprang auf und hätte um ein Haar die Bank umgerissen. Mit großen Schritten eilte sie in die Apotheke. Wieder klopfte es an der Tür.

«Adelina, macht auf. Es ist kalt hier draußen.» Das war Burka. Sie schob den Riegel zurück und trat zurück, als er ihren Vater vor sich her ins Haus schob. Beiden Männern klebte nasser Schnee an den Mänteln. Alberts

Lippen waren bläulich angelaufen von der Kälte. Er zitterte.

«Du meine Güte! Sofort in die Küche.» Adelina verschloss die Tür und beeilte sich, ihrem Vater aus dem Mantel zu helfen. «Wo warst du nur?» Sie half ihm, seine Stiefel auszuziehen. Burka lehnte in seinen nassen Kleidern und mit verschränkten Armen im Türrahmen und sah ihr zu. Sie warf ihm einen Blick zu. «Ihr werdet Euch erkälten, wenn Ihr die Sachen anbehaltet.»

«Gebt ihm keinen Wein mehr», antwortete er.

«Doch Wein», stieß Albert undeutlich hervor. Er war betrunken. Sein Atem roch unangenehm nach Alkohol.

«Er muss aber erst warm werden», widersprach sie und wollte nach einem Becher greifen. Im gleichen Moment sah sie Burka vorschießen und einen Eimer unter der Ofenbank hervorzerren. Keinen Augenblick zu früh hielt er ihn Albert vors Gesicht, der sich würgend erbrach. Adelina stellte den Becher ins Regal zurück und holte einen Lappen, den sie in dem Rest Wasser, der sich in der Schüssel auf dem Spülstein befand, anfeuchtete. Ihr Vater hustete und würgte einen weiteren Schwall seines Mageninhalts in den Eimer. Der Gestank zog ihren Magen zusammen, dennoch trat sie neben ihn und drückte ihm das Tuch in die Hand. Als der Brechreiz langsam abebbte, wischte er sich fahrig über den Mund. Adelina nahm den Eimer und trug ihn zur Hintertür hinaus. Kaum war sie im Freien, da zerrte auch schon der eisige Wind an ihren Haaren und biss ihr ins Gesicht. Sie leerte den Eimer in der Abortgrube aus und rannte zurück ins Haus. Burka war dabei, Albert in seine Kammer zu führen.

«Ich mache das schon.» Sie stieß ihn beiseite. «Geht

lieber und zieht Euch etwas Trockenes an.» Sie schob ihren Vater in seine Schlafkammer und half ihm, Beinlinge und Wams auszuziehen. Er kroch umständlich ins Bett und blinzelte sie mit einem schiefen Grinsen auf den Lippen an.

«Lina, ich war doch nur im Zunfthaus. Kriegen nach Weihnachten einen Lehrjungen. Haben ein bisschen gefeiert.» Seine Stimme wurde leiser, die Augen fielen ihm zu. «Nur bisschen gefeiert, Sieglinde, nicht böse sein.» Adelina sah auf. Sieglinde. Den Namen ihrer Mutter hatte er schon lange nicht mehr ausgesprochen. Sie zog ihrem Vater die Decke bis über die Schultern und ging dann zurück in die Küche. Burka hatte seinen Mantel neben den Ofen gehängt und nestelte an der Verschnürung seiner Schuhe.

«Wo ist er gewesen?» Sie nahm den Weinkrug vom Feuer und goss dem Medicus etwas von der dampfenden Flüssigkeit in seinen Becher. Burka nahm ihn dankbar und trank in kleinen Schlucken.

«Er war in Richtung Hahnentor unterwegs. Keine Ahnung, was er dort wollte. Er behauptete, auf dem Heimweg zu sein.»

Zum Hahnentor?

«Das ist ja am anderen Ende der Stadt.» Ungläubig schüttelte sie den Kopf.

Burka stellte den leeren Becher auf den Tisch, stand auf und griff nach seinen Schuhen.

«Glücklicherweise war er noch nicht weit gekommen, als ich ihn fand.» Er ging zur Tür. «Hat er sich früher schon einmal verirrt?»

Hatte er sie das nicht schon einmal gefragt?

«Nein.» Ratlos schüttelte Adelina den Kopf. «Er ist in Köln aufgewachsen. Er kennt jeden Winkel der Stadt.»

«Dann muss er noch mehr getrunken haben, als ich dachte. Adelina?» Den Medicus schien noch etwas anderes zu beschäftigen. Sie sah ihn erwartungsvoll an. «Er hat mich nicht erkannt.» Sie hob die Brauen, und er erklärte: «Als ich ihn ansprach, wusste er nicht, wer ich war.»

«Ihr hattet Eure Kapuze auf. Er konnte Euch nicht richtig sehen.»

«Ich habe ihm meinen Namen genannt. Er behauptete, mich nicht zu kennen. Erst als wir wieder am Zunfthaus vorbeikamen, fiel ihm ein, wer ich bin.»

9

Am folgenden Tag musste sich Adelina allein um die Kunden der Apotheke kümmern. Albert war krank und hütete das Bett. Er jammerte nicht, aber man sah ihm an, dass er seinen nächtlichen Ausflug zutiefst bereute. Stündlich trank er Adelinas Kräutersud; Festes konnte er nicht bei sich behalten.

Burka hatte das Haus bereits in aller Frühe verlassen, und Vitus spielte vor dem Haus im Schnee.

Einige der Kunden an diesem Morgen waren Nachbarinnen, die Adelina den neuesten Klatsch zutrugen. Welches Neugeborene keinem Verwandten ähnlich sah und wessen Sohn wiederholt mit der Magd im Stall erwischt worden war. Adelina war froh, dass die Frauen in der Apotheke zusammenstanden. Zwar hatte sie kein großes Interesse an den Klatschgeschichten, doch es war immer noch besser, ihnen zuzuhören und teilnahmsvoll zu nicken, als selbst Gegenstand des Tratsches zu sein.

Damals, als Rudolf sie praktisch vor der Kirchentür hatte sitzen lassen, da war es ihr so ergangen. Die Frauen der Nachbarschaft hatten sie gemieden, angeblich aus Rücksicht, und sich hinter ihrem Rücken das Maul zerrissen. Und dabei konnte sie noch froh sein, dass nicht die gesamte Geschichte bekannt geworden war. Doch inzwischen war genug Wasser den Rhein hinuntergeflossen und Adelina galt allgemein als freundliche, wenn auch ein wenig bemitleidenswerte Bürgerstochter, die sich rührend um ihren Vater und ihren zurückgebliebenen Bruder kümmerte und darüber auf dem Weg zur alten Jungfer war. Damit konnte Adelina leben.

Gegen Mittag fiel ihr ein, dass sie noch ein paar Dinge einkaufen musste. Allerdings kamen ständig irgendwelche Kunden, und sie sah keine Möglichkeit, die Apotheke für eine Weile zu schließen. Sie benötigten das Geld, und so kurz vor Weihnachten kauften viele Leute das von Adelina aufwendig hergestellte und seiner kostbaren Ingredienzien wegen sündhaft teure Konfekt. Die Rezeptur stammte von ihrem Großvater, der mit seinen Süßigkeiten sogar den Kaiser und einige Bischöfe beliefert hatte. Nach seinem Tod waren diese Kunden allerdings nach und nach abgesprungen, weil Adelinas Vater kein Talent für süße Sachen hatte. Später dann, als Adelina alt genug gewesen war, um ihrem Vater in der Apotheke zur Hand zu gehen, hatte sie die Rezeptur in alten Aufzeichnungen gefunden und damit so lange experimentiert, bis sie sicher war, sie richtig hinzubekommen. Seitdem gab es in Mertens Apotheke wieder Konfekt zu kaufen. Bei all ihren Versuchen hatte sie außerdem noch einen Weg gefunden, Kräuter, die gegen Husten und Erkältung wirkten, mit Honig zu mischen und zu kleinen Kügelchen zu formen, die sie in einem Glas aufbewahrte und an Kinder verteilte, die ihre Hustenmedizin nicht einnehmen wollten.

Während sie Kräuter im Mörser zerstieß und mit dem Baderlehrjungen über das Wetter plauderte, überlegte sie, ob es jemanden gab, den sie bitten konnte, ihre Einkäufe zu übernehmen. Burka hatte gar nicht so Unrecht. Eine Magd wäre ihr in diesem Moment sehr willkommen gewesen. Lächelnd nahm sie das Geld für die Kräutersalbe von dem Lehrling entgegen und sah ihm nach, wie er eilig durch den Schnee stapfte. Eine in einen grauen Schaffellmantel gehüllte Frau kam auf die Apotheke zu; sie trug über ihrem Gebende und Schleier noch eine Kapuze, sodass ihr Gesicht nicht zu sehen war. Erst als sie den Verkaufsraum betrat, erkannte Adelina sie.

«Guten Morgen, Schwester Irmingard!», rief sie überrascht. «Was führt Euch hierher?»

«Ich muss mit Euch sprechen.» Irmingard erwiderte Adelinas Lächeln nicht. Sie schlug die Kapuze zurück und ordnete sorgfältig ihren Schleier, der unter dem dicken Futter verrutscht war. «Ihr und dieser Medicus, Magister ...»

«Burka.»

«Ihr wart bei der Grande Dame und habt ihr erzählt, unsere Patienten seien vergiftet worden. Was in Gottes Namen fällt Euch ein? Brigitta hat sich sehr darüber erregt. Wie Ihr wohl wisst, leidet sie an einer schmerzhaften Krankheit, ganz zu schweigen von den Gebrechen des Alters. Als ich kurz nach Euch zu ihr kam, konnte ich sie nur mit Mühe wieder beruhigen.»

«Oh, ich wollte nicht ... das tut mir –»

«Und nun liegt sie krank darnieder und verlangt, dass nur der Medicus sie behandelt.»

«Nur der Medicus?» Adelina hob die Augenbrauen. Irmingard nickte mit verdrießlicher Miene.

«Sie scheint zu glauben, eine ihrer Mitschwestern wolle sie nun ebenfalls vergiften. Das ist natürlich der reinste Unsinn, und Ihr habt sie mit Euren Hirngespinsten dazu gebracht. Nein, sagt jetzt nichts.» Irmingards Blick veranlasste Adelina, den Mund wieder zuzuklappen und die Worte hinunterzuschlucken, mit denen sie sich hatte verteidigen wollen. «Adelina, ich kann Euch gut leiden und freue mich, dass Ihr uns so zugetan seid.

Aber ich dulde es nicht, dass Ihr solche Gerüchte in die Welt setzt. Damit schadet ihr nicht nur der Gesundheit unserer Grande Dame, sondern auch dem Ruf der Beginenhöfe. Ich muss Euch ernsthaft bitten, über Eure Verdächtigungen in Zukunft zu schweigen. Ganz abgesehen davon, dass sie uns schaden, sind sie nämlich auch völlig lachhaft. Wie kommt Ihr nur darauf, jemand habe diese armen Leute vergiftet? Ich verstehe es nicht. Ihr seid doch eine gescheite Frau. Krankheiten lauern immer und überall. Damit müssen wir uns abfinden.»

Adelina verzichtete auf jedes Widerwort, als sie den strengen Blick der Hospitalsleiterin sah. Noch nie hatte sie Irmingard derart aufgebracht gesehen, und ihr fiel mit aller Deutlichkeit auf, in welcher Funktion die Begine hergekommen war. Sie war die Stellvertreterin Brigittas. Das vergaß man leicht, weil sie sich selten damit hervortat und die meiste Zeit ganz gewöhnliche Arbeiten verrichtete.

«Also: Ich wünsche nicht, dass Ihr diesen schädlichen Unsinn noch weiter verbreitet. Wenn Brigitta sich, so Gott will, wieder von ihrer Verwirrung erholt hat, wird sie mir beipflichten.» Irmingards Gesichtsausdruck wurde eine Spur milder. «Der Tod dieser Menschen ist schlimm. Lasst sie in Frieden ruhen.» Sie schlug die Kapuze wieder hoch und wandte sich zur Tür. «Und damit wir uns richtig verstehen: Ich möchte sehr gerne, dass Eure Apotheke uns auch weiterhin mit Arzneien versorgt.» Sie nickte Adelina noch einmal zu, verließ das Haus und eilte hoch erhobenen Hauptes über den Marktplatz davon. Adelina lehnte sich gegen den Verkaufstisch und schloss die Augen. Die Drohung in Irmingards letzten Worten war mehr als eindeutig gewesen. Eine gähnende Leere machte sich in ihrem Magen breit. Sie brauchte den Beginenhof. Nicht jetzt, aber irgendwann später. Warum nur wollte niemand der Wahrheit ins Auge sehen? Wenn man es nüchtern betrachtete, waren die Tatsachen mehr als offensichtlich.

†

Bis zum Nachmittag kümmerte sie sich noch um die Apotheke und sah regelmäßig nach ihrem Vater, der nun doch über seine Kopfschmerzen klagte.

Dann beschloss sie, um ihrer Einkäufe willen doch früher zu schließen. Mit ihrem großen Korb und einem Wachstäfelchen mit einer ordentlich geschriebenen Einkaufsliste machte sie sich auf den Weg zum Hafen. Sie wollte versuchen, auf dem Fischmarkt an eingelegte Heringe oder Ähnliches zu kommen, wenn sie so spät am Tag überhaupt noch etwas bekam.

Es dämmerte bereits, als sie sich wieder auf den Rückweg machte. Zwischen St. Martin und der Hühnergasse traf sie auf den Messerschleifer, der gerade sein Tagewerk beendet hatte. Er versprach, so bald wie möglich bei ihr vorbeizuschauen, jedoch nicht mehr vor Weihnachten, da er in den wenigen Tagen bis zum Fest schon zu viele Kunden habe.

Zu Hause stellte sie dann verärgert fest, dass das Feuer im Küchenofen erloschen war. Vitus konnte sie natürlich nicht dafür verantwortlich machen. Er lag auf der Ofenbank und schlief. Sie hatte ihm immer ausdrücklich verboten, an die Heizluke des Ofen zu gehen, damit er sich nicht verletzte oder in seiner Ungeschicktheit das Haus in Brand setzte. Sie weckte ihn und schickte ihn nach draußen, um Holz zu holen. Es dauerte eine Weile, bis sie das Feuer wieder entfacht hatte. Dann setzte sie rasch die Suppe für das Abendessen auf. Während sie einen Brotlaib in dicke Scheiben schnitt, klappte die Vordertür, die sie für den Medicus offen gelassen hatte. Seine Stimme drang aus der Apotheke, und eine zweite antwortete ihm. Eine weibliche Stimme. Adelina lauschte überrascht, konnte jedoch kein Wort verstehen. Das Gefühl, das sie beschlich, war keineswegs Eifersucht. Sie war einfach nur neugierig, wen Burka da mitgebracht hatte. Betont langsam wandte sie sich um, als er die Küche betrat.

Die Erleichterung, als sie sah, wen er bei sich hatte, malte ein strahlendes Lächeln auf ihre Lippen, noch bevor sie es verhindern konnte. Und natürlich musste er das missverstehen. Er lächelte zurück und winkte dem Mädchen vom Laurenzplatz, ein Stück vorzutreten.

«Adelina, ich habe versprochen, Euch eine tüchtige Magd zu besorgen. Wie es der Zufall wollte, habe ich heute Franziska getroffen. Ihr erinnert Euch sicher an sie. Da Franziska gerade nirgendwo im Dienst steht, konnte ich sie überreden, bei Euch vorzusprechen.»

Überreden? Adelina hätte beinahe laut gelacht, doch als sie in das Gesicht des Mädchens blickte, musste sie überrascht feststellen, dass es ihr peinlich zu sein schien, von dem Medicus derart vorgeführt zu werden. Und noch etwas stellte sie fest. Das Mädchen hatte sich gewaschen, und nun konnte man erkennen, dass sie recht hübsch war mit ihren Sommersprossen und der kleinen Stupsnase. Aber dünn war sie, viel zu dünn.

Adelina stemmte die Hände in die Seiten und musterte Franziska.

«Wie alt bist du?»

«Vierzehn. Im Frühjahr werde ich fünfzehn.»

«Deine Eltern?»

«Sind tot. Also meine Mutter ist tot, und mein Vater

ist dabei, sich totzusaufen. Ich bin weg von ihm, weil … ich wollte das nicht, und arbeiten ist immer besser.» Sie sah sich in der gemütlichen warmen Küche um und lächelte wehmütig. «Früher hatten wir auch mal so ein Haus. Ich hatte meine eigene Kammer. Na ja, mit meinen kleinen Schwestern zusammen, aber die sind letzten Winter verhungert.» Franziskas Blick verschleierte sich. Kein Tagelöhnerkind also. Das erklärte ihre Zurückhaltung. Sie wollte keine Almosen, brauchte sie aber zum Überleben.

«Was meint Ihr», mischte Burka sich ein. «Wollt Ihr es mit ihr versuchen?»

«Sie ist noch ziemlich jung.»

Auf dem Gang klapperten Schritte. Vitus kam mit seinen hölzernen Überschuhen in die Küche gepoltert. Im Arm hielt er wieder einmal seine Katze, die ihren Kopf genüsslich an seinem Kinn rieb. Bei Franziskas Anblick blieb er wie angewurzelt stehen.

«Das ist mein Bruder Vitus», erklärte Adelina dem Mädchen. «Er ist …»

«Ich weiß schon.» Franziska grinste schief und warf dem Medicus einen unsicheren Blick zu. Adelina legte ihrem Bruder eine Hand auf den Arm, doch er starrte das fremde Mädchen noch immer an.

«Vitus, das ist Franziska. Sie möchte als Magd bei uns arbeiten.»

«Magd? Ziska?» Vitus grinste nun ebenfalls. Franziska trat einen Schritt auf ihn zu und streckte vorsichtig eine Hand nach der Katze aus. Mit den Fingerspitzen berührte sie das weiche Fell.

«Sie heißt Fine», erklärte Vitus und ließ es zu, dass Franziska die Katze am Hals kraulte. «Soll ich dir zeigen, wo sie immer ihre Mäuse hinlegt?»

Adelina beobachtete die beiden stumm, dann wanderte ihr Blick zu Burka, der schmunzelnd am Tisch lehnte. Ihre Augen verengten sich.

«Das habt Ihr mit Absicht getan.»

«Hat es funktioniert?»

Adelina sah wieder zu Vitus und Franziska hin, die sich einträchtig über die verwöhnte Katze beugten.

«Möglich, dass ich es noch bereuen werde, aber es sieht aus, als hätten wir eine neue Magd.»

†

Am nächsten Morgen hatte sich Albert so weit von seiner Krankheit erholt, dass Adelina ihn in der Apotheke allein lassen konnte. In drei Tagen war Weihnachten, und sie hatte längst noch nicht alle Vorbereitungen getroffen, um das Fest für ihre Familie gemütlich zu gestalten.

Als Burka gegen Mittag von einem Krankenbesuch heimkam, war sie gerade dabei, Honigkuchen in den Ofen zu schieben. Franziska war mit Vitus zum Holzhändler am Neumarkt geschickt worden.

Der Medicus nahm sich einen Becher Bier und sah ihr beim Backen zu.

«Das riecht ja sündhaft gut», bemerkte er und prostete ihr zu. «Was habt Ihr denn schon alles gebacken?»

«Honigkuchen, Schmalzkringel und Zimtschnecken», zählte Adelina auf und bemühte sich um einen gleichmütigen Ton.

«Zimt ist teuer.»

«Ich kenne den Händler. Wir kaufen auch andere Würzwaren bei ihm für die Apotheke. Er hat mir einen guten Preis gemacht.»

«In der Stadt geht etwas vor. Um das Rathaus herum wimmelt es von Stadtsoldaten und fremden Rittern.»

«Was für fremde Ritter?»

Burka zuckte mit den Schultern. «Grüne Mäntel und Lanzen mit grünen Wimpeln. Das Wappen konnte ich in dem Gewimmel nicht erkennen.»

«Hört sich nach Hilgers Männern an.» Stirnrunzelnd wischte sie sich ihre Hände an dem großen Tuch ab, das sie als Schürze umgebunden trug. «Und sie trugen Lanzen bei sich?»

«Sie waren bewaffnet, aber es sah mehr aus wie eine Drohgebärde.»

«Das fehlte noch, eine neue Fehde zu Weihnachten.» Adelina griff nach dem Bierkrug, schenkte sich selbst ein, trank jedoch nur einen kleinen Schluck.

«Würde der Erzbischof nicht eingreifen?» Burka lehnte sich zurück und musterte eingehend den schon leicht ausgefransten Ärmel seines Wamses.

«Wozu? Über Hilger hat er kaum noch Macht. Die Stadt hat sich längst über ihren angestammten Herrscher erhoben.»

«Er hat keinen Einfluss mehr?»

«Doch, natürlich. Aber er wird sich erst regen, wenn es für ihn selbst ungemütlich wird.»

«Ihr habt keine gute Meinung von Seiner Exzellenz.»

«Ich sage nur, was alle denken. Der Dom soll gebaut werden, die Universität wird mit Privilegien verwöhnt, aber gegen einen Despoten wie Hilger Quattermart werden die Bürger nicht geschützt.» Adelina hob resigniert die Schultern. Vor dem Haus wurden Stimmen laut. «Franziska und Vitus sind zurück.»

Burka stand auf und öffnete den wegen der eisigen Kälte fest verschlossenen Fensterladen einen Spalt weit und spähte hinaus.

«Die beiden bringen einen Karren Holz mit», sagte

er und verriegelte den Laden wieder. «Bleibt hier, sie haben einen verboten aussehenden Kerl dabei, der den Karren schiebt. Der soll ihnen helfen, das Holz aufzustapeln.» Adelina, die aus Gewohnheit schon auf dem Weg hinaus war, blieb zögernd in der Küchentür stehen. Burka grinste. «Sie schafft das schon. Gewöhnt Euch daran, und seid froh, dass Ihr nicht mehr alles selbst machen müsst.»

Natürlich hatte er Recht. Verlegen wandte sich Adelina wieder um.

«Irmingard war gestern hier», sagte sie rasch und war froh, dass sich der Medicus so schnell ablenken ließ. «Sie hat erfahren, dass wir bei der Grande Dame waren.»

«Und war nicht erfreut darüber?»

«Sie sagt, Brigitta sei seitdem noch kränker, und hat mir unmissverständlich zu verstehen gegeben, mich aus der Sache herauszuhalten.»

Der Medicus hob die Augenbrauen.

«Sie hat gedroht, andernfalls nicht mehr in unserer Apotheke einzukaufen.»

Schweigend sah er ihr dabei zu, wie sie die fertig gebackenen Honigkuchen aus der Backluke des Hinterladeofens zog. Sie ließ es zu, dass Burka sich einen davon nahm, während sie die restlichen zum Abkühlen auf einem Eisengitter ausbreitete.

Vorsichtig warf er das Backwerk von einer Hand in die andere, um sich nicht die Finger zu verbrennen. Adelina musste lächeln: Er war genauso ungeduldig wie Vitus, wenn er merkte, dass sie gebacken hatte. Dabei fiel ihr noch etwas anderes ein.

«Werdet Ihr zu Weihnachten Eure Familie besuchen?»

Überrascht ließ Burka das Hin-und-her-Werfen sein

und legte den Honigkuchen auf den Tisch. Sie wischte sich verlegen über die Schürze. «Ich würde gerne wissen, für wie viele Personen ich an den Feiertagen kochen muss.»

Sein Lächeln war so überraschend heiter, dass sie es erwidern musste.

«Kortrijk ist um diese Jahreszeit nicht gut zu erreichen. Außerdem», er nahm den Honigkuchen wieder auf und biss vorsichtig hinein, «könnt Ihr besser backen als meine Mutter.» Er strich sich ein paar seiner wirren Locken aus der Stirn.

Als sie die inzwischen vertraute Bewegung sah, wurde das flaue Gefühl in ihrer Magengrube plötzlich unerträglich. Es überfiel sie immer, wenn sie nicht darauf vorbereitet war. Sie wandte den Blick auf ihr Gebäck und verschob ein paar Stücke, die zu nah am Rand des Gitters lagen. «Würde es Euch stören … Euer Zimmer …»

«Was ist damit?»

Sie vermied es standhaft, ihn anzusehen. «Ich würde es gern reinigen.»

Keine Antwort. Sie hob den Kopf und begegnete seinem breiten Grinsen mit Unbehagen.

«Ich bitte Euch darum», sagte er und verputzte den Rest des Honigkuchens. «Und wenn es Euch nichts ausmacht, wäre ich froh, wenn Ihr versuchen würdet, ein bisschen Ordnung in meine Sachen zu bringen.» Er stand auf und reckte sich. «Wartet heute Abend nicht mit dem Essen auf mich. Eine Einladung», setzte er hinzu. «Als Dank für eine gelungene Behandlung.» Er nickte ihr noch einmal flüchtig zu. Erst als die Tür hinter ihm zufiel, hatte Adelina wieder das Gefühl, richtig atmen zu können. Verärgert über sich selbst, fegte sie die Krümel vom Tisch und schüttete den Rest des Bieres aus ihrem Becher in den Ausguss.

Wenig später erklomm sie, mit Besen, Eimer und Putzlumpen bewaffnet, die Stiege zu Burkas Zimmer. Wie immer herrschte dort ein chaotisches Durcheinander. Sie krempelte die Ärmel ihres Wollkleides hoch und sammelte die auf dem Boden verstreut liegenden Kleidungsstücke ein. Schlimmer als Vitus, schoss es ihr durch den Sinn. Nur der Gelehrtenmantel hing wie immer ordentlich am Haken. Der Medicus besaß zwei Mäntel. Dieser hier war ungefüttert und für die wärmere Jahreszeit bestimmt. Als sie ihn ausschüttelte, bemerkte sie eine abgewetzte und fadenscheinige Stelle am Ellbogen. Sie solle für Ordnung sorgen, hatte er gesagt. Also würde sie den Mantel mit hinunternehmen und flicken. Und waschen. Seine Kleider mussten gewaschen werden.

Als sie nach einer Stunde das Zimmer verließ, fühlte sie sich besser. Der Anblick von Ordnung und Sauberkeit tat ihrer Seele gut. Den Rest des Tages verbrachte sie damit, Franziska zu zeigen, wie die Wäsche richtig gewaschen wurde und wie man Löcher in abgewetzten Ärmeln unsichtbar flickte.

†

Weihnachten war für Adelina immer eine angenehm stille Zeit gewesen. Umso überraschter war sie, wie sehr sie es genoss, in diesem Jahr zwei Personen mehr im Haus zu haben. Franziska erledigte alle Arbeiten, die Adelina früher viel Zeit geraubt hatten. Aber was noch wichtiger war, sie kümmerte sich um Vitus, beschäftigte ihn, ging mit ihm in den Garten, wo die beiden im Schnee herumtollten. Der fröhliche Lärm, den sie dabei veranstalteten, legte sich wie Balsam auf Adelinas Gemüt.

Burka leistete die meiste Zeit ihrem Vater Gesellschaft, der sich in jeder verfügbaren Minute auf seine alchemistischen Experimente stürzte und felsenfest glaubte, noch vor dem Fest des heiligen Silvester auf das Geheimnis der Transmutation zu stoßen, welches sich ihm bisher so hartnäckig entzogen hatte.

Adelina machte sich bereits Sorgen, dass er auch während der Kirchgänge davon anfangen könnte, und so fragte sie ihn zur Ablenkung so oft wie möglich über den neuen Lehrjungen aus.

Am Nachmittag des sechsundzwanzigsten Dezember – Adelina stand gerade am Herd und bereitete einen Punsch – pochte es mit einem Mal heftig an der Haustür.

Rasch band sie die Schürze los und strich sich auf dem Weg durch die Apotheke das blaue Festtagskleid glatt.

«Schwester Irmingard!» Überrascht ließ sie die Hospitalsleiterin eintreten. «Was führt Euch zu uns?»

Irmingard klappte ihre Kapuze zurück und ließ einen für eine Begine ungewöhnlich eleganten, weißen Leinenschleier sehen. Ihr Kleid unter dem Mantel war grau und schlicht, wie es sich gehörte. An ihrer Brust prangte jedoch heute ein Kruzifix aus Silber und an ihrem Gürtel ein Rosenkranz aus echten Perlen. Mit beidem zeigte sie deutlicher als sonst, dass sie von hohem Stand war. Wahrscheinlich war sie gerade in der Messe gewesen.

«Adelina, ich … wir benötigen Eure Hilfe», begann sie und legte Adelina eine Hand auf den Arm. «Könnt Ihr den Medicus holen? Im Hospital ist diese Krankheit wieder ausgebrochen. Wir dachten, es wäre vorbei, aber seit gestern Abend sind immer mehr Menschen davon befallen worden!»

Adelina erstarrte.

«Seid Ihr sicher, dass es die gleiche Krankheit ist?»

«Krämpfe, Lähmungen, Erbrechen. Der Medicus soll kommen und ... vielleicht gibt es Kräuter, die helfen könnten.»

Im Geiste ging Adelina bereits ihre Bestände durch. Sie bat Irmingard, in der Küche zu warten, und stieg, so schnell es ihr weites Kleid erlaubte, die steile Kellertreppe hinab. Sie klopfte an die schwere hölzerne Tür, hinter der sich das Laboratorium ihres Vaters verbarg, und trat ein. Der Raum war klein und stickig. Unzählige Öllämpchen standen auf einem Bord, das sich über alle vier Wände zog, und tauchten den Raum in flackerndes Licht. Zum Marktplatz hin waren knapp unterhalb der Decke zwei kleine Lüftungsschlitze angebracht, die jetzt mit alten Lumpen verstopft waren. Mitten im Raum stand ein großer Tisch mit zwei wackeligen Hockern. Die Tischplatte war beladen mit Pergamenten, Büchern, kleinen, löffelähnlichen Greifzangen und zwei Tellern mit Resten von Honigkuchen und dem Gänsebraten, den sie am Vortag serviert hatte. Burka und ihr Vater standen in der hinteren Ecke des Raumes und beugten sich über Alberts ganzen Stolz, seine alchemistischen Gerätschaften: Über einer kleinen Feuerstelle stand ein rußgeschwärzter Dreifuß, auf dem eines der teuren Glasgefäße platziert war. Auf kleinen Plattformen links und rechts und einem verzweigten Gestell saßen weitere Glas- und Kupfergefäße. Albert betätigte den kleinen Blasebalg, mit dem das Feuer angeheizt wurde, und beide Männer starrten gebannt auf eine schwärzliche Masse in dem Tiegel, der neben dem Glas auf dem Dreifuß befestigt war. Ein bitterer metallischer Geruch hing in der Luft. Adelina räusperte sich, und ihr Vater zuckte zusammen.

«Tür zu!», rief er, ohne sich umzudrehen. «Wir sind gerade an einem sehr kritischen Punkt. Die Essenz des Metalls beginnt sich zu verflüchtigen, und wir müssen sie auffangen.» Er stülpte ein gewölbtes Glas über den Tiegel und nickte Burka zu, der ein gelbes Pulver bereitlegte. «Beim letzten Mal ist mir das Ganze um die Ohren geflogen. Aber jetzt weiß ich, dass ich das Schwefelpulver früher hätte hinzufügen müssen.»

Adelina räusperte sich noch einmal. Sie bekam kaum Luft hier unten, und der Gestank biss ihr in Augen und Nase.

«Magister Burka», sagte sie leise, aber in drängendem Tonfall. «Irmingard ist oben. Sie möchte, dass Ihr ins Hospital kommt. Die Krankheit ist wieder ausgebrochen.»

«Die Krankheit?» Burka drehte sich um und stellte den Tiegel mit dem gelben Pulver unsanft auf den Rand der Feuerstelle.

«Sie braucht unsere Hilfe.»

«Verzeiht.» Burka lächelte ihrem Vater entschuldigend zu und klopfte sich die Hände ab. «Ein sehr wichtiger Krankenbesuch.»

«Gerade jetzt!», protestierte Albert. «Wir sind so nahe daran.»

«Macht einstweilen allein weiter. Wenn die Dämpfe sich im Glas niedergeschlagen haben, muss der Vorgang laut Villanova ein paar Stunden ruhen.» Der Medicus wies auf ein ausgefranstes Buch, das aufgeschlagen zuoberst auf dem Tisch lag. «Haltet Euch an seine Angaben und ruht Euch ein bisschen aus.»

Unverständliches brummend, wandte sich Albert wieder seinem Versuch zu. Burka folgte Adelina die Kellertreppe hinauf und begrüßte Irmingard, die bereits ungeduldig in der Küche auf und ab wanderte.

Während er sie über den Zustand der Erkrankten ausfragte, packte Adelina alle Kräuter in ihren großen Korb, von denen sie sich eine Wirkung versprach.

Der Weg zum Hospital schien endlos. Mit halbem Ohr hörte Adelina Irmingard zu, die berichtete, wie die ersten Verdachtsfälle aufgetreten waren. Anfangs hatten die Pflegerinnen versucht, die Kranken zu isolieren. Doch es waren schnell zu viele gewesen, und nun fürchteten sie, dass sich auch zwei der Küchenjungen angesteckt haben könnten.

Vor dem Eingang zum Hospitalsgebäude hielt Irmingard Adelina am Arm fest.

«Ich möchte nicht, dass Ihr mit hineingeht. Der Anblick ist schlimm, und ich kann es nicht verantworten, dass Ihr Euch möglicherweise auch ansteckt.»

Adelina lächelte ihr beruhigend zu. «Ich kann schon auf mich aufpassen. Magister Burka geht schließlich auch mit hinein.»

«Das ist mein Beruf», knurrte Burka und versperrte mit seinem Körper den Eingang. «Ich halte es auch nicht für gut, wenn Ihr mit hineinkommt.»

«Ich werde Euch Umschläge und Tränke bereiten.»

«Dafür gibt es die Pflegerinnen.»

«Ich gehe mit», zischte Adelina und schob sich an ihm vorbei ins Haus.

Irmingard schien sich bereits mit ihrer Sturheit abgefunden zu haben und ging ohne weitere Worte voraus zur Tür des Krankensaals. Burka jedoch hielt Adelina erneut an der Schulter fest.

«Eigensinniges Frauenzimmer! Ich dulde es nicht, dass Ihr Euch wegen Eurer Neugier in Gefahr begebt.»

«Neugier?» Zornig riss sich Adelina los. «Das ist vielleicht ein Saal voller Vergifteter …»

«Vielleicht auch ein Saal voller Pestkranker. Hört Ihr nicht das Gestöhn und Geschrei?» Burkas Stimme zitterte vor unterdrückter Wut. «Stellt Eure Kräuter hier ab und verschwindet nach draußen.»

«Ich will sehen, ob es die gleichen Symptome sind wie bei den anderen.»

«Glaubt Ihr, ich bin nicht selbst in der Lage …?»

«Ihr wart nicht dabei!» Adelina umfasste ihren Korb fester und marschierte hinter Irmingard in den Krankensaal, ohne noch weiter auf den Medicus zu achten.

Mit wenigen Schritten war er an ihr vorbei und stürmte durch die Tür. Adelina wäre beinahe mit ihm zusammengestoßen, als er abrupt vor ihr stehen blieb. Sie blickte sich um und hielt die Luft an, um den Brechreiz zu unterdrücken. Der Mann auf der Bettstatt, die der Tür am nächsten stand, hatte sich übergeben und das Erbrochene mit den Armen über das gesamte Bett verschmiert. Zwei Pflegerinnen bemühten sich gerade, ihn zum Aufstehen zu bewegen, doch er wehrte sich mit Händen und Füßen. Die meisten anderen Männer, die hier untergebracht waren, krümmten sich in ihren Betten, einige schlugen wie besessen mit den Armen um sich. Manche jammerten nur still vor sich hin.

Zwischen den Betten lagen verfilzte Strohfetzen, Essensreste und umgestürzte Nachttöpfe. Irmingard hatte mehr Pflegerinnen als sonst in das Hospital gerufen, dennoch fand keine von ihnen die Zeit, etwas gegen den Schmutz zu unternehmen. Burka ging zu einem Mann hinüber, der seine Knie fest mit den Armen umschlungen hatte und sich schluchzend hin und her wiegte. Irmingard und Adelina folgten ihm.

«Es ist hier mittlerweile schlimmer als in den städtischen Hospitälern. Wir schaffen es schon seit einigen Tagen nicht mehr, den Schmutz zu beseitigen.»

«Ihr hättet früher nach mir schicken sollen.» Burka beugte sich über den alten Mann, um ihn nach seinem Namen zu fragen. Ein unverständlicher Singsang war die Antwort.

Adelina wandte sich ab und bahnte sich einen Weg zwischen den Strohbetten hindurch, ohne darauf zu achten, ob ihr gutes Kleid dabei verdorben wurde. Hinter dem Wandschirm bot sich ihr der gleiche jämmerliche Anblick. Schmutz, Gestank und heulende Frauen, die sich wie Fische auf dem Trockenen in ihren Betten wanden oder aber mit totenstarren Gesichtern ins Nichts starrten. Adelina suchte mit den Augen die Reihen nach einem bestimmten Bett ab.

«Wo ist …»

«Hexen!», schrie plötzlich neben ihr ein zerlumptes Weib und klammerte sich an Adelinas Rock. «Ich sehe sie! Hexen und böse Geister überall», kreischte sie. «Du bist auch eine, genau wie die anderen. Ich sehe alles. Der Teufel! Der Teufel!» Sie hustete und zerrte an dem Rock, dass Adelina fast das Gleichgewicht verlor. Sie versuchte, sich ihr zu entwinden, doch die Frau heulte immer lauter. Ein junges Mädchen kam ihr schließlich zu Hilfe und packte das Weib bei den Handgelenken.

«Teufel, Teufel, da!», brüllte jetzt auch eine andere

Frau und deutete mit zitternder Hand auf die Fenster. «Sie wollen uns holen!» Heulend und keuchend drehte sie sich von einer Seite auf die andere und versuchte aufzustehen, doch eines ihrer Beine schien gelähmt zu sein. Adelina gelang es endlich, sich aus der Umklammerung des Lumpenweibs zu befreien.

«Verzeiht.» Die junge Frau schob sie ein Stück in Richtung Wand. «Sie führen sich schon die ganze Zeit auf, als seien sie vom Teufel besessen.» Hastig bekreuzigte sie sich. «Ihr seid Adelina Merten, nicht wahr? Die Tochter des Apothekers? Mein Name ist Gertelotte.»

«Wann haben sie angefangen, so zu phantasieren?»

Gertelotte blickte sich im Raum um und zuckte mit den Schultern.

«Gestern, vorgestern. Manche hören auch zwischendurch damit auf und werden wieder ganz normal. Ich meine …» Verlegen schwieg sie. Kaum eine der Frauen war vor dem Ausbruch der Krankheit normal gewesen.

«Wo ist Vincentia?»

«Das kleine Mädchen? Wir haben sie mit ein paar Frauen nach oben in einen anderen Raum gebracht. Die ganze Nacht hindurch haben sie geschrien. Sie sind noch schlimmer dran als die hier unten. Vater Simeon ist mit ein paar Schwestern oben, um herauszufinden, ob sie nur krank oder tatsächlich besessen sind.»

«Besessen? Um Himmels willen.» Adelina wurde ganz kalt, als sie an das kleine Mädchen dachte. Sie bedankte sich bei Gertelotte und ging wieder zurück auf die andere Seite des Wandschirms. Burka kam ihr entgegen. Seine Miene drückte äußerste Besorgnis aus. Ohne ein Wort zu sagen, fasste er sie an der Hand und zog sie mit sich zu einem Bett am Fenster.

«Benedikt!» Sie ging neben dem Strohbett in die Hocke und griff nach der Hand des jungen Mannes. Sie fühlte sich kalt und feucht an. Er hatte die Augen geschlossen, aber bei ihrer Berührung zuckten seine Lider. Er sah sie mit glasigem Blick an.

«Adelina, wie schön.» Es war mehr ein Röcheln als eine menschliche Stimme. Benedikt verzog kläglich das Gesicht. «Seid Ihr es auch wirklich? Ich sehe dauernd so schreckliche Gestalten und weiß nicht, ob ich wache oder träume.» Er bemühte sich hochzukommen, sank aber nach einigen vergeblichen Versuchen wieder in sein Kissen zurück.

Adelina hob den Kopf und sah Burka an, der mit verschränkten Armen neben ihr stand.

«Könnt Ihr ihm helfen? Oder den anderen?»

«Sind es die gleichen Anzeichen?»

Sie erhob sich vorsichtig.

«Lähmungen und Krämpfe. Manche erbrechen auch. Es scheint …»

«Sind es die gleichen Anzeichen, ja oder nein?»

Erstaunt hob sie die Brauen.

«Ich bin mir nicht sicher. Vielleicht … ja.»

«Vielleicht?»

«Es ist … sie haben Wahnvorstellungen. Die anderen hatten keine, glaube ich. Und sie sind daran gestorben.»

Burka drehte sich um und winkte ihr, ihm in eine Ecke des Raumes zu folgen.

«Viele von diesen hier werden ebenfalls sterben.» Er hatte seine Stimme gesenkt. «Ihr seid Euch also nicht sicher?» Er verschränkte wieder die Arme.

Adelina senkte den Blick.

«Es muss die gleiche Krankheit sein.»

«Habt Ihr das Geschwür an Benedikts Arm gesehen?»

«Geschwür?»

«An dem Arm, den er nicht mehr bewegen kann. Es wird immer größer, und er wird wahrscheinlich den Arm verlieren … oder noch mehr.»

«Was um Gottes …?»

«Es ist Antoniusfeuer.»

10

Irmingard schien fast erleichtert, als der Medicus ihr erklärte, um welche Krankheit es sich handelte. Erleichtert wahrscheinlich, so dachte Adelina, weil sie nun dem Stadtrat und Brigitta eine Erklärung abliefern konnte. Auch wenn das zur Schließung des Hospitals führte, war es immer noch besser, als einen rätselhaften Seuchenherd mitten in der Stadt zu haben.

Vorsorglich ließ sie alle Kranken nach den verräterischen roten Malen an den Gliedmaßen absuchen, dann überließ sie es dem Medicus und Adelina, die Pflegerinnen anzuweisen und die nötigen Vorkehrungen zu treffen. Mit bitterem Blick verabschiedete sie sich und machte sich auf den Weg zur Grande Dame, um ihr Bericht zu erstatten und sich weitere Anweisungen zu holen.

Vater Simeon kam mit zwei Aushilfskaplänen aus dem oberen Stockwerk und bereitete alles für die Verteilung der Krankenkommunion vor. Adelina erlaubte er, ihre Kräuter in die Sakristei der Hospitalskapelle zu bringen, denn dort war der einzige Platz, an dem sie ungestört und in Ruhe ihre Arzneien mischen konnte.

Antoniusfeuer.

Während Adelina ihre Kräuter auf dem wackeligen Tisch in dem winzigen Räumchen ausbreitete, kreisten ihre Gedanken ununterbrochen um die Krankheit. Sie hatte schon davon gehört, aber in Köln war dieses schreckliche Leiden schon lange nicht mehr aufgetreten. Jedenfalls nicht, solange sie am Leben war, und auch davor lange nicht, sonst hätte ihr Vater schon einmal davon erzählt. In den Schriften der Gelehrten, die er sich nach und nach kopiert hatte, stand etwas darüber geschrieben. Adelina versuchte angestrengt, sich an die Einzelheiten zu erinnern. Rote Male, die zu Geschwüren werden konnten, Gliedmaßen, die abstarben und dann einfach abfielen, ohne dass die Wunden bluteten. Krämpfe, Erbrechen, manchmal Lähmungen. Die Ursache für die Krankheit war nicht bekannt. Schaudernd zerstieß sie die Kräuter in ihrem Mörser. Antoniusfeuer war meistens tödlich; das Sterben verlief stets langsam und qualvoll. Adelina runzelte die Stirn. Hatte sie sich am Ende doch getäuscht? Waren Reinhild und die anderen dem Antoniusfeuer zum Opfer gefallen? Burka hatte ihr geglaubt, als sie von der Schierlingsvergiftung gesprochen hatte. Nicht sofort, aber er hatte es geglaubt. Schierlingsfrüchte waren kleine, braune, nussartige Samen, die in Hafer- oder Gerstenbrei nicht auffallen würden.

Langsam und qualvoll …

«Seid Ihr mit dem Kräuteraufguss fertig?»

Burkas Stimme zerriss die heilige Stille der Sakristei. Adelina fuhr zusammen.

«Wird der Aufguss denn helfen?» Sie reichte ihm mit zitternden Händen die Schale mit der zerstampften Kräutermischung.

«Wenn wir Glück haben, lindert er die Krämpfe ein wenig. Könnt Ihr noch etwas gegen Wundbrand zubereiten? Wenn wir die Wunden gleich damit behandeln, bleiben vielleicht einige der Leute am Leben.»

Langsam und qualvoll. Adelinas Gedanken schwirrten im Kreis. Sie griff nach dem getrockneten Frauenmantel und Wundkraut, ließ aber beides gleich wieder fallen.

«Ihr müsst das Erbrochene untersuchen. Da müssen Samen zu finden sein, falls ihnen Schierling ins Essen gemischt wurde.»

Burka nickte bedächtig.

«Das wäre möglich. Bisher haben die Pflegerinnen alles Erbrochene sofort weggeschafft. Ich werde sie anweisen, das nächste Mal die Eimer nicht gleich auszuleeren. Aber Ihr solltet Euch nicht zu viele Hoffnungen machen, dass wir etwas finden. Die meisten spucken nur noch Galle.»

Still nahm Adelina die Kräuter wieder auf und begann, sie ebenfalls im Mörser zu zerstoßen.

«Es müsste also ein frisch Erkrankter sein?»

«Besser wäre es. Ihr seid unsicher?»

Balthasar und Adrian waren rasch gestorben. Sie schüttelte den Kopf.

«Es sind die gleichen Anzeichen, bis auf die Wahnvorstellungen. Balthasar und Adrian hatten keine Wahnvorstellungen. Bei Reinhild weiß ich es nicht.»

«Vielleicht sind sie zu schnell gestorben, um dieses Symptom zu bekommen.»

«Vielleicht.»

Burka nickte.

«Ich komme später, um die Wundbrand-Arznei zu holen.»

Adelina starrte auf den Kräuterbrei in ihrem Mörser. Vielleicht waren sie zu schnell gestorben.

†

Der Gedanke nagte an ihr. Krug um Krug mischte sie krampflindernde Aufgüsse; Sie hatte schon fast all ihre

Kräuter verbraucht. Ludmilla kam ihr in den Sinn. Die Hebamme, die Vitus damals das Leben gerettet hatte. Die Einzige, die um Adelinas Geheimnis wusste.

Ludmilla war eine Weise Frau. Sie hauste allein und von allen gemieden in den Wäldern vor der Stadtmauer und wurde nur geholt, wenn es fast zu spät war. Sie hatte Vitus gerettet, obwohl die Mutter bereits tot gewesen war. Und weil die alte Frau so kundig war, hatte Adelina sich Jahre später in höchster Not an sie gewandt. Hatte Ludmilla damals nicht auch etwas über Antoniusfeuer erzählt?

«Geht es Euch nicht gut?»

Adelina fuhr zusammen, als Burka ihr besorgt die Hand auf den Arm legte.

«Ich bin in Ordnung.» Sie schabte die zerstoßenen Kräuter aus ihrem Mörser in eine Holzschüssel und gab Talkum dazu. «Ihr könnt die Salbe gleich mitnehmen.»

Der Medicus musterte sie argwöhnisch.

«Was geht denn nun wieder in Eurem Kopf vor?»

«Nichts.» Unwirsch strich sie sich ein paar Haarsträhnen hinters Ohr. «Ich habe nur nachgedacht.»

«Das ist Eure schlimmste Angewohnheit.» Seufzend nahm er die frische Salbe entgegen. «Ich habe mir ebenfalls Gedanken gemacht. Das hier ist kein Ort für Euch. Antoniusfeuer ist gefährlich. Geht nach Hause. Und …» Er stockte. «Vielleicht habt Ihr Euch wirklich geirrt.»

«Ihr glaubt mir nicht mehr?» Entrüstet stemmte Adelina ihre Hände in die Seiten. «Ihr seid mit mir zur Grande Dame gegangen. Und nun behauptet Ihr, ich habe mich geirrt?»

«Ich behaupte gar nichts.» Ärgerlich ging Burka zur Tür und drehte sich dort noch einmal um. «Ich habe nur gesagt, Ihr könntet Euch geirrt haben. Und wenn dem so ist, habe auch ich einen Fehler gemacht.» Erstarrt sah sie ihm nach, wie er den Raum verließ, dann rannte sie ihm nach.

«Magister Burka?» Er blieb stehen, drehte sich jedoch nicht um. Sie versuchte, ruhig zu atmen. «Wisst Ihr, woher das Antoniusfeuer gekommen ist?»

Langsam wandte er sich ihr wieder zu. Auf seiner Stirn hatte sich eine steile Falte gebildet.

«Niemand weiß mit Sicherheit, woher diese Krankheit kommt. Die Gelehrten gehen fast alle davon aus, dass sie durch unreines Blut entsteht.»

«Und wovon kommt dieses unreine Blut?»

«Glaubt Ihr, ich würde noch hier stehen, wenn ich das wüsste? Aber in einer Sache hat Irmingard Recht. Krankheiten lauern überall. Warum nicht auch diese?» Bitter lächelnd wandte er sich endgültig ab und verließ die Kapelle.

Mit hängenden Schultern ging Adelina zurück in die Sakristei, wo sie sich an die Bereitung einer weiteren Salbe machte. Weshalb hatte Burka auf einmal Zweifel? War es ein Fehler gewesen, ihn in ihren Verdacht einzuweihen? Seine Worte hatten sie verstört. Mehr noch, sie hatten sie traurig gemacht. Das durfte sie nicht zulassen. Niemand auf der Welt hatte mehr das Recht, sie traurig zu machen. Auch nicht, wenn er so hübsche Locken hatte wie der Medicus.

Antoniusfeuer. Wieder kam ihr Ludmilla in den Sinn. Von unreinem Blut hatte die Alte nie gesprochen.

Eine knappe Stunde später kam eine der Pflegerinnen in die Sakristei und bat Adelina, ihre Sachen zu packen und mit dem Medicus zusammen das Hospital zu verlassen. Da Besucher schon lange nicht mehr zugelassen seien, wolle Irmingard kein Risiko mehr eingehen. Auch wenn sie sie selbst hergerufen habe, müsse sie jeden Augenblick mit einer neuen Delegation von Stadtrat rechnen. Wie sollte sie da Adelinas Anwesenheit erklären?

Burka ging schweigend neben ihr her zur Pforte. Erst als sie auf der Straße standen, sprach er sie an.

«Adelina, verzeiht mir meine Worte von vorhin.»

Überrascht wandte sie den Kopf und sah die Spuren der Erschöpfung in seinem Gesicht. Der Tag hatte auch von ihm seinen Tribut gefordert. Burka hob die Schultern. «Ich wollte Euch keinesfalls verletzen. Möglicherweise habt Ihr Recht, und diese Menschen wurden vergiftet. Möglicherweise aber auch nicht, denn das Antoniusfeuer wird meines Wissens nicht durch eine Vergiftung hervorgerufen. Schon gar nicht durch eine Schierlingsvergiftung. Als ich Euch dort unten in der Sakristei stehen sah, mit einem Blick, als habet Ihr den Teufel gesehen, da wünschte ich mir nichts sehnlicher, als dass Ihr Euch geirrt hättet. Ihr habt mich erschreckt!»

«Ich habe nachgedacht! Mir war nicht bewusst, dass ich derart schreckenerregend vor mich hin gestarrt habe.» Verwirrt blieb sie stehen und suchte nach Argumenten, um sich zu rechtfertigen. Als ihr klar wurde, wie albern sie sich benahm, ging sie weiter. Er hatte sich entschuldigt, war das nicht genug? Warum hatte er sich entschuldigt? Und weshalb hatte ihr Anblick ihn erschreckt? Als sie ihn von der Seite ansah und seine verkniffene Miene bemerkte, wurde ihr klar, dass sie besser aufhörte, sich zu fragen, was für Beweggründe er für sein Verhalten hatte. Das ruhige, sichere Leben hinter den Mauern, die sie mühsam um sich aufgeschichtet hatte, würde sonst noch mehr in Gefahr geraten.

Wieder sah sie ihn von der Seite an und erhaschte seinen weichen Blick.

Ihre Magengrube senkte sich. Zu spät, flüsterte eine Stimme in ihrem Kopf. Die Mauer begann bereits zu bröckeln.

†

«Wollt Ihr mich noch zum Rathaus begleiten?» Burka schien Adelinas Unwillen bemerkt zu haben und wechselte das Thema. «Heute findet eine Sitzung des Rates statt. Das wäre für mich eine gute Gelegenheit, dort einen Patienten aufzusuchen.»

«Und wozu braucht Ihr mich dabei?» Adelina hatte sich von ihren aufgewühlten Gefühlen noch nicht wieder erholt; entsprechend unterkühlt klang ihre Stimme. Mit der ihm eigenen Geduld und mit einem Lächeln überging der Medicus ihre Unfreundlichkeit.

«Ich schätze Eure Gesellschaft. Der Weg durch die Stadt kann allein furchtbar lang werden.» Sein Gesicht verriet nichts über seine wirklichen Beweggründe, deshalb ließ sie es dabei bewenden.

«Wen wollt Ihr denn heute noch aufsuchen?»

«Ich weiß nicht, ob Ihr ihn kennt. Rolof von Assenheym.»

Sie nickte. Natürlich kannte sie ihn. Zumindest dem Namen nach.

«Er leidet an Gicht, und ich denke, es kann nicht schaden, wenn ich ihn ab und an daran erinnere, sich beim Essen zu mäßigen. Gerade jetzt, zur Weihnachtszeit dürften ein paar zusätzliche mahnende Worte angebracht sein.»

«Er wird Euch hinauswerfen lassen, wenn Ihr ihn belästigt. Schließlich hat er Euch nicht rufen lassen.»

«O nein, das wird er nicht. Er hat mich sogar dafür bezahlt, dass ich ihn unaufgefordert besuche.»

«Er bezahlt Euch für Eure Aufdringlichkeit?» Verblüfft schüttelte Adelina den Kopf. Burka nickte vergnügt, und als er ihren ungläubigen Blick sah, begann er zu lachen.

«Adelina, Ihr würdet nicht glauben, wofür die Menschen alles zahlen, wenn sie sich Heilung davon versprechen. In diesem Fall wird es sogar funktionieren, denn Gicht ist nun einmal eine Krankheit, die durch einen unvernünftigen Lebenswandel ausgelöst wird. Bei unserem letzten Zusammentreffen meinte er, meine unangekündigten Besuche seien ihm allemal lieber als die abscheulichen Arzneien, die die anderen Ärzte ihm davor verordnet haben.»

So plauderte Burka noch eine ganze Weile auf Adelina ein und berichtete ihr von Belanglosigkeiten, die er bei seinen Krankenbesuchen erfahren hatte. Nach und nach verflüchtigte sich auf diese Weise die Spannung, die sich seit dem Besuch im Hospital zwischen ihnen aufgebaut hatte.

11

Als Adelina und der Medicus in der Judengasse anlangten und sich dem Rathaus näherten, waren durch die mit geschabtem Kalbsleder abgedichteten Fenster des oberen Geschosses laute Stimmen zu vernehmen. Einige Bürger waren bereits unter den Fenstern stehen geblieben und lauschten dem ungewöhnlich lauten Disput der Ratsherren. Burka trat hinzu, und auch Adelina bemühte sich, dem erregten Stimmengewirr den Grund für den Streit im Stadtrat zu entnehmen. Schließlich nahm Burka sie beim Ellbogen und schob sie zur Tür.

«Lasst uns hineingehen. Wie es aussieht, müssen wir noch ein Weilchen auf das Ende der Sitzung warten.» Er öffnete die Eingangstür und ließ Adelina vorangehen. Kaum waren sie die breite Treppe zum langen Saal, dem Sitzungsraum, hinaufgestiegen, als die Tür aufflog und mehrere Männer herausstürmten. Zwei von ihnen fluchten gotteslästerlich, während die anderen nur wutentbrannt ihre Mäntel überwarfen und das Rathaus wütenden Schrittes verließen.

Aus dem Inneren des Saales schallten lautes Gebrüll und Flüche. Da die Tür nun offen stand, konnten Adelina und Burka die prachtvollen Holzgewölbe und die mit feinen Ornamenten geschmückten Fensterrahmen sehen. Am Südende des Raumes standen mehrere steinerne Standbilder. Der lange Saal war das Schmuckstück des Rathauses, wenn nicht der gesamten Stadt.

Die Ratsherren saßen heute nicht, wie sonst üblich, geordnet auf ihren Plätzen, sondern liefen wie aufgeregte Hühner durcheinander. Wie unschwer zu erkennen war, gab es zwei Fronten unter den Männern, die einander beschimpften und zu überschreien versuchten. Aus dem Stimmengewirr ließ sich jedoch beim besten Willen nicht heraushören, was die Ratsherren so sehr gegeneinander aufbrachte.

«Eine Unverschämtheit, da mache ich nicht mit!», schimpfte einer der Räte gerade und stürmte zur Tür. «Diese Abstimmung ist nicht rechtskräftig! Ohne mich, hört Ihr, ohne mich! Weg da!» Der beleibte Mann stampfte auf Adelina zu und schubste sie so grob zur Seite, dass sie stolperte und um ein Haar gefallen wäre. Im nächsten Moment fiel die Eingangstür krachend hinter ihm ins Schloss.

Ein anderer Ratsherr warf nun die Saaltür vor ihrer Nase heftig zu, und so blieb Adelina und dem Medicus nichts anderes übrig, als auf das Ende der Sitzung zu warten. Lange dauert es nicht, da sprang die Tür wieder auf, und eine ganze Traube von wild durcheinander redenden und gestikulierenden Männern quoll aus dem Saal.

Ein paar wenige Räte waren noch drinnen und diskutierten heftig. Einer von ihnen, der stadtbekannte Holzhändler Werner Overstolz, löste sich aus der Gruppe und trat auf den Gang heraus. Burka hielt ihn am Ellbogen fest.

«Was ...?» Unmutig entzog der kleine, kugelrunde Mann seinen Arm dem Griff, dann erkannte er den Medicus und nach einem weiteren Blick auch Adelina. Er rang sich ein Lächeln ab. «Kann ich Euch behilflich sein?»

«Verzeiht, dass wir Euch aufhalten.» Burka trat zur Seite, weil ein weiterer Ratsherr grußlos das Haus verließ. «Ich würde gern mit Herrn von Assenheym sprechen.»

«Assenheym?» Bedauernd schüttelte Overstolz das kahle Haupt. «Der war heute überhaupt nicht in der Sitzung. Ließ durch einen Boten ausrichten, er habe wieder einen schlimmen Fuß. Behandelt Ihr ihn?» Mit aufflammendem Interesse musterte er den Medicus. «Ihr sollt ein vernünftiger Mann sein. Keine Metalle, keine giftigen Pulver. Nur Gutes hört man von Euch.»

«Das freut mich zu hören», erwiderte Burka. «Dann werde ich ihn zu Hause aufsuchen müssen.»

«Das werdet Ihr wohl. Richtet ihm aus, er habe sich keinen ungünstigeren Tag für sein Kranksein aussuchen können. Wir hätten ihn heute dringend gebraucht.» Nun kehrte der Groll in seine Stimme zurück. «Jetzt haben wir einen zweifelhaften Ratsentscheid am Hals, weil nicht alle Männer anwesend waren.»

«Es fehlten heute noch mehr Herren?» Adelina trat einen Schritt näher. Overstolz nickte grämlich.

«Zur Weihnachtszeit nichts Ungewöhnliches. Viele sind auf Familienbesuch außerhalb. Natürlich hat sich Hilger diese Zeit absichtlich ausgesucht, um den Rat unter Druck zu setzen.»

«Wie kann Hilger Quattermart den Rat unter Druck setzen?»

Overstolz blickte Adelina an, als sei sie schwer von Begriff.

«Mit Geld, mit Privilegien. Was dachtet Ihr denn?»

«Und was hat er damit bewirkt?» Nun wurde auch der Medicus hellhörig.

Der Ratsherr schnaubte aufgebracht.

«Die Löschung der Verbannung seines Onkels aus dem Eidbuch der Stadt.» Er senkte seine Stimme. «Jetzt kann sich der Mistkerl wieder frei wie ein Vogel in Köln aufhalten. Ich mag Euch gar nicht sagen, wie mich das ärgert. Dabei war die Abstimmung nicht gültig. So weit ist es in unserer Stadt schon gekommen!»

Adelina hielt es für richtig, zustimmend zu nicken, während sie über die Schulter des Ratsherrn in den Sitzungssaal linste. In der Gruppe der verbliebenen Ratsherren stand auch Reinhilds Witwer, Georg Reese. Er sah zu ihr herüber, und seinem Gesicht war anzusehen, dass ihr Anblick ihn alles andere als freudig überraschte. Rasch schaute sie weg.

«Wir sollten gehen», murmelte sie. Burka sah in den Sitzungssaal. Er hatte verstanden.

«Es war ein schwerer Tag.» Er wandte sich wieder an Overstolz. «Habt Ihr schon von der Krankheit im Beginenhospital gehört?»

«Das Narrenhaus? Natürlich. Das war heute ebenfalls Thema der Sitzung. Diese Irmingard, die Vorsteherin, hat uns mitteilen lassen, dass bei ihnen Antoniusfeuer ausgebrochen sei.» Angewidert schüttelte er sich. «Musste ja so kommen. Ein Haufen kranker Irrer in einem Haus, wer weiß, was die uns noch alles einschleppen!»

Bei diesen Worten wollte Adelina schon empört protestieren, doch Burka kniff sie rasch und für die Augen des Ratsherrn unsichtbar in den Arm. Zu Overstolz blieb er unvermindert freundlich.

«Der Rat will das Hospital schließen lassen, nicht wahr?»

«Besser wäre es», knurrte Overstolz. «Sollen die Beginen tun, was sie wollen, aber Irre gehören in den Turm gesperrt. Und nun entschuldigt mich. Ich werde zu

Hause erwartet.» Er warf sich seinen Mantel über und stülpte einen mit Schmucksteinen besetzten, schmalkrempigen Hut über seinen Kopf. Als er fort war, warf Adelina erneut einen Blick auf Reese, der sie noch immer zu beobachten schien.

«Gehen wir.»

Burka nickte und folgte ihr auf die Straße.

«Von Assenheym werde ich wohl morgen aufsuchen müssen», meinte er. «Für heute ist es zu spät. Es wird bereits dunkel.»

†

Franziska begrüßte die beiden überschwänglich, als sie wenig später zu Hause ankamen.

«Wir haben uns solche Sorgen gemacht!», rief sie. «Wo wart Ihr nur so lange? Etwa im Hospital? Vitus hat geweint, da habe ich ihm von dem Gebäck in der Dose gegeben, die in der Küche im Regal steht. Und Euer Vater ...», hier senkte sie die Stimme. «Er war furchtbar böse, dass Ihr an einem hohen Feiertag ausgegangen seid.»

«Wo ist er jetzt?», fragte Adelina mit einem unguten Gefühl. In letzter Zeit regte sich Albert ein bisschen zu oft auf.

«Er ist in seine Kammer gegangen. Ich glaube, er wollte sich hinlegen.» Franziska nahm ihrer Herrin und Burka die Mäntel ab und trug sie in die warme Küche. Die beiden folgten ihr und setzten sich an den Tisch zu Vitus, der mit Burkas Holzfigürchen spielte. Der Junge strahlte, als er seine Schwester sah, und erzählte ihr begeistert von der Schneeballschlacht, die er am Nachmittag mit Franziska veranstaltet hatte, und von Keppelers Lehrbuben, die sich nicht getraut hätten, ihn zu hänseln, weil er diesmal nicht allein draußen gewesen war.

Adelina hörte ihm aufmerksam zu, denn sie hatte ihn den ganzen Tag über sträflich vernachlässigt. Dann winkte sie Franziska herbei und forderte sie auf, sich mit ihrem Korb voll Flickwäsche an den Tisch zu setzen.

«Ich freue mich, dass du dich so gut um Vitus kümmerst», begann sie. «Bisher bin ich sehr zufrieden mit dir.» Franziska errötete leicht und räusperte sich. «Ich hoffe, dann seid Ihr nicht böse, dass ich heute Mittag kurz fortgegangen bin. Ich habe Euren Vater gefragt; er hat es mir erlaubt», setzte sie rasch hinzu, als sie sah, dass Adelina überrascht die Brauen hob. «Und Vitus hat seinen Mittagsschlaf gehalten. Ich ...» Sie schien sich hinter ihrem großen Korb verstecken zu wollen, so verlegen war sie. «Ich war nur kurz bei meinem Vater. Muss doch schauen, wie es ihm geht.»

Ehe Adelina etwas sagen konnte, beugte sich Burka interessiert vor.

«Und wie geht es ihm?»

«Er war bes... betrunken, wie immer», murmelte Franziska. «Er hat mich angebrüllt, weil er glaubt, ich würde jetzt im Frauenhaus leben und mir mein Geld mit ... na ja, Ihr wisst schon, verdienen.» Ihr Gesicht war nun dunkelrot. Burka tat, als bemerke er es nicht.

«Dann bist du wohl bald wieder zurück gewesen?»

«Ja, schon.» Das Mädchen kramte im Korb. «Auf dem Heimweg bin ich aber in eine Gruppe Soldaten geraten. Es waren so viele, dass ich wissen wollte, was los ist, und da bin ich ihnen gefolgt. Sie sind zum Geburhaus am Laurenzplatz geritten, und da hab ich diesen alten Mann gesehen, den Heinrich von Stave, den sie doch aus der Stadt verbannt haben. Der lief dort ganz auffällig auf und ab, dass ihn jeder sehen konnte. Und dann kam auch der andere, jüngere … der Hilger.»

«Hilger Quattermart?» Adelina rieb sich das Kinn. Franziska nickte heftig.

«Genau der. Der ist mit dem Alten dann rein, und die Soldaten haben draußen Wache geschoben. Ich versteh das nicht. Warum lassen die den Stave in die Stadt, wo er doch verbannt wurde?»

«Die Verbannung ist heute aufgehoben worden», sagte der Medicus.

«Was Hilger wohl mit diesem Auftritt bezweckt?» Ratlos verschob Adelina die Spielfigürchen auf dem Tisch. «Ob er eine neue Fehde gegen die Stadt plant?»

«Eine Fehde? Das bedeutet doch Krieg, oder?» Franziska machte große Augen.

«Möglicherweise.» Als Adelina sah, wie Franziska erblasste, wurde ihr plötzlich bewusst, wie jung ihre neue Magd war, noch ein halbes Kind. Das alles musste sehr verwirrend und beängstigend für sie sein. «Vielleicht passiert aber auch gar nichts», versuchte sie deshalb ihre Worte abzumildern. «Es gibt genug Männer, die zwischen der Stadt und Hilger vermitteln können», fuhr sie wider besseres Wissen fort. «Du solltest dir also nicht zu viele Gedanken machen. Und nun hilf mir, das Abendessen zu bereiten.»

†

Albert schlief tief und fest, deshalb beschloss Adelina, ihn zum Essen nicht zu wecken. Sie machte sich Sorgen um ihren Vater, denn in letzter Zeit benahm er sich zunehmend seltsam und unberechenbar. Doch an diesem Abend wollte sie sich damit nicht auch noch belasten, denn der Tag hatte bisher schon all ihre Kraft verlangt.

Sie bemühte sich, sowohl um Franziskas als auch um ihrer selbst willen, das Tischgespräch auf Belanglosigkeiten zu lenken.

Sie war erleichtert, als Franziska anbot, Vitus zu Bett zu bringen. Das Mädchen sah müde aus, wahrscheinlich würde sie ebenfalls bald in ihrer Kammer verschwinden. Nachdem die beiden hinausgegangen waren, herrschte Stille in der Küche, die nur vom Knacken des Holzes im Ofen durchbrochen wurde. Adelina starrte in ihren halb vollen Becher. Der Medicus hatte von irgendwo ein Kartenspiel hervorgeholt.

Plötzlich kratzte etwas am Fensterladen, und dann erklang ein aufforderndes Miauen. Adelina sprang auf und öffnete den Fensterladen gerade weit genug, dass Fine hereinschlüpfen konnte. Dann ließ sie sich wieder auf ihren Platz sinken. Die Katze machte einen Rundgang durch die Küche, dann sprang sie neben ihr auf die Bank und rieb ihr Köpfchen an Adelinas Bein. Adelina streichelte mit den Fingerspitzen über das glatte, von der Winterluft kühle Fell, woraufhin Fine auf ihren Schoß kletterte und sich schnurrend zusammenrollte.

«Ihr seid eine tapfere Frau.» Burka hatte gesprochen, ohne den Blick von seinen Karten zu heben. Adelina wusste darauf nichts zu antworten, doch das schien er auch nicht zu erwarten, denn er redete ruhig weiter. «Euer Vater hat bereits einen Bräutigam für Euch ausgesucht, nicht wahr?»

«Ich wüsste nicht, was Euch das angeht», sagte Adelina spröde.

«Ihr habt Recht, es geht mich nichts an. Aber ...»

«Ich will nicht darüber sprechen.»

Nun endlich sah Burka ihr doch ins Gesicht. Seine

Augen glichen tiefen Seen, und sie musste sich sehr zusammenreißen, um sich nicht in ihnen zu verlieren.

«Dieser Mann, wer es auch ist, hat Euch nicht verdient.»

«Woher wollt Ihr das wissen?» Angestrengt fixierte sie eine Locke, die ihm in die Stirn fiel.

«Er wäre Euch nicht gewachsen.» Er legte den Kopf auf die Seite und lächelte, als sie wieder versuchte, seinem Blick auszuweichen. Nun musste sie auch noch um eine ruhige Stimme kämpfen.

«Und wer wäre mir dann, Eurer Meinung nach, gewachsen, wenn Ihr so grundsätzlich alle Männer ausschließt?»

«Nicht alle Männer.» Sein Lächeln fuhr ihr wie ein Messer in den Leib. Nach einer kurzen Pause fuhr er fort: «Ihr würdet eher den Schleier nehmen, als zu heiraten, nicht wahr? Oder zu den Beginen gehen?»

Warum fing er wieder damit an? Wut stieg in ihr auf; fast war sie darüber erleichtert. Mit Ärger und Wut konnte sie umgehen, mit einem Lächeln, das Magenweh verursachte, nicht.

«Hört auf damit!» Jetzt wagte sie es auch wieder, ihm ins Gesicht zu blicken. Doch sie bereute es sofort, denn er schien nur darauf gewartet zu haben. Er fing ihren Blick auf und hielt ihn eisern fest.

«Was hat dieser Rudolf Euch angetan?»

«Er hat ... mir nichts angetan», presste Adelina zornig hervor. Fine blinzelte ungehalten und verzog sich mit einem Satz unter die Bank.

Bevor Adelina noch mehr sagen konnte, erklang irgendwo im Haus ein lautes Scheppern, dann ein Klirren. Erschrocken fuhr sie auf, und auch Burka hob lauschend den Kopf.

Einen Moment war es still, dann hörten sie ein Poltern und eine weinerliche Stimme klagen.

«Das ist Vater!» Adelina sprang auf und eilte zur Tür. Burka folgte ihr auf dem Fuße.

Sie stürzte über den Flur und riss die Tür zu Alberts Kammer auf. Es war stockfinster, doch sie hörten ihn schluchzen.

«Die Lampe!», rief Adelina und stieß den Medicus an. «Holt doch die Lampe aus der Küche!»

Während er zurückeilte, tastete sie sich zum Bett ihres Vaters vor.

«Sieglinde, da bist du ja. Ich habe dich gesucht! Wo warst du denn?» Alberts Stimme schwankte. Erschrocken setzte sich Adelina neben ihn und legte ihm den Arm um die Schultern.

«Vater, ich bin es, Adelina.»

«Sieglinde. Bei diesem Wetter darfst du nicht so lange draußen bleiben. Was soll aus unserem kleinen Mädchen werden, wenn du krank wirst?» Albert schluchzte heftig. Inzwischen war Burka mit der Küchenlampe zurück. Ratlos betrachtete Adelina das verzweifelte Gesicht ihres Vaters.

«Ich bin nicht Sieglinde», wiederholte sie, doch er starrte sie nur verständnislos an.

«Was redest du denn da? Ich sehe doch, dass du es bist. Geh nie wieder fort!»

Ihr eigener Vater erkannte sie nicht! Adelina warf Burka einen ebenso ratlosen wie erschrockenen Blick zu. Auch der Medicus schien nicht zu wissen, was er von der Situation halten sollte. Sie wandte sich wieder an Albert.

«Hör mir zu», sagte sie eindringlich. «Ich bin Adelina, deine Tochter. Nicht Sieglinde. Du hast vielleicht von ihr geträumt, Vater. Aber sie ist nicht hier. Mutter ist tot. Das weißt du doch.»

Prüfend sah sie ihm ins Gesicht, doch in seinen Augen las sie, dass er nicht begriffen hatte, was sie eben gesagt hatte. Hilflos hob sie die Schultern.

«Komm, leg dich wieder hin. Es ist schon sehr spät, und wir wollen doch Vitus und Franziska nicht aufwecken.» Sie blickte sich nach dem tönernen Weinkrug um, der immer neben Alberts Bett stand, und sah ihn zerbrochen auf dem Boden liegen. Daher also das Klirren. Allerdings war der Fußboden trocken, demnach hatte ihr Vater den Krug vor dem Schlafengehen restlos ausgetrunken.

«Vitus hat einen tiefen Schlaf, der wacht so schnell nicht auf», sagte Albert plötzlich völlig klar. Er blickte zwischen Burka, der noch immer in der Tür stand, und seiner Tochter hin und her, und erst jetzt schien ihm aufzufallen, dass etwas nicht stimmte.

«Was tust du denn hier? Und warum hast du den Herrn Magister mitgebracht?»

Im ersten Moment war Adelina so verblüfft, dass sie keine Worte fand. Burka trat rasch einen Schritt vor.

«Wir haben ein Klirren aus Eurem Zimmer gehört. Anscheinend seid Ihr im Schlaf gegen den Weinkrug gestoßen und habt ihn zerbrochen. Wir wollten nur nach dem Rechten sehen.»

«So?» Albert sah zu Boden und erblickte die Scherben. «Tatsächlich. Tut mir Leid. Habe ich Euch geweckt?» Verwirrt fuhr er sich durch den Bart. «Nun ja, es ist wohl wirklich schon spät. Ich werde mich wieder schlafen legen.»

Unsicher stand Adelina auf. Ihr Vater hatte ihr einen gehörigen Schrecken eingejagt.

«Geht es dir auch gut, Vater?»

«Oh, mir geht es hervorragend, Lina. Habe wohl etwas wild geträumt, dass ich den Krug hinuntergeworfen habe.» Albert lächelte schief und sammelte rasch die Scherben ein. Adelina nahm sie ihm ab und ging zögernd zur Tür. Dort drehte sie sich noch einmal um, doch Albert hatte sich schon wieder unter seine Decke verkrochen und die Augen geschlossen.

«Kommt.» Burka schob sie aus der Kammer und schloss die Tür.

«Er hat mich nicht erkannt. Er dachte, ich sei meine Mutter.»

«Ich weiß.» Burka seufzte. «Adelina, wir müssen uns einmal über Euren Vater unterhalten.» Er legte ihr eine Hand auf den Arm. «Ihr seht sehr blass aus. Vielleicht ist es besser, Ihr legt Euch jetzt ebenfalls hin. Morgen ist auch noch ein Tag.»

«Ich kann jetzt nicht schlafen», protestierte sie. Burka setzte eine strenge Miene auf.

«Natürlich könnt Ihr das.» Ohne zu zögern, schob er sie in ihre Kammer, stellte die Lampe neben dem Bett ab und schlug die Decke zurück. Peinlich berührt, blickte sie von ihm zu ihrem Bett.

«Das gehört sich nicht. Lasst mich allein.»

«Erst wenn ich sicher bin, dass Ihr schlaft.» Er verschränkte die Arme vor der Brust. Sein Gesicht war todernst. «Das ist eine Anordnung Eures Arztes», setzte er hinzu.

Sie legte die Scherben zur Seite und verschränkte nun ebenfalls ihre Arme.

«Auch wenn Ihr als Arzt sprecht, kann ich es nicht gutheißen, dass Ihr mit mir in dieser Kammer bleibt. So kann ich nicht … ich kann mich nicht entkleiden.»

«Wenn das alles ist.» Demonstrativ drehte er ihr den Rücken zu. Verärgert runzelte sie die Stirn. Da er sich jedoch nicht rührte, schüttelte sie nur seufzend den Kopf und schlüpfte in Windeseile aus ihrem Kleid. Mit einem Satz war sie im Bett und unter ihre Decke gekrochen.

«In Ordnung, ich liege im Bett. Seid Ihr nun zufrieden?» Sie schnappte nach Luft, als er sich ruhig wieder umdrehte und den Hocker aus der Zimmerecke heranzog.

«Was soll das denn? Was wollt Ihr?» Sie drehte sich auf die Seite, damit sie ihn im Blick behalten konnte.

«Ich will hier warten, bis Ihr eingeschlafen seid.»

«Lasst mich in Frieden.» Seine Anwesenheit würde ihr mit Sicherheit den Schlaf rauben. Sie schloss die Augen und hörte seinen Atem gehen.

«Das kann ich nicht», erwiderte er leise. «Ich mache mir Sorgen um Euch.» Als sie die Augen wieder öffnete, lächelte er beruhigend. «Als Euer Arzt. Ihr habt Euch heute zu viel zugemutet.»

«Habe ich das?» Sie schloss die Augen wieder, und mit einem Mal fühlte sie sich tatsächlich zu Tode erschöpft. Eine ganze Weile lauschte sie seinem Atem.

«Ich verstehe Euch nicht», murmelte sie, bevor sie in tiefen Schlaf versank.

12

Als Adelina erwachte, war es bereits heller Tag. In aller Eile zog sie sich an und traf in der Küche auf Franziska, die dabei war, Vitus das Haar zu kämmen.

«Guten Morgen, Herrin. Ihr habt aber lange geschlafen. Magister Burka sagte, dass Ihr gestern sehr erschöpft gewesen seid, deshalb haben wir Euch nicht geweckt.»

«Das war sehr rücksichtsvoll.» Adelina rang sich ein Lächeln ab. Die Erinnerung an den vergangenen Abend machte sie verlegen.

«Der Magister war sehr besorgt um Euch, das hat er gesagt, als er heute früh das Haus verlassen hat. Er ist wirklich ein guter Mann.»

Adelina war sich da nicht so sicher. Sie runzelte die Stirn. Zumindest war er nicht gut für sie.

«Wohin ist er gegangen? Hat er gesagt, wann er zurück sein wird?»

Franziska, die noch immer eingehend mit Vitus' Haaren beschäftigt war, konnte Adelinas unmutigen Gesichtsausdruck nicht sehen und sprach unbekümmert weiter.

«Er ist noch einmal zum Hospital gegangen und hat gesagt, er wäre gegen Mittag zurück. Ich soll Euch ausrichten, dass Ihr zu Hause bleiben sollt, weil Ihr Euch bestimmt noch nicht gut fühlt.»

Da war sie wieder, die Wut, die sie stets packte, wenn

Burka sich ungefragt in ihr Leben mischte. Um Franziska nicht zu erschrecken, zügelte Adelina ihren Zorn mit aller Macht und sagte in einigermaßen ruhigem Ton: «Mach dir keine Sorgen um mich. Mir geht es gut, und ich fühle mich sehr wohl in der Lage, ebenfalls zum Hospital zu gehen.» Sie wandte sich zur Tür, um ihren Mantel zu holen, doch Franziska hielt sie zurück.

«Wartet, Herrin! Ihr könnt jetzt nicht gehen. Euer Vater ist in der Apotheke, und er hat gesagt, er braucht Eure Hilfe, sobald Ihr aufgestanden seid.»

Adelina blieb in der Tür stehen und drehte sich langsam um. An die Sache mit ihrem Vater hätte sie lieber nicht mehr gedacht.

«Wie geht es ihm heute Morgen?»

«Oh, sehr gut, denke ich. Warum fragt Ihr?» Franziska legte den Kamm beiseite und gab Vitus einen Klaps auf die Schulter. Da sie von dem Zwischenfall am Vorabend nichts wusste, zuckte Adelina nur beiläufig mit den Schultern.

«Er ist gestern sehr früh zu Bett gegangen. Ich dachte, dass er sich vielleicht unwohl gefühlt hat.» Sie drehte sich wieder um und ging hinüber in die Apotheke. Ihr Vater stand hinter dem Verkaufstresen und blätterte in einem seiner abgegriffenen Bücher. Siedend heiß fiel ihr ein, dass sie unbedingt das geliehene Buch zurück zu Magister Arnoldus bringen musste.

Albert blickte ihr lächelnd entgegen.

«Guten Morgen, mein Kind. Hast du dich ausgeruht? Magister Burka sagte, du habest dich gestern Abend nicht wohl gefühlt.»

Schon wieder Burka! Adelina riss sich zusammen, damit ihr Vater nichts von ihrem Ärger merkte.

«Ich war sehr müde», sagte sie nur und sah sich in

der aufgeräumten Apotheke um. «Franziska sagte, du bräuchtest meine Hilfe?»

«In der Tat. Ich möchte dich bitten, unseren Bestand an Kräutern und Ingredienzien für die Arzneien zu überprüfen, damit wir nach den Feiertagen neue Bestellungen aufgeben können.» Er klappte das Buch zu und legte es in das Regal hinter sich. «Außerdem muss eine der Kammern oben für den Lehrjungen gerichtet werden, der in wenigen Wochen zu uns kommen wird.»

«Darum kann sich Franziska kümmern», befand Adelina. Sie ärgerte sich über die viele Arbeit, die nun vor ihr lag. Den Besuch im Hospital konnte sie für heute vergessen. Albert nickte wohlwollend. Er schien sich tatsächlich wieder vollkommen wohl zu fühlen und erinnerte sich offenbar nicht mehr an den vergangenen Abend. Sie fragte sich, ob das ein gutes Zeichen war oder ein schlechtes.

«Das Mädchen ist tüchtig.» Er nahm mehrere Dosen aus dem Regal und stellte sie zwischen sich und Adelina. «Vielleicht kannst du sie morgen mitnehmen, wenn du zur Schneiderin gehst und dir ein neues Kleid bestellst.»

Adelina, die gerade nach einer der Dosen hatte greifen wollen, hielt mitten in der Bewegung inne.

«Wozu benötige ich ein neues Kleid?», fragte sie argwöhnisch. Ihr Vater lächelte wieder breit.

«Ich habe für kommenden Sonntag Ludolf Beichgard zu uns eingeladen. Da möchtest du gewiss besonders hübsch aussehen. Deshalb schenke ich dir ein neues Kleid und, wenn du willst, auch neue Schuhe. Und ich möchte, dass du zur Feier des Tages etwas besonders Gutes kochst. Ludolf soll gleich sehen, was für eine hervorragende Köchin und Hausfrau du bist.»

«Vater!» Adelina starrte ihn erschrocken an. «Was hast du mit ihm abgesprochen, ohne mich zu fragen?»

Albert schien ihr entsetztes Gesicht falsch zu deuten, denn er strahlte sie weiter an.

«Ich glaube, er will schon am Sonntag um deine Hand anhalten. Ist das nicht wunderbar?»

«Nein, das ist es nicht, Vater. Ich habe dir gesagt, ich werde ihn nicht heiraten. Ich werde überhaupt nicht heiraten.»

«Und ob du das wirst!» Nun wurde die Miene ihres Vaters streng. Seine Augen verfinsterten sich. «Es ist alles abgemacht. Du wirst Ludolfs Antrag annehmen und mit ihm in aller Sittsamkeit und Demut vor die Kirchentür treten.»

«In aller Sittsamkeit und Demut?» Adelina schüttelte verwirrt den Kopf. «Was redest du denn da?»

«Das will ich dir sagen, mein Kind.» Ihr Vater blickte ihr eindringlich ins Gesicht. «Du hättest schon längst verheiratet werden müssen. Mit Rücksicht auf Vitus habe ich das immer vor mir hergeschoben. Doch nun haben wir Franziska hier, und Ludolf hat auch nichts dagegen, wenn du dich zeitweilig um den Jungen kümmerst. Jedenfalls so lange, bis ihr eigene Kinder habt. Im Übrigen gehört es sich einfach nicht, dass du dich so oft allein in der Stadt herumtreibst. Ich will, dass das ein für alle Mal aufhört. Und dass der Herr Magister hier im Hause wohnt, kann deinem Ruf auf die Dauer auch nicht gut tun. Natürlich ist er ein ehrenhafter Mann, aber die Leute werden sich dennoch bald die Mäuler zerreißen. Wenn sie es nicht bereits tun. Also ist es beschlossene Sache. Du heiratest Ludolf.»

«Das werde ich nicht. Lieber gehe ich fort, zu den Beginen», rief Adelina. Ihr Vater verzog grimmig das

Gesicht und fasste nach ihrem Arm, doch sie wich ihm aus. «Du kannst mich nicht dazu zwingen, Vater!»

In diesem Moment pochte es laut an der Haustür.

«Es ist offen!», rief Albert und warf seiner Tochter noch einen strafenden Blick zu. Die Haustür wurde aufgestoßen. Drei in hellbraune Wämser und Mäntel gekleidete Männer traten ein.

«Jungfer Merten?» Einer der drei, ein Hüne mit dunklem, zu einem glatten Zopf gebundenem Haar und kantigen Gesichtszügen, trat sofort auf Adelina zu. «Wir müssen Euch mitnehmen.» Er fasste sie beim Arm und wollte sie mit sich ziehen, doch sie wehrte sich erschrocken.

«Was soll das? Lasst mich sofort los!»

«Wir haben Befehl, Euch mitzunehmen, ob Ihr wollt oder nicht», erklärte der Mann mit finsterem Blick.

«Was soll das? Wer seid Ihr?» Albert wollte seiner Tochter zu Hilfe eilen, doch die beiden anderen traten dazwischen und hielten ihn zurück.

«Ach, der Herr Vater? Mein Name ist Tilmann Greverode. Ich bin Offizier der Stadtsoldaten und hier, um Eure Tochter im Namen des Rates von Köln festzusetzen.»

«Aber das geht doch nicht!», rief Albert aufgebracht, konnte sich jedoch nicht aus dem Griff der beiden Männer befreien.

«Weshalb soll ich denn zum Rat?» Adelina versuchte Ruhe zu bewahren, obwohl ihr das Herz bis zum Hals schlug. «Es muss sich um einen Irrtum handeln.»

«Kein Irrtum», widersprach Greverode. «Ihr sollt befragt werden. Wenn Ihr Euch wehrt, wird es nur ungemütlich für Euch.» Er packte ihren Arm fester und zog sie einfach mit sich. Auf den lautstarken Protest ihres

Vaters achtete er nicht weiter. An der Tür versuchte Adelina noch einmal, sich loszureißen. Im gleichen Augenblick betrat Neklas Burka die Apotheke.

«Was ist hier los?» Beim Anblick der Männer, die Adelina und ihren Vater in der Gewalt hatten, fasste er alarmiert nach dem kleinen Dolch, den er an seinem Gürtel trug.

«Geht Euch nichts an», knurrte Greverode und wollte ihn beiseite schieben. Doch der Medicus ließ sich nicht so einfach abwimmeln. Er fiel Greverode in den Arm und versuchte, Adelina aus dem Griff des Büttels zu befreien.

«Na, na, Freundchen!» Einer der beiden Handlanger schoss auf ihn zu, packte ihn grob bei den Schultern und hielt ihn scheinbar mühelos fest. «Ihr behindert Soldaten des Rates. Jungfer Merten wird doch nur zur Befragung ins Rathaus gebracht.»

«Was soll das für eine Befragung sein?» Zornig kämpfte Burka gegen den Mann an.

«Nichts, was Euch betrifft, Herr Magister. Darum muss ich Euch bitten, uns nicht zu behindern.» Greverodes verächtlicher Blick strafte seine höflichen Worte Lügen. Es sah aus, als wolle er vor Burka ausspucken, doch er packte nur Adelina noch fester und schob sie hinaus. Bevor die Tür hinter ihnen zufiel, hörte sie noch einen empörten Ausruf und dann ein lautes Krachen, dem ein Schmerzenslaut folgte.

«Das war nicht nötig», sagte sie. «Ich komme mit, aber Ihr müsst meinen Vater und den Medicus in Ruhe lassen.»

«Sie werden überwacht, bis wir mit Euch fertig sind.» Grob stieß Greverode sie vor sich her bis zu einer Sänfte, die wenige Schritte vor ihr auf sie wartete. Erstaunt wandte sich Adelina um, doch der Soldat hatte eine finstere, undurchdringliche Miene aufgesetzt. Weshalb holte man sie mit einer Sänfte ab? Sie biss die Zähne zusammen. Im ersten Moment hatte sie gedacht, man habe ihr Geheimnis erfahren und sie deshalb verhaftet. Doch würde man dann solch einen Aufwand betreiben, um sie ins Rathaus zu bringen?

Neben der Sänfte standen zwei weitere Männer, die ihr beim Einsteigen halfen. Einer der beiden, ein breit gebauter, schlecht riechender Kerl mit buschigem Vollbart, stieg hinterher und setzte sich ihr gegenüber. Greverode gab das Kommando zum Aufbruch. Weder die Händler noch irgendjemand von den vielen Käufern, Dienstboten oder Bauern auf dem Markt hatte auf sie geachtet, denn gerade wurde ein keifendes zerlumptes Marktweib auf den Kax, den Schandpfahl, gebracht. Eine Menschentraube hatte sich gebildet, wüste Beschimpfungen wurden laut. Und noch bevor die Diener der Marktmeister sich vom Pranger entfernen konnten, flogen bereits die ersten faulen Eier und Kohlreste.

Adelina versuchte, zwischen den Vorhängen der Sänfte hindurchzuschauen, doch ihr Aufpasser stieß sie unsanft zurück und zog die Vorhänge dichter zusammen.

Argwöhnisch betrachtete Adelina den Mann und sah sich in der komfortablen Sänfte um. Sie saß auf bequemen, mit weichem Stoff bezogenen Kissen.

«Ihr seid keine Stadtsoldaten», stellte sie fest. Panik machte sich in ihr breit. Sie bemühte sich, ihren Aufpasser nichts merken zu lassen, aber sie musste sehr blass geworden sein, denn er grinste böse.

«Richtig, Schätzchen. Das ist dir aber schnell aufgegangen.»

«Wo bringt Ihr mich hin?» Sie konnte das Zittern in ihrer Stimme nicht mehr unterdrücken.

«Wirste schon sehen.» Mehr hatte er offenbar nicht zu sagen, denn er lehnte sich bequem zurück und behielt sie gelassen im Auge. Plötzlich wurde ihr eiskalt. Seine Stimme! Sie kannte seine Stimme! Die Erinnerung an grapschende Hände auf ihrem Leib traf sie wie ein Schlag. Entsetzt fuhr sie zurück, konnte jedoch in der engen Sänfte nicht vor ihm ausweichen. Aufsteigende Angst drückte ihr die Kehle zu, und ihre Zähne schlugen aufeinander.

«Bist ganz schön blass, Schätzchen.» Der Mann fixierte sie weiterhin vollkommen unverwandt. «Keine Angst, wir bringen dich in einem Stück zu unserm Herrn. Der kann dich dann auseinander nehmen, wenn er will. Du hast ihn wütend gemacht.» Er grinste wieder und pulte sich dabei mit dem Finger zwischen den Zähnen. Adelina würgte den aufsteigenden Brechreiz hinunter.

Sie musste ruhig bleiben! Und nachdenken. Denken. In ihrem Kopf drehte sich alles. Sie hatten Burka verletzt und vielleicht auch ihren Vater. Und der Kerl, der ihr gegenübersaß, hatte sie schon einmal überfallen. Sie atmete scharf ein, als ihr klar wurde, was das zu bedeuten hatte.

†

Der Weg bis ins Kirchspiel St. Marien erschien Adelina sehr weit. Sie fürchtete sich vor den Männern, die sie entführt hatten, und überlegte fieberhaft, was Reese mit ihr vorhaben mochte. Denn nur er konnte es sein, der sie hatte entführen lassen.

Wenn sie jedoch gedacht hatte, er würde sie bereits erwarten, musste sie sich eines Besseren belehren lassen. Vor Reeses Haus angelangt, schubste ihr Aufpasser sie grob aus der Sänfte und führte sie durch einen Nebeneingang in einen dunklen Flur, der an der Küche vorbei und eine Treppe hinunter führte. Im Keller war es eiskalt. Sie gingen an mehreren kleinen Vorratsräumen vorbei, wo die Waren lagerten, mit denen Reese sein Geld verdiente: große Ballen flämischen und englischen Tuchs.

Der Mann schubste sie in eine der Kammern, die nur durch eine winzige Belüftungsöffnung direkt unter der Decke erhellt wurde, und knallte die Tür hinter ihr zu. Das Ratschen des Metallriegels auf dem Türholz ließ sie schaudern. Die Schritte ihres Aufpassers entfernten sich rasch. Sie blickte sich in dem düsteren, engen Raum um und schob verzagt die Finger in die Ärmel ihres Kleides. Da sie keinen Mantel und nur die dünnen Lederschuhe trug, begann sie bald zu zittern. Zudem gab es in ihrem Gefängnis keinerlei Sitzgelegenheit, sodass sie sich schließlich gegen einen der Stoffballen lehnte. Tausend Gedanken huschten wie Gespenster durch ihr Hirn. Was konnte Reese nur veranlasst haben, sie entführen zu lassen? Und das auch noch unter dem Vorwand, sie sei zu einer Befragung in den Stadtrat befohlen worden! Vielleicht dachte er, sie verdächtige ihn noch immer, etwas mit dem Tod seiner Frau zu tun zu haben. Sie atmete tief ein. Das musste es sein! Hatte er nicht an Reinhilds Grab gedroht, es werde Adelina schlecht bekommen, wenn sie sich weiter in seine Angelegenheiten mischte? Andererseits hatte sie das ja gar nicht getan.

Und dennoch schien er sich bedroht zu fühlen. Aber warum nur?

Die Zeit verging lähmend langsam. Adelinas Füße begannen auf dem eisigen Steinboden gefühllos zu werden. Eine Weile versuchte sie, sich durch Bewegung warm zu halten, doch am Ende lehnte sie sich wieder an den Ballen und rieb sich bibbernd die Arme. Wollte er sie hier unten erfrieren lassen? Er konnte sie doch nicht ewig festhalten. Ihr Vater würde Alarm schlagen, sobald Reeses Männer ihn und Burka freiließen. Wenn sie sie freiließen.

Adelina presste die Lippen zusammen. Sie wandte sich um und starrte zu dem Fensterchen hinauf. Natürlich war es viel zu klein, um hindurchzukriechen. Und selbst wenn sie es fertig gebracht hätte, es befand sich zu hoch oben. Aber vielleicht gelang es ihr, hindurchzusehen und um Hilfe zu rufen. Mit klammen Fingern fasste sie an die gemauerte Fensteröffnung und versuchte, sich hochzuziehen. Weshalb war dieser Kellerraum nur so verdammt hoch? Ihre Finger begannen zu schmerzen, also ließ sie wieder los und betrachtete den Stoffballen neben sich. Vielleicht war es möglich hinaufzuklettern.

Sie zog an dem Ballen, doch er bewegte sich kein Stück. Also versuchte sie es mit Schieben. Das ging besser. Ächzend schob und zerrte sie an dem Ballen herum, bis er unter dem Fenster lag. Dann kletterte sie hinauf und konnte so endlich aus dem Fenster sehen. Der Mut verließ sie jedoch schlagartig: Das Fenster ging auf den Hinterhof des Hauses. Weit und breit war keine Menschenseele zu sehen. Enttäuscht sank sie auf ihrem Aussichtssitz zusammen.

Eine geraume Weile hockte sie da und starrte vor sich hin, als ein Scharren von draußen zu ihr hereindrang. Rasch richtete sie sich wieder auf und spähte nach draußen. Unmittelbar neben dem Kellerfensterchen erblickte sie zwei kleine Füße in Holzpantinen, die unter einem rostbraunen Rock hervorlugten. Es war Franziska.

«Franziska!» Adelina bemühte sich, den freudigen Ausruf zu dämpfen, damit niemand sonst auf sie aufmerksam wurde. Das Mädchen sah sich erschrocken nach links und rechts um. «Hier unten», flüsterte Adelina aufgeregt. Franziska ging in die Hocke und lächelte.

«Wusste ich doch, dass sie Euch hier irgendwo hingebracht haben», wisperte sie zurück. «Ich habe gesehen, wie diese Kerle Euch mitgenommen haben, und da bin ich Euch gefolgt.» Sie sah sich vorsichtig um, doch noch immer war niemand zu sehen. «Das war gar nicht so einfach», fuhr sie eilig fort. «Ich musste Vitus zu Eurem Vater und dem Herrn Magister in die Apotheke schicken.» Adelina riss erschrocken die Augen auf, doch Franziska hob beschwichtigend die Hände. «Keine Angst, ich glaube nicht, dass sie ihm was tun.»

«Ich habe gehört, wie sie Neklas geschlagen haben», widersprach Adelina heftig. Franziska schüttelte jedoch den Kopf.

«Haben sie nicht. Er wollte sich losreißen, dabei ist er gegen das Regal geknallt.»

«Hat er sich verletzt?»

Franziska zuckte mit den Schultern.

«Kann ich nicht sagen. Ich musste doch hinter Euch her. Und die Männer durften mich nicht entdecken.» Sie kroch noch ein Stückchen näher an die Fensteröffnung heran. «Aber nun sagt mir, wie kann ich Euch hier heraushelfen?»

Adelina schüttelte den Kopf.

«Ich glaube nicht, dass du mir helfen kannst. Ich muss wohl oder übel warten, bis Reese mich aus diesem Kellerloch herausholt.»

«Aber wenn er Euch was antut?» Franziska schien sich auf keinen Fall damit abfinden zu wollen.

«Hoffen wir, dass er das nicht tut. Irgendwie bin ich ihm in die Quere gekommen, deshalb will er mir wohl Angst einjagen.» Wenn sie doch nur ihren eigenen Worten Glauben schenken könnte!

«Womit seid Ihr ihm in die Quere gekommen?», fragte Franziska neugierig. Adelina seufzte. Wie sollte sie das alles ihrer Magd erklären? Doch die Frage erübrigte sich, denn hinter ihr wurden Schritte laut. Erschrocken blickte Adelina über ihre Schulter und dann wieder auf das Mädchen im Hof.

«Da kommt jemand. Sieh zu, dass du verschwindest! Sie dürfen dich hier nicht erwischen, Franziska!» Rasch ließ sie sich von dem Wollballen gleiten und landete just in dem Moment auf dem eisigen Boden, als die Tür aufgestoßen wurde.

«Meiner Treu, ist das kalt hier unten!» Die alte Walburga betrat zusammen mit einem jungen Knecht den Vorratsraum. Sie musterte Adelina neugierig, dann erkannte sie sie. «Na so was, Ihr seid das!» Ihr verhärmtes Gesicht verzog sich zu einem unsicheren Lächeln. «Kommt mit, mein Herr erwartet Euch oben in der Stube. Kann gar nicht verstehen, weshalb Ihr hier unten warten musstet.» Sie winkte Adelina noch einmal, ihr zu folgen. An der Tür nahm der Knecht Adelina am Arm, wohl, damit sie nicht auf den Gedanken kam fortzulaufen. Aus der Nähe betrachtet, sah er sogar sehr jung aus, höchstens fünfzehn oder sechzehn Jahre. Und ihm war die Situation anscheinend noch peinlicher als der alten Walburga, denn er hielt den Blick krampfhaft zu Boden gerichtet.

Als Adelina in die warme, mit prächtigen, reich verzierten Möbeln eingerichtete Stube des Hauses geführt wurde, saßen dort neben Reese noch zwei weitere Männer, die der Kleidung nach zu den Soldaten gehörten, daneben ihr bärtiger Aufpasser aus der Sänfte und …

«Herr Beichgard!» Erschrocken blickte Adelina zwischen Reese und dem Weinhändler hin und her. Sie kannte Ludolf Beichgard aus dem Zunfthaus Himmelreich. Auch heute trug er die farbenfrohen Zunftgewänder, und neben ihm auf einem Schemel lag sein pelzverbrämter Biberhut. Beichgard war ein hoch gewachsener Mann, mit leichtem Bauchansatz, der einem Älteren eher angestanden hätte. Er war noch keine dreißig Jahre alt, aber dass er, durch seinen Reichtum begünstigt, übermäßig dem Wein und gutem Essen zusprach, war unverkennbar. Bei Adelinas Anblick breitete sich ein gutmütiges Lächeln auf seinem von hellbraunem Haar umrahmten Gesicht aus. Bevor er jedoch zu Wort kam, war Reese von seinem Sitzplatz aufgestanden und vor Adelina hingetreten.

«Adelina, ich danke Euch, dass Ihr meiner Einladung so prompt gefolgt seid.»

«Wozu der Spott?», erwiderte sie spröde. «War es nötig, meinen Vater und Magister Burka in unserem Hause festzuhalten?»

«Aber natürlich war es das. Ich kann kein Aufsehen brauchen. Es ist ärgerlich genug, dass Euch Eure kleine Magd gefolgt ist.»

Adelina starrte ihn entsetzt an, doch er winkte gelassen ab. «Keine Angst, wir haben sie in Ruhe gelassen.» Er verschränkte die Arme vor der Brust. «Für die Umstände möchte ich mich allerdings entschuldigen. Meine Männer sind zuweilen etwas übereifrig, besonders Peter hier.» Er wies mit dem Kinn in Richtung des

Bärtigen, der sie daraufhin so spöttisch anblitzte, dass Adelina ein Schauer über den Rücken lief. «Ich hatte ihm befohlen, Euch bis zu meiner Ankunft einzuschließen. Vom Keller war jedoch nicht die Rede.»

Peter zuckte nur mit den Schultern.

«Wie dem auch sei, ich will hoffen, Euer Aufenthalt war nicht allzu unbequem.» Reese hielt einen Moment inne, dann sah er ihr fest in die Augen. «Ihr wisst, weshalb Ihr hier seid?»

Adelina hob die Schultern.

«Wenn es wegen Reinhild ist …»

«Reinhild?» Nun war es an Reese, erschrocken dreinzuschauen. Doch dann schüttelte er den Kopf. «Sagt bloß, Ihr habt keine Ahnung, in was für ein Wespennest Ihr gestochen habt?» Er wandte sich zu Beichgard. «Kann es wirklich sein, dass sie nichts weiß?»

«Schwer zu glauben», pflichtete der Weinhändler ihm bei. «Immerhin hatte sie ihre hübsche Nase oft genug in unseren Angelegenheiten.» Er zwinkerte Adelina zu, als halte er das Ganze für ein lustiges Spiel. Sie schauderte. Und diesem Mann wollte ihr Vater sie zur Frau geben!

Reese begann, im Zimmer auf und ab zu gehen.

«Adelina, was habt Ihr mit dem Beginenhospital zu schaffen?»

«Na, was schon? Ich liefere Arzneien. Manchmal helfe ich auch den Pflegerinnen bei der Arbeit.»

«Ihr helft also. Sehr löblich. Dann habt Ihr Zugang zu allen Räumen im Hospital?»

«Nicht zu allen.» Verunsichert folgte sie seinen Wanderungen mit den Augen. Was sollte das alles?

«Der Krankensaal, der Speiseraum, die Küche …» Reese blieb stehen. Adelina nickte.

«Ja, aber meistens gehe ich in den Krankensaal …

O Gott!» Sie schlug die Hand vor den Mund. «Glaubt Ihr etwa, ich hätte etwas mit den Todesfällen zu tun?» Ihr Entsetzen schien ihn vollkommen unberührt zu lassen.

«Dann seid Ihr also auch zu dem Schluss gekommen, dass es bei dieser rätselhaften Seuche nicht mit rechten Dingen zugeht? So können wir ja offen miteinander reden.»

Nun verstand sie gar nichts mehr.

«Was wollt Ihr von mir?», fragte sie geradeheraus, bevor sie der letzte Rest ihres Mutes verließ. Der Ratsherr lächelte kalt.

«Ihr steckt Eure Nase in die Angelegenheiten des Beginenhofs, habt die Grande Dame besucht und im Rat herumgeschnüffelt, just an dem Tag, als die Verbannung von Staves aus dem Eidbuch der Stadt gelöscht wurde. Wer hat Euch dazu angestiftet?»

«Mich angest... Niemand hat mich angestiftet!»

«War es Hilger Quattermart?»

«Den kenne ich gar nicht.» Sie hob hilflos die Hände. «Also, natürlich kenne ich ihn, aber eben nicht persönlich. Ich habe nicht ...»

«Lufard von Schiederich?»

«Nein!»

«Also?»

«Niemand hat mich angestiftet. Ich wollte nur herausfinden ...» Sie holte tief Luft. «Irgendjemand hat den alten Balthasar, Reinhild und Irmingards Neffen vergiftet. Ich bin mir fast sicher, weil die Anzeichen eigentlich nur auf Vergiftung schließen lassen.» Reese warf Beichgard einen kurzen Blick zu, dann nickte er in Adelinas Richtung.

«Weiter.»

Allmählich fühlte sie sich etwas sicherer. Schließlich

hatte sie sich nichts vorzuwerfen. Also fuhr sie fort: «Ich habe mit der Grande Dame gesprochen, weil ich ihr doch von meinem Verdacht berichten musste. Sie hat das Hospital aufgebaut und kämpft seit Jahren um seinen Erhalt. Diese drei Toten haben dem Stadtrat einen guten Grund geliefert, das Hospital zu schließen, denn offiziell hieß es, eine gefährliche Krankheit sei ausgebrochen.»

«Das stimmt ja auch», mischte sich Beichgard ein. «Die Vorsteherin des Hospitals hat bekannt gegeben, dass es sich eindeutig um Antoniusfeuer handelt.»

«Also wird das Hospital tatsächlich geschlossen?» Sie blickte Reese an, der nickte.

«Mit ziemlicher Wahrscheinlichkeit noch in diesem Monat.»

«Dann hat der Rat erreicht, was er wollte.»

Reese schnaubte empört und ließ sich auf einen der gepolsterten Stühle beim Fenster sinken.

«Das heißt also, Ihr verdächtigt den Stadtrat, schuld am Ausbruch der Krankheit zu sein, verstehe ich das richtig?»

Adelina hob verwirrt die Schultern. Plötzlich lächelte Reese wieder, was sie noch mehr verwirrte. Er spielte ein Spiel mit ihr, und sie hatte die Orientierung verloren.

«Setzt Euch.» Er wies auf einen weiteren Stuhl, und sie ließ sich vorsichtig auf der Kante nieder. «Da wir uns nun gebührend gegenseitig verdächtigt haben, solltet Ihr endlich mit der Wahrheit herausrücken.»

«Ich habe die Wahrheit gesagt!», protestierte sie schwach. Reese lächelte noch immer, doch seine Augen verengten sich.

«Na gut, dann fangen wir es anders an. Ihr wart mit meiner seligen Gattin befreundet.»

Adelina nickte.

«Dann wisst Ihr auch, dass sie mit Hilger Quattermart verwandt war.»

Nun klappte Adelina die Kinnlade herunter. Verdutzt starrte sie den Ratsherrn an.

«Sie war seine Base zweiten Grades», fuhr er fort und blickte sie erwartungsvoll an, doch Adelina fehlten vor Überraschung noch immer die Worte. Ludolf Beichgard gab ein vergnügtes Glucksen von sich.

«Georg, ich glaube, du hast dir da etwas eingebildet. Unsere Adelina hier hat offensichtlich keine Ahnung, wovon du redest.»

«Oder sie kann sich hervorragend verstellen», murmelte Reese, doch Beichgard schüttelte den Kopf.

«Ich kenne sie schon etwas länger. Sie ist bestimmt keine Schauspielerin. Dazu ist sie zu einfältig.» Adelina kniff empört die Lippen zusammen, enthielt sich aber vorsichtshalber jeden Kommentars. Reese legte den Kopf auf die Seite und musterte sie.

«Ist das wahr? Seid Ihr zu einfältig?» Er lehnte sich zurück. «Ich glaube nicht.»

«Stell sie doch auf die Probe», grinste Beichgard, der noch immer unerhört gut gelaunt schien. Dann wandte er sich selbst wieder an Adelina. «Was würdet Ihr antworten, wenn ich Euch nach den Freunden fragte?»

«Wessen Freunde?» Verständnislos sah sie zwischen den beiden Männern hin und her. Das alles würde kein gutes Ende nehmen. Sie war vollkommen verwirrt.

«Da hast du's! Keinen blassen Schimmer.» Triumphierend schlug Beichgard mit der flachen Hand auf seinen Oberschenkel.

«Wie du meinst», brummte Reese. «Obwohl ich sie

nach wie vor für ein durchtriebenes Weib halte. Aber bitte, befrag du sie.»

«Sachte, mein Lieber!» Beichgard hob halb scherzhaft, halb drohend den Zeigefinger. «Du sprichst immerhin von der Frau, der ich kommenden Sonntag einen Heiratsantrag zu machen gedenke. Doch das soll jetzt nicht das Thema sein.»

Adelina dachte, sie höre nicht recht. Beichgards Worte waren eine kolossale Erleichterung für sie, bedeuteten sie doch, dass sie mit ziemlicher Wahrscheinlichkeit heil aus diesem Haus herauskommen würde. Gleichzeitig aber bestärkten sie sie in dem Entschluss, diesen Mann unter keinen Umständen zu heiraten, ganz gleich, was er mit ihrem Vater abgesprochen haben mochte. Ludolf Beichgard kam ihr aalglatt vor und hinterlistig wie eine Schlange. Zwar schien er es gut mit ihr zu meinen, doch mit einem Mann wie ihm würde sie es keine drei Tage aushalten. Und was geschehen würde, wenn er hinter ihr Geheimnis käme, mochte sie sich gar nicht vorstellen.

«Kommen wir noch einmal zurück zu Reinhild», sagte er gerade. «Sie war mit Hilger verwandt, das wisst Ihr nun. Was Ihr noch wissen solltet, ist, dass Hilger ein mehr als starkes Interesse daran hat, das Hospital zu schließen. Hilger, und nicht der Stadtrat! Oder höchstens jene Ratsherren, die zu seinen Anhängern gehören.» Er weidete sich noch immer an ihrer Überraschung.

«Was hat denn ein Mann wie Hilger Quattermart von der Schließung des Beginenhospitals?»

Beichgard nickte amüsiert.

«Eine gute Frage. Wo liegt das Hospital?»

«Neben der Kirche St. Gereon, beim Kloster …»

«Ach was. Genau zwischen dem Blidenhaus und der

erzbischöflichen Residenz», unterbrach er sie. «Das Hospital selbst interessiert ihn einen Dreck. Er würde es sofort abreißen lassen. Er will das Grundstück. Wenn er dort ein wehrhaftes Haus baut, steht er genau zwischen der Waffenkammer der Stadt und Erzbischof Friedrich, mit dem ihn bekanntermaßen nicht gerade Freundschaft verbindet.»

«Ihr meint, er will den Erzbischof angreifen?» Die Vorstellung verschlug Adelina den Atem. Beichgard schüttelte den Kopf.

«Nicht angreifen. Er könnte aber jeden Streit aussitzen, ihn im Falle eines Zwistes belagern und gleichzeitig das Blidenhaus kontrollieren, damit die Kölner Bürger nicht eingreifen.»

Stumm sah Adelina zu Boden. In ihr arbeitete es. Was um alles in der Welt hatte Reinhild mit Hilgers Plänen zu tun? Ruckartig hob sie den Kopf.

«Hat Reinhild etwa … hat sie …?» Sie war fassungslos.

«Wir wissen es nicht», ergriff Reese wieder das Wort. «Aber mein armes Weib war fast ein Jahr im Hospital, wie Ihr sehr wohl wisst. Und sie stand die ganze Zeit in Kontakt mit ihrem Vetter.»

«Sie war krank vor Kummer um ihr totes Kind», widersprach Adelina, doch im selben Moment wurde ihr bewusst, wie leutselig und frohgemut Reinhild zuweilen gewirkt hatte. Selbst Irmingard hatte die Vermutung geäußert, dass Reinhild in Wahrheit einfach nicht nach Hause gewollt habe. Mit einem Mal fühlte sich Adelina sehr elend. Hatte Reinhild sie die ganze Zeit grausam getäuscht? War sie am Ende gar nicht krank gewesen, sondern hatte nur dort ausgeharrt, um das Hospital durch die Giftmorde in einen schlechten Ruf zu bringen? War sie imstande gewesen, zwei Menschen heimtückisch zu vergiften?

«Sie ist doch aber selbst an dem Gift gestorben!»

«Vielleicht hatte sie Gewissensbisse?», gab Reese zu bedenken. «Sie war eine sanftmütige Frau. Möglicherweise hat sie es nicht ertragen und sich selbst gerichtet. Aber etwas anderes beschäftigt mich im Augenblick mehr: Von welchem Gift sprechen wir eigentlich die ganze Zeit?»

«Schierling», antwortete Adelina leise.

«Der Daus, das hat sie aber bestimmt nicht freiwillig eingenommen!», rief Beichgard, und sie sah, wie er sich schüttelte.

«Das können wir nicht wissen», befand Reese und blickte zum Fenster hinaus. Adelina bemerkte, dass seine Gesichtsmuskeln arbeiteten. Offenbar hatte er seine Frau tatsächlich lieb gehabt. Und nun sprachen sie davon, dass sie vielleicht eine gemeine Mörderin gewesen war. Plötzlich tat ihr der Kaufmann Leid.

«Und wenn es doch jemand anderes war?»

«Alles deutet auf sie.» Reese wandte sich wieder um. Nun glich sein Gesicht einer steinernen Maske.

«Was wollt Ihr dann von mir?» Adelinas Magen begann zu rebellieren. Für heute war es genug der schlimmen Botschaften und Ereignisse.

«Herausfinden, ob sie das Gift von Euch hatte.» Beichgards Miene war zum ersten Male ernst. «Als Tochter eines Apothekers wäre es sicherlich ein Leichtes …»

«Nein!», fuhr sie ihn an. «Nie und nimmer habe ich ihr oder irgendjemand anderem das Gift verschafft.»

«Was ist mit diesem Medicus, der bei Euch wohnt?»

«Magister Burka?» Sie gab einen erstickten Laut von sich. Dieses verdammte flaue Gefühl stellte sich wieder ein, und sie musste sich eingestehen, dass sie ähnliche Gedanken bisher sehr erfolgreich verdrängt hatte. Aber das konnte, das durfte nicht sein. Nicht Neklas Burka.

«Er ist noch nicht lange in der Stadt.» Reese begann wieder, im Zimmer auf und ab zu gehen.

«So etwas würde er nicht tun», sagte Adelina.

«Warum nicht? Was wisst Ihr über ihn?»

Dass er ein Ketzer war, der widerrufen hatte, um dem Scheiterhaufen zu entgehen.

Adelina schauderte.

«Nichts. Ich weiß nichts über ihn. Aber er ist Arzt, ein guter Arzt. Er will den Menschen helfen, nicht sie umbringen.» Ihre Worte klangen hohl in ihrem Schädel wider.

«Gut, nehmen wir an, dem wäre so. Fällt Euch jemand anderes ein?» Beichgard stand auf und trat neben sie. Die Hand, die er ihr auf die Schulter legte, sollte sie wohl beruhigen, doch sie bewirkte das Gegenteil.

«Ich wünschte es», erwiderte sie. Mit aller Gewalt riss sie sich zusammen und straffte den Rücken. «Auf jeden Fall gibt es keinerlei Beweise gegen Magister Burka.»

«Und auch nicht gegen Euch», knurrte Reese. «So kommen wir nicht weiter. Ich hatte gehofft, mehr aus Euch herauszubekommen. Ihr seid ein stures Weib, aber vielleicht habe ich mich getäuscht, und Ihr habt tatsächlich nichts damit zu tun. Seid aber versichert, dass wir Euch im Auge behalten werden. Euch, den Medicus, Eure kleine Magd, alle.»

«Und eines müsst Ihr versprechen», ergänzte Beichgard und drückte ihre Schulter. «Kein Wort über das, was hier gesprochen wurde. Zu niemandem.»

Sie nickte. Als er ihr bedeutete aufzustehen, begriff sie erst, dass sie entlassen war. Unsicher ging sie zur Tür.

«Wartet, ich gebe Euch Peter als Geleitschutz mit.»

«O nein, nicht nötig!», beeilte sie sich zu sagen. Bloß das nicht! «Ich finde den Weg schon allein.»

«Wie Ihr wollt.» Beichgard geleitete sie bis vor das Haus. Dort nahm er ihre Hand und lächelte ihr zu. «Ich möchte mich für das alles entschuldigen. Georg hielt es für richtig, Euch ein bisschen Angst einzujagen. Aber er wusste von Anfang an nicht, was er mit Euch anfangen sollte. Mir war die ganze Zeit klar, dass Ihr an der ganzen Sache nicht beteiligt seid. Ein Mädchen wie Ihr!» Er hob ihre Hand an seine Lippen. «Ich freue mich schon auf den kommenden Sonntag, meine Liebe.»

Adelina musste an sich halten, dass sie ihm ihre Hand nicht mit Gewalt entriss. Ihr war übel und so elend zumute, dass sie am liebsten davongerannt wäre. Eins musste sie ihn jedoch noch fragen.

«Was hat Reese mit Hilger zu schaffen?»

«Georg?» Beichgard zuckte zusammen, dann blinzelte er und schnalzte anerkennend.

«Ihr gebt auch keine Ruhe, nicht wahr? Äußerst ungesund, liebe Adelina. Aber dieses Mal will ich Euch antworten, denn es ist kein Geheimnis. Georg will in den engen Rat der Stadt, denn dort sitzen zu wenig Kaufleute und Handwerker. Wenn die Regierung Kölns gerechter werden soll, muss sich etwas tun. Deshalb haben wir die Partei der Freunde gegründet, mit der wir dem Stadtrat gegen Despoten wie Hilger Quattermart beistehen wollen. Eines unserer Ziele ist es, ihn von dem Hospitalsgrundstück fern zu halten. Er darf seine Macht nicht weiter ausbauen. Tut er es doch, wird er sich als Anführer der Greifen-Partei über kurz oder lang zum Obersten der Stadt aufschwingen. Dann wäre Köln gänzlich in der Hand des Adels und der reichen

Patrizier. So weit darf es nicht kommen.» Nun ließ er endlich ihre Hand los, und sie schob sie rasch in ihren Ärmel. «Liebe Zeit, Euch ist kalt!», rief er und schob sie ins Haus zurück. «Wartet!» Er eilte in die Stube zurück und rief nach Walburga. Augenblicke später kam die Magd mit einem schweren Wollumhang herbei.

«Hier, bitte, Jungfer Merten. Der gehörte meiner seligen Herrin.»

«Danke.» Adelina hüllte sich in den Umhang und trat zur Tür.

«Gehabt Euch wohl, Adelina!», sprach Beichgard, der in der Stubentür stand.

Walburga lief ihr nach.

«Jungfer Merten, wollt Ihr Euch denn nicht von jemandem heimbringen lassen?»

Doch Adelina schüttelte nur heftig den Kopf und machte, dass sie aus dem Haus kam.

13

Kaum war Adelina auf die Straße getreten, als Franziska aus einem Hauseingang in der Nähe sprang und auf sie zurannte.

«Da seid Ihr ja, Herrin! Ich musste einfach auf Euch warten. Wie gut, dass sie Euch nicht wieder eingesperrt haben. Was haben diese Männer nur von Euch gewollt?»

Adelina hüllte sich noch fester in den Umhang. Ihr war ganz schwindelig. Auch die Übelkeit hatte sich noch nicht wieder gelegt. Aber sie wusste, dass sie ihrer Magd wohl eine Erklärung schuldig war. Während sie den langen Weg quer durch die Stadt gingen, erzählte sie Franziska von den Todesfällen, ihrem Verdacht und dass Georg Reese deshalb mit ihr habe sprechen wollen. Sie sah Franziska an, dass die ihr die Geschichte nicht abnahm. Immerhin hatte man sie in einem Kellerraum eingesperrt.

Ratsherren waren mächtige Männer. Wie mächtig, das war ihr erst heute richtig bewusst geworden. Reese hätte ihr auch etwas antun und es als Unfall hinstellen können. Die Männer, die er um sich geschart hatte, waren zu allem bereit.

Als sie die Apotheke betraten, sprangen die beiden Wachmänner, die Greverode zurückgelassen hatte, von den Stühlen auf, die sie aus der Stube geholt hatten.

Albert, Vitus und Neklas Burka hockten auf dem Boden hinter der Verkaufstheke. Burka hielt sich ein nach scharfem Wundkrautsud riechendes Tuch an die Schläfe.

«Ihr seid also zurück», sagte einer der beiden Männer. «Dann dürfen wir Euch nun verlassen, gute Frau.» Der Spott in seiner Stimme ärgerte sie, doch sie wollte mit keinem Wort den Aufbruch der Männer hinauszögern. Nachdem sie die Apotheke verlassen hatten, kam Albert mühsam vom Boden hoch, während Franziska zu dem verstörten Vitus lief und ihn aus der Apotheke brachte.

«Lina, Kind, was habe ich mir für Sorgen gemacht!» Schwankend kam ihr Vater auf sie zu und drückte sie an sich. «Was um alles in der Welt hatte das zu bedeuten? Wo haben sie dich hingebracht? Was …»

«Vater, ich darf es dir nicht sagen.» Adelina schob ihn ein Stück von sich und sah ihm ins Gesicht. Um seinen Mund hatten sich tiefe Falten eingegraben. Waren sie am Morgen schon da gewesen?

«Was soll das heißen, du darfst es mir nicht sagen? Ich bin dein Vater! Was hast du mit dem Stadtrat zu schaffen, dass sie dich auf diese Weise abführen und erst nach Stunden wieder zurückbringen?» Vor Angst und Sorge überschlug sich seine Stimme.

«Es hat etwas mit den Todesfällen im Hospital zu tun, von denen ich dir erzählt habe. Ich …» Sie suchte nach Worten. «Ich bin dem Rat versehentlich bei seinen Untersuchungen in die Quere gekommen. Aber nun ist alles geklärt. Es besteht kein Grund mehr zur Sorge.»

«Kein Grund? Du meine Güte, Lina, sie haben dich praktisch entführt. So kann das einfach nicht mehr weitergehen. Wenn am Sonntag Ludolf Beichgard zu uns kommt, werden wir alles für eine baldige Hochzeit regeln, hast du mich verstanden? Du musst endlich unter die Haube kommen. Ich bin langsam zu alt, um auf dich aufzupassen. Dieses Gerenne ins Hospital und das alles muss aufhören. Die Ehe wird dir gut bekommen, glaube mir. Da wirst du keine Zeit mehr haben, deinen Kopf in Dinge zu stecken, die dich derart in Schwierigkeiten bringen.» Albert fuhr sich durch den zerzausten Bart. «Ich will hoffen, dass Ludolf nichts von dieser Sache erfährt. Falls doch, könnte das seine Meinung über dich ändern, und womöglich zieht er seinen Antrag zurück.»

«Ich glaube nicht, dass da eine große Gefahr besteht», murmelte Adelina. Ihr Vater hatte sich jedoch bereits abgewandt und folgte Franziska und Vitus in die Küche. Erst jetzt wurde ihr bewusst, dass Burka noch immer auf dem Boden saß und sich das Tuch an den Kopf presste.

Einige Augenblicke starrte sie unschlüssig auf ihn hinab. Der Verdacht, den Reese gegen den Medicus geäußert hatte, stak wie ein winziger Giftpfeil in ihrer Seele.

Er blieb einfach sitzen. Adelina räusperte sich verhalten, doch er regte keinen Muskel.

«Magister Burka?» Sie ging vor ihm in die Hocke und schob das Tuch in seiner Hand beiseite, um ihm ins Gesicht sehen zu können. Er war leichenblass und atmete flach.

«Du liebe Zeit, was ist mit Euch?» Erschrocken berührte sie seine Wange, um zu prüfen, ob er Temperatur hatte. Sie spürte kalten Schweiß auf seiner Haut. Warum war das niemandem aufgefallen? Burka war noch immer vollkommen apathisch.

«Vater! Franziska!», rief sie und rüttelte Burka leicht am Arm. «Kommt schon, Magister Burka, Ihr müsst aufstehen!»

«Was ist los?» Albert kam in die Apotheke gestürzt, gefolgt von Franziska, die erschrocken auf den Medicus hinabschaute.

«Irgendetwas ist mit ihm», sagte Adelina und winkte der Magd, ihr zu helfen, Burka auf die Beine zu bringen. «Er ist furchtbar blass und regt sich nicht.»

Mit vereinten Kräften schafften es die beiden Frauen, Burka hochzuhieven. Schwankend lehnte er sich an sie. Nun kam auch Albert ihnen zu Hilfe und stützte ihn. Burka atmete flatternd ein und aus, schien aber langsam wieder zu sich zu kommen.

«Keine Sorge», brachte er heraus. «Ist schon wieder besser.» Er ließ das Tuch, welches er noch immer krampfhaft an den Kopf presste, langsam sinken, ohne es anzusehen. «Ich kann nur das Blut nicht sehen. Das vertrage ich nicht.»

«Ihr könnt kein Blut sehen?» Albert schüttelte verblüfft den Kopf. «Ihr seid Medicus und könnt kein Blut sehen? Wie soll das möglich sein?»

Burka machte einen Schritt auf die Verkaufstheke zu und stützte sich dort ab.

«Mein eigenes ... nur mein eigenes Blut macht mir Probleme. Sonderbar, ich weiß.»

Adelina blickte auf den Stofffetzen in seiner Hand. Ein großer roter Fleck hatte sich darauf ausgebreitet, der inzwischen schon getrocknet war. Die Wunde an seiner Schläfe, dort, wo er mit dem Kopf gegen das Regal gestoßen sein musste, war ebenfalls verkrustet.

«Das gibt eine ziemliche Beule», meinte Franziska, die die Wunde ebenfalls begutachtete.

«Ist Euch schwindelig? Habt Ihr Kopfschmerzen?», fragte Adelina. «Wir bringen Euch hinauf in Eure Kammer.»

«Dreimal ja.» Burka lächelte kläglich. «Schön, dass Ihr unversehrt zurück seid.»

«Würdest du ihm bitte einen Kräuterumschlag machen, Vater? Franziska und ich werden Magister Burka hinauf in seine Kammer bringen.»

«Natürlich, sofort.» Albert griff hastig nach mehreren Dosen und begann, mit geübten Handgriffen eine Paste herzustellen.

Es war nicht einfach, Burka die steile Treppe ins obere Geschoss hinaufzubringen. Oben angekommen, legte er sich mit den Kleidern auf sein Bett und stöhnte leise auf, als sein Kopf das Kissen berührte.

«Es ist kalt hier oben», befand Franziska. «Ich gehe und hole noch ein paar Decken.»

«Im Keller steht ein Kohlebecken», erklärte Adelina. «Bring es mit herauf.»

Das Mädchen nickte und eilte die Treppe hinunter.

«Ihr vertragt also Euer eigenes Blut nicht?», wandte sich Adelina an Burka, der die Augen geschlossen hatte. Er blinzelte sie an.

«Solange es in mir bleibt, macht es mir nichts aus», versuchte er zu scherzen. Sie beugte sich über ihn und untersuchte vorsichtig die Wunde.

«Daran werdet Ihr noch eine Weile Freude haben», meinte sie. «Ihr hättet nicht gegen zwei antreten dürfen.»

«Hätte ich nicht?» Burkas Miene verfinsterte sich. «Hätte ich tatenlos mit ansehen sollen, wie sie Euch entführen?»

«Was sie ungeachtet Eures Wagemuts trotzdem getan haben.» Die Gehässigkeit in ihrer Stimme erschreckte Adelina. Burka schien jedoch damit gerechnet zu haben, denn er nickte schwach.

«Ich bin wohl nicht zum Helden geboren», murmelte er. «Ich dachte nur, Ihr könntet einen brauchen.»

Da ihr keine Antwort darauf einfiel, zuckte sie nur mit den Schultern und öffnete die Tür für Franziska, die das große Kohlebecken in die Kammer wuchtete.

Nachdem Adelina die Kohle zum Brennen gebracht und Albert dem Medicus den Kräuterumschlag angelegt hatte, breitete sie noch eine Decke über Burka aus. Albert und Franziska hatten die enge Kammer schon verlassen.

Nun, da sie wieder mit ihm allein war, fühlte sie sich mit einem Male unwohl.

«Was hat Reese von Euch gewollt?», fragte er.

«Woher …?» Erstaunt sah sie ihn an.

«Das war nicht schwer zu erraten, nach dem, was im Rathaus vorgefallen ist.»

«Er wollte mir Angst einjagen.»

«Und das ist ihm auch gelungen?» Er faltete die Hände auf der Decke.

«Ich will nicht mehr darüber sprechen.» Sie rückte an dem Kohlebecken herum, bis es ein Stückchen näher an Burkas Bett stand.

«Was ist dort passiert?» Alarmiert richtete er sich auf, sank jedoch mit einem Ächzen zurück in sein Kissen. Sie sah ihn an und hatte plötzlich das dringende Bedürfnis, sich an ihn zu lehnen. Sie presste die Lippen aufeinander und trat rasch ans Fenster. Nein, nein, so ging das nicht.

«Er denkt, seine eigene Frau habe den alten Mann und Adrian umgebracht, und anschließend sich selbst», erklärte sie mit rauer Stimme. «Und außerdem glaubt er, ich hätte ihr das Gift verschafft.»

«Ihr sollt Reinhild den Schierling gegeben haben?»

«Ich … oder Ihr, Magister Burka.» Sie drehte sich um und verließ das Zimmer, ohne sich noch einmal nach ihm umzusehen.

†

Am folgenden Morgen brachte Adelina dem Medicus das Frühstück hinauf in seine Kammer. Zu ihrer Erleichterung saß er bereits im Bett auf, es schien ihm also besser zu gehen.

«Danke.» Er nahm ihr das Tablett ab, auf dem eine Schüssel Hafergrütze und ein Becher Apfelmost standen. «Ihr seid blass. Habt Ihr nicht gut geschlafen?»

«Hättet Ihr nach einem Tag wie gestern gut geschlafen?», gab sie mürrisch zurück.

«Ich habe überhaupt nicht geschlafen.» Er trank einen Schluck und sah über den Rand des Bechers zu ihr auf. «Ihr bereitet mir Kopfzerbrechen, Adelina.»

«Das war sicher nicht meine Absicht.» Vorsichtshalber zog sie sich in Richtung Tür zurück. Eine weitere Auseinandersetzung mit diesem Mann würde sie nicht durchstehen.

«Ihr rüstet Euch zur Flucht.» Er lächelte schwach. «Mache ich Euch Angst?»

Unwillig trat sie wieder einen Schritt näher und funkelte ihn an.

«Ihr seid sehr eingenommen von Euch, Magister Burka. Aber lasst Euch gesagt sein, Angst macht Ihr mir wirklich nicht. Dazu braucht es weitaus mehr.»

«Ist das so?» Sein Lächeln machte einer ernsten, fast bedauernden Miene Platz.

Sie verschränkte die Arme vor der Brust.

«Seid Ihr nicht wütend, weil Reese Euch verdächtigt, etwas mit dem Gift zu tun zu haben?»

«Nein.» Vorsichtig stellte er den Becher beiseite und rührte mit dem Löffel in der Grütze herum. «Aber es ärgert mich, dass Ihr es für möglich haltet.»

«Wie kommt Ihr auf so eine unsinnige Idee?»

«Adelina.» Er lächelte wieder, doch diesmal war es ein bitteres Lächeln. «Eure Gedanken spiegeln sich in Euren Augen wider.» Er hielt einen Moment inne, dann fuhr er in sachlichem Ton fort: «Heute Nachmittag werde ich dem Hospital noch einmal einen Besuch abstatten. Danach besichtige ich ein Haus an der Brückenstraße.»

«Ein Haus?» Aus unerklärlichen Gründen wurde ihr plötzlich kalt.

«Ich halte es für geraten, in absehbarer Zeit einen eigenen Hausstand zu gründen.»

Er hatte Recht. Nun machte er ihr Angst.

«Das ... ist sicher vernünftig», brachte sie mühsam heraus. In ihren Ohren brauste es. Sie drehte sich auf dem Absatz um und rannte fast aus dem Zimmer und die Treppe hinunter. Sollte er doch ausziehen! Das konnte ihr nur recht sein. Dann würde er sie nicht mehr derart durcheinander bringen. Ja, für ihr Seelenheil war es bestimmt besser so. Sie würde ohnedies bald Ludolf Beichgard heiraten müssen. Oder zu den Beginen gehen.

Lieber zu den Beginen gehen. Er wollte einen Hausstand gründen, und sie würde ihr Leben den Armen und Kranken widmen. Ausgezeichnet. Und jetzt hatte sie zu tun.

Sie stürmte in die Apotheke und begann die Arzneien zu ordnen, wie es ihr Vater am Vortag von ihr verlangt hatte.

Irgendwann nahm sie wahr, dass Burka, in seinen langen Gelehrtenmantel gehüllt, an ihr vorbeiging, ihren Vater grüßte und das Haus verließ.

†

«Lina, Mädchen.»

Sie sah von ihrer Arbeit auf und blickte in Alberts besorgtes Gesicht.

«Ich muss kurz fort … zum Zunfthaus. Der Vertrag wegen des neuen Lehrlings soll heute unterzeichnet werden. Kann ich dich so lange allein lassen?»

«Vater.» Sie bemühte sich um einen gleichmütigen Tonfall. «Ich bin doch gar nicht allein. Franziska und Vitus sind im Haus. Es wird mir schon nichts passieren.»

«Aber wenn …»

«Geh ruhig. Siehst du, dort kommt Kundschaft. Ich kümmere mich um das Geschäft.»

Albert drehte sich um und nickte der stämmigen kleinen Frau zu, die gerade die Apotheke betreten hatte.

«Guten Tag, Mutter Anne», grüßte er sie, warf seiner Tochter noch einen kurzen Blick zu und machte sich auf den Weg ins Zunfthaus.

«Mutter Anne.» Adelina lächelte der Frau in dem schlichten grauen Wollumhang zu.

«Guten Tag, Adelina. Schön, dass ich Euch hier antreffe. Geht es Euch gut?»

«Sehr gut sogar. Und Euch? Habt Ihr gedeihliche Zeiten?»

«Als Hebamme wird man niemals arbeitslos, nicht wahr?», gab die Frau lachend zurück. «Deswegen bin ich auch hier. Ich hatte letztens so viel zu tun, dass mir das Wundkraut ausgegangen ist. Auch getrocknete Schafgarbe und Frauenmantel brauche ich dringend.»

Adelina wog ihr die Kräuter ab und verpackte sie in kleinen Leinenbeutelchen.

«Ist das alles?»

«Ja, das heißt ...» Mutter Anne blickte sich im Raum um, denn beugte sie sich vertraulich zu Adelina vor. «Es gibt da noch etwas, das ich brauche. Ihr wisst schon, worüber ich nicht gern laut spreche ...»

«Mistel?» Adelina senkte die Stimme, und die Hebamme nickte eifrig.

«Habt Ihr welche da? Ich kann sie zwar auch selbst sammeln, aber bei diesem Wetter ist das mühsam.»

«Natürlich habe ich Mistel da. Die Ärzte benutzen sie häufig gegen Krämpfe.»

«Nun ja, sie hat auch noch andere Vorzüge», erklärte Mutter Anne. «Bei schweren Geburten ist sie zuweilen sehr nützlich. Vermischt mit ein, zwei weiteren Zutaten, treibt sie das Kind aus dem Leib.»

«Ich weiß.» Adelina nickte. «Bei meiner Mutter hat es damals nicht gewirkt.»

«Eure liebe Mutter!» Die Hebamme streckte ihre fette Hand aus und tätschelte mitfühlend Adelinas. «Ich erinnere mich. Drei Hebammen waren wir. Euer Vater hat die halbe Stadt aufgescheucht. Sogar dieses verkommene Weib, diese Ludmilla hat er geholt, obwohl zu der wirklich niemand gehen sollte. Sie verwendet gefährlichen Zauber. Nichts für fromme Christenmenschen.» Sie bekreuzigte sich. Adelina runzelte die Stirn beim Gedanken an die Vergangenheit.

«Sie hat Vitus das Leben gerettet.»

«Mag sein, mag sein. Aber er hat etwas zurückbehalten. Habe ich gleich geahnt, als ich ihn sah. Ein winziges Bündel und ganz blau angelaufen. Wie geht es ihm denn heute?»

«Glücklicherweise ist er wohlauf.»

«Er wird es immer schwer haben.» Mutter Anne machte ein betrübtes Gesicht. «Es ist gut, dass Ihr für ihn da seid. Was bliebe ihm wohl sonst? Dieses Hospital am Blidenhaus vielleicht? Wie ich hörte, ist dort das Antoniusfeuer ausgebrochen. Furchtbar. Dabei haben die Beginen sich wirklich gut um die Menschen gekümmert. Ich war einmal dort zu Besuch. Alles schön sauber, nicht wie in diesen städtischen Schweineställen.»

«Das Beginenhaus soll geschlossen werden», erklärte Adelina mit Bedauern. Die Hebamme nickte.

«Ja, so geht es. Nach der letzten Pest sind die Stadträte vorsichtig geworden. Was wird wohl aus den Kranken?»

«Vermutlich werden sie wieder in einen der Gefängnistürme gesperrt.» Adelina schauderte bei diesem Gedanken. Mutter Anne tätschelte erneut ihre Hand.

«Vitus hat es wirklich gut bei Euch.» Sie holte ihre Geldbörse hervor. «Wie viel bin ich Euch schuldig?»

«Zwei Pfennige.» Nachdenklich nahm Adelina das Geld entgegen. «Lebt Ludmilla noch immer in dieser Waldhütte vor der Stadtmauer?»

«Wo sonst?», rief Mutter Anne und schüttelte missbilligend den Kopf. «Die Alte wird uns noch alle überleben. An die wagt sich noch nicht einmal der Gottseibeiuns.» Wieder bekreuzigte sie sich. «Weshalb wollt Ihr das wissen? Ihr habt doch mit ihr nichts zu schaffen, ein braves Mädchen wie Ihr?»

«Nein, natürlich nicht», beeilte Adelina sich zu sagen. «Ich dachte nur. Mir tun die Kranken im Beginenhospital Leid, und Ludmilla kennt eine Menge heilkräftiger Kräuter. Vielleicht auch eines gegen Antoniusfeuer?»

«Gegen Antoniusfeuer bestimmt nicht. Das ist eine

Strafe Gottes», befand die Hebamme rigoros. «Außerdem sind die meisten ihrer Heilmittel Hexenzeug. Davon sollten gute Christenmenschen die Finger lassen. Und nun entschuldigt mich. Ich muss noch in der Perlengasse nach einer Schwangeren sehen.»

Adelina nickte ihr zum Abschied freundlich zu, dann betrachtete sie sinnend die Waage auf dem Tresen.

Natürlich war Ludmilla kein Umgang für sie. Heute so wenig wie vor fünf Jahren.

Und dennoch war sie damals zu ihr gegangen.

Vielleicht sollte sie Ludmilla noch einmal aufsuchen. Denn falls irgendjemand ein Heilmittel für das Antoniusfeuer kannte, dann die Weise Frau.

†

Als Burka am Abend die Küche betrat, sah er müde und blass aus. Da die Familie bereits mit dem Abendessen begonnen hatte, stellte Adelina rasch einen Teller mit Eintopf vor ihn hin und füllte seinen Becher.

Schweigend schob er sich Löffel um Löffel der dampfenden Suppe in den Mund, während Albert von seinem Besuch im Zunfthaus berichtete.

«Der Junge ist elf Jahre alt und Sohn eines Krämers und einer Leineweberin. Er kann sogar lesen; sie haben ihn drei Jahre lang auf die Leseschule im Franziskanerkloster geschickt. Ende des Monats fängt er bei uns an. Lina, du wirst dich gut um ihn kümmern, nicht wahr?»

Erstaunt hob sie den Kopf.

«Ich dachte, ich soll so bald wie möglich Ludolf Beichgard heiraten. Wie soll ich mich dann um deinen Lehrjungen kümmern?»

«Ach, so was.» Verwirrt kratzte sich ihr Vater am Kopf. «Daran habe ich gar nicht gedacht. Vielleicht kannst du wenigstens in der ersten Zeit … Das müssen wir noch klären. Ich brauche doch deine Hilfe!»

Kopfschüttelnd räumte Adelina die Teller zusammen.

«Daran hättest du aber wirklich früher denken müssen, Vater. Wie heißt der Junge denn?»

«Johannes de Burge. Er ist elf Jahre alt.»

«Das sagtest du bereits.» Prüfend blickte sie ihrem Vater ins Gesicht. «Geht es dir auch gut? Deine Augen sind so rot.»

«Unsinn, mir geht es hervorragend. Ich werde jetzt hinunter in mein Laboratorium gehen.» Er stand auf und verließ die Küche. Wenige Augenblicke später hörte sie die Tür zu seiner Kammer klappen.

«Nanu, ich dachte, er wollte nach unten?» Sie stand ebenfalls auf, um ihm zu folgen, doch Burka hielt sie am Arm fest.

«Mit Eurem Vater stimmt etwas nicht.»

Überrascht blickte sie auf sein blasses Gesicht nieder, dann gab sie Franziska ein Zeichen, Vitus hinauszubringen.

«Was meint Ihr damit?», fragte sie, als die beiden fort waren.

«Er ist schon lange vergesslich, nicht wahr? Und in letzter Zeit hat er sich mehrmals verlaufen, obwohl er in dieser Stadt aufgewachsen ist. Er spricht zuweilen wirr oder wiederholt sich, so wie eben.»

Beunruhigt runzelte sie die Stirn und wartete darauf, dass er fortfuhr. Er schwieg jedoch eine ganze Weile, bevor er weiterredete: «Ich habe das schon hin und wieder erlebt. Es ist ein Leiden des Alters, eine zunehmende Verwirrtheit des Geistes, die mit den Jahren fortschreiten kann. Manchmal so weit, dass der Betreffende die eigene Familie nicht mehr erkennt oder seinen Namen vergisst.»

«Wie Balthasar!», entfuhr es ihr. Burka blinzelte überrascht.

«Der alte Mann, der als Erster an der Vergiftung gestorben ist», erklärte sie. «Er hat oft seinen Namen vergessen oder nicht gewusst, wo er sich gerade befand. Glaubt Ihr, meinem Vater wird es genauso ergehen?» Als er nickte, barg sie erschüttert das Gesicht in den Händen. «Wie kann das sein? Er war doch immer ganz gesund!»

«Niemand weiß, woher diese Krankheit kommt. Ich weiß nicht einmal, ob es tatsächlich eine Krankheit ist. Möglicherweise ist es auch eine Auswirkung der giftigen Dämpfe im Laboratorium.»

Erschöpft rieb sie sich über die Augen.

«Was kann man dagegen tun?»

«Nichts, soweit ich weiß.» Seine Stimme klang mitfühlend, doch er machte keine Anstalten, ihr etwa tröstend über den Arm zu streichen. Um seinen Mund hatte sich ein eiserner Zug festgesetzt, der ihn älter erscheinen ließ. «Nur beten und Euch um ihn kümmern, das könnt Ihr tun.» Wieder schwieg er einen Moment. «Natürlich wird er die Apotheke irgendwann nicht mehr führen können. Doch bis dahin solltet Ihr längst versorgt sein.»

«Verheiratet, meint Ihr.» Sie verzog verärgert den Mund. «Eine Frau kann auch ohne Ehemann ihr Auskommen haben.»

«Mit einem hilflosen Vater und einem zurückgebliebenen Bruder?»

Sie zuckte zusammen. Abrupt stand sie vom Tisch auf und ging hinüber zum Spülstein. Fahrig begann sie, die Essensreste von den Tellern zu kratzen.

«Habt Ihr das Haus besichtigt?»

«Das Haus?» Burka blickte überrascht von seinem Becher auf, dann nickte er, als erinnere er sich jetzt erst wieder. «Natürlich, das Haus in der Brückenstraße. Ich werde es kaufen.»

«Ihr kauft es?» Adelina ließ den Teller sinken und starrte ihn an. Er konnte sich ein Haus in der Brückenstraße leisten?

Um seine Mundwinkel zuckte es. Sie wandte sich ab und verfluchte sich innerlich.

«Dachtet Ihr, ich sei ein armer Mann? Das bin ich nicht, Adelina.»

Sie hörte ihn aufstehen und zur Tür gehen. «Ich war übrigens auch im Hospital. Es sind noch mehr Menschen erkrankt. Vor dem Eingang haben sie Stadtsoldaten aufgestellt, damit niemand hinein- oder herauskann. Morgen werden sie mit der Räumung beginnen.»

«Schon morgen?» Entsetzt fuhr sie zu ihm herum.

Er hob die Schultern.

«Wir können nichts mehr dagegen ausrichten. Der Rat hat es so befohlen.» Er schob die Tür auf und war schon halb auf dem Gang, als er sich noch einmal umdrehte.

«Die Grande Dame ist sehr krank. Sie hat bis zuletzt vor dem Rat um das Hospital gekämpft. Wahrscheinlich hat sie sich damit übernommen. Irmingard erzählte mir, Brigitta sei am Nachmittag zusammengebrochen. Als ich sie daraufhin aufsuchte, lag sie in ihrem Bett und konnte sich kaum rühren. Ich fürchte, es steht nicht gut um sie. Die Aufregung hat sie ausgezehrt. Irmingard hat ihre Stellvertretung übernommen.»

Damit wandte er sich endgültig ab, und sie hörte, wie er langsam die Stiege zu seiner Kammer hinaufging.

Die Grande Dame war also schwer erkrankt? Lag womöglich auf den Tod? Nun kam wirklich alles zusammen.

Franziska trat in die Küche, nahm sich ein Tuch und wischte den Tisch damit sauber.

«Ich habe Vitus zu Bett gebracht. Er ist sofort eingeschlafen.» Sie trug das Tuch zum Spülstein und schüttelte es aus. «Heute früh war ich mit dem Korn beim Müller, wie Ihr es mir gesagt habt.» Sie deutete mit dem Kinn auf den Mehlsack, den sie neben dem Regal abgestellt hatte.

«Hast du das Mehl auch geprüft?» Adelina ging zu dem Sack hin und öffnete die Verschnürung. «Ich will es nicht zu fein haben. Schrotbrot ist nahrhafter.»

«Ich habe genau aufgepasst, Herrin. Auch, dass er uns wirklich unser Mehl gibt und nicht irgendeinen Rest», bekundete das Mädchen eifrig.

«Das hast du gut gemacht, Franziska.» Adelina griff in den Sack und ließ den Körnerschrot durch die Finger rieseln. Kopfschüttelnd blickte sie in den Sack, nahm noch einmal eine Hand voll und schwenkte sie auf ihrem Handteller hin und her. «Diesmal hat er es aber wirklich genau genommen», murmelte sie. «Da sind ja noch ganze Körner drin.» Leicht verärgert warf sie das Schrot zurück in den Sack. «Fast könnte man meinen, es macht ihm Spaß, mich zu ärgern.» Sie griff nach dem Schnürband und wollte den Sack wieder damit verschließen, als ihr Blick an einem einzelnen Korn hängen blieb. Es war schwarz, ganz schwarz und größer als die anderen. Sekundenlang starrte sie benommen in den Sack. In ihren Ohren summte es, und eine Erinnerung drängte sich verschwommen in ihr Bewusstsein. Vorsichtig nahm sie es zwischen Daumen und Zeigefinger. Dann wühlte sie aufgeregt im Sack, und tatsächlich, sie fand noch mehr schwarze Körner, einige stark vermahlen, andere noch fast ganz.

«O mein Gott!» Entsetzt wühlte sie weiter. Franziska kam erschrocken näher und fasste sie an der Schulter.

«Herrin, was ist denn los? Was tut Ihr da? Ist etwas nicht in Ordnung mit dem Mehl?»

Adelina starrte einen Moment auf das Häufchen schwarzer Körner, das sie in ihrer Hand versammelt hatte. Ihr wurde schrecklich kalt. Angewidert warf sie die Körner in den Sack zurück und erhob sich.

«Wirf das Mehl fort, Franziska, sofort! Niemand darf davon essen!»

«Aber warum denn?» Franziska sah sie verständnislos an. Adelina wischte sich die Hände an ihrem Rock ab. «Tu, was ich dir sage. Und tu es gleich! Wirf das Mehl in die Abortgrube! Du hast doch meinem Vater oder Vitus heute nichts davon zu essen gegeben?»

«Nein, Herrin. Aber das gute Mehl, was ist denn damit?»

Adelina rieb sich schaudernd die Arme.

«Hast du die schwarzen Körner gesehen? Die sind giftig. Verdorbener Roggen. Davon darfst du niemals essen!»

Franziska wurde blass.

«Giftig? Wie kommen denn giftige Körner in unser Mehl?»

Die Frage hatte sich Adelina auch gerade gestellt. Sie schlug die Hände vors Gesicht und atmete zur Beruhigung ein paar Mal ein und aus.

«Ich habe das Korn vor Weihnachten selbst gekauft und in diesen Sack gefüllt. Ich weiß, dass kein fauler Roggen dabei war.» Sie sah Franziska mit strenger Miene an. «Bist du ganz sicher, dass der Müller das Mehl von unserem Korn abgewogen hat?» Als das Mädchen nicht gleich antwortete, packte sie sie bei den Schultern und schüttelte sie heftig. «Sag schon, bist du sicher?» Ihre Stimme kippte über vor Erregung. Franziska begann zu weinen.

«Ja, Herrin, das habe ich doch gesagt. Ich war die ganze Zeit dabei, als der Müller das Korn gemahlen hat. Er hat fürchterlich mit mir geschimpft, weil ich ihm im Weg stand, und gemeint, ich wolle ihn vor den anderen Kunden schlecht machen.»

«Also gut.» Mühsam beherrschte sich Adelina und lockerte ihren Griff. Franziska schluchzte leise. Adelina atmete tief durch. «Du brauchst nicht zu weinen. Ich bin dir nicht böse. Es ist nur sehr wichtig, dass wir herausfinden, wie der Roggen in unser Mehl gekommen ist, verstehst du?»

Franziska nickte und wischte sich mit dem Handrücken über die Augen.

«Ich bringe den Sack nach draußen.»

«Warte!» Adelina griff noch einmal in den Mehlsack und nahm einige der schwarzen Körner an sich. «Vielleicht brauchen wir die noch als Beweis.»

Vorsichtig, so als sei der gesamte Sack vergiftet, trug ihn Franziska hinaus zur Abortgrube.

†

Am Morgen machte sich Adelina gleich nach dem Frühstück für ihren Ausflug fertig. Ihrem Vater sagte sie, sie wolle zur Schneiderin wegen des neuen Kleides, das er ihr versprochen hatte. Sie hasste es zu lügen, und sie erinnerte sich, dass sie sich vor fünf Jahren geschworen hatte, nie wieder die Unwahrheit zu sagen. Doch wie hätte sie ihrem besorgten Vater wohl erklären sollen, dass sie in den Wald zur alten Ludmilla, der Kräuterhexe, wollte? Im Grunde durfte sie sie ja nicht einmal kennen! Doch Ludmilla war die Einzige, die ihren Verdacht bestätigen und ihr vielleicht ein Mittel gegen das Gift geben konnte. Burka hatte sie während des gesamten Frühstücks nur schweigend angestarrt. Ahnte er, dass sie nicht die Absicht hatte, bei der Schneiderin vorzusprechen? Falls ja, hielt er sich bedeckt. Dafür musste sie ihm wohl dankbar sein.

Der Weg, den sie vor sich hatte, war lang. Sie musste zum Hahnentor hinaus und von dort über eine Stunde durch die Vororte, bis sie den Wald erreichte. Hoffentlich würde sie die Hütte noch finden. Glücklicherweise schneite es nicht. Die Straßen und Gassen waren zum größten Teil vom Schnee befreit worden, und dort, wo sich das Eis beständig hielt, hatten die Straßenkehrer Sand und Sägespäne gestreut. Adelina wählte den Weg durch die belebte Schildergasse, die geradewegs auf den Neumarkt führte. Hier bot sich, ähnlich wie auf dem Alter Markt, ein buntes Bild aus Händlern, Käufern, Bettlern und Gassenjungen. Auf der rechten Seite luden mehrere bullige Knechte Karren mit Bauholz ab. Der Neumarkt war Kölns Holzumschlagplatz. Von hier aus belieferte man nicht nur die Dombaustelle, sondern sämtliche Bauplätze der Stadt und der näheren Umgebung. Auch die Weber und Weinhändler waren hier zahlreich vertreten. Normalerweise hätte Adelina sich die bunten Stoffe gerne angesehen, doch heute warf sie nicht einmal im Vorbeigehen einen Blick darauf. Ganz andere Gedanken beschäftigten sie, hatten sie schon in der Nacht nicht schlafen lassen. Wer hatte den giftigen Roggen in ihr Mehl gemischt? In ihre Küche hatte doch niemand Zutritt. Niemand außer Burka ... oder Reeses Männern! Aber weshalb sollte der Ratsherr sie entführen und einschüchtern und gleichzeitig ihr Mehl vergiften lassen? Abgesehen davon war es mehr als unwahrscheinlich, dass er von der Wirkweise des faulen Roggens wusste. Sie selbst hatte sich erst bei dessen Anblick daran erinnert. Und das auch nur deshalb, weil sie seinerzeit bei Ludmilla gewesen war, die ihr das Geheimnis der teuflischen Körner anvertraut hatte.

Der Nachmittag in Reeses Haus kam ihr immer unwirklicher vor. Ludolf Beichgard musste Recht haben. Reese wusste nicht, was er mit ihr anfangen sollte. Deshalb war er so kopflos vorgegangen. Sie hatte nun unter Umständen einiges gegen ihn in der Hand. Doch er war der mächtigere Gegner; er konnte dafür sorgen, dass ihr in Köln die Lebensgrundlage entzogen wurde. Also würde sie es nicht wagen, ihn wegen der Entführung öffentlich anzuklagen, davon ging er bestimmt aus. Schon gar nicht, da nun feststand, dass der einflussreiche Weinhändler Beichgard an ihr Interesse zeigte und sie in Schutz nahm. Ob der wohl ebenfalls in den Stadtrat gewählt werden wollte? Die Vermutung lag nahe, immerhin unterstützte er Reese in dessen Bestreben, in den engen Rat zu kommen. Umsonst tat er das mit Sicherheit nicht.

In der Hahnengasse kam ihr ein Trupp bewaffneter Reiter entgegen. Sie trugen blaue Mäntel mit roten Kragen, die Livree der erzbischöflichen Soldaten. Adelina drückte sich, wie alle Passanten, an eine Hauswand. Die Hufe der Pferde wirbelten Schnee und Schmutz auf, als die Truppe vorbeipreschte.

Unbehaglich blickte Adelina ihnen nach. Was hatte die Anwesenheit der erzbischöflichen Garde in Köln zu bedeuten? Der Erzbischof selbst war doch gar nicht in der Stadt. Oder würde er aufgrund der Gerüchte um Hilger und dessen Onkel Heinrich früher als sonst herkommen? Entschlossen wandte sie sich wieder ihrem Weg zu. Das war im Augenblick wichtiger.

Wachposten standen vor dem Hahnentor, die aber vor allem die ankommenden Bauern und Kaufleute anhielten, um den Torzoll und die Abgaben auf eingeführte Waren einzutreiben. Auf Adelina achteten sie kaum. Nur der Torwächter vor der Stadtmauer wies sie, wie es seine Pflicht war, darauf hin, dass das Stadttor zu Sonnenuntergang geschlossen werden würde.

Mit festen Schritten und unnahbarer Miene durchschritt Adelina die Vorstadt, in der es von Soldaten wimmelte, weil hier die Waffen- und Rüstungsschmiede ihre Werkstätten hatten. Zum Rand der Vorstadt hin wurde die Bebauung ärmlicher, die Bevölkerung bäuerlich. Ziegen und Hühner kreuzten ihren Weg, ein Knabe scheuchte mit einer Gerte eine laut schnatternde Gänseschar an ihr vorbei.

Vor allem die Kinder waren es, die ihr offen nachgafften. Eine einzelne Frau, die ohne Begleitung oder Dienerschaft aus der Stadt spazierte, war ungewöhnlich. Und unvernünftig war sie auch.

Adelina schritt noch schneller aus und bemühte sich um eine wichtige Miene. Vielleicht würde das die Gaffer abhalten, sie auch noch anzusprechen.

Felder und Wiesen schlossen sich nahtlos an die vereinzelt liegenden Höfe an. Alles war schneebedeckt und strahlte fast grell unter dem bleigrauen Himmel. Nur Krähen und Elstern bildeten Grüppchen schwarzer Punkte, die aufstoben, wenn man ihnen zu nahe kam. Die Straße, auf der sie nun ging, war breit und ausgefahren, denn sie führte geradewegs bis nach Aachen. Es herrschte reger Verkehr: Reisende, Händler, Bauern mit ihren Karren voll Stroh oder Kisten mit Eiern oder Geflügel. Nur eine Art von Wanderern fehlte, die Pilger. Die machten sich erst bei wärmerem Wetter auf den weiten Weg zu den heiligen Stätten der Christenheit.

Ein Dorf galt es noch zu durchqueren. Dann musste sie sich links halten, dem Wald zu. Nun, da sie unterwegs war, kam ihr alles so vertraut vor, als sei sie nicht zuletzt vor fünf langen Jahren hier entlanggegangen. Damals jedoch mit Trauer im Herzen und einer lähmenden Angst im Bauch, die ihr jeden Schritt zur Qual gemacht hatte. Im Nachhinein fragte sie sich noch immer, wie sie es überhaupt geschafft hatte, ohne Hilfe und Zuspruch zu Ludmilla zu finden und die Schmerzen und das Leid allein durchzustehen. Niemand hatte etwas geahnt, und sie hatte ihr Geheimnis bis auf den heutigen Tag gehütet. So würde, so musste es auch weiterhin sein.

Aber heute war sie aus einem völlig anderen Grund auf dem Weg in die Waldhütte. Es ging nicht um sie selbst, sondern um die Menschen, die ihr etwas bedeuteten, um das Beginenhospital und die Kranken, die dort untergebracht waren. Kein Grund für Magenschmerzen und Herzklopfen. Sie musste einen klaren Kopf bewahren und ganz nüchtern mit der Alten reden. Vielleicht erinnerte sich Ludmilla ja nicht einmal mehr an sie. Wie viele Frauen oder Mädchen mochten mittlerweile bei ihr gewesen sein? Wahrscheinlich zu viele, um sich einzelne Gesichter zu merken.

Der Pfad, der von der Hauptstraße in den Wald abbog, war noch genauso schmal und unscheinbar wie damals. Doch der Schnee veränderte die Konturen und machte, dass alles viel unwirklicher aussah. Gleichwohl waren deutlich die Fußspuren mehrerer Menschen auszumachen, die in den vergangenen Tagen hier entlanggegangen waren. Waldarbeiter vielleicht. Doch manche Spuren waren zu klein für einen Mann.

Während Adelina sich bemühte, in den vorhandenen Spuren zu bleiben, wurde ihr immer mulmiger zumute. Der Wald schien sich rings um sie zusammenzuschließen. Nur vereinzelt hörte man das Krächzen eines Raben, ansonsten war es still.

Plötzlich vernahm sie in einiger Entfernung hinter sich ein lautes Knacken wie von brechenden Ästen. Erschrocken blieb sie stehen und lauschte, sah dann aber, dass sie nur eine Gruppe Rehe aufgescheucht hatte. Erleichtert ging sie weiter, auch wenn das Gefühl, verfolgt zu werden, sie nicht ganz verlassen wollte. Mehrmals drehte sie sich ruckartig um, aber weit und breit war nichts zu sehen als verschneiter Wald und einmal ein Kaninchen, das ihre Spur kreuzte. Ich werde langsam verrückt, dachte sie verärgert und konzentrierte sich wieder auf den Weg. Weit konnte es nicht mehr sein, und das war auch gut so, denn trotz des raschen Schrittes, den sie einschlug, waren ihr Gesicht und Hände eiskalt geworden, und die Kälte kroch langsam über ihren gesamten Körper. Noch einmal wollte sie sich nicht erkälten.

Vor ihr mündete der Pfad in eine Lichtung, an deren hinterem Rand eine windschiefe kleine Holzhütte stand. Tür und Fensterläden waren verschlossen, doch der Rauch, der aus dem Abzug im Dach quoll, verriet, dass die Bewohnerin zu Hause war. Adelina straffte die Schultern und ging schnurstracks auf die Tür zu. Dabei fiel ihr Blick auf säuberlich gezogene Beete und Spaliere, die unter der Schneelast ihren Winterschlaf zu halten schienen. Hier zog Ludmilla seit jeher die Heilkräuter, die sie für ihre Behandlungen benötigte, und natürlich das Gemüse, von dem sie sich ausschließlich ernährte.

Wahrscheinlich hatte die alte Frau die knirschenden Schritte im Schnee gehört, denn noch bevor Adelina anklopfen konnte, wurde die Tür von innen aufgestoßen.

«Herein, immer herein», sagte eine tiefe, heiser tönende Stimme. «Und schließt die Tür hinter Euch.»

Adelina tat, wie ihr geheißen, und blickte sich mit zusammengekniffenen Augen um. Die Hütte hatte sich nicht verändert. Im Halbdunkel konnte sie die Feuerstelle in der Mitte des Raumes ausmachen, links daneben einen kleinen Tisch mit einer Bank davor, rechts ein Lager aus Stroh. Und überall an den Wänden Haken und Leinen, an denen Kräuter zum Trocknen hingen. Der ganze Raum war erfüllt von ihrem Duft. Ein mit einer schweren Decke verhängter Durchgang führte zu einem weiteren Zimmer. Adelina hatte es nicht vergessen: Dort war Ludmillas Behandlungsraum mit dem niedrigen Tisch und einem ganzen Arsenal an geheimnisvollen Gerätschaften.

Die alte Frau selbst überragte Adelina fast um Haupteslänge; dabei war sie spindeldürr. Ihr Gesicht war ebenmäßig, nur die Nase ein wenig zu lang geraten. Ihr zu einem Zopf geflochtenes, dunkles Haar durchzogen weiße Strähnen. Um Augen und Mund kräuselten sich Hunderte winzige Fältchen, als sie Adelina musterte und dann lächelte.

«Was für eine Überraschung ... Adelina Merten, nicht wahr?» Sie wies auf die Bank und hockte sich selbst auf eine gefaltete Decke neben dem Feuer, die Beine unter dem mehrfach geflickten Rock gekreuzt. «Gut siehst du aus, Mädchen. Was führt dich nach so langer Zeit wieder zu mir?»

Adelina setzte sich auf die Bank und faltete nervös die Hände im Schoß. Dass die Alte sie auf den ersten Blick wieder erkennen würde, hatte sie nicht erwartet. Nun fühlte sie sich noch befangener als zuvor. Ludmilla schien das zu merken, denn sie lächelte weiter und machte eine einladende Geste.

«Es muss etwas Wichtiges sein, denn keine Frau kommt freiwillig zweimal zu mir. Jedenfalls nicht, wenn sie klug ist.» Sie musterte Adelina erneut. «Ich vermute, der Grund für dein Hiersein ist heute ein anderer als damals?» Ein kehliges Lachen erfüllte den Raum. «Natürlich ist es das, schau nicht so verschreckt. Keine Frau bringt sich zweimal in solch eine Lage.» Ihr Blick wanderte zu Adelinas Händen. «Wenngleich ich keinen Ring sehe. Noch kein Ehemann nach all den Jahren? Kindchen, es wäre klüger, sich an einen ehrenwerten Mann zu binden, solange du noch frisch wie der junge Frühling aussiehst. Worauf wartest du?»

«Ich heirate nicht.» Adelina fühlte sich von Ludmillas Wortschwall in die Ecke gedrängt.

«Nicht?» Die Alte keckerte amüsiert. «Ich dachte, ein gewisser reicher Weinhändler sei dabei, dir den Hof zu machen.»

«Woher weißt du das?», fuhr Adelina verblüfft auf. Ludmilla zuckte mit den Schultern. «Ich weiß so manches. Glaubst du, ich wäre so alt geworden, wenn ich nicht Bescheid wüsste, was hinter den Stadtmauern vor sich geht? Also weshalb bist du hier? Du brauchst bestimmt keinen Liebestrank, damit dein Freier sich schneller für dich entscheidet. Wohl eher einen Sud, der ihn von dir ablenkt. Weshalb in aller Welt willst du nicht heiraten? Du bist vollkommen genesen. Kein Mensch wird merken, dass du schon einmal ein Kind unter dem Herzen getragen hast. Deine Jungfernschaft, die kann dir natürlich niemand mehr zurückgeben. Aber auch das lässt sich irgendwie erklären. Du bist doch ein kluges Mädchen.»

«Ich könnte das Geheimnis vor einem Ehemann nicht bewahren.» Adelina streckte die Hände aus, um sie am Feuer zu wärmen. «Jeder Mann, der davon erfährt, wird mich verachten. Was ich getan habe, war … ein schlimmes Unrecht, mehr noch, die größte Sünde, die eine Frau begehen kann. Wenn es herauskommt, werden sie mich vielleicht sogar zum Tode verurteilen. Also heirate ich nicht.»

«Firlefanz!» Ludmilla tippte sich an den Kopf. «Ich will ja nicht bestreiten, dass es für dich gefährlich werden kann, wenn du dich verrätst. Aber wenn es bis heute keiner erfahren hat, kannst du es doch wohl als vergessen ansehen.»

«Und eine Ehe auf einer Lüge aufbauen?»

«Du wärest die Erste nicht, hihihi. Aber bitte, es ist deine Entscheidung. Doch wie willst du sie deinem Vater beibringen? Soviel ich gehört habe, hat er bereits eine Morgengabe ausgehandelt.»

«Das ist meine Sache», erwiderte Adelina spröde.

«Gut.» Ludmilla zuckte mit den Schultern. «Weshalb bist du also hergekommen?»

«Das möchte ich auch gern wissen», kam es von der Tür her, die sich in diesem Augenblick öffnete. Adelina wurde aschfahl, als sie Magister Burka sah. Er blickte sich kurz in der Hütte um und funkelte erst Ludmilla, dann Adelina mit grimmiger Miene an. «Was um alles in der Welt führt Euch in dieses Rattenloch?»

«Oho, dem feinen Herrn passt meine gute Stube nicht», krächzte Ludmilla mit hochgezogenen Brauen, doch sie hatte nicht mit dem Zorn ihres ungebetenen Besuchers gerechnet.

«Halt den Mund, alte Hexe», fuhr er sie an. «Ich weiß nicht, was Adelina mit dir zu schaffen hat, aber ich dulde es nicht einen Moment länger, dass sie hier bleibt.»

«Ihr duldet es nicht?» Adelina sprang erbost von der Bank auf. «Was fällt Euch ein, mir zu folgen?»

«Ihr habt Euren Vater schamlos belogen! Von wegen, Ihr geht zur Schneiderin. Wenn er nicht so verwirrt wäre, hätte er es sofort bemerkt und Euch übers Knie gelegt für diese Unverschämtheit», donnerte Burka. «Habt Ihr noch nicht genug Ärger am Hals? Wollt Ihr Euch nun auch noch mit Quacksalberinnen abgeben?»

«Diese Frau ist keine Quacksalberin», zischte Adelina. «Wenn sie nicht gewesen wäre, wäre Vitus jetzt tot. Sie hat ihm das Leben gerettet … und mir ebenfalls.» Kaum waren die Worte heraus, da schoss Adelina das Blut in den Kopf. Sie hatte sich verraten.

Burka sah sie aus schmalen Augen prüfend an.

«Dann sagt mir, warum sie nicht unter anderen Menschen wohnt, wie es sich für eine ehrbare Frau gehört.» Er schüttelte den Kopf und trat auf Ludmilla zu, die ihn aus dunklen Augen anblitzte. «Wer bist du, Weib?»

«Ich bin Ludmilla. Sie nennen mich die Weise Frau. Manchmal aber auch die Kräuterhexe.» Adelina stockte der Atem. Hatte Ludmilla keine Angst, sich mit solchen Reden in Teufels Küche zu bringen?

Burka zog die Stirn kraus und trat einen Schritt zurück.

«Frauen wie dich kenne ich. Was bist du, eine entsprungene Nonne?» Als Ludmilla nicht sofort antwortete, nickte er. «Das also. Und laut Adelina eine Hebamme. Womit du deinen Lebensunterhalt sonst noch verdienst, will ich gar nicht wissen.» Er fuhr zu Adelina herum und fasste sie am Arm, noch bevor sie reagieren konnte. «Und nun, verdammt, sagt mir endlich, was Ihr hier zu suchen habt.»

«Antworten», sagte sie. «Ich suche nach Antworten.»

«Antworten worauf?»

«Auf das hier.» Sie zog die in ein Tüchlein geschnürten schwarzen Körner aus ihrem Kleiderärmel, wickelte sie aus und hielt sie ihm unter die Nase. Verwirrt nahm er eines der Körner, legte es auf die Handfläche und betrachtete es. «Was soll das sein?» Im Halbdunkel der Hütte musste er die Augen zusammenkneifen, um etwas zu erkennen.

«Mutterkorn!»

Ludmilla hatte nur dieses eine Wort geflüstert. Mit einer blitzschnellen Bewegung nahm sie Burka das Korn aus der Hand und hielt es ins Licht des Feuers. Doch dann wich sie plötzlich in den hintersten Zimmerwinkel zurück. «Warum bringst du das zu mir? Was willst du?» Noch immer klang ihre Stimme mehr ärgerlich als angstvoll, doch Adelina wusste, was in der Weisen Frau vorging. Es war besser, sie schaffte den Medicus hinaus, so schnell es ging. Aber die Antworten, derentwegen sie hergekommen war, musste sie vorher noch haben.

«Die Körner habe ich heute in meinem Mehlsack gefunden. Als ich das Getreide gekauft habe, waren sie noch nicht drin», erklärte Adelina der Alten.

«Was soll das heißen, Ihr habt die Körner gefunden? Und wegen so etwas kommt Ihr hierher?», rief Burka, noch immer aufgebracht. Adelina warf ihm einen eisigen Blick zu, der ihn tatsächlich zum Schweigen brachte.

Ludmilla war indes wieder näher gekommen und betrachtete die restlichen Körner in Adelinas Hand.

«In deinem Mehl, sagst du? Bist du sicher, dass der Müller dir nicht das Mahlgut eines anderen angedreht hat?»

«Ganz sicher», sagte Adelina. «Meine Magd war dabei, als er es gemahlen hat.»

«Dann, liebe Adelina, hast du einen ziemlich gefährlichen Feind.»

«Feind? Wieso Feind?», fuhr Burka dazwischen, doch die beiden Frauen antworteten ihm nicht. Ludmilla wandte sich um und zog einen hölzernen Pflock aus einem Balken. Sie griff in das Loch, und als sie die Hand wieder hervorzog, hielt sie weitere schwarze Körner darin. Sie sahen aus wie die von Adelina. «Mutterkorn», erklärte Ludmilla und blickte nun auch Burka wieder an, «ist ein böses Gift. Nicht viele kennen seine Wirkungen.» Er öffnete den Mund, doch sie schnitt ihm das Wort ab: «Ihr fragt Euch nun sicher, warum ich so ein Gift versteckt im Hause habe. Mutterkorn ist, wenn man es zur rechten Zeit anwendet, ein Segen für Gebärende, bei denen die Wehen zu lange dauern. Gewiss, es gibt auch andere Mittel, die weniger gefährlich sind. Aber dieses wirkt immer, solange man nicht zu viel davon gibt.»

«Und», Burka räusperte sich unbehaglich, «was würde passieren, wenn man zu viel gibt?»

Ludmilla packte ihre Körner wieder in das Geheimfach und wischte sich sorgfältig die Hände ab, bevor sie antwortete.

«Krämpfe, zuweilen Lähmungen. Rote Wundmale, die sich entzünden und brandig werden. Man sagt, in schlimmen Fällen fallen dem Betroffenen die Gliedmaßen ab, ohne zu bluten. Und Wahnvorstellungen. Ein Mensch, dem man zu viel Mutterkorn gegeben hat, wird wahnsinnig. Manchmal eine Zeit lang, manchmal auch für immer.»

«Antoniusfeuer!» Burka starrte sie fassungslos an, dann drehte er sich langsam zu Adelina, die mit tonloser Stimme fragte: «Ludmilla, hast du eine Ahnung, wie man einen Kranken heilen kann?»

«Heilen?» Ludmilla stieß ihr krächzendes Lachen aus. «Da gibt es keine Heilung. Das Gift muss aus dem Körper, und das dauert. Wahrscheinlich stirbst du eher vorher. Da muss der Allmächtige schon ein großes Einsehen haben, wenn er einen Menschen rettet, der mit Mutterkorn vergiftet wurde.»

«Dann hast du also noch nie eine Heilung erlebt?», hakte Adelina nach. Doch Ludmillas Gesicht wurde verschlossen.

«Ich hab ja auch noch nie jemanden damit vergiftet. Und es ist besser, wenn du jetzt gehst. Und Ihr auch, Herr. Ich kann dir nicht helfen, Adelina.»

«Du hast mir schon geholfen», entgegnete Adelina ruhig. «Damals ... da hast du mir schon einmal vom Mutterkorn erzählt. Ich wollte nur sicher sein, dass ich mich recht erinnere. Und keine Angst, wir gehen jetzt. Ich werde jemanden zu dir schicken, der dir ein neues Kleid und eine Wolldecke bringt.» Sie nickte Ludmilla noch einmal zu, stieß die Tür auf und verließ die Hütte, gefolgt von Burka. Hinter ihnen klappte die Hüttentür mit einem Knall zu, und ein Ratschen verriet, dass Ludmilla den Riegel vorgeschoben hatte.

«Was soll das bedeuten? Adelina!» Er lief wutschnaubend neben ihr her, doch sie ging stur weiter. «Bleibt stehen! Ich rede mit Euch!» Als sie noch immer nicht reagierte, packte er sie am Arm und zog sie so grob an sich heran, dass sie stolperte und sich an ihm festhalten musste, um nicht zu stürzen. In rasender Wut riss sie sich von ihm los.

«Habt Ihr es etwa nicht verstanden?», schrie sie ihm ins Gesicht. «In meinem Mehl war Gift. Und im Hospital leiden die Menschen an der Krankheit, die durch ebendieses Gift ausgelöst wird! Jemand wollte, dass ich, dass wir alle genauso krank werden, vielleicht sogar daran sterben. Der Mörder von Reinhild, Adrian und Balthasar war in meinem Haus!» Sie lachte hysterisch auf. «In meinem Haus! Vitus hätte vergiftet werden können, oder Vater, oder ...»

«Oder ich», ergänzte Burka und wollte wieder nach ihr greifen, doch sie stieß ihn grob von sich und stapfte weiter durch den Schnee. Abschütteln konnte sie ihn freilich nicht. Schon nach wenigen Schritten war er wieder neben ihr.

«Adelina, glaubt Ihr, ich wäre so töricht, das Risiko einzugehen, mich selbst zu vergiften?»

«Und wer bleibt übrig, wenn Ihr es nicht wart?», zischte sie. Der schnelle Schritt ließ sie außer Atem geraten, und die kalte Luft schmerzte in Hals und Lungen. Doch das war ihr gleich.

«Reese», schlug er vor. Sie lachte verächtlich.

«Nein, nicht nach dem Vorfall in seinem Haus.» Sie keuchte und musste nun doch Halt machen. Feindselig blickte sie Burka an. «Er will in den engen Rat der Stadt. Glaubt Ihr, da würde er es wagen, so einfach jemanden zu vergiften?»

Burka verschränkte die Arme vor der Brust.

«Warum nicht? Ihr wisst selbst, dass kaum jemand

die Ursache für Antoniusfeuer kennt. Nicht einmal ich wusste es, und ich habe einen Magistertitel. Was, wenn Ihr erkrankt wäret, und Eure Familie mit Euch? Jedermann weiß, dass Ihr fast all Eure Zeit im Beginenhospital verbracht habt. Und dort grassiert die Krankheit. Man würde annehmen, Ihr hättet Euch dort angesteckt. Vielleicht, im übelsten Falle, hätte man mir unterstellt, ich hätte die Krankheit eingeschleppt. Doch wen interessiert das am Ende, wenn wir alle tot sind? Niemanden. Eine bedauerliche Geschichte, die niemand im Entferntesten mit Reese in Verbindung bringen würde.»

Adelina schluckte. Er hatte Recht. So betrachtet, ergab es einen Sinn. Langsam setzte sie sich wieder in Bewegung.

14

«Was habt Ihr mit dieser Ludmilla zu schaffen?»

Burkas Frage holte sie aus ihren Gedanken zurück. Inzwischen hatten sie den Wald hinter sich gelassen und wanderten auf der breiten Straße in Richtung Köln. Es war bereits Nachmittag, die Sonne stand tief am Himmel, und es sah so aus, als ob sie es nicht vor Einbruch der Dunkelheit bis zum Stadttor schaffen würden. Nun hatte es auch noch zu regnen begonnen. Die Nässe gefror auf dem eiskalten Boden und machte das Vorankommen zur Qual. Außer ihnen war weit und breit keine Menschenseele zu sehen.

«Ihr solltet mich in Ruhe lassen», antwortete sie und musste selbst schaudern ob der Kälte in ihrer Stimme.

«Das kann ich nicht, Adelina, und Ihr wisst es.»

Sie spürte, dass er sie von der Seite ansah, doch sie blickte stur zu Boden.

«Dann seid Ihr wirklich töricht. Ich werde Euch keine Antwort darauf geben.»

«Wovor habt Ihr Angst? Was kann so schlimm sein, dass Ihr glaubt, es könne Euer Leben zerstören?», fragte er ungeduldig. Sie blieb stehen. Er würde keine Ruhe geben. Vielleicht war es besser so. Wenn sie es ihm sagte, würde er gehen. Dann hätte sie ihre Ruhe wieder. Aber was, wenn er sie verriet? Würde er sie verraten?

«Ihr dürft mich nicht danach fragen», sagte sie. «Es geht Euch nichts an, und …»

«Und?»

«… Ihr würdet mich hassen.» Sie setzte sich langsam wieder in Bewegung.

«Hasst Ihr mich?» Burka war sofort wieder neben ihr. Seine Frage ließ sie überrascht den Kopf heben. Er lächelte schmal.

«Ich habe Euch von Italien erzählt, von der Anklage wegen Ketzerei. Hasst Ihr mich deswegen?»

«Das ist etwas anderes.» Plötzlich wurde sie unendlich traurig. Müde blickte sie wieder zu Boden. «Ihr konntet widerrufen. Man hat Euch verziehen. Euer Leben geht weiter.»

«Und das Eure nicht?», fragte er, doch sie zog nur den Kopf zwischen die Schultern und lief weiter, so schnell sie konnte.

«Adelina, bleibt stehen!» Er beschleunigte seinen Schritt ebenfalls, und sie rannte los. Nur fort von hier, fort von ihm, von allem. Heiße Tränen schossen ihr in die Augen. Sie blinzelte sie fort, doch ihr Blick verschwamm immer mehr. Hinter sich hörte sie noch immer seine Schritte und dann einen Warnruf. Doch noch ehe sie sich's versah, war sie in das vereiste Schlagloch getreten. Sie verlor den Halt und stürzte vornüber zu Boden. Ein heftiger Schmerz schoss ihr durch das Handgelenk, auf das sie mit ihrem ganzen Gewicht gefallen war. Fluchend rappelte sie sich wieder hoch und wollte weiter, doch Burka war nun wieder neben ihr und hielt sie fest.

«Adelina, was soll das?» Er klang aufgebracht. Ob aus Besorgnis oder aus Wut, konnte sie nicht ausmachen. Es war ihr auch egal, nur fort von ihm. Sie riss sich los und wollte erneut davonlaufen, doch diesmal packte er sie mit beiden Händen bei den Schultern und zerrte sie zu sich herum.

«Schluss jetzt!», brüllte er sie an. Seine Augen blitzten wutentbrannt. Sie wandte den Blick ab, doch er schüttelte sie, bis sie ihn wieder ansah. «Wie lange wollt Ihr noch so weitermachen?» Seine Stimme kippte fast über vor Zorn. «Wofür haltet Ihr Euch? Ihr seid doch keine Märtyrerin, die zur Richtbank geführt werden soll! Ich habe Euch eine einfache Frage gestellt, und ich denke, ich habe ein Recht auf eine Antwort.»

«Ein Recht?», fuhr sie ihn an. Die Wut, die nun auch in ihr hochstieg, tat gut. Sie nahm ihr die Angst. «Und was soll Euch dieses Recht geben?»

Abrupt ließ er sie los und trat einen Schritt zurück. Er wirkte, als habe sie ihm ins Gesicht geschlagen. Seine Lippen wurden zu einem schmalen Strich, dann sagte er ruhig: «Darüber denkt einmal nach, Adelina. Vielleicht kommt Ihr darauf, falls Ihr einen Weg in Euer versteinertes Herz findet.»

Als er sich von ihr abwandte, hätte sie am liebsten laut geschrien. Und mit einem Mal brach es aus ihr heraus. «Ihr wollt es also unbedingt wissen?», schrie sie ihm hinterher. Doch er blieb nicht stehen. So war es diesmal an ihr, hinter ihm herzulaufen. Doch seine Beine waren länger, und sie kam kaum nach. Sie blieb stehen und schrie: «Ich habe mein ungeborenes Kind getötet!» Der aufkommende Wind verzerrte ihre Stimme, und einen Moment lang dachte sie, er habe sie nicht gehört. Doch er blieb stehen. Drehte sich langsam zu ihr herum. Sie starrte ihn feindselig an, als er wieder näher kam. «Seid Ihr nun zufrieden?», höhnte sie. «Nun wisst Ihr es. Ich war schwanger von Rudolf. Er hat mir die Welt versprochen und mich dann allein gelassen. Was hätte ich tun sollen? Wie hätte ich es erklären sollen? Vater konnte ich es nicht sagen. Also bin ich zu Ludmilla gegangen.

Sie hat es weggemacht.» Heiße Tränen strömten ihr nun übers Gesicht, doch sie achtete nicht darauf. Sie starrte ihn noch immer an. Sein Gesicht war versteinert, so wie ihr Herz.

«Ihr habt das Kind abgetrieben? Allein, bei dieser Frau?»

«Die schlimmste Sünde, die eine Frau begehen kann.» Sie verzog verbittert die Mundwinkel. «Und nun überlegt noch einmal, ob Ihr mich nicht hasst.»

Sie ging an ihm vorbei und achtete nicht mehr darauf, ob er ihr folgte oder nicht. Ihr Handgelenk schmerzte, bestimmt war es verstaucht. Aber noch mehr schmerzte ihr Innerstes. Nie hätte sie vermutet, dass es so sehr schmerzen konnte.

†

Sie schaffte es gerade noch vor Torschluss in die Stadt. Burka war weit hinter ihr zurückgeblieben; in einem der Vororte hatte sie ihn aus den Augen verloren. Vielleicht war er in eine Schänke gegangen, vielleicht auch zu einem Bekannten. Sie wollte nicht darüber nachdenken. Und außerdem hatte er als Medicus Sonderrechte. Das wusste sie von anderen Ärzten, die sie kannte. Die Torwächter würden auch mitten in der Nacht die kleine Pforte für ihn öffnen. Flüchtig dachte sie daran, dass es nun schon zu spät war, tatsächlich zur Schneiderin zu gehen. Bis zum Sonntag würde das neue Kleid nicht fertig sein. Doch was spielte es für eine Rolle? Sie hatte ihr Geheimnis verraten.

Zu Hause angekommen, hätte sie sich am liebsten in ihr Bett verkrochen. Doch Franziska war bereits mit dem Abendessen fertig, und die Familie erwartete, dass sie mit ihr aß.

Umso erstaunter war sie, dass ihr Vater keine Silbe über ihr spätes Heimkommen verlor. Er erzählte von den Ereignissen des Tages, von säumigen Schuldnern der Apotheke und von den unaufhaltsamen Fortschritten seiner alchemistischen Versuche. Und je mehr Zeit verging, desto mehr hatte Adelina den Eindruck, dass er ihr langes Fortbleiben gar nicht bemerkt hatte. Unbehaglich sah sie zu Franziska hinüber, die ebenfalls ratlos mit den Schultern zuckte.

†

Burka kam erst spät in der Nacht zurück. Adelina hatte die Tür unverriegelt gelassen, damit er ins Haus konnte. Sie hörte ihn mit schweren Schritten die Stiege hinaufpoltern und ärgerte sich, weil Vitus einen leichten Schlaf hatte. Dann knarrten die Deckenbalken.

Offenbar wanderte er wieder in seiner Kammer auf und ab. Das Geräusch drang durch das ganze Haus. Schließlich wurde es aber doch still oben. Adelina zog ihre Decke bis zur Nase hoch und versuchte einzuschlafen. Es gelang ihr nicht. Sie fühlte sich elend wie schon lange nicht mehr. Ihr Magen schmerzte, ebenso ihr Herz. Die Augen brannten ihr, aber sie wollte nicht mehr weinen. Sie wollte auch nichts mehr fühlen, am liebsten nie mehr.

Plötzlich hörte sie wieder Schritte von oben. Burka kam noch einmal die Treppe herunter. Er würde tatsächlich noch alle aufwecken. Vor ihrer Kammer hielten seine Schritte an. Wie erstarrt lag sie in ihrem Bett und lauschte. Was wollte er?

Eine Weile blieb es still, dann hörte sie ein Klopfen an ihrer Tür. Sie rührte sich nicht. Wieder klopfte es.

«Adelina?», hörte sie ihn flüstern. «Seid Ihr noch

wach?» Er sprach mit schwerer Zunge. Hatte er getrunken? «Adelina, ich muss Euch etwas sagen.» Sie hörte sein schweres Atmen. Dann flüsterte er weiter. «Ist mir eben erst eingefallen. Wenn die Kranken im Hospital mit diesem Korn vergiftet wurden, und Ihr beinahe auch, Adelina, dann ist Eure Freundin Reinhild unschuldig.» Er hustete, dann war es einige Augenblicke ganz still. Sie lag wie tot in ihrem Bett.

«Adelina, habt Ihr gehört?»

Dann vernahm sie seine Schritte, die sich, diesmal sehr schleppend, entfernten. Die Stiege knarrte und ächzte erneut. Wirklich ein Wunder, dass niemand sonst davon aufwachte.

Adelina atmete heftig aus und merkte erst jetzt, dass sie die Luft angehalten hatte.

Reinhild war unschuldig, natürlich. Denn es war unwahrscheinlich, dass es zwei Mörder gab. Adelina starrte in die Dunkelheit. Reese musste davon erfahren. Auch wenn Burka glaubte, der Kaufmann habe etwas mit den Morden zu tun. Sie glaubte das nicht. Hilger war Reeses Gegner. Und Hilger wollte das Grundstück der Beginen. Bei ihm liefen die Fäden zusammen. Nur, wie sollte sie das jemals beweisen? Und wer waren seine Helfer? Es gab keine Zeugen, die gesehen hatten, wie und von wem den Menschen das Gift eingegeben worden war. Um einen Zufall konnte es sich indes unmöglich handeln. Denn ihr eigenes Mehl war vergiftet worden. Von wem? Spielte einer von Reeses Männern ein falsches Spiel? Greverode vielleicht?

So lag sie schlaflos da, bis das erste Licht des fahlen Wintermorgens durch die Ritzen der Fensterläden sickerte.

†

Es war nicht einfach für sie, Burka im Hause aus dem Weg zu gehen und gleichzeitig vor ihrem Vater den Anschein von Normalität aufrechtzuerhalten.

Nichts wünschte sich Adelina mehr, als dass er endlich auszöge; aber gleichzeitig fürchtete sie sich davor. Burka schien ihre ablehnende Haltung einfach hinzunehmen, und er sprach von sich aus nicht mehr mit ihr als unbedingt nötig. Immer mehr zog er sich aus dem Familienkreis zurück; er verließ morgens schon in der Dämmerung das Haus und kam abends erst spät zurück.

Adelina ging derweil stoisch ihren Pflichten nach. Doch in ihrem Herzen tobte ein Sturm. Nur noch wenige Tage trennten sie von Beichgards Heiratsantrag. Mit Albert war überhaupt nicht mehr zu sprechen; ihr Vater regte sich schon bei der kleinsten Bemerkung zu diesem Thema so sehr auf, dass sie um seine Gesundheit fürchtete.

Gleichzeitig fühlte sie sich kalt und einsam. Ihr war bewusst, dass sie allein die Schuld am Lauf der Dinge trug. Doch wie hätte sie anders handeln, anders leben sollen? Um die Leere zu füllen, richtete sie ihre Gedanken auf das Hospital und die Kranken, die man in den Turm gesperrt hatte. Seither drangen kaum noch Nachrichten zu ihr, nur noch Gerüchte. Und die verhießen nichts Gutes. Anscheinend hatte das Antoniusfeuer bereits etliche neue Opfer gefordert. Der Mörder lief also noch immer frei herum. Adelina schauderte bei dem Gedanken, dass all die Toten womöglich nur die Tat eines größenwahnsinnigen Aristokraten waren, der den Erzbischof ausschalten und so die ganze Stadt Köln in seine Gewalt bringen wollte.

Doch wenn nicht Reinhild Hilger Quattermarts Mittelsperson gewesen war, wer dann? Soweit Adelina wusste, stand keine der Beginen mit ihm in verwandtschaftlicher oder sonstwie gearteter Beziehung. Blieben noch die Knechte und Mägde sowie das Küchenpersonal. Doch von diesen Leuten war keiner mehr in der Nähe der in den Turm Gesperrten, denn nach der Schließung des Hospitals hatten die Beginen keine Verwendung mehr für die Dienstboten gehabt.

Es blieb ihr also nichts anderes übrig, als tatsächlich noch einmal mit Reese zu sprechen. Am Freitagvormittag bot sich eine Gelegenheit, die Apotheke zu verlassen. Als Ausrede diente ihr das Kleid, das sie inzwischen doch bei der Schneiderin bestellt hatte und für das noch eine Anprobe vonnöten war. Albert freute sich über ihre scheinbare Einsicht und ließ sie ziehen.

†

Der Kaufmann reagierte unerwartet auf ihr Erscheinen. Als sie sein Kontor betrat, war Reese gerade dabei, Geld in eine metallene Schatulle zu zählen. Er blickte zu ihr auf, und sogleich verfinsterte sich seine Miene.

«Was sucht Ihr denn hier?», herrschte er sie an, sprang von seinem Stuhl auf und stürzte zur Tür, um sie hinter ihr zu verschließen. «Ich dachte, Ihr habet begriffen, dass ich keinerlei Verbindung zu Euch wünsche. Was wollt Ihr?»

Adelina bemühte sich um einen ruhigen Ton.

«Ich wollte Euch mitteilen, dass Reinhild mit ziemlicher Sicherheit unschuldig ist.»

«Unschuldig? Was redet Ihr denn da?» Verblüfft starrte er sie an und vergaß darüber, sie weiter anzubrüllen. Sie nickte. «Ihr glaubt, ebenso wie ich, dass es nur einen, nicht zwei Mörder gibt. Die müsste es aber geben, wenn Eure Gemahlin Balthasar und Adrian vergiftet hätte.»

«Ihr redet irre!», begann Reese sich nun doch wieder aufzuregen. «Ich verstehe kein Wort.»

«Das werdet Ihr noch», erwiderte sie. «Wenn Ihr mir nur zuhört.» Sie erzählte ihm von dem Antoniusfeuer und den schwarzen Körnern, die sie für den Ausbruch der Krankheit verantwortlich machte. Von Ludmilla sprach sie gar nicht. Das schuldete sie der Weisen Frau.

Nachdem sie ihren Bericht beendet hatte, blieb Reese eine geraume Weile still.

«Dann glaubt Ihr also, der Mörder treibt weiter sein Unwesen? Wie könnte er? Die Kranken sind allesamt im Turm. Kaum jemand hat noch Zutritt zu ihnen.»

«Das muss auch nicht sein. Wenn die Dosis der Körner hoch genug war, kann der Mörder in Ruhe abwarten, bis alle tot sind.»

«Und zu welchem Zweck?»

Adelina zuckte ratlos mit den Schultern.

«Das weiß ich auch nicht. Vielleicht hat er Angst, jemand könnte ihn doch erkannt haben. Oder ...»

«Oder?» Reese zog die Brauen hoch.

«Oder er hat sich in der Giftmenge einfach verschätzt und kann jetzt nichts mehr dagegen tun.»

«Ihr meint, ihm könnte ein Fehler unterlaufen sein?» Nachdenklich setzte sich Reese wieder auf seinen Stuhl und bot auch Adelina einen Sitzplatz an. Seufzend verschob er ein paar Papiere auf seinem Schreibpult. «Das hilft uns leider nicht im Geringsten weiter. Um Hilger Quattermart auszuschalten oder zumindest den Erzbischof auf unsere Seite zu bringen, benötige ich Beweise. Nicht einmal die Vergiftung an sich kann ich nachweisen, geschweige denn einen Täter.»

«Habt Ihr die Küchenmägde befragt und die anderen Dienstboten des Hospitals?»

Reese nickte müde.

«Natürlich. Aber wir konnten nichts herausfinden, was wir nicht schon wussten. Und nach Gift konnten wir selbstverständlich gar nicht fragen. Das hätte womöglich eine Panik ausgelöst.» Er hielt einen Moment inne, dann runzelte er plötzlich die Stirn. «Wisst Ihr, was mich schon eine geraume Weile beschäftigt? Ihr sagtet neulich, dass die ersten Toten wahrscheinlich durch Schierling umkamen. Heute redet Ihr von verfaultem Roggen.»

«Ich weiß.» Adelina senkte den Blick, hob ihn aber gleich wieder. Sie war hier schließlich nicht die Angeklagte.

«Die Symptome sind bei beiden Giften ähnlich. Mag sein, dass ich mich zu Anfang geirrt habe. Vielleicht ist der Mörder aber von dem ursprünglichen Gift abgewichen.»

«Und aus welchem Grund?»

«Wahrscheinlich weil wir, Magister Burka und ich, davon gesprochen haben. Der Mörder hat das mitbekommen und wollte kein Risiko eingehen.»

«Kein Risiko, tja.» Reese kratzte sich am Kinn. «Er hat wohl nicht damit gerechnet, dass die schlaue Jungfer Apothekerin auch dem zweiten Gift auf die Schliche kommen würde.» Er seufzte und lehnte sich in seinem Stuhl zurück. «So kommen wir nicht weiter. Wenn wir keinen Beweis für das Gift erbringen können, müssen wir einen anderen Weg finden, Hilger dingfest zu machen.»

Unbehaglich sah Adelina ihn an.

«Und den Mörder ungeschoren davonkommen lassen?»

«Was bleibt uns übrig, wenn es weder Zeugen noch Beweise gibt? Nicht einmal einen konkreten Verdacht haben wir.»

Sollte es das gewesen sein? Adelina presste die Lippen zusammen. Das durfte einfach nicht sein.

«Warum nehmt Ihr nicht ein paar der schwarzen Körner und befragt die Dienstboten noch einmal? Einer von ihnen erkennt das Mutterkorn vielleicht wieder.»

«Wie sollte ich vor dem Rat eine erneute Befragung durchsetzen? Ich müsste zunächst einmal nachweisen, dass die Toten diese Körner überhaupt zu sich genommen haben. Und wie sollte ich das wohl anstellen?» Reese schüttelte den Kopf. «Nein, Adelina, vergesst das wieder. Es gibt keinen Weg. Ihr solltet jetzt gehen und die Toten ruhen lassen.»

Bedrückt stand Adelina auf und wandte sich zum Gehen. Vor der Tür blieb sie stehen.

«Es gäbe einen Weg», sagte sie und drehte sich wieder zu Reese um.

«Und der wäre?» Skeptisch blickte er zu ihr auf. Sie zögerte. War es recht, Burka in diese Sache hineinzuziehen? Reese hatte ihn verdächtigt. Und durfte sie einfach dreist das Geheimnis preisgeben, welches der Medicus aus gutem Grund sorgsam hütete?

«Nun?» Reese nickte ihr ungeduldig zu. Sie atmete tief ein, dann sprach sie das Ungeheuerliche aus.

«Man könnte einen der Toten sezieren.» Sie hielt die Luft an. Reese ebenfalls. Er starrte sie derart verblüfft an, dass sie beinahe gegrinst hätte.

«Sezieren? Aufschneiden, meint Ihr?» Er klang mehr neugierig als verärgert, doch auf seiner Stirn bildete sich eine steile Falte. «Das wird Euch niemand erlauben.» Er schüttelte immer heftiger den Kopf. Offenbar begriff er erst nach und nach das Ausmaß ihres Vorschlags. «Nie und nimmer! Wie stellt Ihr Euch das vor? Wollt Ihr uns alle ins Gefängnis bringen? Eine Leiche aufschneiden bedeutet, die Heilige Inquisition wachrütteln.» Nun wurde er doch böse. «Ich glaube, Ihr seid selbst des Wahnsinns, Adelina. Macht, dass Ihr hinauskommt!» Er donnerte mit seiner Faust auf die Tischplatte. Adelina zuckte erschrocken zusammen und wich bis zur Tür zurück.

«Es ist der einzige Weg, zu beweisen, dass die Toten das Gift im Körper haben», wagte sie noch einzuwenden. Reese funkelte sie zornig an.

«Es ist der sicherste Weg, uns alle zu vernichten. Wenn der Erzbischof davon erfährt, ist es aus, nicht nur mit uns, sondern auch mit den Plänen der Freunde. Und Hilger lacht sich ins Fäustchen.»

Adelina griff nach der Türklinke, als ihr plötzlich ein Gedanke kam.

«Und was wäre, wenn der Erzbischof sein Einverständnis gäbe? Er will doch ebenso wenig wie Ihr, dass Hilger seine Macht ausweitet. Wenn Ihr ihm den Vorschlag unterbreitet, begreift er vielleicht die Wichtigkeit dieser Angelegenheit und gibt ausnahmsweise seine Einwilligung zu der Sektion.»

«Wenn der Stadtrat ihn um Hilfe bittet, meint Ihr?»

Erleichtert nahm sie wahr, dass Reese nachzudenken begann. «Damit würde der Rat eindeutig Stellung beziehen. Das Verhältnis der Stadt zu Erzbischof Friedrich ist seit langem nicht gerade das beste. Es würde ihn möglicherweise versöhnlich stimmen.» Die Idee schien dem Ratsherrn immer mehr zuzusagen. «Friedrich ist sogar gerade in der Stadt. Die Unruhen um von Staves Bannlöschung haben ihn hergelockt. Das ist vielleicht genau der richtige Augenblick.» Reese stand wieder auf und ging um den Tisch herum. «Nun gut, ich werde das mit der Partei der Freunde besprechen und im Falle ihrer Zustimmung mit einer Abordnung bei Friedrich vorsprechen. Aber erwartet Euch nicht zu viel davon. Wir bewegen uns auf sehr dünnem Eis und könnten uns selbst den größten Schaden zufügen.»

«Ich danke Euch», sagte Adelina und lächelte erleichtert. Reese nickte nur, dann räusperte er sich.

«Wer soll diese Sektion eigentlich durchführen?»

Sie zuckte zusammen.

«Magister Burka», murmelte sie. Reese nickte.

«Natürlich. Wer sonst?» Er musterte sie argwöhnisch. «Was verbindet Euch mit dem Magister?»

Sie spürte die Röte in ihr Gesicht steigen. Doch antworten musste sie.

«Er ist unser Untermieter», formulierte sie vorsichtig. «Und ein Freund.»

«Freund, so, so. Ihr vertraut ihm?»

Sie zögerte nur den Bruchteil einer Sekunde, und selbst dafür hasste sie sich.

«Ja.»

«Warum sollte er sich für ein so riskantes Unterfangen hergeben?» Reese durchbohrte sie noch immer mit seinen Blicken. Dass er so misstrauisch war, konnte sie ihm nicht verdenken.

«Er ist ein Freund», wiederholte sie. «Er wird uns helfen.»

Mit einem Nicken verabschiedete sie sich.

Auf dem Heimweg fror sie erbärmlich, doch daran war nicht die klare kalte Luft schuld. Wie hatte sie Reese nur diesen Vorschlag machen können? Nun steckte sie in einer argen Klemme. Und noch dazu hatte sie vielleicht die Unwahrheit gesagt. Denn wie konnte sie, nach allem, was geschehen war, noch hoffen, dass Burka ihr helfen würde?

15

Nachdem Adelina noch bei der Schneiderin hereingeschaut und die Anprobe des neuen Kleides über sich ergehen lassen hatte, trottete sie lustlos weiter. Ihr Magen und ihr Herz fühlten sich roh und wund an. Sie wurde langsam schwermütig, und das durfte nicht sein. Sie war es schon einmal gewesen, damals, und nur ihr starker Wille und ihr Pflichtgefühl hatten sie vor Schlimmerem bewahrt. Sie durfte es nicht zulassen. Ihre Familie brauchte sie.

Und ganz gleich, wie Burka auf ihr Ansinnen reagieren würde, sie musste einen Weg finden, ihn zu überzeugen. Er musste einfach helfen. Danach würden sich ihre Wege trennen. Wahrscheinlich war das die beste Lösung. Vor der Apotheke straffte sie die Schultern, öffnete schwungvoll die Tür und wäre um ein Haar mit Burka zusammengestoßen. Erschrocken prallte sie zurück. Er trug eine seiner Bücherkisten auf dem Arm und sah sie mit unergründlichem Blick an. Erst jetzt bemerkte sie die kleine Kutsche mit dem Grauschimmel davor, die vor dem Haus stand. Burka warf die Kiste mit Schwung auf die Ladefläche.

«Was hat …?» Erschrocken blickte sie zwischen ihm und dem Gefährt hin und her.

«Ich ziehe aus», erklärte er ruhig. «Natürlich bezahle ich die Miete für diesen Monat noch vollständig. Aber es dürfte Euch ja nicht schwer fallen, einen neuen Mieter zu finden … bei Euren Kochkünsten.»

«Natürlich wird sie das», sagte Albert, der ebenfalls auf die Straße getreten war. «Das Zimmer ist eine schöne zusätzliche Einnahmequelle für meine brave Lina. Aber ich werde Eure treffliche Gesellschaft bei Tisch vermissen. Ihr kommt doch hin und wieder zu Besuch? Und helft mir bei meinen Experimenten?»

«Das werde ich sicherlich tun.» Burka lächelte Albert freundlich zu. Natürlich würde er nicht mehr kommen. Adelina spürte, wie ihr der Boden unter den Füßen weggezogen wurde.

«Ihr reist sehr überstürzt ab», quetschte sie heraus, doch er bedachte sie nur mit einem langen Blick.

«Ich besitze nun ein Haus, und es gibt schließlich keinen Grund, seine eigenen vier Wände lange leer stehen zu lassen, nicht wahr?»

«Da habt Ihr zweifellos Recht. Gehabt Euch wohl!», antwortete Albert, klopfte ihm auf die Schulter und ging wieder in die Apotheke.

«Viel ... Glück», stammelte Adelina. «In Eurem neuen Haus, meine ich.» Sie wandte sich ab und wollte ebenfalls hineingehen.

«Adelina?»

Sie drehte sich wieder um. In Burkas Augen las sie Dinge, die sie lieber nicht wissen wollte.

«War ich das? Eine schöne zusätzliche Einnahmequelle?»

Obwohl er ganz ruhig gesprochen hatte, verletzten seine Worte sie zutiefst. Er stieg auf den Kutschbock. «Ich werde meine restlichen Sachen später abholen lassen.» Er schnalzte, und das Pferd setzte sich in Bewegung.

Adelina fühlte sich wie erstarrt. Was nun? Er war fort, und eines wusste sie: Es war ihre Schuld. Niemals hätte sie ihm die Wahrheit sagen dürfen. Nun hasste er sie. Verraten würde er sie zwar nicht, nein, dazu war er zu ehrenhaft. Aber verachten würde er sie für ihre Tat. Sie legte die Hände an ihre Wangen, die mit einem Male glühten. Vorbei. Alles vorbei. Aus dem Inneren der Apotheke wurden polternde Schritte laut.

«Lina, schnell! Du musst gucken! Fine hat eine Ratte gefangen!» Freudestrahlend kam Vitus auf die Straße gestürzt und zerrte an Adelinas Hand. «Komm, du musst gucken, bevor Ziska sie wegbringt!»

«Ja doch, Vitus, ich komme schon.» Sie ließ sich von ihrem Bruder ins Haus ziehen und durch die Hintertür wieder in den Garten hinaus. Fine saß hoch erhobenen Hauptes vor ihrer Beute, einer ungeheuer fetten Ratte, die in einer Lache von Blut schwamm. Franziska stand daneben und grinste.

«So was hab ich noch nie gesehen. Eine Katze, die Ratten fängt!», lachte sie. «Aber die Mäuse im Haus, die erwischt sie nicht.»

Adelina betrachtete die Ratte und nickte.

«Tatsächlich ein großer Fang», murmelte sie, weil Vitus ungeduldig auf eine Reaktion wartete. Nachdem nun alle ihre Beute bewundert hatten, schien Fine das Interesse an ihr zu verlieren. Sie erhob sich, strich Vitus und Adelina kurz um die Beine und quetschte sich durch den Türspalt ins Haus.

«So eine eitle Katze», sagte Franziska und musste wieder lachen. Dann ergriff sie die Ratte mit spitzen Fingern am Schwanz und warf sie in die Abortgrube. Adelina nickte nur. Ihr Blick streifte über den winterlichen Garten und blieb am Zaun zu Keppelers Grundstück haften. Die Latten waren ordentlich vernagelt und so weit erhöht worden, dass niemand mehr herübersteigen konnte. Sie schluckte und presste die Lippen zusammen.

«Herrin? Ist etwas nicht in Ordnung?» Franziska sah sie besorgt an. Adelina schüttelte den Kopf.

«Ist schon gut. Ich muss nur kurz ...» Sie wandte sich ab und holte tief Luft. Es half nicht. Kopflos rannte sie ins Haus und stürzte in ihre Kammer. Hinter sich hörte sie die erschrockene Franziska noch etwas rufen, doch sie sperrte die Tür hinter sich zu und lehnte sich dagegen. Auf dem kleinen Pult neben ihrem Bett lag ein dickes Buch. Magister Arnoldus' Aufzeichnungen. Mit einem trockenen Schluchzen kroch sie ins Bett und presste das Gesicht in ihr Kissen. Es dauerte lange, bis die Tränen zu fließen begannen, und jede einzelne brannte wie Feuer in ihren Augen.

†

Den Rest des Tages verbrachte Adelina in schlafwandlerischer Betäubung. Schweigend ging sie ihren Pflichten nach. Franziska schien sich ihren eigenen Reim auf die Geschehnisse zu machen, denn sie bemühte sich nach Kräften, Vitus und Albert abzulenken. Das war auch bitter nötig, denn als Vitus endlich begriffen hatte, dass sein neuer Freund, der Medicus, nicht mehr zurückkommen würde, bekam er einen Tobsuchtsanfall, der damit endete, dass Albert und Franziska alle Kräfte zusammennehmen mussten, um das laut heulende Bündel ins Bett zu verfrachten.

Adelina nahm das alles nur am Rande wahr. Sie konnte sich auch nicht aufraffen, zu ihrem Bruder zu gehen, um ihn zu trösten. Zum ersten Mal überließ sie diese Aufgabe jemand anderem.

Am späten Nachmittag klopfte ein strohblonder

Kerl mit schweren Holzpantinen an den Füßen an die Haustür. Sein rechtes Bein war etwas kürzer geraten als das linke, was ihn jedoch bis auf ein leichtes Hinken nicht zu behindern schien. Er wollte die restlichen Kisten des Medicus abholen. Adelina schickte ihn allein in die Dachkammer und wartete am Fuß der Treppe, bis der breitschultrige junge Mann, der sich als Ludowig vorgestellt hatte, wieder heruntergepoltert kam. Er trug gleich zwei Kisten auf einmal, die er mit einer Leichtigkeit auf seinen Handkarren lud, als seien sie leer. Adelina wusste indes, dass beide Kisten bis oben hin mit Büchern und Papieren gefüllt waren.

Ludowig wirkte bei aller Poltrigkeit rechtschaffen und freundlich auf sie. Burka schien ein gutes Händchen für die Auswahl von Dienstboten zu haben.

†

Am folgenden Morgen ging es Adelina körperlich etwas besser, sodass sie sich ihren Pflichten wieder gewachsen fühlte. Sie hatte gut und lange geschlafen, jedoch nur, weil sie sich heimlich etwas vom Schlafmohn in der Apotheke genommen hatte. Ihre Gedanken kreisten aber noch immer abwechselnd um die Todesfälle im Hospital und den für den morgigen Tag bevorstehenden Besuch Ludolf Beichgards. Was ihr schwerer auf dem Magen lag, wusste sie nicht.

Gegen Mittag holte sie ihr Kleid bei der Schneiderin ab und machte auf dem Rückweg einen Schlenker über den Neumarkt. Sie tauchte ein in die Menge aus Marktschreiern, Bürgern, Handwerkern, Kaufleuten und Bauern, die ihren täglichen Geschäften nachgingen, und ließ sich von ihr treiben. Dabei ging ihr die Frage nicht aus dem Sinn, wer so kaltblütig gewesen war und ein ganzes Hospital voller Menschen vergiftet hatte. Gewiss, Reese war sich sicher, dass Hilger Quattermart dafür verantwortlich war. Doch wer hatte diese schauerlichen Verbrechen ausgeführt? Sie kannte Hilger nicht, hatte ihn nur hin und wieder in der Stadt gesehen. Ein blonder, vierschrötiger Mann mittleren Alters, arrogant und herrisch. Er mischte sich nicht oft unter die Bürger der Stadt, sondern zeigte ganz deutlich, dass er von altem Adel und damit allen, auch den reichsten Patriziern, überlegen war. So gebärdete er sich wohl auch auf den Ratssitzungen und schnitt den wenigen Kaufleuten, die dort vertreten waren, das Wort ab, wie es ihm passte.

«Adelina Merten?», rief plötzlich eine raue Stimme hinter ihr.

Sie erschrak, als sie einen Reiter auf sich zukommen sah. Es war Tilmann Greverode, heute ohne seine gewalttätigen Begleiter. Er zog einen gesiegelten Brief unter seinem Mantel hervor und hielt ihn ihr unter die Nase. «Eine Nachricht für Euch, vom Rat der Stadt Köln.» Adelina nahm das Schriftstück überrascht entgegen. Er grinste. «Ihr steckt Eure Nase wohl noch immer in anderer Leute Angelegenheiten, was? Wird Euch nicht gut bekommen, das sag ich Euch. Ich wundere mich, dass Ihr überhaupt noch so allein herumlauft. Geht mich aber nichts an, was?» Er lachte, wendete sein Pferd und trabte davon.

Hastig trat sie in eine Seitengasse, erbrach das Siegel und entfaltete den Brief. Er enthielt nur zwei Sätze:

> Sonntag früh beim Narrenturm. Wir hatten mehr Glück als Verstand. G. Reese

Ihr Herz begann zu klopfen. Reese hatte es also tatsächlich geschafft, den Erzbischof zu überzeugen! Sie konnte sich nicht vorstellen, wie er das angestellt hatte, aber es war ihm gelungen. Burka durfte die Sektion durchführen.

Sie atmete scharf ein, denn schlagartig wurde ihr bewusst, dass sie mit ihm noch nicht darüber gesprochen hatte. Und Sonntag war schon morgen! Morgen! Sie rieb sich mit der Hand über die Stirn, wobei ihr verstauchtes Handgelenk unangenehm schmerzte. Morgen wollte Beichgård zu Besuch kommen.

Kopfschüttelnd ging sie weiter. Darüber musste sie später nachdenken. Wichtiger war, mit Burka zu sprechen, ganz gleich, was zwischen ihnen stand.

Sie war so in Gedanken, dass sie gerade noch hörte, wie eine weibliche Stimme aus dem Haus neben ihr «Vorsicht, Unrat!» rief. Im nächsten Moment platschte der Inhalt eines Fäkalieneimers aus dem ersten Stock in den Rinnstein. Adelina sprang erschrocken zur Seite und rutschte dabei auf dem feucht-schlammigen Untergrund aus. Mit dem linken Fuß glitt sie in den Spalt zwischen zwei Steinen und knickte um. Ein brennender Schmerz schoss durch ihren Knöchel, dass ihr die Tränen in die Augen stiegen. Fluchend humpelte sie zur Häuserwand, um sich abzustützen. Wie hatte sie nur so unachtsam sein können? Und das schon zum zweiten Mal! Vorsichtig trat sie mit dem verletzten Fuß auf. Er schmerzte stark, schien jedoch nicht gebrochen zu sein. Aber der Weg nach Hause war lang. In die Brückenstraße war es allerdings nicht so weit. Sie klemmte sich das unhandliche Paket mit dem Kleid fest unter den Arm, biss die Zähne zusammen und ging, Schritt für Schritt, weiter. Dabei bemühte sie sich, den schmerzenden Knöchel so wenig wie möglich zu belasten. Doch schon nach wenigen Metern musste sie wieder Halt machen und sich abstützen. Verzweifelt atmete sie mehrmals tief ein und aus. Dann humpelte sie wieder ein paar Schritte und musste wieder eine Pause machen. So würde sie die Brückenstraße niemals erreichen. Wieder traten ihr Tränen in die Augen, diesmal mehr vor Wut als vor Schmerz. Die Gasse, in der sie sich befand, war menschenleer. Es war eine Abkürzung, die in die Schildergasse und von dort über die Hohe Straße zur Brückenstraße führte.

Verbissen hüpfte sie ein Stückchen weiter, doch auf dem unebenen Grund kam sie aus dem Gleichgewicht. Wieder blieb sie stehen. So ging es auch nicht. Wenn sie sich auch noch den anderen Fuß verstauchte, würde sie gar nicht mehr weiterkommen. Hinter ihr erklangen mit einem Mal schwere Schritte.

«Seid Ihr das, Jungfer Merten?» Sie drehte sich um und sah den bulligen Ludowig auf sich zueilen. Besorgt musterte er sie.

«Habt Ihr Euch verletzt?»

«Ich bin mit dem Fuß umgeknickt», erklärte sie und lächelte ihn zutiefst erleichtert an. Er konnte ihr eine Mietsänfte schicken. Das war zwar teuer, aber die beste Lösung.

«Das ist doch nicht nötig», meinte er auf ihren Vorschlag. «Ich habe die Kutsche hinten am Neumarkt stehen. War nur kurz da drüben», er zeigte auf ein Haus hinter sich, «im Haus meiner Schwester. Ich bringe Euch heim. Wenn Ihr hier kurz warten wollt …»

Sie nickte, und er rannte zurück zum Marktplatz. Es dauerte nur wenige Minuten, bis die Kutsche mit dem Grauschimmel herangerollt kam. Ludowig hob Adelina fürsorglich auf den Kutschbock, und schon holperten sie los.

«Würdest du mich wohl zu deinem Herrn bringen?», bat Adelina, als sie merkte, dass er die Kutsche in Richtung Alter Markt lenken wollte.

«Ihr wollt Euren Knöchel untersuchen lassen?», fragte er und schlug den anderen Weg ein. «Seid Ihr da nicht besser bei einem Chirurgen aufgehoben?» Er lächelte freundlich. «Magister Burka ist ein hervorragender Medicus, was man so hört, aber in Knochendingen kennt er sich bestimmt nicht so gut aus. Ich hab einen Vetter, der ist Baderchirurg. Zu dem kann ich Euch bringen.»

«Nein, nein», wehrte sie ab. «Es ist nicht wegen des Knöchels. Ich muss Magister Burka in einer dringenden Angelegenheit sprechen. Ich war eben auf dem Weg zu ihm.»

Ludowig nickte.

«Dann müssen wir schauen, ob der Herr Magister schon wieder zu Hause ist. Hat wohl viele Patienten. Wo er sich doch das schöne große Haus leisten kann. Ärzte sind reiche Leute. Schließlich ist alle Welt ständig krank.» Er deutete auf ihren Fuß. «Wenn ich Euch später noch zu meinem Vetter bringen soll, müsst Ihr es nur sagen. Mach ich gerne.»

«Danke.» Sie lächelte ihn wieder freundlich an. Er war wirklich eine gute Seele. «Aber ich glaube, so schlimm ist es auch wieder nicht. Der Fuß ist sicher nur verstaucht. Das tut zwar weh, aber einen Umschlag kann ich mir später auch selber machen.»

«Stimmt ja!», rief er und lachte. «Ihr seid ja die Apothekerin, nicht wahr? Natürlich habt Ihr da Eure Medizin selbst im Haus.» Sie nickte, sagte jedoch nichts dazu, dass er sie fälschlicherweise als Apothekerin tituliert hatte. Wenn ihr Leben damals anders verlaufen wäre, trüge sie nun tatsächlich diese Berufsbezeichnung.

Wenig später hielt Ludowig vor einem frei stehenden zweigeschossigen Haus, das ziemlich am oberen Ende der Brückenstraße lag. Die Fenster des ersten Stockwerks waren zum Teil mit Butzenscheiben verglast, die im Erdgeschoss immerhin mit geschabter Schweinehaut abgedichtet. Auf der rechten Seite führte ein Weg um das Haus herum zu den Wirtschaftsräumen und zum Stall. Ludowig half ihr von der Kutsche herunter und die wenigen Stufen zur Eingangstür hinauf. Dann klopfte er mit dem in die Tür eingelassenen Metallring dreimal fest gegen das Holz.

Eine schmale, ältliche Frau mit fest um den Kopf gebundenem Kopftuch und Hunderten Lachfältchen um Mund und Augen öffnete.

«Ist der Magister im Haus, Magda?», fragte Ludowig. «Die Apothekerin möchte zu ihm.»

Magda nickte und winkte Adelina ins Haus.

«Ich hole ihn. Er ist gerade erst nach Hause gekommen und gleich in seinem Studierzimmer verschwunden. So ein fleißiger Mensch. Aber ein bisschen griesgrämig, möchte ich meinen.» Erschrocken schlug sie die Hand vor den Mund, als ihr bewusst wurde, dass sie so etwas vor einer Besucherin gesagt hatte. Dann eilte sie die breite Treppe am Ende der Eingangshalle hinauf. Adelina hörte sie an eine Tür klopfen und dann nur noch leise Stimmen. Augenblicke später kam Burka die Treppe heruntergeeilt. Erst auf den letzten Stufen drosselte er sein Tempo und musterte Adelina misstrauisch.

«Adelina.» Er klang nicht sehr freundlich. «Was wollt Ihr hier?»

Nein, ganz und gar nicht freundlich. Aber … konnte es sein, dass sie eine leichte Unsicherheit herausgehört hatte? Schweigend zog sie Reeses Botschaft aus dem Ärmel. Dabei entglitt ihr das Paket mit dem Kleid und fiel zu Boden. Ohne es zu beachten, hielt sie ihm das Schreiben hin. Er nahm es und blickte verständnislos darauf.

«Was ist das?»

«Ich war bei Reese, wegen des Mutterkorns», begann sie. Sein Kopf fuhr ruckartig in die Höhe.

«Ihr wart was? Seid Ihr von allen guten Geistern verlassen? Nach alldem, was er Euch angetan hat?»

Sie verschränkte die Arme vor der Brust.

«Er hat mir gar nichts angetan. Genau wie wir ... wie ich», verbesserte sie sich, «ist er auf der Suche nach dem Schuldigen. Er ist überzeugt, dass Hilger Quattermart hinter den Vergiftungen steckt, aber ohne Beweise hilft uns das wenig. Er sagte, dass er zumindest nachweisen müsse, dass die Opfer ein Gift zu sich genommen haben, damit er seine Parteifreunde und den Erzbischof überzeugen kann, weitere Nachforschungen anzustellen.»

«Und wie will er das nachweisen?», fragte Burka erstaunt. Sie verzog unbehaglich das Gesicht.

«Ich habe ihm angeboten, dass Ihr es herausfinden könnt. Er war heute beim Erzbischof.» Sie wies auf den Brief. «Friedrich hat es erlaubt.»

«Erlaubt? Der Erzbischof?» Verwirrt blickte Burka zwischen Adelina und dem Brief hin und her. Es dauerte einen Moment, bis er begriff.

«Ihr habt ihm angeboten ...»

«Dass Ihr eine Sektion durchführt», vollendete Adelina den Satz. Sekundenlang starrte er sie fassungslos an, dann stieß er zischend die Luft aus.

«Wie konntet Ihr es wagen?», fuhr er sie an. «Habt

Ihr den Verstand verloren? Wie konntet Ihr mit ihm darüber sprechen? Wollt Ihr mich vernichten?» Er fasste sie am Arm und schüttelte sie aufgebracht. Dabei verlor sie das Gleichgewicht und schrie auf, als sie mit dem verstauchten Fuß einen Ausfallschritt machte, um nicht zu fallen.

Erschrocken ließ Burka sie los.

«Was ist mit Euch?»

«Nichts.» Verzweifelt drängte sie die Tränen zurück. Sie humpelte ein paar Schritte von ihm fort, doch er folgte ihr.

«Seid Ihr verletzt? Lasst mich sehen.» Sein Zorn schien mit einem Mal wie weggefegt. Zurück blieb nur reine Besorgnis. Er nahm wieder ihren Arm, diesmal weitaus vorsichtiger, und führte sie in einen angrenzenden Raum. Es war die Wohnstube. Trotz der Schmerzen in ihrem Knöchel sah Adelina sich bewundernd um. In der Mitte des Raumes stand ein schwerer ovaler Tisch, in dessen Beine elegantes Rankenwerk geschnitzt war. Um den Tisch herum waren sechs gepolsterte Stühle verteilt. An den Wänden standen fünf wertvoll beschlagene Truhen sowie ein bunt bemalter Schrank. Schränke waren teuer. In dem runden Deckenleuchter brannten mindestens zehn kleine Lämpchen.

Burka zog einen der Stühle heran, und sie ließ sich erleichtert niedersinken.

«Ich habe mir vorhin den Fuß verstaucht», gab sie nun endlich zu. Er ging vor ihr in die Hocke und tastete den Fuß vorsichtig ab.

«Nicht geschwollen», murmelte er. «Wie ist das passiert?»

«Ich bin ausgerutscht. Habe einen Moment nicht aufgepasst. Was tut das zur Sache?»

«Nichts.» Er erhob sich wieder. «Aber Ihr habt schon eine verletzte Hand. Und nun der Fuß. Ihr solltet vorsichtiger mit Eurer Gesundheit umgehen.»

«Damit hatte ich bisher nie Probleme», zischte sie und ärgerte sich gleichzeitig, dass er sie schon wieder zur Weißglut brachte. Sie musste sich zusammenreißen; schließlich war sie aus einem wichtigen Grund hier.

«Ich habe Euer Geheimnis nicht verraten», sagte sie. «Ich habe Reese nur angeboten, dass Ihr eine Sektion durchführen könntet. Von Eurer Vergangenheit in Italien weiß er nichts.»

Schlagartig verfinsterte sich Burkas Miene wieder.

«Er vielleicht nicht. Aber Friedrich weiß es sehr wohl. Was glaubt Ihr …»

«Aber er hat es doch erlaubt!», rief sie erregt. «Friedrich will Hilger ebenso loswerden wie der Stadtrat. Das ist eine einmalige Gelegenheit. Bisher hat Köln immer gegen den Erzbischof gearbeitet. Nun haben die Räte ihm ein Bündnis angeboten und die Möglichkeit, das gemeinsame Ziel zu erreichen.»

«Ich kann Euch nicht helfen», sagte Burka tonlos. «Das Risiko wäre zu hoch für mich. Das ist es jetzt schon. Ihr habt schlafende Hunde geweckt.» Er seufzte. «Ich hatte gehofft, mich hier in Ruhe niederlassen zu können, Adelina. Nun muss ich fürchten, dass mir meine Lebensgrundlage erneut entzogen wird.»

«Unsinn», widersprach Adelina und versuchte, so viel Überzeugung wie möglich in ihre Stimme zu legen. «Reese ist ein Ehrenmann.»

Burka schnaubte spöttisch, doch sie nickte heftig. «Sollte er tatsächlich von Eurer Vergangenheit erfahren, wird er darüber schweigen. Und Friedrich kann ebenfalls nur daran gelegen sein, die Sache bedeckt zu halten. Es geht doch nur um den Beweis! Wenn der Rat sich sicher sein kann, dass im Hospital tatsächlich Menschen vergiftet wurden, haben sie die Handhabe, weitere Ermittlungen zu führen.»

Burka schüttelte den Kopf und wollte an ihr vorbeigehen, doch sie hielt ihn am Ärmel seines Wamses fest.

«Wollt Ihr denn nicht auch, dass der Mörder gefasst wird?»

«Um welchen Preis?», gab er zurück. Sie ließ seinen Ärmel los und starrte zu Boden.

«Um den Preis der Wahrheit», sagte sie leise. Dann hob sie den Kopf wieder. «Und um der Menschen willen, die noch immer an der Vergiftung leiden. Um der vielen Toten willen, die sterben mussten, weil ein Mann sich zum Herrscher der Stadt aufschwingen will.» Vorsichtig stand sie auf und stützte sich auf der Tischplatte ab. «Ich weiß, dass Ihr an die Mutterkorn-Vergiftung glaubt.» Sie atmete zitternd ein. Die folgenden Worte kamen ihr nur schwer über die Lippen. «Nun bitte ich Euch, mir zu helfen, sie zu beweisen.»

«Ihr bittet um sehr viel.»

«Das weiß ich. Und ich verspreche, dass ich Euch nie wieder um etwas bitten werde.»

«Tatsächlich?» Ein bitteres Lächeln huschte über seine Lippen. Er sah sie lange schweigend an, dann nickte er. «Also gut. Morgen früh beim Narrenturm, nicht wahr?»

Sie nickte und spürte gleichzeitig Erleichterung und eine tiefe Traurigkeit. Burka führte sie zur Haustür und rief nach Ludowig.

«Bring sie nach Hause», sagte er zu dem Knecht und wandte sich ab.

«Augenblick!» Adelina sah sich suchend in der Eingangshalle um. «Mein Kleid.»

Sie erblickte das Paket auf einer schmalen Bank an der Wand. Ludowig holte es eilfertig herbei.

Burka hatte sich noch einmal umgedreht.

«Das Kleid für den Brautbesuch? Soll der nicht ebenfalls morgen stattfinden?» Er räusperte sich. Adelina presste das Paket an sich, als würde es sie vor seinem Blick schützen, der mehr sagte, als ihr lieb war.

«Manche Dinge kann man nicht ändern», brachte sie heraus, doch auch ihre Stimme schwankte bedrohlich, sodass sie sich rasch abwandte.

«Ist das so?», rief er ihr nach, doch sie humpelte bereits die Stufen zur Straße hinunter.

16

Vor der Apotheke angekommen, half Ludowig Adelina noch von der Kutsche herunter und trug ihr das Paket bis zur Tür. Sie dankte und gab ihm zum Abschied zwei Kupfermünzen.

Der Apothekenraum war leer, ihr Vater nirgends zu sehen. Adelina legte das Paket auf den Verkaufstresen und suchte sich rasch Kräuter, Talkum und einige andere Zutaten für einen Umschlag zusammen. In der Küche kniete Franziska auf dem Boden und schrubbte an einem dunklen Fleck herum. Als sie Adelina sah, sprang sie erfreut auf.

«Herrin, endlich seid Ihr zurück! Ihr könnt Euch nicht vorstellen, was hier los war. Erst kam diese Begine, Heidrun, hieß sie, glaube ich, und hat nach dem Medicus gefragt. Er sollte nämlich noch einmal in diesen Narrenturm gehen, weil sie dort nicht mit den Kranken fertig werden. Und dann hat sie gesagt, dass die alte Grande Dame Brigitta vergangene Nacht gestorben ist.»

«Brigitta ist tot?» Adelina schüttelte benommen den Kopf. Damit hatte sie nicht gerechnet.

«Sie ist im Schlaf gestorben, hat die Begine gesagt. Aber das ist ja noch nicht alles. Kaum war sie nämlich fort, da klopfte der Zunftmeister, weil irgendwas mit dem Lehrjungen ist, der in Kürze kommen soll. Euer Vater ist dann mit ins Zunfthaus gegangen. Ich glaube, der Junge hat sich das Bein oder den Fuß gebrochen oder so, und es wird jetzt noch eine Weile dauern, bis er hier anfangen kann. Und als Euer Vater gerade weg war, kam dieser furchtbare Mann, der Euch kürzlich mitgenommen hat, dieser Greverode. Er wollte Euch einen Brief bringen, aber als ich sagte, dass Ihr nicht im Hause seid, ist er wieder weggeritten.»

«Ich habe ihn in der Stadt getroffen», sagte Adelina.

«Dann ist es ja gut. Er hat furchtbar wichtig getan wegen dem Brief. Und dann war Fine plötzlich verschwunden, und Vitus hat sie wie wild gesucht und geweint und herumgebrüllt. Ich konnte ihn gar nicht beruhigen. Dabei hat er einen Krug Wein umgeworfen.» Sie deutete auf den Fleck am Boden. «Am Ende bin ich mit ihm raus, und wir haben zusammen gesucht. Dabei hat Fine die ganze Zeit auf dem Dach gesessen, zusammen mit einem dicken, fuchsroten Kater.» Sie kicherte. «Anscheinend hat sie sich in das Vieh verliebt. Jedenfalls war Vitus dann wieder beruhigt, aber von der Aufregung so erschöpft, dass ich ihn zu Bett gebracht habe. Er schläft jetzt seit einer halben Stunde.»

Adelina legte ihr dankbar die Hände auf die Schultern.

«Das hast du gut gemacht, Franziska. Es tut mir Leid, dass ich nicht hier war. Vitus braucht einfach ständig eine Aufsicht. Er ist schlimmer als ein kleines Kind.»

«Ach was.» Franziska schüttelte den Kopf und lachte. «So arg war es auch wieder nicht. Ich mag ihn gern.» Sie hob lauschend den Kopf, dann wies sie mit dem Kinn in Richtung Tür. «Ich glaube, Euer Vater ist eben gekommen.»

«Adelina?», erklang in diesem Moment auch schon Alberts Stimme aus der Apotheke. Adelina seufzte und ging, um zu sehen, was los war.

«Was ist das hier für ein Kleid?» Albert hatte das Paket aufgeschnürt und wies nun mit anklagender Miene auf den blau gemusterten Stoff. «Hast du das etwa gekauft? Woher hast du das Geld?»

Verblüfft blickte Adelina ihren Vater an.

«Aber du hast mir das Geld doch selbst gegeben und gesagt, ich soll mir ein neues Kleid schneidern lassen für morgen.»

«Morgen? Was ist morgen?» Albert zog verwirrt die Stirn in Falten. Adelina wurde es mit einem Mal unwohl in ihrer Haut. Ihr Vater schien schon wieder einen Anfall von Vergesslichkeit zu haben. Sie nahm das Kleid an sich, schüttelte es aus und hängte es sich über den Arm.

«Vater, morgen soll doch Ludolf kommen. Weißt du das nicht mehr?»

«Wovon redest du? Welcher Ludolf?» Albert sah sie an, als habe sie den Verstand verloren. Sie atmete tief ein. Was sollte sie nun tun?

«Ludolf Beichgard, der Weinhändler. Er will mir doch einen Heiratsantrag machen.»

«Einen Heiratsantrag? Was redest du denn da, Sieglinde. Du bist doch schon, du bist doch meine Frau? Ist dir dieser Kerl etwa nachgestiegen? Ich werde ihn bei den Schöffen anzeigen!» Alberts Stimme wurde laut vor Aufregung. «Wie kann er es wagen, wie kann er ehrbare Frauen …?»

«Aber Vater, so beruhige dich doch!» Adelina warf das Kleid auf den Tresen zurück und nahm Albert bei den Armen. «Ich bin doch nicht Sieglinde. Ich bin Adelina, deine Tochter! Du selbst hast doch Ludolf für morgen zu uns eingeladen, weil er mir einen Heiratsantrag machen will.»

Doch ihr Vater schien nichts von dem zu hören, was sie ihm sagte. Er schimpfte wüst über den vermeintlichen Spitzbuben und wurde dabei immer wütender. Adelina bemühte sich, ihn zu beruhigen, doch es half nichts.

«Natürlich werde ich ihn bei den Schöffen anzeigen!», rief Albert aufgebracht. «Du hättest mir schon viel eher erzählen müssen, dass er dich belästigt.»

«Vater, er hat mich nicht belästigt.» Verzweifelt überlegte sie, wie sie sich verhalten sollte, und wünschte sich plötzlich nichts mehr, als dass Burka da wäre. Ihm wäre vielleicht etwas eingefallen, schließlich war er Medicus. In diesem Moment öffnete sich die hintere Tür, und Franziska kam herein.

«Was ist denn hier für eine Aufregung?», fragte sie verwundert. «Ist etwas geschehen?»

«Ah, gut dass du kommst, Franziska!», rief Albert. «Sieglinde ist völlig außer sich, weil dieser Wüstling ihre Frauenehre beschmutzen will. Dieser, dieser, äh, und das Kleid. Wie teuer muss das … Hast du den Fleck auf dem Küchenboden wegbekommen?»

Franziska nickte irritiert und sah fragend zu Adelina, die nur ratlos die Schultern hob.

Albert schien sich jedoch endlich beruhigt zu haben. Er nahm das Kleid vom Tresen und drückte es Adelina in die Arme.

«Es ist zwar bestimmt viel zu teuer gewesen, aber da du es nun mal schon gekauft hast, solltest du es besser in die Schlafkammer bringen, Sieglinde. Ich muss mich noch um ein paar Rezepturen für meine Kunden kümmern.» Er nickte verdrossen und verließ die Apotheke. Seine Schritte tappten auf der Kellertreppe, und dann hörten sie die Tür des Laboratoriums klappen.

Franziska umfasste verunsichert ihren Zopf.

«Warum nennt er Euch Sieglinde?»

«So hieß meine Mutter», sagte Adelina. Die Sorge um ihren Vater schnürte ihr mit einem Male die Kehle zu. «Franziska? Ich muss dir etwas sagen. Mein Vater scheint krank zu sein. Magister Burka meinte, dass Vaters Vergesslichkeit noch schlimmer werden kann. Und dass er uns vielleicht bald gar nicht mehr erkennen wird.»

«Wie schrecklich. Was für eine Krankheit ist das denn?», fragte das Mädchen mitfühlend.

«Das weiß ich nicht. Magister Burka konnte es mir auch nicht sagen. Nur, dass sie möglicherweise von den giftigen Dämpfen seiner Versuche kommen könnte.»

«Und dann geht er noch immer in sein Laboratorium?»

Adelina zuckte mit den Schultern.

«Wie sollte ich ihn wohl daran hindern? Er ist schließlich Apotheker und muss seine Arzneien mischen.»

«Aber wenn es ihn doch krank macht?»

«Ich kann es nicht ändern!», fuhr Adelina sie an, denn mit einem Mal spürte sie eine hilflose Wut in sich aufsteigen. «Soll ich ihn vielleicht festbinden, damit er nicht mehr in den Keller geht? Er ist mein Vater. Ich kann ihm nichts verbieten. Und nun geh mir aus dem Weg, ich habe zu tun.» Sie ließ das verstörte Mädchen stehen und trug das Kleid hinüber in ihre Kammer.

Was, wenn Albert so krank würde, dass er sein Geschäft nicht mehr führen konnte? Wie sollte sie dann ihn und Vitus versorgen und gleichzeitig Geld für ihrer aller Unterhalt verdienen? Müde rieb sie sich die Augen. War die Lösung am Ende doch, den dicken Ludolf zu heiraten? Allein bei dem Gedanken bekam sie eine Gänsehaut. Und was, wenn er gar nicht bereit war, zwei kranke Familienmitglieder durchzufüttern? Würde er ihren Vater und Vitus am Ende in den Narrenturm sperren lassen? Das durfte einfach nicht passieren. Ihr musste eine andere Lösung einfallen.

Um sich abzulenken, holte sie Eimer und Putzlumpen und begann, das ganze Haus zu schrubben. Das war für sie immer eine beruhigende Beschäftigung gewesen, und es besänftigte sie auch heute. Nur die Kammer unter dem Dach betrat sie nicht. Irgendwann würde sie auch dort oben sauber machen, doch heute war sie dazu nicht in der Lage.

†

Zum Abendessen war Albert zu Adelinas Erleichterung wieder ganz da. Er erzählte ihr ausführlich von dem Unglück, das ihren künftigen Lehrjungen ereilt hatte, und dass sie nun noch etliche Wochen warten mussten, bis der Junge von seinem Beinbruch genesen sein würde. Den morgigen Tag erwähnte er jedoch mit keinem Wort, und Adelina erinnerte ihn auch nicht daran, aus Angst, er könne sich wieder aufregen und einen erneuten Anfall bekommen.

So verbrachte sie wieder einmal eine schlaflose Nacht voller Sorgen. Und niemand war da, der sich um sie kümmerte, der ihr sagte, dass alles wieder gut werden würde. Bisher hatte sie auch nie jemanden gebraucht. Sie war mit allem allein fertig geworden, immer! Über ihr knarrte es im Gebälk.

Ein Gefühl der Leere überkam sie. Sie hätte Burka nichts sagen dürfen. Fortgegangen wäre er wohl ohnedies; welcher Mann wollte schon ewig in einer winzigen Dachkammer hausen? Aber er wäre gegangen, ohne sie zu verachten. Und das tat er nun mit Sicherheit. Jeder,

der ihr Geheimnis erfuhr, musste sie verachten. Wie konnte man einer Frau verzeihen, die ihr eigen Fleisch und Blut getötet hatte? Auch wenn es noch gar kein richtiges Kind gewesen war. Sie wusste nicht einmal, wo Ludmilla den blutigen Klumpen verscharrt hatte.

Weit vor dem Morgengrauen stand Adelina auf und ging in die Küche. Sie heizte den Ofen an, knetete Brotteig und bereitete alles für das Frühstück vor.

Dabei wurde ihr bewusst, dass sie sich eine Ausrede einfallen lassen musste, weshalb sie heute nicht mit den anderen den Gottesdienst besuchen konnte.

Als die Familie dann bei der Morgenmahlzeit saß, kam ihr eine Eingebung.

«Vater, ich werde heute die Messe in der Pfarrkirche St. Kunibert besuchen. Die Grande Dame Brigitta ist bestimmt dort aufgebahrt, und ich möchte ihr gern die letzte Ehre erweisen.»

Albert runzelte die Stirn.

«Ist das wirklich nötig, Lina? St. Kunibert ist weit von hier, da musst du ziemlich lange gehen.»

«Ich weiß, aber ich möchte so gern. Mittags bin ich wieder zurück.»

«Das will ich hoffen. Immerhin erwarten wir für den Nachmittag Besuch, nicht wahr?»

Also erinnerte er sich doch. Sie nickte pflichtschuldig. Gleich nach dem Frühstück zog sie ihr neues Kleid an und dazu eine hübsch mit Stickereien verzierte Haube.

In ihren guten Mantel gehüllt, machte sie sich wenig später auf den Weg. Zuerst ging sie in Richtung Eigelstein, und als sie den Alter Markt hinter sich gelassen hatte, schlug sie einen Bogen durch die kleinen Gässchen, um zum Narrenturm zu gelangen. Den Fuß hatte sie vor ihrem Aufbruch noch einmal mit einem Umschlag versehen und fest bandagiert. So konnte sie wenigstens einigermaßen laufen. Ihr war jedoch klar, dass der Rückweg schlimm werden konnte, weil sie ihren Knöchel bis dahin stark überanstrengt haben würde.

Georg Reese erwartete sie bereits mit zwei weiteren Männern, ebenfalls Ratsherren, vor dem Turmeingang.

«Wo ist der Medicus?», empfing er sie mit grimmiger Miene. Sie schob die Hände in die Ärmel ihres Mantels und sah sich um.

«Er wird kommen.»

«Sicher?»

«Das hat er gesagt.»

Eine Weile warteten sie schweigend. Nach und nach füllten sich die Gassen mit den ersten Kirchgängern.

Eine Frage brannte Adelina schon geraume Zeit auf der Seele.

«Wie wollt Ihr eigentlich an eine der Leichen herankommen?», raunte sie schließlich. Reese funkelte sie ungehalten an und wartete, bis eine Familie im Sonntagsstaat an ihnen vorüber war.

«Der Rat hat Anordnung gegeben, alle Verstorbenen auf den Friedhof beim Beginenhospital zu bringen. Wir sind offiziell hier, um zu prüfen, ob sich die Wächter daran halten. Im Turm gibt es eine Kapelle und diverse Kammern. In eine davon werden wir den Leichnam bringen. Viel Zeit haben wir allerdings nicht. Wenn die Messen um sind, muss der Totenwagen schon auf dem Weg nach St. Gereon sein.»

Adelina schauderte.

«Und was ist, wenn heute niemand gerstorben ist?»

«Gestern gab es eine Tote, die noch nicht abtransportiert wurde.»

«Guten Morgen», erklang hinter ihnen Burkas Stimme. Der Medicus wirkte übernächtigt und machte eine finstere Miene. Adelina konnte es ihm nicht verdenken. Dennoch war sie unendlich erleichtert, ihn zu sehen. Er hingegen würdigte sie keines Blickes, sondern folgte den Ratsherren schweigend ins Innere des Narrenturms. Adelina ging unsicher hinter ihnen her, aber Reese hielt sie zurück.

«Ihr bleibt draußen. Dort drinnen habt Ihr nichts zu suchen. Wartet vor der Tür.»

Fast ein wenig erleichtert sah Adelina den Männern nach und trat dann wieder auf die Gasse.

Dort ging sie eine Weile auf und ab, doch als die Glocken der Pfarrkirchen zu läuten begannen und die Menschen zu den Gottesdiensten riefen, fühlte sie sich zunehmend beobachtet. Sie beschloss, drinnen zu warten. Hinter der Eingangstür befand sich ein kleiner Raum, der in zwei verschiedene Gänge mündete, hinter denen sich die Gefängniszellen im Erdgeschoss befanden. Links führte eine steile Treppe in die oberen Geschosse und direkt darunter eine Stiege in die Kellergewölbe. Sie war noch nie hier gewesen, hatte jedoch aus Erzählungen gehört, dass es dort unten neben weiteren Zellen auch eine Kammer für die peinliche Befragung gab. Die Schreie, so hieß es, hörte man bis auf die Straße. Irgendwo im Erdgeschoss befand sich wohl auch die Kapelle, von der Reese gesprochen hatte.

Einigermaßen verwundert stellte Adelina fest, dass weit und breit keine Wächter zu sehen waren. Anscheinend waren sie reichlich bestochen worden. Auch wunderte sie sich, dass keinerlei Geräusche aus den Zellen oder den oberen Stockwerken drangen. Aber da der Turm stellenweise acht bis zehn Fuß dicke Mauern aufwies, wurden wohl alle Geräusche, die von oben kamen, geschluckt.

Die Zeit verging lähmend langsam. Als es Adelina kalt wurde, ging sie vorsichtig durch den ihr am nächsten liegenden Gang, der sie bis zu einer Tür führte, auf die ein schwarzes Kruzifix genagelt war. Die Kapelle. Neugierig schob sie die nur angelehnte Tür einen Spaltbreit auf und spähte hinein. Der Raum war klein und kahl. Vor einem steinernen Altar stand ein Gestell aus Eichenholz, auf dem im Bedarfsfall wohl eine Leichenbahre abgelegt werden konnte. Um das Gestell herum waren Halter mit kleinen, flackernden Talglämpchen verteilt. Die hatten wohl vor kurzem noch die Tote beleuchtet, die nun irgendwo in der Nähe aufgeschnitten wurde. Adelina schüttelte sich und spürte eine Gänsehaut auf ihrem Rücken. War es wirklich richtig, die Ruhe eines Verstorbenen zu stören und seinen Leib zu öffnen? Aber anders war es nicht möglich, das Mutterkorn nachzuweisen. Und auch dann nur, wenn die Körner nicht zu sehr vermahlen worden waren und die Opfer noch immer davon zu essen bekamen. Letzteres bezweifelte Adelina jedoch nicht, denn soweit sie gehört hatte, wütete das Antoniusfeuer unvermindert, wenn nicht sogar schlimmer als zuvor im Hospital. Wenn die Verabreichung des Giftes eingestellt worden wäre, dann hätten die Symptome inzwischen nachlassen müssen. Wahrscheinlich war das Mutterkorn wie bei ihr in die Mehlsäcke gemischt worden. Und da den Kranken mindestens zweimal am Tag Getreidebrei zu essen gegeben wurde, war es nicht verwunderlich, wenn sie immer kränker wurden. Doch weshalb hatte niemand Rückstände der schwarzen Körner im Mehl gefunden?

Adelina machte die Tür zur Kapelle wieder zu und

ging zurück zum Eingang. Natürlich wusste niemand um die Wirkung des Giftes. Was man nicht weiß, das sieht man auch nicht. Langsam betrat sie den zweiten Gang, der nach wenigen Metern nach rechts abbog und zu einer Reihe schmaler Türen führte. Eine davon war nur angelehnt; ein schmaler Lichtstreifen verriet, dass sich die Männer wohl darin aufhielten. Vorsichtig sah Adelina sich um, doch auch hier war weit und breit kein Wächter zu sehen. Unglaublich, dass Reese es geschafft hatte, sie alle von hier fern zu halten.

Leise trat sie auf die Tür zu und blieb dann unsicher stehen. Leises Gemurmel. Weshalb eigentlich durfte sie bei der Sektion nicht anwesend sein? Sie war es doch, die das Mutterkorn am ehesten erkennen würde. Bevor sie der Mut verließ, stieß sie die Tür auf und betrat den Raum. Vier Köpfe flogen zu ihr herum.

«Was tut Ihr denn hier?», zischte Reese empört. «Macht, dass Ihr hinauskommt!»

Doch sie schloss die Tür hinter sich und trat vorsichtig näher. Die Männer standen um die hölzerne Leichenbahre herum. Mehrere Pechfackeln warfen flackerndes Licht darauf. Der restliche Raum lag im Halbdunkeln. Adelina konnte jedoch erkennen, dass es sich um einen Lagerraum handelte. An den Wänden standen Regale mit Holzkisten und Stapeln von Kleidern und Decken.

Der wachsweiße Körper, über den Burka sich soeben beugte, war bis auf die Leibesmitte vollkommen verhüllt, sodass sie nicht erkennen konnte, um wen es sich handelte. Nur, dass er klein und schmal war, fiel ihr auf. Wahrscheinlich also eine Frau.

Obwohl es eiskalt war, hing ein durchdringend süßlicher Leichengeruch in der Luft. Adelina presste sich den Ärmel ihres Mantels vor die Nase und starrte gebannt auf Burkas scharfes kleines Messer, das in diesem Moment die Bauchdecke der Toten durchteilte. Blut floss auf die Matte, die die Männer in weiser Voraussicht unter den Leichnam gelegt hatten. Es war jedoch weniger, als sie erwartet hatte. Burka klappte den Bauchlappen zur Seite und begann, die inneren Organe zu untersuchen. Er tat das so geschickt, dass sie argwöhnte, er habe dies schon bei mehr als einer Leiche praktiziert. Wie stumme Figuren standen die drei Ratsherren um die Bahre und starrten auf die klaffende Wunde. Sie waren ziemlich blass geworden, hielten sich jedoch standhaft aufrecht.

«Seht Euch das an!», raunte Burka und winkte die Männer und Adelina näher. Er deutete auf die blutigen Därme. «Die inneren Organe sind stark geschädigt.»

«Woran wollt Ihr das denn erkennen?» fragte Reese verständnislos und schluckte vernehmlich. Dem Leibesinneren entströmte ein ekelhafter Fäulnisgeruch.

«Sehr Ihr nicht, dass der Darm an dieser Stelle viel dunkler, fast schwarz ist? Und hier», Burka nahm einen schmalen Holzstab und bohrte damit in der Leiche herum. «Da ist die Leber. Sie ist viel zu groß. Das Gift scheint also auch auf die Organe zu wirken.»

«Und wo sind nun Eure Körner?», knurrte Reese. Er hatte sich einige Schritte zurückgezogen. So hatte nun Adelina Gelegenheit, die offene Bauchhöhle näher zu betrachten. Wieder fiel ihr am Rande auf, dass der Leichnam ziemlich klein war, doch dieser Gedanke drang nicht recht in ihr Bewusstsein vor. Sie kam sich inzwischen ohnehin vor wie in einem grässlichen Albtraum. Entschlossen presste sie ihren Mantelärmel noch fester auf die Nase und bemühte sich, nur durch den Mund zu atmen.

Mit grimmiger Miene nahm Burka wieder sein Messerchen zur Hand und machte sich daran, den Magen zu öffnen. Adelina bewunderte seine Ruhe. Gleichzeitig wurde ihr jedoch immer deutlicher bewusst, wie dieser Mann auf die kirchlichen Behörden in Italien gewirkt haben musste. Sie konnte ihnen nicht verdenken, dass sie ihn als Ketzer angeklagt hatten. Wenn dies hier jemals an die Öffentlichkeit gelangte, wäre es sein Todesurteil. Seines und das aller anderen hier im Raum. Zwar hatte der Erzbischof ihr Handeln gebilligt, doch einen seiner eigenen Männer hatte er tunlichst nicht hergeschickt.

«Nun, was ist?» Die Ratsherren wurden langsam ungeduldig. Es dauerte ihnen zu lange, und man sah ihnen an, dass sie die Sektion inzwischen nicht mehr für eine gute Idee hielten.

«Der Magen ist fast leer.» Burka stocherte wieder mit seinem Hölzchen. «Hier ist nichts zu finden.»

«Kein Mutterkorn?» Erschrocken trat Adelina ganz nahe an die Leiche heran und beäugte das Mageninnere.

«Nicht einmal der Rest der letzten Mahlzeit.»

«Soll das heißen, dass wir umsonst hier stehen?», rief Reese, senkte jedoch rasch die Stimme. «Ihr könnt nichts finden?»

«Nichts», bestätigte Burka. Adelina sah ihm an, dass er ebenfalls verärgert war. «Aber die Organschäden weisen ganz deutlich auf eine Vergiftung hin. Seht, auch der Magen ist betroffen.»

Doch Reese schüttelte nur erzürnt den Kopf und befahl, die Leiche sofort wieder zuzunähen und endlich fortzubringen.

Burka nickte und zog Nadel und Faden hervor. Geschickt vernähte er die Bauchlappen und säuberte den Körper von den Blutresten. Dann hüllte er ein neues weißes Tuch um die Leiche, und gemeinsam trugen die Männer die Bahre zurück in die Kapelle. Adelina folgte ihnen beklommen und beobachtete, wie sie die Bahre wieder auf dem Gestell vor dem Altar abstellten und die Talglichter zurechtrückten.

«Ich gehe und hole die Leichenträger», brummte Reese.

«Wartet!», hielt Adelina ihn zurück. «Wo sind eigentlich die Wächter? Wie habt Ihr es geschafft, sie abzulenken?»

«Ihr seid wirklich einfältig.» Er schüttelte den Kopf. «Wir konnten sie natürlich nicht ablenken. Wir haben ihnen Wein gegeben, der mit Schlafmohn versetzt war. In ein paar Stunden werden sie aufwachen.»

«Und die Kranken und Gefangenen?»

«Sind angekettet, wie immer. Denen geschieht schon nichts.»

Missmutig verließ er die Kapelle. Die beiden anderen Ratsherren folgten ihm wie stumme Schatten.

«Woher hattet Ihr den Schlafmohn?», rief sie ihnen nach, doch sie bekam keine Antwort. Hinter ihr räusperte sich Burka.

«Ihr solltet Eure Stimme dämpfen», meinte er mit strenger Miene. «Den Schlafmohn haben sie von den Beginen, hat er mir erzählt.»

«Er hat die Beginen eingeweiht?» Sie blinzelte erstaunt.

«Nur Irmingard und Heidrun, die Pflegerin, die heute hier Dienst tut. Wie hätte er sonst die Wächter ruhig stellen sollen?»

«Ist Irmingard denn hier?»

Er schüttelte den Kopf.

«Heute ist die Totenfeier für Brigitta. Sämtliche Beginen der Stadt haben sich in der Pfarrkirche St. Kunibert versammelt.» Vorsichtig rückte Burka an einem der Lichtständer herum, dann wandte er sich zum Gehen.

«Kommt, wir haben hier nichts mehr verloren. Es ist schlimm genug, dass wir überhaupt hier waren.»

Adelina blickte zu dem verhüllten Leichnam; sie spürte ein ungutes Kribbeln in der Magengrube. Der Körper war so klein. Langsam ging sie ein paar Schritte darauf zu.

«Was habt Ihr vor?», fragte Burka misstrauisch. Sie hob die Schultern.

«Wer ist die Tote?»

«Das tut nichts zur Sache, Adelina. Kommt, wir gehen jetzt.»

Sie sah ihn an. Er wirkte erschrocken.

«Ich will wissen, wer es ist», beharrte sie und trat nahe an die Bahre heran. Das Herz klopfte ihr mit einem Male bis zum Hals.

«Nein!», Burka packte sie am Arm und wollte sie mit sich fortziehen, doch sie wehrte sich und machte einen Schritt zur Seite. Dabei stieß sie eine der Talglampen samt Ständer um. Burka griff nach dem Ständer, gerade rechtzeitig, bevor dieser zu Boden fallen konnte. Das Lämpchen landete mit einem harten Klacken auf den Steinfliesen.

«Nein!», rief er noch einmal, aber sie hatte bereits die Hüllen vom Kopf der Leiche gelöst. Als sie in das kleine, stille, grau verfärbte Gesichtchen blickte, stieß sie einen erstickten Schrei aus.

«Ich habe Euch doch gesagt, Ihr sollt das nicht tun!», schimpfte Burka aufgebracht und zog die Tücher wieder über den Kopf. Dann stellte er das erloschene Talglicht auf den Ständer zurück, nahm Adelina am Handgelenk und zog sie mit sich aus der Kapelle.

«Vincentia», murmelte sie, als sie beim Turmeingang anlangten. «Ihr habt Vincentia aufgeschnitten!»

Burka sah ihr besorgt ins Gesicht und zog sie weiter bis auf die Gasse.

«Atmet tief durch», befahl er.

«Ihr habt es die ganze Zeit gewusst.» Anklagend starrte sie ihn an. Er verschränkte die Arme vor der Brust.

«Und was macht es für einen Unterschied? Das Mädchen ist tot. Ihr könnt ihr nicht mehr helfen. Sie wird noch heute zum Spitalsfriedhof gebracht.»

«Sie war doch noch ein Kind.»

«Es war die einzige Möglichkeit für uns.» Burka wandte sich ab und ging die Gasse entlang zur nächsten größeren Straße. In der Nähe begann die Glocke einer Kirche zu läuten und verkündete das Ende der Messe. Nach und nach fielen nah und fern immer mehr Glocken ein, bis eine Woge von Geläut über Köln hinwegrollte. Rasch füllten sich die Gassen wieder mit Menschen, die in Trauben aus den Kirchen strömten.

Kaum zu glauben, dass nur so wenig Zeit vergangen war.

Am Ende der Straße wartete Ludowig mit der Kutsche auf Burka. Adelina blieb stehen.

«Auf Euren Händen sind noch Blutflecken.»

«Ich weiß.» Mit dem Kinn wies Burka auf einen Stadtbrunnen in der Nähe. «Ich werde mich hier säubern. Falls jemand fragt, habe ich einem Verletzten geholfen.»

«Und es hat uns nichts gebracht», murmelte Adelina. «Es war alles umsonst. Reese war sehr zornig.»

«Das war er», bestätigte Burka voller Ingrimm. «Gleichwohl. Wir mögen zwar kein Mutterkorn gefunden haben, aber die Organschäden weisen trotzdem ganz deutlich auf eine Vergiftung hin. Ich habe so was schon bei Schweinen gesehen, denen man Gift gegeben hatte.»

«Bei Schweinen?» Entsetzt schüttelte Adelina den Kopf. Burka zuckte mit den Schultern.

«Adelina, Ihr wusstet doch, dass es ein großes Risiko war. Die Aussichten, noch Reste der Körner zu finden, waren denkbar gering, wenn man bedenkt, wie oft sich die Kranken erbrochen haben.»

«Weshalb habt Ihr dann mitgemacht?»

Er verzog das Gesicht. «Hättet Ihr Ruhe gegeben? Ich hatte doch im Grunde keine Wahl, weil Ihr Reese bereits von mir erzählt hattet. Außerdem sehe ich es wie Ihr; man kann nicht dulden, dass ein Mörder frei herumläuft. Und es bestand ja immerhin eine kleine Möglichkeit.»

«Und jetzt?», fragte sie verzagt. Er zuckte mit den Schultern.

«Jetzt sollten wir nach Hause gehen. Erwartet Ihr nicht für heute noch Besuch?»

Sie blickte ihn schweigend an. Der letzte Satz hatte bitter geklungen ... und er hatte sie verletzt.

«Ihr habt Recht. Ich sollte mich beeilen», antwortete sie spröde und wandte sich zum Gehen. Sie hörte, wie er ihr ein paar Schritte weit folgte und dann wieder stehen blieb.

«Adelina?», rief er. «Euer neues Kleid ist sehr hübsch.»

Doch sie drehte sich nicht mehr um.

17

Wie befürchtet hatte sie, als sie daheim angekommen war, starke Schmerzen im Knöchel. So musste sie sich zuerst einen neuen Umschlag machen. Franziska hatte bereits das Mittagessen vorbereitet. Vitus spielte mit Fine, und Albert döste auf der Ofenbank vor sich hin.

Nachdem sie gegessen hatten, legte er sich für ein Schläfchen hin, und auch Vitus verkroch sich in seine Kammer. Franziska bat, ihren Vater besuchen zu dürfen, und Adelina erlaubte es ihr gern, denn so hatte sie ein bisschen Zeit für sich, um über alles nachdenken zu können.

Die Erinnerung an die Ereignisse des Vormittags kamen ihr seltsam unwirklich vor. Und dass es ausgerechnet Vincentia gewesen war, die Burka seziert hatte, machte alles noch viel schlimmer. Sie hatte die Kleine gern gehabt. Natürlich hatte Burka Recht. Es machte keinen Unterschied für Vincentia, aber ihr, Adelina, tat es unendlich Leid, dass sie ihren unschuldigen Leib verletzt hatten.

Das Schlimmste an der Situation war jedoch die Tatsache, dass die Sektion keinen Erfolg gebracht hatte. Nun standen sie wieder am selben Punkt wie zuvor. Nein, eigentlich war es noch schlimmer: Reese musste dem Erzbischof und seinen Parteifreunden mitteilen, dass die Sektion ein Fehlschlag gewesen war.

Ein lautes Pochen an der Haustür riss sie aus ihren

Gedanken. Sie erschrak. So früh hatte sie nicht mit Beichgard gerechnet. Sie strich ihr Kleid glatt, richtete rasch ihre Haube und eilte in die Apotheke. Vor der Tür atmete sie tief ein, dann öffnete sie.

«Guten Tag, Adelina», grüßte der Weinhändler mit ausgesuchter Freundlichkeit. Sein rundes Gesicht strahlte ehrliche Freude aus, sie zu sehen.

Sie bat ihn einzutreten und führte ihn in die warme Küche. Zwar hätte die Wohnstube einem Besucher wie ihm eher angestanden, doch ihr war eben noch eingefallen, dass sie vergessen hatte, dort den kleinen Ofen anzuheizen. In letzter Zeit schienen ihr die normalsten Hausarbeiten Probleme zu bereiten. Sie war einfach nicht bei der Sache, und wenn sie ehrlich zu sich war, wusste sie auch, woran das lag. Doch jetzt hieß es erst einmal, mit Beichgard fertig zu werden. Noch immer war sie sich nicht im Klaren darüber, was sie tun sollte.

So bot sie ihm einen Sitzplatz und einen Becher Wein an.

«Danke, meine Liebe», sagte er mit einem breiten Lächeln. «Ihr seht heute ganz besonders reizend aus. Ist das ein neues Kleid? Ich wundere mich, dass Ihr Zeit hattet, Euch eines anfertigen zu lassen. Immerhin habt Ihr Euch zuletzt wieder ganz erheblich in fremde Angelegenheiten gemischt, nicht wahr? Wie ich hörte, war diese Sektion heute Eure Idee. Sehr einfallsreich. Nur leider erfolglos. Georg war ausgesprochen missgelaunt.»

«Hat er den Erzbischof schon informiert?», fragte Adelina niedergeschlagen. Beichgard schüttelte den Kopf.

«Friedrich hat sich nach Bonn zurückgezogen, wie

so oft. Für den Stadtrat ist das allerdings unerheblich. Wir werden noch heute Abend entscheiden, ob und wie wir gegen Hilger und seine Sympathisanten angehen können, auch ohne Euren Beweis.»

«Aber Magister Burka hat doch deutlich herausgestellt, dass das Mädchen in jedem Falle an einer Vergiftung gestorben ist», erwiderte sie heftig. Beichgard winkte ab.

«Das wird nicht reichen, denn das Gift selbst wurde nicht nachgewiesen. Im Übrigen solltet Ihr Euch darüber nicht mehr so viele Gedanken machen. Hilger wird seine gerechte Strafe so oder so bekommen.»

«Hilger.» Sie nickte. «Mag sein. Aber er war es doch nicht selbst, der den Leuten das Gift eingegeben hat. Soll der Täter unbehelligt bleiben?»

«Natürlich werden wir dafür sorgen, wenn es so weit ist, dass Hilger dazu befragt wird. Er wird uns die Namen seiner Helfershelfer schon verraten. Damit habt Ihr aber nichts mehr zu schaffen. Kümmert Ihr Euch um Euren Bruder und die Apotheke.» Er lächelte wieder und winkte ihr, sich neben ihn zu setzen. Zögernd ließ sich Adelina auf der Bank nieder, jedoch so weit von ihm entfernt, wie es der Anstand verlangte. Er nahm ihre Hand und drückte sie leicht.

«Adelina, Ihr wisst, weshalb ich hier bin. Euer Vater hat die Zustimmung bereits gegeben. Nun ist es an Euch.» Bevor sie etwas sagen konnte, sprach er eilig weiter. «Mir ist bekannt, dass Ihr eine sehr selbständige und ... eigenwillige Frau seid. Doch das ist in meinen Augen kein Fehler. Und immerhin hattet Ihr es nicht immer leicht im Leben. Aber das könnte sich ändern. Bei mir hättet Ihr es angenehm. Und falls Ihr es wünscht, könnte ich meinen Einfluss und mein Vermögen geltend machen, damit Ihr Eure Meisterprüfung ablegen und eine eigene Apotheke eröffnen könnt.»

Adelina starrte ihn verblüfft an.

«Woher wisst Ihr …?»

«Dass Ihr bei Eurem Vater eine ordentliche fünfjährige Lehrzeit absolviert und die Gesellenprüfung bestanden habt? Siebzehn wart Ihr damals, nicht wahr? Oder erst sechzehn? Und dass Ihr seither hier arbeitet, das Geld für die Meisterprüfung jedoch nicht aufbringen könnt, weil Euer Bruder so viel Pflege braucht?» Beichgard schüttelte leicht den Kopf. «Adelina, ich bin seit vielen Jahren Zunftschatzmeister. Solche Dinge bleiben mir nicht verborgen. Zumal Ihr mir schon vor längerem ins Auge gefallen seid. Wenn es also Euer Wunsch sein sollte, werde ich mein Möglichstes für Eure Anerkennung als Apothekerin tun. Und dem Ruf meines Hauses wird es nur förderlich sein, nicht wahr? Natürlich müsstet Ihr aufhören, Euch in die Angelegenheiten des Rates einzumischen. Das ist Männersache und sollte Euren hübschen Kopf nicht belasten. Verwendet Euren Verstand lieber darauf, unsere Töchter, sollten wir welche haben, im Apothekerhandwerk auszubilden. Unsere Söhne würden natürlich in den Weinhandel eingeführt.»

Schweigend hatte Adelina ihm zugehört. Er schien alles schon geplant zu haben. Und er war ein wirklich freundlicher Mann. Doch sosehr sie es auch versuchte, sie konnte sich das alles nicht vorstellen. Und was wäre wohl mit Ludolfs Ehre, wenn ihr Geheimnis herauskäme? Darüber wollte sie lieber nicht nachdenken.

«Sagt, möchte uns Euer Vater nicht Gesellschaft leisten?»

Erleichtert über den Themenwechsel, sprang sie auf. «O doch, natürlich. Er ist wohl noch in seiner Kammer. Wenn Ihr mich einen Moment entschuldigen wollt, hole ich ihn.»

Beichgard nickte, und sie floh aus der Küche.

Auf dem Gang schloss sie kurz die Augen und sammelte sich. Sie konnte diesen Mann unmöglich heiraten. Er war so glatt wie ein frisch gefangener Aal, zwar freundlich und mit den besten Absichten hier, doch das alles war unwichtig. Natürlich brauchte sie jemanden, der sie versorgte, wenn ihr Vater noch kränker wurde. Auch Vitus zuliebe.

Aber sie wollte ihn nicht. Niemals. Auch nicht, wenn er ihr ein eigenes Geschäft verschaffte.

«Er wäre Euch nicht gewachsen», hörte sie Burka wie von ferne sagen, und sie sah sein schalkhaftes Lächeln vor sich. Ein Lächeln, das sie schon lange nicht mehr an ihm gesehen hatte. Manche Dinge ließen sich nun mal nicht ändern.

Sie straffte die Schultern und ging zur Kammer ihres Vaters, klopfte kurz und trat ein. Albert lag in seinen Kleidern auf dem Bett, die Decke bis zum Hals hochgezogen, und schlief.

«Vater!» Sie rüttelte ihn an der Schulter, bis er die Augen aufschlug. «Steh bitte auf, unser Besuch ist da.»

«Besuch? Welcher Besuch?» Verwirrt rieb Albert sich die Augen.

«Ludolf Beichgard», antwortete sie und half ihm, seine Kleider zu richten.

«Was? Wer? Heute?» Albert runzelte verwundert die Stirn und ging hinüber in die Küche. Adelina folgte ihm mit einem unguten Gefühl. Ihr Vater schien schon wieder leicht verwirrt. Sie hoffte, dass sich das gleich wieder legen würde.

†

«Ludolf, guten Tag!», begrüßte Albert den Besucher und ließ sich ihm gegenüber am Tisch nieder. Adelina atmete auf und machte sich daran, Würzwein in einem Topf zu erhitzen, behielt ihren Vater jedoch vorsichtshalber im Auge.

«Ich war auf deinen Besuch gar nicht vorbereitet», sagte er gerade. Das breite Lächeln auf Beichgards Gesicht wandelte sich in Erstaunen.

«Nicht? Wir hatten den heutigen Tag doch verabredet, oder nicht?» Als Albert nur mit den Schultern zuckte, ließ er es dabei bewenden. «Ich habe Adelina gerade gesagt, wie ausgesprochen reizend sie heute aussieht.»

«Adelina?» Albert sah sich kurz um. «Ach ja, sie ist wirklich ein liebes Mädchen. Und ihrer Mutter so ähnlich! Wenn sie einmal groß ist, wird sie eine Schönheit sein. Nicht wahr, Sieglinde?»

Adelina verschüttete den Wein, den sie gerade in den Topf über dem Dreibein hatte gießen wollen. Das Herdfeuer zischte laut auf, und eine kleine Dampfwolke stieg hoch. Beichgard blickte unsicher zu ihr, dann wieder zu Albert. Offenbar wusste er nicht recht, was er mit dessen Worten anfangen sollte.

Sie stellte den Krug ab und wischte sich die Hände an einem Leinentuch trocken, während sie fieberhaft überlegte, wie sie reagieren sollte.

«Vater, du verwechselst da etwas. Herr Beichgard ist wegen mir hier. Du hast ihn doch selbst eingeladen, weißt du nicht mehr? Wegen des Heiratsantrags?»

«Heiratsantrag? Wen will er denn heiraten? Unser Mädchen etwa? Sie ist doch noch ein kleines Kind, Sieglinde. Ich werde sie doch nicht jetzt schon einem so viel älteren Mann anverloben!» Albert schüttelte den Kopf und sah Adelina anklagend an. Beichgard räusperte sich.

«Adelina? Was ist hier los? Soll das ein Scherz sein?»

«Wieso Scherz?», rief Albert erregt. «Du willst ja wohl nicht wirklich um die Hand meines kleinen Mädchens anhalten? Das ist doch Blödsinn. Aber warte! Sieglinde, hast du nicht gesagt, er habe dich belästigt? Stimmt das, Ludolf? Bist du am Ende meiner Frau nachgestiegen?»

«Albert, was ...?» Beichgard zog irritiert die Brauen zusammen.

«Vater, beruhige dich! Niemand ist irgendwem nachgestiegen. Weißt du was, ich werde Herrn Beichgard nun hinausbegleiten. Du wartest hier, dann mache ich dir gleich einen schönen heißen Wein.» Adelina tätschelte ihrem Vater beruhigend die Wange, dann winkte sie Beichgard, mit ihr zu kommen.

Kaum waren sie aus der Tür, als er sie an der Schulter fasste.

«Was geht hier vor?» Alle Freundlichkeit war aus seiner Stimme gewichen. Sie schüttelte den Kopf und legte den Zeigefinger an die Lippen. Eilig ging sie voraus in die Apotheke. Erst dort wagte sie zu sprechen.

«Herr Beichgard, es tut mir Leid, dass das passiert ist. Ich wusste nicht, dass er schon wieder so einen Anfall hat.»

«Schon wieder? Anfall?»

Sie nickte unbehaglich.

«Mein Vater ist krank. Er leidet an einer Art Vergesslichkeit. In den letzten Wochen ist es zunehmend schlimmer geworden. Er hält mich immer öfter für meine Mutter und lebt in der Vergangenheit. Ich weiß nicht, was man dagegen tun kann, aber Magister Burka meinte, es könne noch schlimmer werden.»

«Noch schlimmer?», echote Beichgart. «Also ist nicht nur Euer Bruder, sondern auch Euer Vater krank? Liegt es am Ende doch in der Familie?»

Adelina erschrak. Noch nie war ihr in den Sinn gekommen, dass die Leute es so sehen könnten. Sie schüttelte entsetzt den Kopf.

«Nein. Die Krankheit meines Vaters ist etwas vollkommen anderes als die meines Bruders. Das eine hat mit dem anderen nicht das Geringste zu tun.»

«Seid Ihr da sicher?» Abwehrend hob er die Hände. «Also ich bin es ganz und gar nicht. Und warum hättet Ihr es sonst verschwiegen?»

«Ich habe gar nichts verschwiegen», protestierte Adelina empört.

«Das hätte ich wissen müssen. Nein, Adelina, es tut mir wirklich sehr Leid. Aber Ihr müsst verstehen, unter diesen Umständen möchte ich lieber von einer Verbindung mit Eurer Familie absehen. Das geht nicht gegen Euch. Es würde dem Ansehen meines Hauses einfach zu sehr schaden. Das seht Ihr doch ein?» Er ging zur Tür und drehte sich noch einmal um. «Ich denke, Ihr versteht meine Entscheidung. Ihr seid eine kluge Frau. Aber nun muss ich fort. Ich muss noch zu einer wichtigen Versammlung. Gehabt Euch wohl, Adelina.» Er nickte ihr mit einem verlegenen Lächeln zu und verließ das Haus.

Adelina sah ihm mit gemischten Gefühlen nach. Einerseits sorgte sie sich, was passieren würde, wenn Beichgard die Nachricht von Alberts Krankheit weitertragen würde, doch andererseits fühlte sie eine tiefe Erleichterung.

†

Als sie in die Küche zurückkehrte, war Albert verschwunden. Erschrocken suchte sie alle Zimmer nach ihm ab und fand ihn schließlich in seinem Laboratorium. Er saß auf einem wackeligen Hocker am Tisch und starrte auf die Abbildungen in einem dicken Buch. Als er sie hörte, hob er den Kopf und lächelte unsicher.

«Adelina, was tust du denn hier unten? Du solltest oben sein und dich auf Ludolfs Besuch vorbereiten.»

Ratlos biss sich Adelina auf die Lippen.

«Ludolf war doch gerade hier, Vater.»

«Er war schon hier? Aber das ...» In größter Verwirrung fuhr sich Albert durch die Haare. «Das kann doch nicht sein? Warum hast du mich nicht geholt?»

«Du warst doch oben bei uns.» Verzweifelt hob Adelina die Hände. «Er ist wieder gegangen, weil du dich so eigenartig benommen hast.»

«Eigenartig? Ich war doch die ganze Zeit hier unten, oder nicht?» Nun sah er sie an, als habe sie den Verstand verloren. Fast befürchtete sie, tatsächlich nicht mehr weit davon entfernt zu sein.

«Du warst bei uns oben», erklärte sie betont langsam. «Aber du hast gedacht, ich sei Mutter und Ludolf sei mir nachgestiegen. Weißt du denn gar nichts mehr?»

«Was redest du denn da?» Er schüttelte zweifelnd den Kopf. «Ich muss schon sagen, Adelina, das ist nicht sehr lustig. Ludolf ist also schon wieder gegangen? Habt ihr euch geeinigt, wegen der Hochzeit, meine ich?»

«Vater, es wird keine Hochzeit geben. Ludolf hat es sich anders überlegt.»

«Wie, anders überlegt?», fuhr Albert empört auf. «Das darf doch wohl nicht wahr sein! Hast du ihm etwa gesagt, dass du nicht einwilligst?»

«Das habe ich nicht», erwiderte sie aufgebracht. Sie

musste sich zusammenreißen. Es brachte gar nichts, mit ihm zu streiten. Womöglich löste das einen erneuten Anfall aus. Dem war sie nicht gewachsen. «Ich habe überhaupt nichts zu ihm gesagt. Aber …» Sie dachte einen Moment nach. «Er hat es sich einfach anders überlegt. Vielleicht hat er irgendwo eine bessere Partie gefunden. Das soll schon vorgekommen sein.» Besser, sie flüchtete sich in diese kleine Notlüge. Denn wie sollte sie ihrem Vater wohl klarmachen, dass er krank war und Ludolf sich wegen seines seltsamen Verhaltens zurückgezogen hatte?

Ihr Vater schüttelte entrüstet den Kopf, wandte sich dann aber unvermittelt wieder seiner Apparatur zu. Adelina sah ihm einen Augenblick zu, dann ging sie zur Tür.

«Lina?», sagte ihr Vater plötzlich mit belegter Stimme. Sie drehte sich noch einmal um und sah in sein bekümmertes Gesicht. «Was geschieht mit mir?»

Fragend hob sie die Brauen. Er winkte sie zu sich heran.

«Irgendetwas ist mit mir. Ich merke es wohl. Du hast gesagt, ich wäre oben gewesen, als Beichgard hier war. Daran erinnere ich mich nicht. Und auch nicht daran, dass ich dich mit deiner Mutter verwechselt hätte. Wie kann das sein?»

Adelina trat zu ihm und nahm seine Hand.

«Ich weiß es nicht», sagte sie und spürte eine schreckliche Hilflosigkeit. «Ich weiß es nicht.»

«Ich mache mir Sorgen.» Er umschloss ihre Finger mit seinen mageren Händen. «Nicht um mich, sondern um dich, mein Mädchen. Was wirst du tun, wenn ich die Apotheke einmal nicht mehr halten kann? Wenn dieses … wenn es noch schlimmer wird mit mir.»

«Vater …»

«Lina, ich weiß, dass es schlimmer wird. Ich will, dass du versorgt bist. Du und Vitus. Wie soll es weitergehen? Du brauchst einen Mann an deiner Seite.»

«Ach Vater.» Sein trauriger Blick war zu viel für sie. Tränen traten ihr in die Augen, und als er das sah, nahm er sie in die Arme und drückte sie an sich. Sie erwiderte die Umarmung und wünschte sich nichts sehnlicher, als dass alles wieder gut würde.

†

Den Montagmorgen begann Adelina ganz bewusst so, wie sie es am liebsten hatte. Sie stand noch vor dem Morgengrauen auf, knetete Brotteig, backte zusätzlich einen Rosinenhonigkuchen und bereitete in aller Ruhe das Frühstück. Sie musste wieder Normalität in ihr Leben bringen, und das ging am besten, wenn sie sich an ihre alten Gewohnheiten hielt.

Irgendwie würde es eine Lösung für all ihre Sorgen geben. Sie würde sie finden, so wie sie bisher auch immer alles gemeistert hatte. Es gab keinen Grund, weshalb sie es nicht allein schaffen sollte.

Ihre Gedanken wanderten wie von selbst zu den Vorfällen der letzten Tage zurück. Den Anblick des kleinen Mädchens würde sie noch lange im Gedächtnis behalten. Und alles war umsonst gewesen. Nicht den leisesten Anhaltspunkt hatten sie gefunden. In der Zwischenzeit hatte der Mörder vielleicht noch mehr Menschen vergiftet. Die meisten ehemaligen Hospitalsinsassen waren mittlerweile schwer erkrankt. Um eines Grundstücks willen. Adelina zermarterte sich den Kopf, wer der Täter sein konnte. Es musste jemand ein, der Zugang zu den Vorräten sowohl des Hospitals als auch des Narrenturms hatte. Jemand, der auf irgendeine Weise von der Wirkung des verdorbenen Roggens erfahren hatte und der kaltblütig genug war, ihn anzuwenden. Reese und seine Männer kamen ja nun nicht mehr infrage. Wer hatte eine Verbindung zu Hilger? Sie rief sich nacheinander die Gesichter der ihr bekannten Beginen ins Gedächtnis, dann die der Mägde und Küchenhilfen. Es war sinnlos. Von ihnen konnte es keine gewesen sein, denn keine von ihnen hatte Zugang zu ihrem Haus gehabt, wo doch auch Mutterkorn aufgetaucht war. Mit einem Male wurde ihr schwindelig. Es gab doch eine Person, die im Hospital und auch bei ihr im Apothekenhaus gewesen war. Adelina wollte es nicht wahrhaben. Sie wehrte sich gegen den Verdacht, wusste jedoch, dass es sinnlos war. Sie kannte den Täter, hatte ihm vertraut, ihm alles erzählt. Warum hatte sie die Wahrheit nicht schon viel früher gesehen? Sie war so offensichtlich … und doch so unverständlich.

Adelina war so vertieft in ihre Überlegungen, dass sie das Kratzen und leise Klopfen am Fensterladen zunächst nicht wahrnahm. Als jedoch Fine auf das Fensterbrett sprang und unruhig maunzte, wurde sie darauf aufmerksam.

«Was ist mit dir, willst du hinaus?» Sie trat ans Fenster und griff nach dem Riegel. In diesem Augenblick klopfte es wieder leise, Adelina fuhr erschrocken zurück, und die Katze machte einen Buckel.

Adelina griff nach dem nächstbesten Gegenstand, ihrem Nudelholz, und öffnete den Fensterladen vorsichtig einen Spaltbreit.

«Na endlich», flüsterte eine weibliche Stimme von dem noch dunklen Weg, der am Haus vorbeiführte. «Ich dachte schon, du seiest taub!»

«Ludmilla!» Verblüfft zog sie den Fensterladen ganz auf und starrte in das von einem dicken Schal umwickelte Gesicht der Weisen Frau. «Was tust du denn hier um diese Zeit?»

Als Fine sah, dass der Störenfried nur eine harmlose Alte war, strich sie am Fensterrahmen vorbei, beäugte Ludmilla eingehend und sprang dann hinaus, um sich auf einen morgendlichen Rundgang zu machen.

«Ich muss dir etwas sagen», flüsterte Ludmilla, und Adelina nahm größtes Unbehagen auf ihrem Gesicht wahr.

«Dann komm zur Haustür, damit ich dich hereinlassen kann. Es ist viel zu kalt draußen.»

«Nein!», zischte Ludmilla und sah sich um. «Ich habe mich mit einer List in die Stadt geschlichen und muss auch auf demselben Weg wieder hinaus.» Der Atem drang ihr beim Sprechen in kleinen Wölkchen aus dem Mund. «Aber es ist sehr wichtig. Als du neulich bei mir warst, Mädchen, da habe ich dir nicht die Wahrheit gesagt.»

«Nicht die Wahrheit?» Erstaunt hob Adelina die Brauen. «Worüber?»

Ludmilla schlug für einen Moment die Augen nieder, dann blickte sie sie entschlossen wieder an.

«Ich habe dir gesagt, dass ich noch niemals jemanden mit Mutterkorn vergiftet habe.» Sie senkte die Stimme zu einem eindringlichen Raunen. «Das ist aber nicht wahr. Du warst immer gut zu mir, hast mir sogar das Kleid und die Decke schicken lassen. Ich habe so lange überlegt, aber musste einfach herkommen und dir die Wahrheit sagen. Das ist nur recht und billig.» Sie hielt kurz inne und sah sich wieder um, dann fuhr sie fort: «Es muss etwa fünfzehn oder sechzehn Jahre her sein, kurz bevor ich zum Kindbett deiner Mutter gerufen wurde. Eine junge Frau kam zu mir. Sie war sehr schön und von hoher Geburt. Aber sie hatte sich von einem verheirateten Mann verführen lassen und erwartete nun ein Kind. Monatelang hatte sie sich versteckt und vorgegeben, auf eine Pilgerfahrt gegangen zu sein, denn sie wollte das Kind gern behalten. Ich habe ihr von Anfang an davon abgeraten, doch sie wollte nicht hören. Sie liebte diesen Mann und sagte, wenn sie ihn schon nicht haben könne, so wolle sie wenigstens sein Kind behalten.» Mit einem weiteren prüfenden Blick hinter sich trat Ludmilla noch näher an das Fenster heran. «Ich kümmerte mich um sie und half ihr, als ihre schwere Stunde kam. Doch sie bekam Fieber, und die Wehen dauerten viel zu lange. Da nahm ich das Mutterkorn. Die Weise Frau, bei der ich gelernt habe, hat mich davor gewarnt und mir viele Male geraten, äußerst vorsichtig damit umzugehen. Doch ich war noch unerfahren und aufgeregt, da habe ich wohl versehentlich zu viel davon genommen. Die junge Frau wurde sehr krank davon, sie war sogar eine lange Weile regelrecht von Sinnen, dass ich schon dachte, ich müsse sie ins Narrenhaus der Stadt bringen. Das Kind überlebte. Aber es war nicht normal. Das Gesicht schief, der Körper ganz verschrumpelt. Ich weiß nicht, ob es im Bauch schon so war oder ob das Gift das bewirkt hat. Jedenfalls wollte ich es wegschaffen. Doch die Frau wehrte sich in ihrem Wahnsinn dagegen und drohte, sich ebenfalls das Leben zu nehmen, wenn dem Kind etwas geschähe.»

Adelina sah Ludmilla mit klopfendem Herzen an.

«Es war Irmingard, nicht wahr?»

Ludmilla nickte.

«Als sie nach langer Zeit endlich genesen war, so glaubte ich jedenfalls, nahm sie das Kind und wollte in die Stadt zurück. Sie hatte vor, in einen der Beginenhöfe einzutreten. Das tat sie dann auch tatsächlich, das Kind gab sie als den Sohn ihrer verstorbenen Halbschwester aus. Irmingard war ... sie ist eine ehrgeizige Frau. Sie war lange bei mir und hat einiges von mir gelernt. Mehr noch als du, denn du warst nur kurz bei mir, und ich hatte gehofft, dass du alles vergessen hättest. Aber jetzt ... Ich muss fort, bevor es hell wird.» Ludmilla zog ihren Schal noch fester ums Gesicht und wandte sich ab.

«Warte!», rief Adelina ihr mit gedämpfter Stimme hinterher. Ludmilla wandte fragend den Kopf.

«Dieser verheiratete Mann, weißt du, wie sein Name war?»

Ludmilla schwieg einen Moment, dann nickte sie.

«Lufard von Schiederich», raunte sie. Dann drehte sie sich endgültig um und verschwand geräuschlos um die Hausecke.

Adelina starrte noch lange in die Dunkelheit. Irmingard war die Mörderin. Sie hatte es auch ohne Ludmillas Geständnis gewusst. Und Lufard von Schiederich war das fehlende Bindeglied. Lufard war der engste Vertraute von Hilger Quattermart. Er hatte Einfluss auf Irmingard. Vielleicht liebte sie ihn noch immer und tat deshalb alles, was er von ihr verlangte. Mit klopfendem Herzen verschloss Adelina den Fensterladen und ließ sich gegen den Spülstein sinken. Wie war es möglich, dass Irmingard sogar ihr eigenes Kind geopfert hatte? Das Kind, dessen Vater Lufard war? Sie musste noch immer wahnsinnig sein. Nach all den Jahren, die sie Adrian aufopferungsvoll gepflegt hatte. Womit mochten ihr Lufard oder Hilger gedroht, womit sie gelockt haben?

Irmingard war Brigittas Stellvertreterin und wahrscheinlich inzwischen schon zur neuen Grande Dame gewählt worden. Und falls nicht, würde es nicht lange dauern. Doch wenn herauskäme, dass sie ein uneheliches Kind, noch dazu von einem verheirateten Mann gehabt hatte, würden die Beginen sie nicht an die Spitze aller Kölner Beginenhöfe setzen. Der Skandal wäre einfach zu groß. Witwen und unverheiratete Mädchen, auch verstoßene Ehefrauen fanden Unterschlupf in der frommen Gemeinschaft, zuweilen auch Frauen mit unehelichen Kindern. Doch Letztere wurden niemals in leitende Positionen gewählt. Es war einfach unvorstellbar.

Hatte Irmingard also das eigene Kind ihrem Ehrgeiz geopfert? Adelina spürte eine eisige Kälte in sich aufsteigen.

Und nachdem Irmingard erfahren hatte, dass Adelina der Ursache für die ersten Todesfälle, dem Schierling, auf der Spur war, hatte sie ein anderes Gift benutzt. Eines, von dem sie angenommen hatte, niemand könne es erkennen.

Aber nun wusste Irmingard von der Sektion.

Adelina rieb sich die Arme, auf der sich eine Gänsehaut ausgebreitet hatte. Sie musste so rasch wie möglich mit Reese sprechen … und Burka warnen … und sich selbst in Sicherheit bringen, bevor Hilger seine Helfer im Stadtrat auf sie ansetzen konnte.

†

Bevor sie jedoch das Haus verlassen konnte, musste sie sich um Vitus kümmern, der viel zu früh aufgewacht war und nun nach seiner Katze suchte. Adelina rief Franziska, die schließlich zusammen mit dem Jungen hinausging, um nach Fine Ausschau zu halten. In der Zwischenzeit war auch Albert aufgestanden. Er klagte über Kopf- und Gliederschmerzen. Adelina bereitete ihm Umschläge und einen kräftigen Kräutersud. Doch mit jeder Minute wurde sie unruhiger. Sie musste unbedingt zu Reese und Burka, doch ihren Vater konnte sie unmöglich allein lassen, wenn er krank war. Und jemand musste sich auch um die Apotheke kümmern.

So wurde es schließlich fast Mittag, bis sie sicher war, dass es ihrem Vater wieder gut ging und er seine Kunden alleine bedienen konnte. Allerdings wollte sie lieber nicht daran denken, was geschehen würde, wenn er erneut einen dieser Anfälle bekam und damit die Leute erschreckte. Doch es half nichts. Kurz bevor die Glocken von Groß St. Martin die Mittagsstunde verkündeten, warf sie sich ihren Mantel über.

«Vater, ich muss noch etwas einkaufen», sagte sie betont gleichgültig. «Ich bin bald wieder zurück.»

«Einkaufen wollt Ihr?», fragte eine ältliche Frau, die sich gerade eine Medizin gegen Gliederreißen einpacken ließ. «Dann rate ich Euch, bleibt hier in der Nähe, am besten auf dem Alter Markt. Vom Severinstor her sind vorhin Soldaten in die Stadt gekommen, und am Laurenzplatz haben sich ebenfalls Berittene versammelt. Ich habe gehört, dass die reichen Pfeffersäcke wieder etwas gegen die Stadt im Schilde führen.» Die Alte machte ein wichtiges Gesicht. Adelina ließ sich ihr Unbehagen nicht anmerken.

«Ich danke Euch für den Hinweis. Natürlich werde ich mich besonders vorsehen.»

«Das solltet Ihr auch. Eine junge Frau wie Ihr …»

Doch Adelina hatte die Haustür bereits hinter sich zugezogen und bekam so nicht mehr mit, was jungen Frauen wie ihr alles geschehen konnte. Mit zügigen Schritten machte sie sich auf zur Brückenstraße.

Auf halbem Weg kam ihr Ludowig entgegen. Wie immer trug er die schweren Holzpantinen an den Füßen, und als er sie sah, kam er klappernd auf sie zugerannt.

«Frau Merten, wie gut, dass ich Euch antreffe! Mein Herr schickt mich. Es ist schrecklich, ich weiß gar nicht, was ich tun soll!»

«Immer mit der Ruhe, Ludowig!» Adelina blieb stehen und versuchte ein beruhigendes Lächeln. Das Herz klopfte ihr jedoch bis zum Hals. «Was ist geschehen, und weshalb hat dich Magister Burka zu mir geschickt?»

«Er ist fort!», rief Ludowig, sah sich jedoch gleich erschrocken um und dämpfte seine Stimme etwas. «Die Männer haben ihn mitgenommen. Aber er hat sie schon kommen sehen und mir gesagt, wenn er weg ist, soll ich zu Euch laufen und Euch sagen, Ihr müsst Euch versteckt halten oder zum Ratsherrn Reese gehen. Ich weiß nicht, was das zu bedeuten hat, aber es war ihm sehr wichtig. Ich musste schwören, sofort zu Euch zu laufen, wenn die Luft rein ist. Sie haben ihn einfach mitgenommen!»

«Wer?» Adelinas Stimme zitterte, teils von der aufsteigenden Angst, teils vor Ärger, dass sie nicht schon früher losgegangen war. «Was waren das für Männer, Ludowig?»

«Ich weiß nicht, Männer in grünen Gewändern. Ich glaube, sie gehören zu den Stadtsoldaten.»

«Also keine erzbischöflichen Ritter?», hakte sie vorsichtshalber nach. Ludowig schüttelte den Kopf.

«Nein, bestimmt nicht. Die kenne ich, die tragen Blau und Hellrot. Diese hier waren in Grün und nicht so schwer bewaffnet.»

Hilgers Männer! Adelina stampfte zornig mit dem Fuß auf. «Wäre ich doch nur früher zu ihm gegangen!»

«Aber nein! Mein Herr sagte, es sei ein Glück, dass Ihr den Männern noch nicht in die Arme gelaufen seid. Aber sagt, was hat das alles zu bedeuten? Wo haben sie meinen Herrn hingebracht?» Ludowig schien den Tränen nahe zu sein, und Adelina wunderte sich wieder, wie rasch Burka so treu gesinnte Dienstboten hatte finden können.

Sie legte dem aufgeregten jungen Mann eine Hand auf den Arm.

«Ich kann dir nicht davon erzählen. Wir haben ein paar hohe Ratsherren verärgert, und nun müssen wir das Schlimmste befürchten. Ich muss sofort zu Georg Reese. Er kann vielleicht veranlassen, dass man Magister Burka freilässt. Und dann ... haben die Männer nicht gesagt, wohin sie ihn bringen?»

Ludowig schüttelte betrübt den Kopf.

«Sie haben nichts gesagt. Oder doch!» Seine Miene hellte sich ein wenig auf. «Einer von ihnen sagte etwas vom Geburhaus und dass sie sich beeilen müssten.»

«Welches Geburhaus?»

«Das haben sie nicht gesagt.» Ludowig ließ den Kopf wieder hängen. «Das hilft Euch nicht weiter, oder? Denn von den Versammlungshäusern der Bürger gibt es etliche, mindestens eins in jedem Kirchspiel.»

«Wir werden es herausfinden», sagte sie. «Kannst du mich zu Georg Reeses Haus begleiten?»

«Natürlich.» Ludowig nickte eifrig. «Ich kann auch rasch das Pferd einspannen, wenn Ihr wollt.»

«Nein, lass uns lieber kein Aufsehen erregen. Zu Fuß können wir uns eher unsichtbar machen.» Sie marschierte los, und Ludowig folgte ihr mit sorgenvollem Gesicht.

Bis zu Reeses Haus hatten sie ein gutes Stück Weg

vor sich. Als sie den Mühlenbach passierten und auf den Waidmarkt einbogen, wurden sie von einem Trupp berittener Stadtsoldaten überholt, die in gestrecktem Galopp quer durch die Budengassen preschten, dass der Dreck nur so in alle Richtungen spritzte. Die Menschen stoben auseinander wie aufgescheuchte Hühner. Adelina wich in die Nische zwischen zwei Verkaufsständen zurück, konnte jedoch nicht verhindern, von dem aufgewirbelten Matsch getroffen zu werden. Flüche wurden laut. Ein paar Schritte weiter hatte ein Reiter eine Verkaufsbude umgerissen, und das kostbare Waid, welches nur hier angeboten werden durfte und das den Tuchfärbern den begehrten blauen Farbstoff lieferte, hatte sich in einer Schlammpfütze verteilt.

«Ist Euch etwas geschehen?» Besorgt nahm Ludowig Adelina bei der Hand und beäugte sie prüfend. Sie rieb an einem der Flecke auf ihrem Kleid herum und schüttelte den Kopf.

«Nein, alles in Ordnung. Lass uns schnell weitergehen.»

Sie umrundeten die Kirche St. Georg und schlugen die Straße in Richtung St. Marien ein. Schon von weitem sahen sie den großen Menschenauflauf. Mägde, Knechte, zerlumpte Tagelöhner und gut gekleidete Bürger mischten sich zu einem bunten Haufen, der der Stadtmauer zustrebte. Nein, nicht der Stadtmauer, sondern der Lyskirchenpforte. Auch die Reiter waren dorthin unterwegs. Sie bahnten sich grob ihren Weg durch die Menschentraube, ohne Rücksicht darauf, ob jemand unter die Hufe geriet.

«Was ist denn da los?», fragte Ludowig und starrte auf die Szene. Plötzlich wurde hinter ihnen wieder Hufgetrappel laut.

«Weg da!», brüllte eine tiefe Stimme, doch es war bereits zu spät. Eine noch größere Schar Reiter donnerte an ihnen vorüber. Adelina prallte erschrocken zurück und stieß gegen Ludowig, der versuchte, sie festzuhalten. Er wurde jedoch von einem der vorüberpreschenden Pferde abgedrängt und stürzte zu Boden. Adelina fiel über ihn, und wieder spritzte Schlamm. Ludowig schrie auf, und im nächsten Moment mischte sich in den Matsch auf Adelinas Kleid sein Blut.

Offenbar hatte ein Pferdehuf ihn am Kopf getroffen. Er bemühte sich aufzustehen, dabei lief ihm das Blut in Strömen aus einer klaffenden Stirnwunde.

«Warte!» Als die Berittenen vorüber waren, rappelte Adelina sich ebenfalls auf und half dann dem Schwankenden, sich vollständig aufzurichten. «Du blutest stark. Ich muss das verbinden.»

«Ach was, das ist doch nichts», widersprach er, wurde jedoch leichenblass, als er der vielen Blutstropfen auf seinem Kittel gewahr wurde.

«Lass mich das verbinden», wiederholte sie und tastete nach ihrem Unterkleid. Es war überall voller Schlamm. Hastig sah sie sich um, konnte jedoch weit und breit kein brauchbares Stück Stoff finden. Ludowig begann wieder zu schwanken, und sie stützte ihn, so gut es ging.

«Hier, nehmt das», sagte plötzlich eine bekannte Stimme neben ihr. Magister Burka hielt ihr ein weiß-gelb gemustertes Tuch, offenbar ein Halstuch, entgegen. Sie nahm es und band es dem Knecht um den Kopf.

Ludowig lächelte schwach, als er den Medicus erkannte.

«Herr, Ihr seid wieder da! Ich dachte schon, man hätte Euch eingesperrt. Ich bin zu Jungfer Merten gegangen, wie Ihr es gesagt habt, und jetzt wollten wir zu …»

«Reese», ergänzte Adelina. Ihr Herz vollführte einen Veitstanz der Erleichterung in ihrer Brust. «Wie kommt Ihr hierher? Ludowig sagte, man habe Euch abgeführt.»

«Hat man auch. Hilgers Männer. Offenbar hat er von ... unserem Tun erfahren. Er wollte mich vor Gericht bringen, um damit auch dem Stadtrat zu schaden. Sie brachten mich zum Geburhaus von Airsburg, wo ein Teil des Rates offenbar heute tagen wollte. Wie es aussieht, hatte Hilger vor, sich gegen seine Feinde zu verschwören. Ich passte nicht in ihren Plan, obwohl er mich bestimmt liebend gern angeklagt hätte.» Burka schüttelte den Kopf. «Er wartete jedenfalls vor dem Geburhaus auf den Rest seiner Männer. Dann gingen sie hinein und schleppten mich mit. Was sie nicht wussten, war, dass drinnen bereits Reese mit seinen Freunden wartete. Es gab einen Kampf. Ein paar Männer wurden schwer verletzt. Reeses Leute waren in der Überzahl und haben Hilgers Gefolgsleute festgenommen. Ich konnte mich aus dem Staub machen.» Er zuckte mit den Schultern, dann musterte er Adelina. «Ihr seht schrecklich aus. Ist Euch etwas zugestoßen?»

Adelina blickte an sich herunter. Das Kleid war völlig verdorben. Als sie an ihre Haube fasste, merkte sie, dass diese verrutscht und ebenfalls schmutzig war. Mit einem Ruck zog sie sie vom Kopf, schüttelte sie notdürftig aus und band sie sich dann wie ein Kopftuch wieder um. Ihr Handgelenk schmerzte wieder, doch sie ignorierte es.

«Mir geht es gut», sagte sie zwischen zusammengepressten Zähnen. «Um Ludowig sollten wir uns kümmern.»

Burka nickte. Adelina wollte auf Reeses Haus zusteuern, doch er hielt sie zurück.

«Lasst uns lieber von hier verschwinden. Seht Ihr nicht, was da vorne los ist?» Er deutete auf die aufgeregten Menschen, die sich noch immer um die Lyskirchenpforte drängten. Die Reiter waren verschwunden. Offenbar hatten sie das Stadttor passiert.

«Hilger ist mit einem seiner Vertrauten geflohen, nachdem der Kampf im Geburhaus begann», erzählte Burka weiter und übernahm es, Ludowig zu stützen. Er führte den Knecht in die entgegengesetzte Richtung; Adelina folgte ihnen. «Anscheinend ist er durch dieses Tor entkommen», schloss er.

So rasch es ging, brachten sie den verletzten Knecht in Burkas Haus zurück, wo der Medicus ihn sorgfältig verarztete.

«Ich muss mit Euch reden», sagte Adelina, als Burka mit der Behandlung fertig war und Ludowig in seine Kammer geschickt hatte. «Ich weiß, wer für die Morde verantwortlich ist ... und für Eure Verhaftung heute.»

«Ihr wisst ...?» Er starrte sie entgeistert an.

«Es ist Irmingard.»

«Irmingard? Wie kommt Ihr darauf?» Er wischte sich die Hände an einem feuchten Leinentuch ab. Adelina atmete tief ein und erzählte dann in knappen Worten, wie sie auf Irmingard als Mörderin gekommen war. Burka hörte ihr still zu. Er schwieg auch noch, als sie geendet hatte.

«Was tun wir jetzt?», fragte sie, als die Stille immer länger währte. Burka verschränkte die Arme vor der Brust.

«Wir ... überhaupt nichts. Ihr geht heim. Ich kümmere mich um Irmingard.»

«Ihr?» Adelina stemmte die Hände in die Seiten. Er nickte jedoch nur ruhig.

«Ihr haltet Euch da heraus. Wenn sie es wirklich war,

ist diese Frau gefährlich und zu allem fähig. Was glaubt Ihr, tut sie mit Euch, wenn sie erfährt, dass Ihr ihr auf die Schliche gekommen seid?»

«Das Gleiche, was sie mit Euch tun würde?», gab sie schnippisch zurück. Er schüttelte den Kopf.

«Nein. Ich werde mit Reese sprechen. Ihr wisst selbst, dass es keinerlei Beweise gegen sie gibt. Der einzige Weg ist, sie zur Rede zu stellen und sie zu einem Geständnis zu bewegen.»

«Aber das …»

«Und Ihr werdet Euch da heraushalten, habt Ihr verstanden?» Seine Stimme wurde immer lauter. «Lieber Gott, habt Ihr nicht gesagt, der kranke Junge sei ihr Sohn gewesen? Sie muss vollkommen wahnsinnig sein. Keinesfalls werdet Ihr auch nur in ihre Nähe gehen.» Er warf seinen langen Mantel über und wandte sich zum Gehen. «Ihr bleibt hier und wartet. Ich sehe nach, was in der Stadt los ist.»

Adelina folgte ihm mit finsterer Miene.

«Ich gehe nach Hause», sagte sie. «Ich will mich umziehen und nach Vater sehen.»

Burka sah sie einen Moment lang an, dann wurden seine Gesichtszüge weich.

«Wie geht es ihm?»

«Schlechter.» Sie zuckte mit den Achseln und schob sich an ihm vorbei durch die Tür.

«Seht Euch vor in der Stadt. Es sind bestimmt noch immer Soldaten unterwegs!», rief er. «Wartet, ich schicke Euch einen Knecht mit!» Doch sie war bereits losmarschiert. «Stures Weib!», hörte sie ihn noch erbost hinter ihr herrufen. Sie zog den Kopf zwischen die Schultern und stapfte durch die Straßen. Stur, ja. Sie kochte vor Wut.

Zu Hause angekommen, fand sie ihren Vater zwischen einer ganzen Traube von Kunden, die lautstark aufeinander einredeten. So konnte sie unbemerkt in ihre Kammer schlüpfen und sich waschen und umziehen. Auf ein zaghaftes Klopfen hin betrat Franziska das Zimmer. Sie musterte Adelina und die schmutzigen Kleider und hob verwundert die Augenbrauen.

«Ist alles in Ordnung mit Euch? Seid Ihr in den Tumult geraten, von dem alle hier sprechen? Soll ich das Kleid mitnehmen? Ich kann es gleich einweichen. Vielleicht wird es wieder sauber.»

Adelina nickte und gab ihr auch die verdorbene Haube. «Ich muss noch einmal fort», sagte sie in gleichmütigem Ton. Franziska hob den Kopf und sah sie an.

«Gebt Acht auf Euch», erwiderte sie ebenso gleichmütig. «Da draußen könnte es gefährlich sein.»

Damit trug sie die Kleider in die Küche, und Adelina legte eine neue Haube an. Eine, die nur mit Nadeln festgesteckt wurde. Sie wollte mit einem Male keine Haube mit Gebende mehr tragen. Die Beginen trugen Hauben mit Gebende. Irmingard. Sie schluckte.

Ihr Mantel war wie das Kleid mit Schmutzflecken übersät, die sich nur notdürftig herausreiben ließen. Doch Adelina besaß nur diesen einen Mantel. Also zog sie ihn wieder an und durchquerte erneut die Apotheke. Aber diesmal wurde sie erkannt.

«Adelina!» Ihr Vater schob sich durch die heftig gestikulierende und diskutierende Menge von mindestens zehn Kunden und hielt sie auf. «Hast du schon gehört? Im Stadtrat gab es einen Aufstand. Die Hälfte des Rates wurde verhaftet. Hilger Quattermart ist geflohen, zusammen mit diesem Dingsda, diesem von Schiederich, seinem Schatten.»

«Ich muss noch einmal fort, Vater. Kommst du hier allein zurecht?» Adelina wies auf die aufgeregte Meute. Albert winkte ab.

«Alles halb so wild. Komm aber nicht so spät zurück, Mädchen.» Offenbar hatten ihn die neuesten Nachrichten dermaßen abgelenkt, dass er ihre Worte nicht richtig wahrgenommen hatte. Jedenfalls wandte er sich wieder den aufgeregten Kunden zu und gab Adelina so die Möglichkeit, die Apotheke unbehelligt zu verlassen. Die Sorgen, die darüber in ihr aufkeimten, verdrängte sie mit aller Macht. Darum musste sie sich später kümmern. Nun gab es Wichtigeres zu tun.

†

Der Beginenhof am Eigelstein lag ruhig vor ihr. Die Pforte stand heute einladend offen, und im Innenhof sah sie ein paar Hühner im Dreck scharren. Pförtnerin war diesmal eine schmale, hohlwangige Person, die sauertöpfisch die Eintretende anstarrte. Auf Adelinas Frage nach Irmingard zuckte sie nur mürrisch mit den Schultern.

«Da muss ich erst fragen», knurrte sie unfreundlich. «Die Grande Dame ist sehr beschäftigt. Wartet hier … bitte», brachte sie verspätet heraus und schlurfte über den Hof zum Haupthaus. Adelina trat nervös von einem Fuß auf den anderen. Irmingard war also schon zur Grande Dame gewählt worden. Damit war sie nun die oberste Meisterin über hundert Beginenhöfe. Eine höhere Machtstellung stand einer Frau in ganz Köln nicht offen. Doch um welchen Preis? Adelina wickelte ihren Mantel enger um sich. Vielleicht hatte Burka Recht. Irmingard würde sich nicht so einfach überführen lassen. Aber sie hatte inzwischen beinahe dreißig Tote auf dem

Gewissen, wenn die Zahlen stimmten, die aus dem Narrenturm drangen. Das durfte einfach nicht so weitergehen.

Die Pförtnerin kam zurück und winkte ihr auf halbem Weg zu. Irmingard hatte Zeit für die Besucherin.

Adelina folgte der Begine bis zu Brigittas ehemaligem Zimmer, in dem jetzt die neue Grande Dame ihr Domizil hatte.

«Guten Tag, Adelina, Wie schön, Euch zu sehen.» Irmingard saß hinter dem Schreibpult und lächelte. Doch die eisenharte Stimme strafte ihre freundliche Miene Lügen. Eine steile Falte hatte sich in ihre Stirn eingegraben, und ihre Gesichtshaut war beinahe so grau wie das schlichte Gewand, das sie auch in ihrer neuen Position noch trug. «Was führt Euch zu mir?»

Adelina starrte sie einen Moment lang nur an.

«Mutterkorn», presste sie schließlich heraus. «Und Schierling.»

Irmingards Augen weiteten sich, doch ihre Miene blieb gleichgültig.

«Und weiter?»

«Ihr habt all die Menschen vergiftet. Zuerst mit Schierling, dann mit Mutterkorn.»

«Habe ich das?» Anstelle der Gleichgültigkeit trat Spott. Irmingard lächelte wieder.

«Warum?» Adelina verschränkte die Arme vor der Brust, um das Zittern ihrer Hände zu verbergen.

«Ihr seid ein schlaues Luder», sagte Irmingard. «Ich hätte nicht gedacht, dass Ihr auf das Mutterkorn kommen würdet. Kaum jemand weiß um die Wirkung. Woher Ihr?» Sie schüttelte den Kopf. «Aber was tut das auch zur Sache? Denkt Ihr, Ihr habt mich nun in der Hand?»

Sie machte sich an einer Klappe im Schreibpult zu schaffen und zog eine verzierte Holzschachtel mit Messingscharnieren und einer silbernen Schließe hervor. Als sie sie öffnete, hörte Adelina ein leises Rappeln, ein Rappeln wie von Körnern. Unwillkürlich trat sie einen Schritt näher.

«Warum, Irmingard? Warum Adrian?»

Zum ersten Male zeigte sich eine wirkliche Regung in Irmingards Gesicht. Beim Klang des Namens ihres Sohnes wurde sie leichenblass.

«Es musste sein. Politik. Lufard wollte es so.» Ihre Stimme geriet ins Wanken. «Er wusste, dass ich Adrian liebe.» Sie stieß ein bitteres Lachen aus. «Es hat ihn nicht den Dreck unter seinen Stiefeln geschert! Aber nun … nun hat er seine gerechte Strafe.»

Erstaunt hob Adelina die Brauen.

«Was soll das heißen?»

«Habt Ihr es noch nicht gehört? Hilgers Männer sind heute gefangen genommen worden. Er und Lufard wollten über den Rhein fliehen, wahrscheinlich nach Siegen, denn dort sitzt der Graf von Nassau, ein Freund von Hilger. Das Boot ist fast gekentert … Lufard ist ertrunken.» Wieder stieß sie das schrille Lachen aus, das nun eher einem hysterischen Schluchzen glich. «Ertrunken! Könnt Ihr Euch das vorstellen? Der große Lufard von Schiederich, rechter Arm des mächtigen Ritters Hilger Quattermart, jämmerlich im Rhein ertrunken. Sie haben seine Leiche schon aus dem Wasser gefischt. Sie hatte sich in den Reusen beim Hafen verfangen.» Irmingard rührte mit den Fingerspitzen in den Schierlingssamen. «Er wollte, dass Brigitta das Hospital freigibt. Wegen des Grundstücks, wisst Ihr? Natürlich wisst Ihr das, Ihr habt schließlich genug herumgeschnüffelt. Brigitta hat sich geweigert. Das hätte ich auch. Das Hospital war eine gute Einrichtung. Wir haben uns gekümmert. Menschen, die sonst niemand haben will, hatten bei uns einen Platz zum Leben. Aber Hilger wollte das Grundstück.» Sie hielt inne. Adelinas Finger krampften sich in ihre Mantelärmel. Ihr wurde immer unbehaglicher zumute. Irmingard strahlte eine Aura des Wahnsinns aus, der sie sich kaum entziehen konnte.

«Was starrt Ihr so? Glaubt Ihr, ich bin verrückt geworden? Vielleicht bin ich das. Ich hätte nicht übel Lust, Euch ebenfalls zu töten.» Erschrocken fuhr Adelina zurück. Doch Irmingard rührte sich nicht von ihrem Platz. «Aber was soll mir das? Das Leben als Begine ist angenehm. Man ist gebunden und doch frei. Ich wollte an die Spitze. An der Spitze kann man noch mehr Gutes erreichen. Lufard wusste das. Ich hatte keine Wahl.»

«Warum so grausam?», kam es Adelina schließlich über die Lippen. Irmingard zuckte mit den Schultern.

«Ein sanfter Tod erregt kein Aufsehen. Es musste eine Krankheit sein, die gefährlich genug erschien, um Anlass für eine Schließung zu werden.» Vorsichtig schüttete Irmingard sich eine kleine Menge Körner in die Hand. Dann blickte sie Adelina herausfordernd in die Augen. «Wenn Ihr Euch nicht eingemischt hättet, wäre ich vielleicht schneller zum Ziel gekommen. Hättet Ihr die Symptome des Schierlings nicht erkannt …, ich hätte auf das Mutterkorn verzichten können.»

Entsetzt riss Adelina die Augen auf. Irmingard stieß ein spöttisches Lachen aus.

«Ja, es war also auch ein bisschen Eure Schuld. Aber dass Ihr die Wirkung des faulenden Roggens ebenfalls kennt … unglaublich. Und wie habt Ihr es geschafft, die Erlaubnis für diese Sektion zu erwirken? Leichenöffnungen sind der heiligen Kirche ein Graus. Ich habe Euch am Anfang wirklich unterschätzt. Andererseits … unser Erzbischof war nicht ohne Grund schon einmal exkommuniziert. Dem kann man alles zutrauen. Wie war ich erleichtert, dass Ihr nichts gefunden habt!» Kopfschüttelnd lehnte sie sich in ihrem Stuhl zurück. Adelina ließ sie nicht aus den Augen. Irmingard wirkte gealtert, ihre Gesichtszüge wurden mit einem Mal schlaff. «Und nun kommt Ihr am Ende doch noch, um mich anzuklagen», fuhr die Grande Dame fort. «Wie recht Ihr damit tut. Aber Ihr habt keine Zeugen, keine Beweise. Und ich werde mich vor keinem Gericht verantworten.» Sie lächelte wieder, diesmal ausgesprochen gütig. «Wenigstens vor keinem Gericht in dieser Welt.» Mit einer schwungvollen Bewegung hob sie die Hand mit den Samenkapseln an den Mund.

«Nicht!» Erschrocken sprang Adelina vor, doch Irmingard hatte bereits ein paar der Körner geschluckt und kaute nun auf einigen weiteren.

«Nicht? Warum nicht? Ihr kennt mein Geheimnis. Vielleicht wollt Ihr mich nun in der Hand haben, jetzt, da Lufard tot ist? Nein? Aber anklagen, ich weiß. Ihr seid eine Schnüfflerin, und Ihr tut gut daran, mich zu verurteilen. Gewiss seid Ihr noch niemals vom rechten Weg abgekommen. Wahrscheinlich glaubt Ihr, es gibt immer eine Wahl.» Irmingard schluckte und nahm noch ein paar der Körner. «Sie sind schon alt, die Samen», erklärte sie. «Man muss mehr nehmen, damit sie wirken, wenn sie alt sind.» Wieder schluckte sie. Adelina überkam mit einem Male kaltes Grauen. Rückwärts ging sie bis zur Tür.

«Ihr wollt gehen? Geht nur.» Irmingard nickte. Ihre Stimme war undeutlich, so als sei ihre Zunge angeschwollen. «Ich bin auch lieber allein. Ich war immer allein, also werde ich nun zu guter Letzt keine Ausnahme machen. Geht!» Sie lachte schrill und hustete. Das Gift wirkte bereits. Adelina tastete nach dem Türknauf, und als sie ihn gefunden hatte, riss sie die Tür auf und floh aus dem Todeszimmer. Irmingards Lachen und Husten verfolgte sie bis ans Ende des Ganges.

Die Pförtnerin war nicht mehr auf ihrem Posten, und es schien, als seien die anderen Beginen, die hier im Hof lebten, alle in Geschäften außer Haus.

Unsicher, wie sie sich verhalten sollte, sah sich Adelina um und trat schließlich durch die Pforte hinaus auf die Straße. Ihr Herz pochte zum Zerbersten, und das Blut rauschte ihr in den Ohren. Die Kutsche, die wenige Meter weiter hielt, bemerkte sie nicht.

«Adelina! Verdammt, habe ich Euch nicht gesagt, Ihr sollt von hier wegbleiben!» Burka sprang von dem Gefährt und kam mit großen Schritten und wütendem Gesicht auf sie zugestürmt. Ein paar Armeslängen hinter ihm folgte Georg Reese, zusammen mit einigen seiner Berittenen. Auch Greverode war unter ihnen.

«Wart Ihr etwa bei Irmingard? Seid Ihr von allen guten Geistern verlassen?», brüllte Burka außer sich. «Ihr seid nicht nur ein stures Frauenzimmer, Ihr seid vollends übergeschnappt!»

«Hört auf damit!», fauchte sie zurück. «Geht selbst hinauf zu ihr. Aber ich warne Euch, es wird kein schöner Anblick sein.»

«Was soll das heißen?», mischte Reese sich empört ein.

«Schierling», antwortete Adelina und wandte sich zum Gehen. Ihre Magensäfte begannen sich zu heben. Keinesfalls wollte sie sich hier und jetzt übergeben.

«Bleibt hier!», befahl Burka. Zusammen mit den anderen Männern stürmte er auf das Haupthaus des Hofes zu.

Adelina blieb jedoch nicht. Ihre Glieder waren eiskalt. Langsam, den Blick zur Erde gerichtet und präzise einen Fuß vor den anderen setzend, machte sie sich auf den Weg nach Hause.

18

Sie haben Irmingard vor dem Stadttor verscharrt», erzählte Adelina Franziska wenige Tage später beim Aufräumen der Küche. «Eine Untersuchung des Falles wird es nicht geben, hat der Erzbischof angeordnet. Nach dem Sturz des Stadtrats gibt es wohl wichtigere Dinge. Es muss Gericht gehalten werden. Einige von Hilgers Anhängern sind bereits verurteilt und in die Verliese des Bayenturms und des Turms von St. Kunibert gesperrt worden.»

«Ich hab gehört, gestern hätten sie den alten von Stave aufgegriffen», ergänzte Franziska eifrig. «Den werden sie bestimmt hinrichten, hat mein Vater gesagt.»

«Wie geht es deinem Vater?», fragte Adelina sofort.

Franziska zuckte nur mit den Schultern.

«Wie immer. Er hat kaum einen Kanten Brot im Haus, dafür ein ganzes Fässchen gutes Bier. Aber Arbeit hat er angeblich. Am Hafen Kisten tragen für die Fährschiffer.»

«Das ist doch gut», sagte Adelina teilnahmsvoll. «Vielleicht fängt er sich ja wieder.»

Erneut zuckte Franziska mit den Schultern, dann wechselte sie das Thema.

«Also, dass diese Begine sogar ihr eigenes Kind umgebracht hat. Das kann ich nicht verstehen. Und nur wegen diesem Mann?»

«Ich glaube, nicht nur wegen ihm», meinte Adelina nachdenklich. «Ich glaube, Irmingard war bei aller

Mildtätigkeit immer ziemlich ehrgeizig ... und auch einsam. Man sieht den Menschen nicht immer an, was in ihnen vorgeht, und sie hatte ein schlimmes Schicksal hinter sich. Vielleicht ist dadurch in ihrem Kopf irgendwas durcheinander geraten. Wer weiß.» Nun war es an Adelina, mit den Schultern zu zucken. Sie hatte lange über Irmingards letzte Worte nachgedacht, doch Mitleid verspürte sie nicht. Erleichterung allerdings auch nicht. Sie hatte vor fünf Jahren selbst etwas getan, von dem sie angenommen hatte, es sei der einzige Weg. Sie hatte ebenfalls keine Wahl gehabt, oder? Und auch heute sah sie keine andere Möglichkeit, als zu versuchen, ihr Leben wieder in den Griff zu bekommen. Allein zwar, darin ähnelte sie Irmingard. Doch sie hatte die Kraft, allein ihr Leben in den Griff zu bekommen.

«Woran denkt Ihr?», wollte Franziska wissen, und Adelina wurde bewusst, dass sie still auf den schmutzigen Teller gestarrt hatte, den sie eigentlich beim Spülstein hatte abstellen wollen. Rasch legte sie ihn beiseite und zwang sich zu einem Lächeln.

«An nichts Besonderes», sagte sie. «Geh bitte und hol Wasser herein. Ich möchte die oberen Zimmer putzen.»

«Auch das von Magister Burka?» Das Mädchen griff nach dem großen Eimer neben dem Spülstein, blieb damit jedoch mitten in der Küche stehen. «Ihr wart nicht oben, seit er ausgezogen ist.»

«Ich hatte noch keine Zeit.» Wie schal klang die Notlüge, die sie in den vergangenen Tagen allzu häufig benutzt hatte, vor allem vor sich selbst. «Aber du hast Recht, wenn ich das Zimmer wieder vermieten will, sollte ich es gründlich reinigen.»

«Ihr wollt es wieder vermieten?»

«Dazu ist es vorgesehen.»

«Schade.» Franziska lächelte schief. «Ich meine, dass der Herr Magister ausgezogen ist. So ein netter Mann. Ich hab ihn gestern am Neumarkt getroffen.»

Adelina hob den Kopf und ärgerte sich sofort darüber, denn Franziskas Lächeln weitete sich zu einem Grinsen aus.

«Er ist wirklich nett. Hat sich sogar ein bisschen mit mir unterhalten. Dabei schickt sich das nicht, wo er doch jetzt so hochgestellt ist. Habt Ihr gehört, dass der Ratsherr Reese ihn als städtischen Medicus vorgeschlagen hat? Und sie haben ihn angenommen. Jetzt kriegt er zu seinen Patienten noch die ganzen Aufträge vom Rat, wenn irgendwo in der Stadt offiziell ein Unfall oder eine Krankheit untersucht werden muss. Ich sag Euch, da kann er ganz schön stolz drauf sein.»

«Das kann er wohl», murmelte Adelina.

«Ich hab ihn gefragt, ob er mal wieder hierher zu Besuch kommt. Weil Euer Vater nach ihm gefragt hat und so.» Plötzlich legte Franziska den Kopf auf die Seite und dachte über etwas nach, das ihr anscheinend jetzt erst bewusst geworden war. «Er hat gesagt, dass er im Augenblick nicht zu Besuch kommt, weil Ihr ihn wahrscheinlich nicht sehen wollt. Ist das wahr?»

Schweigend räumte Adelina auch noch die Trinkbecher vom Tisch ab und stellte sie mit einem harten Klacken ebenfalls auf den Spülstein.

«Es ist auf jeden Fall besser, wenn er nicht mehr herkommt. Er ist … wir hatten … eine Meinungsverschiedenheit.»

«Aber …» Franziska wollte protestieren, hielt sich jedoch zurück, als sie die strenge Miene ihrer Herrin sah.

«Das Thema ist beendet», sagte Adelina. «Geh jetzt.»

«Schade», murmelte Franziska und zog den Kopf ein. Dann ging sie, um endlich das Wasser zu holen.

†

Zunächst machte Adelina sich daran, die Räume im ersten Stock von Staub und Mäusekot zu befreien. Viel zu schnell war sie fertig und blieb vor der Stiege zur Dachkammer stehen. Es widerstrebte ihr zutiefst, dort hinaufzugehen und auch nur einen Fuß in das Zimmerchen zu setzen.

Nachdem sie jedoch eine geraume Weile auf die wurmstichigen Treppenstufen gestarrt hatte, packte sie entschlossen Besen und Putzeimer und schalt sich eine dumme Gans. Vom Herumstehen wurde die Kammer nicht sauber, und vom Grübeln kam Burka nicht zurück. Und es war auch besser so, redete sie sich ein. Sie würde ihm noch oft genug in der Stadt oder unten in der Apotheke begegnen. Der Gedanke allein bereitete ihr schon wieder Bauchschmerzen.

Stufe um Stufe erklomm sie, bis sie vor der Tür stand. Sie zögerte nur einen Moment, dann drückte sie sie mit dem Ellenbogen auf und trat in die Kammer ein.

Es roch noch nach ihm. Oder bildete sie sich das nur ein? Das Bett war gemacht, wenn auch ungeschickt. Die Kleidertruhe stand offen und stellte ihre gähnende Leere zur Schau. Der Stuhl war ordentlich vor das schmale Schreibpult gerückt. Alles in allem machte das Kämmerchen einen bedrückend verlassenen Eindruck. Adelina lehnte den Besen an das Pult und stellte den Eimer auf dem Boden ab. Dann drehte sie sich um, um die Tür zu schließen, und ihr Herz begann heftig zu pochen. Am Haken hing noch immer Burkas Mantel, der, den sie an den fadenscheinigen Stellen geflickt hatte. Vorsichtig nahm sie ihn vom Haken und betrachtete ihn lange. Ludowig musste ihn übersehen haben, als er die Kisten geholt hatte.

Plötzlich waren alle Gedanken ans Saubermachen vergessen. Sie ließ sich auf das schmale Spannbett sinken und schluckte krampfhaft, doch davon wurde es noch schlimmer. Langsam hob sie den Mantel an ihr Gesicht; er roch noch immer leicht nach der Seife, mit der sie ihn gewaschen hatte … und metallisch. Neklas Burka eben. Sie presste ihr Gesicht in den Stoff und versuchte, die Fassung zu bewahren. Sie wusste, weinen würde nicht helfen. Doch der Drang war übermächtig. Von unten wurden plötzlich Geräusche und Stimmen laut. Franziska sprach mit jemandem, lachte, sprach wieder. Adelinas Herz begann zu rasen. Sie wusste, sie sollte besser aufstehen, doch ihre Glieder gehorchten ihr nicht. Unten klappte eine Tür, dann war es einen Moment still. Adelina lauschte und vergaß beinahe zu atmen. Da wurden Schritte auf der Stiege laut, aber es war eindeutig Franziska. Die Magd trug hölzerne Arbeitsschuhe, die beim Gehen stets einen Heidenlärm verursachten.

«Herrin?» Das Mädchen streckte vorsichtig den Kopf zur Tür herein. «Der Messerschleifer war eben da und hat gesagt, dass er morgen kommt, um Euren Auftrag zu erledigen. Und er hat sich entschuldigt, dass es so lange …»

Als Adelina nicht reagierte, verstummte Franziska und trat in den Raum. «Herrin, ist etwas mit Euch? Ihr seid so blass!» Sie kam noch näher. «Ist das Magister Burkas Mantel?»

«Er hat ihn wohl hier vergessen», krächzte Adelina erstickt.

«Na so was. Soll ich den Mantel ...» Franziska verstummte und legte den Kopf auf die Seite. Adelina blickte zu ihr auf und wusste, dass ihr versuchtes Lächeln ausgesprochen kläglich ausfiel.

«Vielleicht ...» Franziska zögerte. «Also, vielleicht solltet Ihr ihm den Mantel zurückbringen. Sicher braucht er ihn.»

Adelina schüttelte stumm den Kopf. Keinesfalls würde sie noch einmal das Haus in der Brückenstraße betreten.

Franziskas Augen wanderten zwischen Adelina und dem Mantel hin und her.

«Auch wenn Ihr einen Streit mit ihm habt, wäre er sicher erfreut, wenn Ihr ihm den Mantel bringt», sagte sie. Doch Adelina schüttelte wieder den Kopf, diesmal heftiger.

«Nein, Franziska, so einfach ist das nicht. Wir hatten keinen Streit. Ich ... Es ist so, ich habe etwas getan, das immer zwischen uns stehen wird. Etwas, das er mir niemals verzeihen wird. Ich verstehe das, deshalb will ich ihn nicht mehr treffen.»

«Ihr habt ihn sehr gern, nicht wahr?» Franziska wurde puterrot, als sie sich bewusst wurde, wie ungezogen ihre Frage war. Aber nun war sie heraus, und sie nahm sie nicht zurück. Adelina antwortete nicht, sondern presste die Lippen zusammen.

Franziska runzelte die Stirn und ließ sich neben ihr auf dem Bett nieder.

«Wisst Ihr, was ich meine?» Adelina sah erstaunt in das offene Mädchengesicht. Franziska lächelte. «Ich weiß nicht, was Ihr getan habt und ob es wirklich so schlimm gewesen ist, wie Ihr glaubt. Aber ... Ihr müsst Euch wohl erst selbst verzeihen. Denn wie sollen einem andere Menschen verzeihen, wenn man es selbst nicht tut?»

Adelina dachte einen Moment über ihre Worte nach, dann stand sie abrupt auf und warf den Mantel auf das Bett.

«Er verachtet mich … zu Recht.» Sie griff nach dem Putzlappen im Eimer und wrang ihn aus. Franziska sah ihr dabei zu, dann stand sie auf und wandte sich zum Gehen. An der Tür drehte sie sich noch einmal um.

«Nein, das tut er nicht», sagte sie voller Überzeugung. «Aber Ihr tut es selbst, und das ist nicht gut. Ich … mag Euch gern, Herrin. Und ich mag den Herrn Magister gern. Ihr solltet ihm den Mantel bringen.»

Die Tür fiel hinter Franziska ins Schloss, und sie klapperte die Stiegen hinunter. Adelina schüttelte den feuchten Lappen aus und begann dann, mit präzisen Bewegungen die Platte des Schreibpults abzuwischen.

†

Albert ging es wieder gut. Wenigstens schien es so. Am Nachmittag des folgenden Tages machte er sich mit Vitus auf den Weg zum Hafen. Es hieß, das Schiff mit den Spezereien, das für Februar erwartet wurde, sei bereits jetzt eingelaufen, und Albert hatte bei dem Eigner eine Lieferung Süßholz und bittere Mandeln bestellt.

Adelina kümmerte sich um die Kunden der Apotheke und brachte Ordnung in die Abrechnungsbücher. Aber sie war nicht richtig bei der Sache. Immer wieder wanderte ihr Blick zu Burkas Mantel, den sie an der Ecke des Regals neben der Haustür aufgehängt hatte. Irgendwann würde er kommen, um Arzneien zu holen. Dann würde sie ihm den Mantel einfach mitgeben. Doch ihr Gefühl sagte ihr, dass er nicht kommen würde. Vielleicht hatte er sich ja entschlossen, seine Arzneien bei einem anderen Apotheker mischen zu lassen. Zu Franziska hatte er doch ausdrücklich gesagt, er wolle nicht herkommen. Aus Rücksicht auf ihre, Adelinas, Gefühle. Ha! Die Wahrheit war wohl eher, dass er es nicht ertragen konnte, in ihrer Nähe zu sein. Das musste es sein. Solange sie wegen der Morde hatten zusammenarbeiten müssen, war es ja nicht anders gegangen. Aber nun gab es keinen Grund mehr, sich zu sehen.

«Ihr müsst Euch selbst verzeihen», hallte Franziskas Stimme in Adelinas Ohren wider. Möglicherweise hatte das Mädchen damit sogar Recht. Denn mit dem Gefühl der Schuld konnte sie einfach nicht mehr leben. Ebenso wenig jedoch mit dem Wissen, dass Burka sie verachtete.

«Das tut er nicht.» Wieder klang Franziskas Stimme echogleich in ihrem Kopf.

Adelina klappte das Rechnungsbuch zu und öffnete die Tür zu den hinteren Räumen.

«Franziska?»

«Bin schon da!» Eilig kam das Mädchen aus der Küche, die Arme bis zum Ellenbogen voller Mehl. «Braucht Ihr etwas?»

«Wie kommst du darauf, dass Magister Burka mich nicht verachtet?»

Falls Franziska über ihre Frage erstaunt war, so zeigte sie es nicht. Sie klopfte ihre Hände an ihrer Schürze ab und wirbelte dabei weiße Mehlwölkchen auf.

«Weil ... als er noch oben gewohnt hat, da hab ich gesehen, wie er Euch angeschaut hat. Und als er ausgezogen ist, war er sehr traurig. Und Ihr auch, glaube ich.» Sie überlegte kurz. «Und trotzdem hat er Euch noch immer so angeschaut. So ...» Ihr schienen die Worte zu fehlen, Burkas Blick zu beschreiben. «Jedenfalls guckt kein Mensch jemanden so an, wenn er ihn verachtet.»

Adelina ließ ihren Blick durch die Apotheke schweifen. Burka hatte sie also angeschaut. Auf diese besondere Weise, an die sie sich noch genau erinnern konnte. Aber er war gegangen, und nachlaufen würde sie ihm nicht.

«Geh zurück in die Küche. Wie ich sehe, bist du beschäftigt.» Franziska blickte auf ihre noch immer mehligen Arme und nickte.

«Ich muss noch einmal fort und schließe die Apotheke so lange ab», fuhr Adelina, ohne nachzudenken, fort. «Wenn mein Vater kommt, sag ihm, ich bin spätestens zum Abendessen zurück.» Adelina ging in ihre Kammer und zog sich ihren inzwischen gereinigten Mantel über. Dann warf sie noch einen Blick in den kleinen Bleispiegel und zupfte ein paar Haarsträhnen zurecht, die sich ihrer Haube entwunden hatten. Als sie merkte, was sie tat, warf sie den Spiegel zornig aufs Bett und rauschte aus dem Zimmer.

Sie riss den Mantel von der Regalkante, knallte die Haustür ins Schloss und drehte den Schlüssel mit viel zu viel Gewalt im Schloss um. Einige Passanten auf dem Marktplatz blickten ihr erstaunt nach, als sie mit stürmischen Schritten am Kax vorbeieilte, das Gesicht zu einer grimmigen Miene verzogen.

Sie würde sich nicht lange aufhalten. Nur den Mantel abgeben und wieder gehen.

Sie wusste, sie machte sich lächerlich. Vor allem vor sich selbst. Besser wäre es gewesen, sie hätte den Mantel einfach in den Küchenofen gestopft.

In ihren Ohren rauschte das Blut, und als sie in die Brückenstraße einbog, begann ihr Herz heftig zu pochen. Wie ärgerlich, und wie dumm. Doch es ließ sich einfach nicht beruhigen.

Burkas Haustür hatte einen neuen Klopfer. Eine Schlange, die sich selbst in den Schwanz biss. Adelina ließ den metallenen Ring zweimal gegen das runde Plättchen darunter schlagen, und schon wenige Augenblicke später öffnete Ludowig die Tür. Als er sie erkannte, strahlte er.

«Jungfer Merten, wie schön, Euch zu sehen. Wollt Ihr zu Magister Burka? Er ist leider ausgegangen. Ihr könnt aber gern warten, bestimmt kehrt er bald zurück.»

Adelinas Herz beruhigte sich so rasch, dass sie für einen Moment das Gefühl hatte, es sei stehen geblieben.

«Ich, ah, wollte nur diesen Mantel bringen. Ich habe ihn beim Aufräumen gefunden. Magister Burka muss ihn bei uns vergessen haben.»

«Ah ja.» Ludowig nickte. «Das ist freundlich von Euch. Aber so kommt doch herein. Es ist so kalt draußen, und, wie gesagt, er kommt bestimmt gleich zurück.»

«Ich möchte keine Umstände machen», wehrte sie ab, trat dann jedoch widerstrebend in die Eingangshalle.

«Kommt, setzt Euch in die Stube. Ich sage Magda, sie soll Euch was zu trinken bringen.» Ludowig schob sie regelrecht in die Wohnstube, in der es wohlig warm war. Der Ofen, der von einem der hinteren Räume aus beheizt wurde, strahlte die Hitze eines gut unterhaltenen Feuers aus.

Unbehaglich ließ sich Adelina auf der Kante eines der kostbaren Stühle nieder und legte sich den Mantel auf den Schoß. Kurz darauf erschien die ältliche Magd und brachte ihr einen Becher mit dampfendem Würzwein.

«Kann ich Euch sonst noch etwas bringen?», wollte

sie wissen, doch Adelina schüttelte den Kopf und stand wieder auf.

«Danke, nein. Ich wollte sowieso gerade gehen.» Sie trat zur Tür. «Bitte gib deinem Herrn den Mantel und … oh!» Als sie die Tür öffnete, wäre sie beinahe mit Burka zusammengestoßen.

«Guten Tag, Adelina.» Seine Miene verriet keinerlei Überraschung. Ludowig hatte ihm also ihren Besuch bereits gemeldet. Magda zog sich eilends zurück, und Adelina wünschte sich plötzlich, sie könne ihr folgen.

«Was wollt Ihr hier? Habt Ihr noch mehr Mörder zu stellen?» Sein Ton war sarkastisch, sein Blick kalt. In ihren Ohren brauste es.

«Ich habe nur den Mantel gebracht. Er war noch in Eurem … in der Dachkammer.»

«Danke.» Er nahm ihr den Mantel ab und warf ihn achtlos auf den Tisch. Sie mied seinen Blick und sah zur Tür hin.

«Ich werde dann wohl am besten wieder gehen. Ich wollte ja nur …»

«Den Mantel bringen, ich weiß.» Nun klang aus seiner Stimme noch etwas heraus. Überdruss. Sie riss die Tür auf und floh in die Halle. Als sie schon halb durch den Raum war, hörte sie plötzlich schnelle Schritte hinter sich. Burka fasste sie an der Schulter und drehte sie unsanft zu sich herum.

«Ist es Euch so schwer gefallen, hierher zu kommen?»

Nein, kein Überdruss. Wut.

«Ich war nur … ich … der Mantel …» Ihr Kopf war mit einem Mal vollkommen leer. Sie blickte in seine vor Zorn blitzenden Augen und fühlte sich erbärmlich. Warum noch lügen?

«Ja, es ist mir schwer gefallen.»

«Weil Ihr stur seid», knurrte er. «Ein sturere Frauenzimmer ist mir noch niemals begegnet. Warum seid Ihr hier?»

Adelina presste die Lippen zusammen und wollte sich abwenden, doch er hielt sie fest.

«Adelina, warum?»

Sein bohrender Blick bereitete ihr geradezu körperliche Schmerzen. Sie schluckte und bemühte sich um eine ruhige Stimme.

«Franziska hatte Unrecht. Natürlich verachtet Ihr mich.»

«Was?» Burka war so verblüfft, dass er sie losließ. Rasch ging sie ein paar Schritte rückwärts.

«Warum sollte ich Euch …?» Plötzlich weiteten sich seine Augen, und aller Zorn wich aus seinen Zügen. «Das ist es? Ihr glaubt, weil Ihr mir erzählt habt, was Ihr damals … Und Ihr meint, deshalb verachte ich Euch? Heilige Mutter Gottes!» Er schüttelte den Kopf, als habe er nie zuvor etwas Absurderes gehört.

«Ich muss jetzt gehen», sagte Adelina, doch da stand er bereits wieder nah vor ihr und fasste nach ihrer Hand.

«Nein, das müsst Ihr nicht.»

«Es ist besser, wenn …»

«Glaubt mir, es ist besser, wenn Ihr nicht wieder fortlauft.»

Da er sie nun wieder festhielt, hatte sie auch gar keine Möglichkeit fortzulaufen. Inzwischen fühlte sie sich ohnehin so seltsam, dass sie fürchtete, keinen Fuß mehr vor den anderen setzen zu können. Mit einem letzten Anflug von Trotz starrte sie zu Boden. Burka beobachtete sie und seufzte dann aus tiefstem Herzen.

«Ich verachte Euch nicht. Niemals. Aber ich dachte

die ganze Zeit ...» Er hielt inne. «Ich weiß nicht, was ich dachte. Was ist aus Eurer Verlobung geworden?»

Nun hob sie doch den Kopf und sah geradewegs in ein Paar blitzender Augen, die, halb ängstlich, halb zärtlich, ihr Gesicht erforschten. Und plötzlich fand sie ihre Stimme wieder.

«Beichgard hat es sich anders überlegt. Vater hatte wieder einen Anfall, und das war wohl zu viel für ihn und seinen guten Ruf.»

«Aber Ihr hättet ihn genommen, wenn er gewollt hätte.»

Sie dachte nur einen winzigen Moment lang nach, und dieser Moment reichte nicht, um herauszufinden, ob sie das Richtige tat.

«Nein. Das hätte ich nicht. Ich kann keinen Mann heiraten ...»

«Ach ja?»

Sie holte tief Luft und sammelte allen Mut zusammen.

«Ich kann keinen Mann heiraten, den ich nicht liebe.»

Jetzt lächelte er.

«Das klingt vernünftig. Doch vermutlich gibt es einen solchen Mann weit und breit nicht.»

Sie verzog das Gesicht und senkte den Blick wieder auf ihre Schuhspitzen.

«Das habe ich nicht gesagt. Es ist nur ...»

«Ja?»

«Er muss ... mir gewachsen sein.» Sie hob den Kopf wieder.

«Er ...?» Burka schüttelte den Kopf, und sein Lächeln wurde nun noch breiter. In seine Augen trat das spitzbübische Funkeln, das sie so lange vermisst hatte und das ihr Herz wieder im Stakkato gegen ihre Rippen schlagen ließ.

«Euch oder Eurer spitzen Zunge?»

«Beidem», sagte sie. Lächeln konnte sie jedoch nicht, dazu war sie zu nervös. «Und bedenkt, es gibt nicht viele Männer, die eine Frau mit einem schwachsinnigen Bruder wollen. Und mit einem Vater, der ebenfalls krank ist.»

«Ah ja.» Burka nickte. «In diesem Fall wäre es vielleicht nicht schlecht, wenn der Mann, den Ihr in Erwägung zieht, der Medizin nicht ganz unkundig wäre.»

«Für manche Dinge gibt es keine Medizin», murmelte sie, ließ es jedoch zu, dass er ihr Kinn anhob und mit den Fingerspitzen über ihre Wange streichelte.

«Doch, die gibt es. Ihr müsst es nur zulassen.»

Sie hatte das Gefühl, plötzlich keine Luft mehr zu bekommen.

«Magister Burka ...»

Er ließ die Hand wieder sinken.

«Ich habe einen Vornamen.»

«Neklas.» Sie atmete vorsichtshalber noch einmal tief ein. «Seid Ihr sicher, dass dieser Mann es mit mir und meiner Familie aufnehmen kann?»

Er lachte und zog sie in seine Arme.

«Mit Euch und Eurer Familie und einem Dutzend verrückter Verwandter, wenn Ihr wollt.»

Empört hob sie den Kopf.

«Ich habe keine verrückten Verwandten!»

«Noch nicht», lächelte er. «Aber wartet, bis Ihr meine Familie kennen lernt.»

Bevor sie noch etwas erwidern konnte, verschloss er ihre Lippen mit den seinen. Und dieses eine Mal ließ sie ihn das letzte Wort haben.

Historische Nachbemerkung

Köln war im 14. Jahrhundert eine der größten und bedeutendsten Städte des Abendlandes. Offizieller Stadtherr war der Kölner Erzbischof. Die Stadt, die seit jeher auf ihre Unabhängigkeit pochte, hatte sich jedoch spätestens seit der Schlacht von Worringen im Jahr 1288 gegen ihn erhoben. Seitdem gab es immer wieder teilweise recht blutige Auseinandersetzungen zwischen dem Kirchenfürsten und seinen Kölnern.

Innerhalb der Stadt verfügten die alten Adelsgeschlechter und reichen Patrizierfamilien über die Vorherrschaft im Rat. Die Handwerkerzünfte, auch Gaffeln genannt (nach den zweizinkigen Gabeln, die sie auf ihren Festlichkeiten zum Essen benutzten), hatten fast keinen Einfluss auf die Stadtregierung.

1393 nun setzte ein Mitglied der adligen Geschlechter, Heinrich von Stave, das Gerücht in die Welt, der Kölner Erzbischof wolle das Deutzer Kloster angreifen, woraufhin sein Neffe, der mächtige Ritter Hilger Quattermart von der Stesse, den Rat drängte, das Kloster befestigen und für den König von Böhmen einen Zoll dorthin legen zu lassen. Dieser Wegezoll wäre eine lukrative Einnahmequelle gewesen, weil er von jedem Reisenden, der das Deutzer Kloster passierte, hätte gezahlt werden müssen. Der Zoll wurde vom Stadtrat abgelehnt, befürchtete dieser doch, Hilger wolle sich mit diesem Gunstbeweis beim böhmischen König beliebt machen. Zur gleichen Zeit wurde Hilger von König Wenzel nämlich das Privileg für ein Freigericht auf dem Osterwerth zugesprochen, was ihn zum Freigrafen und über kurz oder lang zum Hauptmann und «oversten» über die Stadt gemacht hätte.

Der vorhergesagte Angriff auf das Deutzer Kloster blieb natürlich aus, und Heinrich von Stave wurde seiner Lüge wegen auf Lebenszeit aus der Stadt verbannt. Wenig später widerrief König Wenzel die Ernennung Hilgers zum Freigrafen.

Bereits zwei Jahre später jedoch, am 26. Dezember 1395 konnte Hilger Quattermart erwirken, dass der Urteilsspruch über Heinrichs Verbannung aus dem Eidbuch der Stadt gestrichen wurde.

Die Löschung des Bannes wurde nicht von allen Räten akzeptiert und war deshalb unrechtmäßig. Deshalb schlossen die Gegner Hilgers und seiner Partei, der «Greifen», einen Bund. Sie nannten sich die «Freunde», weil sie den Rat als Freunde unterstützen und die Rückkehr Heinrich von Staves verhindern wollten.

Nachdem Heinrich nun jedoch vorerst wieder freien Zutritt zur Stadt hatte, verbündete er sich, wie befürchtet, erneut mit seinem Neffen Hilger. Am 4. Januar trat schließlich auf dessen Begehr ein Teil des Rates zusammen, um weiter über die Verbannungssache seines Onkels zu beraten. Die «Freunde» warteten jedoch bereits im Geburhaus zu Airsburg und nahmen Hilger und seine Anhänger, die «Greifen», gefangen.

Hilger und seinem Vertrauten Lufard von Schiederich gelang die Flucht durch die Lyskirchenpforte, doch bei der Überquerung des Rheins ertrank Lufard.

Die festgenommenen «Greifen» wurden mit unterschiedlich harten Freiheitsstrafen zu Turme geschickt, Hilger auf Lebenszeit aus der Stadt verbannt.

Heinrich von Stave wurde wenige Tage später aufgrund der Unterstützung, die er seinem Neffen bei dessen Angriff auf die Stadtregierung geleistet hatte, wegen Hochverrats zum Tode verurteilt und am 11. Januar 1396 auf dem Neumarkt enthauptet.

Nach dem Sturz der patrizischen Greifenpartei hofften die Kölner Gaffeln auf mehr Mitbestimmungsrecht im Rat. Sie wurden jedoch enttäuscht, denn der Führer der «Freunde», Konstantin von Lyskirchen, ließ aus dem Eidbuch alle Einträge löschen, die die Rechte der Patrizier beschnitten. Daraufhin nahmen die Gaffeln am 18. Juni 1396 die im Geburhaus zu Airsburg versammelten «Freunde» gefangen, eroberten das Stadtbanner und brachen so die Herrschaft der Aristokraten und Patrizier.

Sechs Tage später trat ein provisorischer Rat zusammen, in dem nun neben den reichen Kaufleuten auch die Handwerker vertreten waren. Nach langen Beratungen wurde schließlich am 14. September 1396 eine neue Stadtverfassung beschlossen und in Form eines Verbundbriefs niedergeschrieben. Demnach sollte der größte Teil der Ratssitze von den Gaffeln gestellt werden, der Rest von zunftlosen Bürgern. Außerdem sollten zwei Bürgermeister gewählt werden; bei schwierigen Entscheidungen war der neue «Gaffelrat» an die Zustimmung eines zusätzlichen Ausschusses, genannt die «Vierundvierziger», gebunden. Das Eidbuch hingegen, in das vorher sämtliche Beschlüsse eingetragen worden waren, wurde abgeschafft.

Diese Stadtverfassung behielt ihre Gültigkeit 400 Jahre lang, bis zum Einmarsch der französischen Revolutionstruppen 1794.

Noch ein Wort zur beruflichen Situation von Frauen: Gemeinhin wird angenommen, dass Handwerk und kaufmännische Berufe im Mittelalter eine reine Männerdomäne waren. Aus zahlreichen Quellen, gerade auch aus Köln, ist hingegen zu erfahren, dass dem nicht immer so war. Es gab eine Reihe von Berufsfeldern in Handel und Gewerbe, in denen Frauen erfolgreich arbeiteten und Geschäfte tätigten. Das Apothekerhandwerk gehörte auch dazu.

Es war den Frauen nicht nur gestattet, sich in einer fünf- bis siebenjährigen Lehrzeit zu Gesellinnen ausbilden zu lassen; bei entsprechendem Kapital konnten sie auch durch eine ordentliche Prüfung die Meisterwürde erlangen und in die entsprechende Zunft aufgenommen werden. Damit war es ihnen erlaubt, eine eigene Werkstatt oder ein Geschäft zu eröffnen und selbst Lehrlinge, allerdings nur weibliche, auszubilden.

So viel zur Geschichte, wie sie in den Chroniken und Geschichtsbüchern vermerkt ist. Die turbulenten Geschehnisse und die Intrigen Hilgers gegen die Stadt Köln einerseits und den Erzbischof Friedrich III. von Saarwerden andererseits geben natürlich breiten Raum zum Fabulieren. So habe ich mir erlaubt, die historischen Überlieferungen um einige «Missetaten» Hilgers zu erweitern.

Die große Zahl an Beginenhöfen in Köln – über hundert! – ist belegt. Ein Narrenhospital hat es aber, soweit mir bekannt ist, nicht gegeben.

Die Apothekerstochter Adelina Merten und der Medicus Neklas Burka sind ebenfalls meiner Phantasie entsprungen. Ihr Mut zum Aufdecken der Schandtaten des Stadtobersten spiegelt jedoch durchaus die Tatkraft und den Willen der damaligen Kölner Bürger zur Selbstbestimmung und Veränderung wider.

So bleibt es dem geneigten Leser, zu entscheiden, wie viel Wahrheit am Ende wirklich bleibt.

Weitere Titel von Petra Schier

Das Haus in der Löwengasse

Der Hexenschöffe

Apothekerin Adelina

Tod im Beginenhaus

Mord im Dirnenhaus

Verrat im Zunfthaus

Frevel im Beinhaus

Verschwörung im Zeughaus

Vergeltung im Münzhaus

Kreuz-Trilogie

Die Eifelgräfin

Die Gewürzhändlerin

Die Bastardtochter

Die Aachen-Trilogie

Die Stadt der Heiligen

Der gläserne Schrein

Das silberne Zeichen

Guido Dieckmann
Die Heilerinnen von Aragón

Königreich Aragón, 1364: In der Juderia von Saragossa führen die Waisen Floreta und Ceti einen täglichen Kampf ums Überleben. Nur ihre Liebe zu Pflanzen und Kräutern gibt den Mädchen die Kraft, an ihrem Traum festzuhalten – sie wollen Ärztinnen werden. In dem gutmütigen Kapuzinermönch Pablo und dem blinden Samin, einem Gewürzwarenhändler aus dem Kalifat Granada, finden sie ihre ersten Lehrer. Für die jungen Frauen scheint der Traum wahr zu werden: Unter dem Schutz der Königin nehmen sie ihre Tätigkeit als Heilkundige bei Hofe auf. Doch Neid, Intrigen und die Liebe zu demselben Mann bedrohen ihre Freundschaft. Und ihr Leben ...

480 Seiten

MIX
Papier aus verantwortungsvollen Quellen
FSC® C083411

Das für dieses Buch verwendete Papier ist FSC®-zertifiziert.